ullstein

Das Buch

Die junge Kaufmannstochter Clara Vogt war schon von klein auf mit einer besonders guten Nase gesegnet. Vor allen anderen riecht sie es, wenn ein Kuchen anzubrennen oder Kartoffeln zu verderben drohen. Die besondere Gabe, für die sie früher oft gehänselt wurde, erweist sich nun als Segen: Als sie nach dem Tod ihrer Mutter von ihrem Vater aus dem Haus gejagt wird, findet sie Unterschlupf bei der Reederin Elisabeth Bardenstein. Von Elisabeth erfährt sie schier Unglaubliches über ihre Mutter und ihre eigene Herkunft – und sie fasst den Entschluss, Düfte zu kreieren. Gleich ihr erstes Parfüm »La Fleur« wird zu einem unglaublichen Erfolg, und die Hamburger Damen reißen es ihr förmlich aus den Händen.

Doch Clara kann sich kaum darüber freuen: Sie sehnt sich nach ihrer Jugendliebe Paul. Vor Jahren hat er sie nach dem ersten Kuss Hals über Kopf verlassen. Seitdem ist er verschollen. Der Botaniker Friedrich, der ihr den Hof macht, ist zwar überaus charmant und sieht Paul sogar ähnlich – aber insgeheim verzehrt sich Clara nur nach Paul …

Die Autorin

Brigitte Janson wurde 1957 in Lübeck geboren. Viele Jahre war Hamburg ihre Wahlheimat, wo sie als Journalistin arbeitete. Heute lebt sie zusammen mit ihren Töchtern in den italienischen Marken. *Der verbotene Duft* ist ihr zweiter historischer Roman.

Die Website der Autorin: www.brigittejanson.de

Von Brigitte Janson ist in unserem Hause bereits erschienen:
Die Tortenbäckerin

BRIGITTE JANSON

Der verbotene Duft

HISTORISCHER ROMAN

Ullstein

Besuchen Sie uns im Internet:
www.ullstein-taschenbuch.de

MIX
Papier aus verantwortungsvollen Quellen
FSC® C006701

Originalausgabe im Ullstein Taschenbuch
1. Auflage Februar 2012
2. Auflage 2012

Umschlaggestaltung: ZERO Werbeagentur, München
Titelabbildung: © Christie's Images Ltd – ARTOTHEK
Karte im Innenteil: © Peter Palm
Satz: LVD GmbH, Berlin
Gesetzt aus der Sabon
Papier: Holmen Book Cream von Holmen Paper Central Europe, Hamburg GmbH
Druck und Bindearbeiten: CPI – Ebner & Spiegel, Ulm
Printed in Germany
ISBN 978-3-548-28431-6

Meinen Töchtern Alice und Virginia,
in Liebe und Dankbarkeit

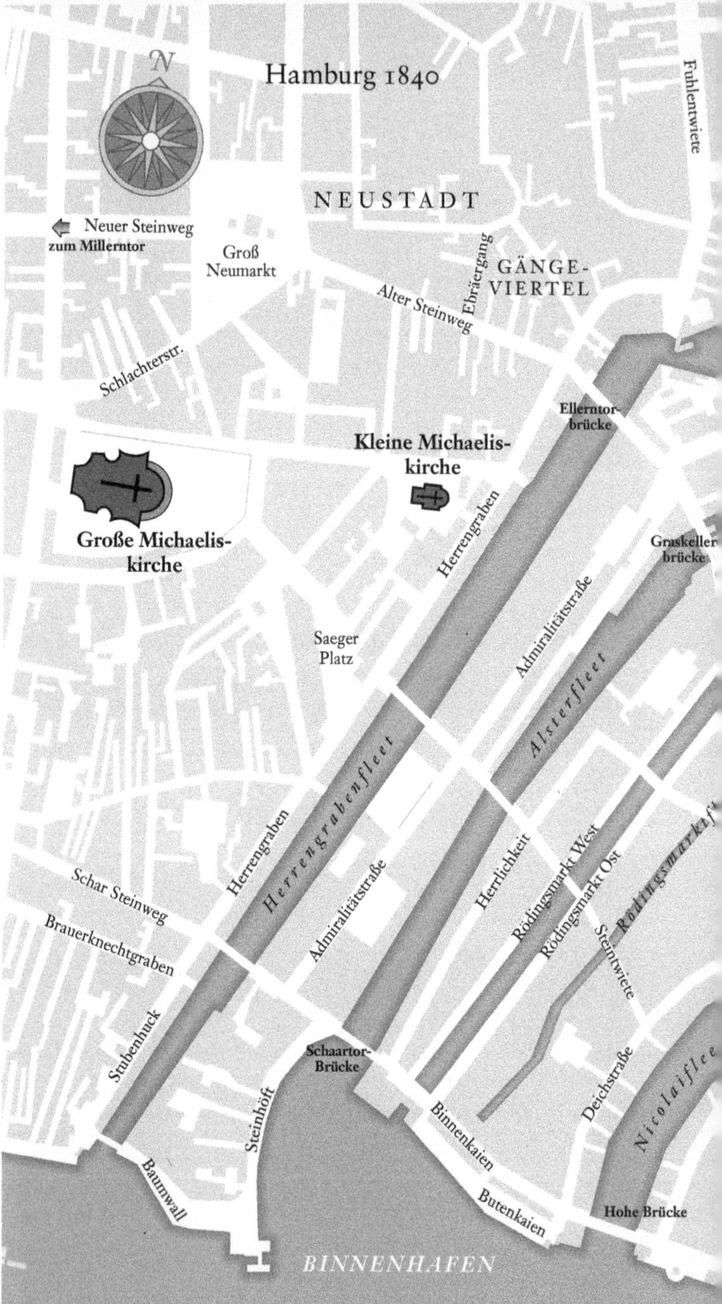

Hamburg 1840
N
NEUSTADT
Neuer Steinweg
zum Millerntor
Groß
Neumarkt
Fuhlentwiete
GÄNGE-
VIERTEL
Ebräergang
Alter Steinweg
Schlachterstr.
Ellerntor-
brücke
Kleine Michaelis-
kirche
Große Michaelis-
kirche
Herrengraben
Graskeller
brücke
Admiralitätstraße
Saeger
Platz
Alsterfleet
Herrengrabenfleet
Herrengraben
Schar Steinweg
Brauerknechtgraben
Admiralitätstraße
Herrlichkeit
Rödingsmarkt West
Rödingsmarkt Ost
Steintwiete
Stubenhuck
Schaartor-
Brücke
Steinhöft
Deichstraße
Binnenkaien
Baumwall
Butenkaien
Hohe Brücke
BINNENHAFEN

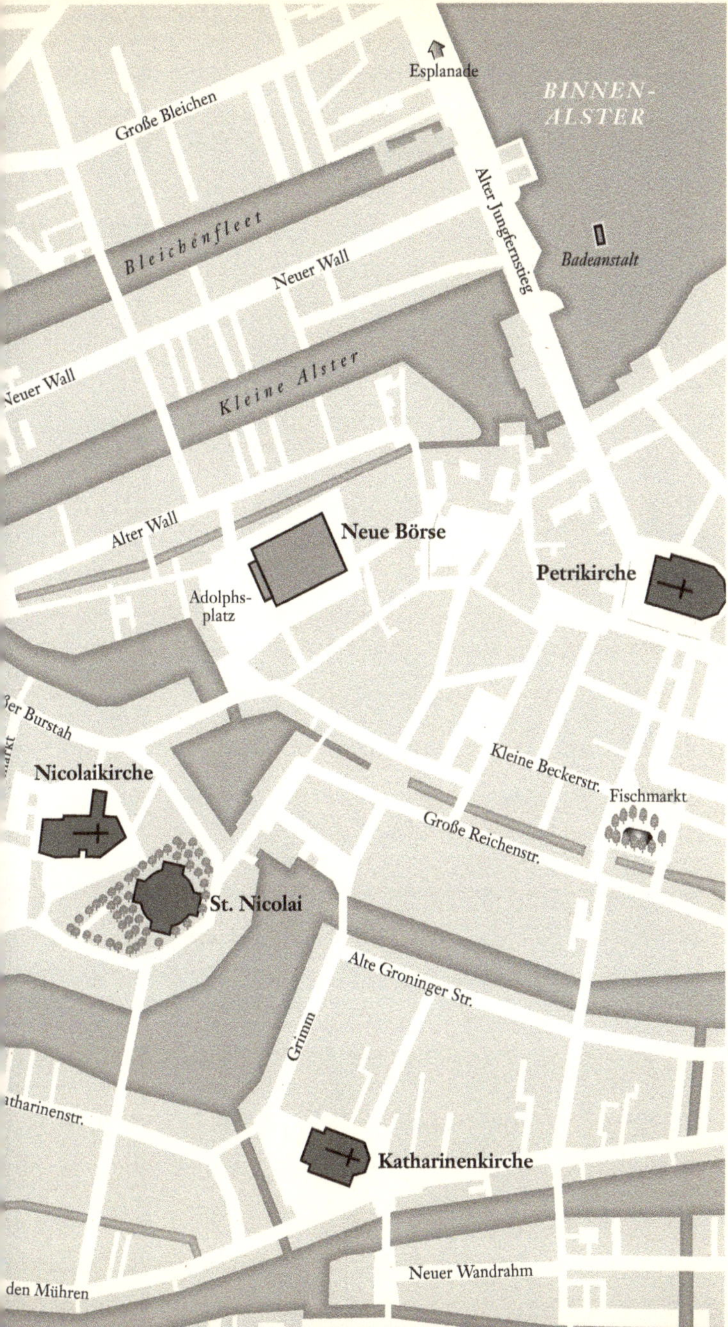
Esplanade
BINNEN-
ALSTER
Große Bleichen
Alter Jungfernstieg
Bleichenfleet
Badeanstalt
Neuer Wall
Neuer Wall
Kleine Alster
Alter Wall
Neue Börse
Petrikirche
Adolphs-
platz
ßer Burstah
Nicolaikirche
Kleine Beckerstr.
Fischmarkt
Große Reichenstr.
St. Nicolai
Alte Groninger Str.
Grimm
atharinenstr.
Katharinenkirche
Neuer Wandrahm
den Mühren

I

Der Schlag kam unerwartet. Clara duckte sich noch, aber es war zu spät. Seine flache Hand traf sie an der Schläfe. Mit einem leisen Schrei ging sie zu Boden. Der Duft nach frischem Bohnerwachs vermischte sich mit dem beißenden Geruch aus Vaters Nachttopf und ließ sie schwindeln.

»Elendes Gör!«, schrie Georg Vogt. »Wie kannst du es wagen, mir Widerworte zu geben!«

Mit einem einzigen schnellen Griff packte er sie am Arm und zog sie hoch. Sein saurer, nach Bier stinkender Atem waberte über ihr Gesicht hinweg, und Clara musste gegen eine plötzliche Übelkeit ankämpfen. Ihre Schläfe pochte, vor ihren Augen tanzten Sterne.

Durch das offene Fenster drangen die Geräusche der geschäftigen Hamburger Altstadt herein. Holzpantinen und Pferdehufe klapperten über das Kopfsteinpflaster der Deichstraße, das Rumpeln von eisenbeschlagenen Kutschenrädern gesellte sich dazu. Brotjungen riefen ihre Ware aus, zwei Weiber zankten sich lauthals, und aus der Wirtschaft an der Ecke erklangen schon zu dieser frühen Tagesstunde Gelächter und Gesang.

In Claras Kopf vereinigten sich die Töne zu einem Lied der Sehnsucht. Raus wollte sie, fort von hier. So viel Entfernung wie nur irgend möglich zwischen sich und den

Mann legen, der sie nicht liebte, der sie verachtete, seit sie denken konnte.

Er schien etwas zu ahnen, denn sein Griff wurde fester. Clara unterdrückte einen neuerlichen Schmerzenslaut.

»Ich gebe der Mamsell Bescheid, damit sie das Feuer schürt«, murmelte sie und hoffte inständig, dass ihre Stimme unterwürfig genug klang. Wenn der Vater in dieser Stimmung war, betrunken nach einigen Gläsern Bier und Schnaps, zornig, weil wieder einmal eines seiner Geschäfte geplatzt war, dann galt es, ihm aus dem Weg zu gehen, bis er seinen Rausch ausgeschlafen hatte.

Der Schmerz in ihrem Kopf ließ ein wenig nach, zugleich schien ihr Arm anzuschwellen, so fest drückte der Vater zu. Und ihr Magen drehte sich im Brustkorb.

»Die Mamsell bleibt in der Küche. Ich erwarte Gäste zum Mittagessen«, sagte er jetzt.

Verzweifelt suchte Clara einen Ausweg. Im Geiste sah sie helle Flammen hochschießen. Heiß und hungrig sprangen sie aus dem Kamin und leckten an ihrem Rocksaum.

»Gretchen kann ...«

Vogt stieß einen knurrenden Laut aus, der Clara Schlimmes erahnen ließ. »Ich habe Gretchen heute in der Früh entlassen. Sie taugt nichts.«

Herr im Himmel!, dachte sie. Nicht auch noch Gretchen. Die junge, kräftige Vierländerin war ihr eine so wichtige Hilfe gewesen. Einst hatte es im Vogtschen Haushalt eine ganze Schar Dienstboten und Angestellte gegeben. Die Mamsell herrschte über zwei Küchenmädchen, im Kontor arbeiteten bis zu fünf Schreiber, auf den Etagen gab es ein Stubenmädchen, und zweimal in der Woche kamen die Waschfrauen für die große Wäsche.

Damals war Georg Vogt noch ein angesehener Hamburger Kaufmann gewesen, der mit Kaffee, Tee und Gewürzen aus west- und ostindischen Ländern handelte. Das schmucke Bürgerhaus mit der Giebelseite zur Deichstraße und dem Speicher zum Nicolaifleet brummte nur so vor Geschäftigkeit. So lange war das her! Clara konnte sich kaum noch an diese Zeiten erinnern.

Und nun Gretchen. Noch mehr schwere Arbeit kam damit auf Clara zu, dabei stand sie schon jetzt lange vor dem Morgengrauen auf und kam selten zu Bett, bevor die Glocke von Sankt Nicolai Mitternacht geschlagen hatte. Und Mamsell Friederike, die seit mehr als zwanzig Jahren den Vogts die Treue hielt, in guten wie auch in schrecklichen Zeiten, sie würde in absehbarer Zeit gewiss auch fortgehen. Sofern sie nicht vorher schon vom Vater auf die Straße gesetzt wurde, da selbst für den letzten Dienstboten im Haus kein Pfennig mehr übrig war.

Und welche Gäste mochte der Vater schon erwarten?, fragte sich Clara. Vielleicht ein paar seiner Saufkumpane, die seit Wochen das Haus bevölkerten? Oder jene Geschäftsfreunde, mit denen er sich seit einiger Zeit abgab? Clara kannte ein paar von ihnen, und obwohl sie vom Güterhandel nichts verstand, spürte sie, dass es bei den Geschäften dieser Männer nicht immer mit rechten Dingen zuging.

Die Übelkeit nahm zu. In ihren Augenwinkeln sammelten sich Tränen. Rasch senkte sie die Lider. Vater sollte nicht sehen, wie seelenwund sie war.

»Los jetzt! Schür das Feuer!«

Ein Schauder jagte über ihre Haut, und Clara wollte zurückweichen. Zugleich wurde ihr heiß, denn wieder sah sie die Flammen auf sich zuschießen. Ihr Arm jedoch war noch immer in seinem Klammergriff gefangen.

Es gab kein Entrinnen.

Georg Vogt stieß ein hässliches Lachen aus. »Erschrickt das Fräulein Tochter etwa vor einem klitzekleinen Streichholz? Anstatt froh zu sein, dass man nicht mehr wie zu meiner Zeit Stahl und Feuerstein über einem Zunderkästchen schlagen muss, bis ein Funken den Schwefelfaden entzündet! Ach, die Jugend von heute weiß gar nicht, wie gut sie es hat!«

Hohn troff aus seiner Stimme, und Clara wusste genau, wie diebisch er sich amüsierte. Es bereitete ihm sichtlich Vergnügen, sie mit ihrer Angst vor dem Feuer zu quälen.

Bis zu diesem Moment hatte sie ihren Vater gefürchtet. Vor vielen Jahren hatte sie ihn sogar verzweifelt geliebt, obgleich diese Liebe niemals erwidert wurde. Nun aber empfand sie Hass, und das bestürzte sie – mehr noch als sein Wunsch, sie zu demütigen. Hass war etwas für gemeine Menschen, für niedere Kreaturen, aber gewiss nicht für sie, Clara Vogt, Tochter aus gutem Hause und nach außen hin trotz all der Plackerei eine feine Erscheinung mit sorgfältig gelegten dunklen Locken, die keck unter der Haube hervorlugten, mit eng geschnürter Taille und weitem, in Volants fallendem Rock; mit einem wärmenden Umschlagtuch über dem züchtigen Ausschnitt – und ja, Handschuhen aus feinem Ziegenleder, die ihre rissigen und roten Finger verbargen.

Noch zu Weihnachten hatte sie sich so fein herausgeputzt, und beim Kirchgang war manch bewundernder Blick auf sie gefallen.

Es war das letzte Mal gewesen. An Neujahr hatte sich

die Mutter mit einem Husten zu Bett gelegt und war nicht wieder aufgestanden. Clara hatte sie Tag und Nacht gepflegt und ahnte doch, es gab keine Hoffnung mehr für sie. Der Wille fehlte ihr.

Wiebke Vogt schwand dahin, wurde jeden Tag dünner und durchsichtiger, besaß kein Licht mehr in den Augen und starb nur drei Wochen später.

Clara war allein. Zweiundzwanzig Jahre lang hatte die Mutter ihre schützende Hand über sie gehalten.

Vorbei.

Nun putzte sie sich nie mehr heraus. Wozu auch? Jede noch so kleinste Freude hatte dieses Haus verlassen. Ihr stumpf gewordenes Haar trug Clara in einem schlichten Nackenknoten.

Es war die Mutter gewesen, die sie jeden Morgen frisiert hatte. Sie hatte einen strengen Mittelscheitel gezogen und die schweren Locken dann in Reih und Glied rechts und links an Claras Schläfen gezähmt. Dies war stets der einzige Moment des Tages, an dem Mutter und Tochter alle Sorgen vergaßen und zufrieden waren, gemeinsam so etwas wie Frieden empfanden.

Vorbei.

Georg Vogt fischte ein Schächtelchen der kostbaren Streichhölzer aus seiner Westentasche und hielt es Clara hin. »Wird's bald?«

Leichter Schwefelgeruch stieg ihr in die Nase. Im nächsten Moment stand eine Wand aus Hitze und Tod vor ihr, und durch das Tosen des Feuers schrie eine helle Kinderstimme um Hilfe.

Woher Clara die Kraft nahm, hätte sie später nicht mehr zu sagen vermocht. Mit einem einzigen Ruck befreite sie sich aus dem Griff des Vaters, wirbelte herum und stürzte aus dem Zimmer. Ihre Füße berührten kaum die Treppenstufen, so schnell flog sie nach unten. Als ahnte sie, dass sie ihr Zuhause zum letzten Mal sah, huschte ihr Blick durch die Kaufmannsdiele mit den reich geschnitzten Säulen, der bemalten Decke und der umlaufenden Galerie. Die große Standuhr hatte ihre gesamte Kindheit und Jugend hindurch zuverlässig die Stunde geschlagen, über die massiven Eichenbohlen waren Reeder, Kaufleute und die Honoratioren der Stadt geschritten.

Vorbei.

Seit langem vorbei.

Die alten Holzstufen der Treppe knarrten laut unter dem Gewicht Georg Vogts.

Clara fuhr zusammen. Der sonst so behäbige und langsame Vater kam ihr nachgelaufen! Schon konnte sie seine Stiefel sehen.

Fort hier. Nur fort.

Doch wohin?

In panischer Angst sah sie sich um. Durch die Vordertür hinaus und direkt auf die Deichstraße? Nein. Womöglich standen Vaters Kumpane vor der Tür.

Clara wirbelte einmal um ihre eigene Achse und stürmte durch eine schmale Tür, die zur Küche führte. Dampfschwaden mit dem süßlichen Duft gekochter Rüben schlugen ihr entgegen.

Friederike stieß einen hellen Schreckensschrei aus.

»Was in Gottes Namen ...«

Mehr hörte Clara nicht. Schon hatte sie die nächste Tür aufgestoßen und hetzte nun durch die Waschküche.

Hinter sich spürte sie die Nähe des Vaters. Wie konnte das sein? Waren ihm auf einmal Flügel gewachsen?

Da! Er griff nach ihr! Packte sie schon an der Schulter! Der Geruch nach Seifenlauge hüllte Clara ein. Blindlings griff sie neben sich, bekam den Bottich mit den eingeweichten Bettlaken zu fassen und zog ihn vom steinernen Waschtisch.

»Verflucht!«

Etwas zerriss. Seifenlauge spritzte hoch. Vogt rutschte aus und schlug lang hin. In der Hand hielt er einen Fetzen von Claras Bluse.

Sie schaute nicht zurück, öffnete mit einem Ruck die Tür, die seitlich am Haus auf eine schmale unbenannte Gasse führte, und lief los. Sieben, acht Schritte, schon war sie an der Ecke zur Deichstraße angelangt. Atemlos lugte Clara um den Fachwerkbalken herum zum Haupteingang. Dort standen sie, vier oder fünf Männer in abgetragenen Gehröcken und schmuddeligen Beinkleidern. Ihre Köpfe wurden von speckigen Mützen bedeckt. Nur einer, offenbar der Anführer, war besser gekleidet. Er trug einen Frack und einen schwarz schimmernden Zylinder. Dieser Mann hob gerade seinen Spazierstock, um gegen die massive Eichentür zu schlagen.

Clara wartete nicht ab, was weiter geschah. Flink schlüpfte sie in die andere Richtung davon. So schnell ihre Beine sie trugen, bahnte sie sich ihren Weg nach Norden, ohne zu wissen, wohin sie wollte.

Nur fort.

Aber sie kam furchtbar langsam voran. Zu Füßen der hohen Fachwerkgiebel schien sich die gesamte Hamburger Altstadt zu tummeln. Wasserträger drängten an Kohlenhändlern vorbei, ein Kutscher fluchte laut vom Bock herunter, weil seine Pferde vor einem bärtigen alten Juden scheuten, der ohne nach rechts oder links zu schauen die Fahrbahn überquerte, und die Hausfrauen, von denen Clara einige kannte, hoben ihre Röcke angesichts des Unrats auf der Straße.

Der Schnee, erst vor wenigen Tagen in weißen stillen Flocken gefallen, wurde unter den Tritten der Fußgänger zur schwärzlichen Suppe. Dieser Winter schien mild zu bleiben. Erst gestern hatte die Mamsell zu Clara gesagt, die Kohle ginge ihnen aus, und sie müssten neue bestellen. Nun, wenn kein Frost mehr kam, konnten sie damit vielleicht noch warten. Seit der Vater ihr vor zwei Wochen erneut das Wirtschaftsgeld gestrichen hatte, wusste Clara nicht mehr ein noch aus. Sie …

Genug!, rief sie sich selbst zur Ordnung. Der Vogtsche Haushalt sollte ihre Sorge nicht mehr sein.

Vom Nicolaifleet brachte eine schwache Brise den Geruch von brackigem Wasser in die Straße, und wohl niemand außer Clara vermochte darin das ferne Rollen der Nordseewellen zu spüren. Doch sie nahm den Hauch von Salz und Frische wahr, den der mächtige Elbstrom bis ins Fleet spülte.

Während sie nun weiterhastete und dabei mehrmals über die Schulter zurückschaute, dachte Clara an den Mann, der über die sieben Weltmeere segelte, und ihr Herz schmerzte vor Sehnsucht.

»Paul«, flüsterte Clara. »Wo bist du nur?«

An einem warmen Herbsttag vor zehn Jahren hatte sie ihn zum ersten Mal gesehen, den großen mageren Jungen mit den ernsten dunklen Augen. Sein Haar war fast so schwarz wie ihr eigenes, und er starrte sie eine Weile stumm an.

»Was guckst du denn so?«, fragte sie schüchtern.

Dann erst bemerkte sie, dass sein Blick nicht ihr, sondern dem mit frischem Obst gefüllten Korb galt, den sie zusammen mit der Mamsell vom Hopfenmarkt nach Hause trug. Er überragte sie um Haupteslänge, und Clara schätzte, dass er vielleicht zwei oder drei Jahre älter war als sie selbst. Fast schon ein Mann.

»Wo kommst du denn her?«, fragte sie jetzt, auf einmal ein bisschen mutiger.

Friederike neben ihr zuckte zusammen, und Clara legte ihr begütigend eine schmale Hand auf den Arm. Sie wusste selbst, es schickte sich nicht für eine wohlerzogene Kaufmannstochter, einen Straßenjungen anzusprechen. Doch die Eltern mussten ja nichts davon erfahren. Außerdem waren sie noch ein ganzes Stück vom Haus entfernt, und die übrigen Bediensteten bekamen von diesem kleinen Zwischenfall hoffentlich nichts mit. Auch sonst erblickte sie niemanden, den sie kannte.

»Bitte kommen Sie weiter, Fräulein Clara«, mahnte Friederike. »Die Last ist doch recht schwer.«

Der Junge sprang vor.

»Ich helfe beim Tragen.«

Bevor die Frau und das Kind etwas antworten konnten, schwang er sich den Korb auf die Schultern.

»Wo soll's denn damit hingehen?«, fragte er, wobei Clara das deutliche Gefühl hatte, er wisse genau, wo sie wohnte.

Friederike stemmte die Hände in die Hüften. »Sofort gibst du das wieder raus! Oder ich rufe den Schutzmann!«

Kurz schaute der Junge von der wütenden Mamsell zu dem Mädchen. Dann grinste er frech, stellte den Korb ebenso schwungvoll wieder ab, wie er ihn eben hochgenommen hatte, stibitzte sich eine einzige Birne und verschwand in einem Kellereingang auf der anderen Straßenseite.

»Unverschämter Lausebengel!«, schimpfte Friederike laut vor sich hin.

Clara erwiderte nichts. Sie musste die ganze Zeit an die dunklen Augen des Jungen denken, und es kam ihr so vor, als hätte sie sich selbst darin gesehen. Sie fragte sich, was das wohl zu bedeuten hatte. Ob die Mutter ihr darüber Auskunft geben konnte? Oder die Mamsell? Ein Blick in das zornige Gesicht Friederikes brachte sie rasch von ihrem Vorhaben ab. Und die Mutter, ach, die würde wohl nur traurig seufzen, so wie sie es immer tat, wenn ihre Tochter etwas wissen wollte. Clara beschloss, dieses befremdliche Gefühl für sich zu behalten. Wie einen Schatz.

»Passen Sie gefälligst auf, wo Sie hinlaufen!« Der rüde Anruf eines Fuhrmannes brachte Clara in die Wirklichkeit zurück. Sie sprang zur Seite, um den hohen, mit Bierfässern beladenen Wagen vorbeizulassen, und setzte dann ihren Weg fort. Endlich kam sie auch schneller voran, und sie begann zu rennen. Die Erinnerung an Paul begleitete Clara, und sie fühlte sich nicht mehr ganz so verlassen.

2

Erst als sie am Marktgelände angekommen war, blieb Clara stehen. Der schnelle Lauf hatte sie erhitzt, aber nun spürte sie, wie die Februarkälte über ihre Haut kroch. Sie trug ja nur eine schlichte Bluse und einen dunkelbraunen Rock aus schwerem Wollstoff. Darüber eine bodenlange, ehemals weiße Schürze, die von einem der entlassenen Küchenmädchen stammte und die Clara schon seit Wochen im Haus anhatte. Ein paar alte Fett- und Obstflecken gingen nicht mehr raus, aber darauf kam es nicht an. Clara konnte bei der schweren Arbeit ihre eigene Kleidung schonen. Das ersparte ihr einiges an Wascherei. Auch zu plätten hatte sie dadurch weniger. An den Beinen trug sie vielfach gestopfte Strümpfe, und ihre Füße steckten in leichten Schuhen.

Ein Zittern lief durch ihren Körper, und dort, wo der Vater ihr das Stück Stoff herausgerissen hatte, verfärbte sich die weiße Haut ihrer Schulter in der Kälte bereits rot.

»Deern, wat stehste da so dumm rum und bibberst dir einen ab?«

Erschrocken fuhr Clara zusammen. Für einen kurzen Moment hatte sie vergessen, wo sie war.

Die alte Else trat auf sie zu und musterte sie kritisch von oben bis unten.

»Und wie siehste überhaupt aus? Düwel ok! Wie'n

Freudenmädchen vom Hafen. Nich' mal 'ne Haube auf'm Kopp. Fehlt nur noch 'n Pfund Farbe im Gesicht.«

Else selbst roch durchdringend nach Fisch und trug ein grobes graues Kleid. Die knochigen Schultern und der Kopf waren in ein Umschlagtuch gehüllt, das einmal von sattem Schwarz gewesen sein mochte, aber nach häufiger Wäsche nur noch einen undefinierbaren dunklen Ton aufwies. Ein paar Strähnen schütteren weißen Haares fielen ihr in die Stirn. Die Hände, die nun erstaunlich sanft nach Claras Arm fassten, waren grau und schuppig wie die Fische, die sie auf dem Hopfenmarkt verkaufte.

Jedes Kind, jede Frau, jeder Mann in der Altstadt wusste, wer sie war. Ihr Ruf »Fri-i-sche Fi-i-sche! La-ben-di-ge Scho-llen!« hallte seit Jahr und Tag durch die Straßen. Zumindest in dieser Gegend war Else bekannter als der berühmte Aalweber, der eigentlich nur Weber mit Nachnamen hieß und von Beruf Bürstenbinder war, jedoch so genannt wurde, weil er seinen Fisch in Hamburger Kneipen aus einem Bauchladen heraus mit flotten Sprüchen an den Mann brachte.

Else war zwar keine gebürtige Hamburgerin, sondern stammte ursprünglich aus dem Hessischen, und ihr unsauberes Plattdeutsch brachte die Einheimischen oft zum Lachen, ihr Fisch jedoch war tatsächlich immer frisch, und keiner ihrer Kunden hatte je unter Bauchgrimmen gelitten.

Ihrem scharfen Blick entging nichts, und sie war stets bestens über die großen und kleinen Skandale im Viertel informiert. Die Familie Vogt bot dem Klatsch und den Gerüchten wahrhaftig genug Nahrung.

Beschämt senkte Clara den Kopf. »Ich ... Vater ...«

Else zog die weißen Augenbrauen zusammen, was ihrem Gesicht ein paar zusätzliche Runzeln verlieh.

»Der olle Vogt hat doch nich' etwa ...«

»Nein«, sagte Clara schnell. »Er – hat mich geohrfeigt, und ich habe es mit der Angst zu tun bekommen. Seit Mutter tot ist, wird es immer schlimmer mit ihm.« Beschämt senkte sie den Kopf. Für eine Kaufmannstochter gehörte es sich ganz und gar nicht, einem Marktweib ihr Leid zu klagen. Doch Elses Blick war voller Güte und Verständnis. Außerdem, dachte Clara, wen kümmert's schon noch, mit wem ich spreche?

Leise fuhr sie fort: »Ich bin weggelaufen, und ich will da nicht mehr hin.«

Erst als sie die Worte aussprach, merkte sie, wie ernst es ihr damit war. Nein, in dieses Haus wollte sie nicht zurückkehren. Nicht allein die Angst vor dem Vater bestärkte sie in ihrem Entschluss. Es gab zu viele böse Erinnerungen dort. Und ganz oben auf dem Dachboden erzählten rußgeschwärzte Holzbalken von einem kleinen Engel, den der liebe Herrgott in seiner großen, unergründlichen Weisheit zu sich gerufen hatte.

»Ich kehre nicht um!« Claras Zähne begannen zu klappern.

»So wat kümmt in den besten Familien vor«, murmelte Else. »Und nu kümmste erst mal mit und wärmst dich am Feuerchen von der Nella. Wenn de Glück hast, kriegste auch 'n Schluck Grog.«

Widerstrebend folgte Clara ihr. Sie hatte gewiss nicht vor, für die Unterhaltung sämtlicher Marktweiber zu sorgen. Andererseits wurde ihr von Minute zu Minute kälter, und ein wenig Wärme konnte ihr womöglich dabei helfen, Klarheit in ihren verwirrten Kopf zu bringen.

An den Marktständen war das morgendliche Treiben beinahe zur Ruhe gekommen. Auch Else hatte ihre Fische schon lange verkauft, wie sie Clara nun erzählte. »Ha'm die Hausfrauen und Köchinnen mir glatt aus den Händen gerissen. Mien Heiner hat heute Nacht aber auch besonders große Viecher aus der Elbe gezogen. Man gut, dat es nich' so doll friert. Is 'n guter Mann, mien Heiner, und 'n tüchtiger Arbeiter. Den Himmel auf Erden hat er mir nich' gerade geschenkt, aber 'n voller Bauch is' auch nich' zu verachten.«

Ihr Mund verbreiterte sich zu einem nahezu zahnlosen Grinsen. Nur je zwei braune Stümpfe oben und unten waren ihr erhalten geblieben. Zugleich rieb Else die Hände aneinander, was ein kratziges Geräusch verursachte. »Ganze zwei Schillinge hab' ich kassiert. Dat gibt Brot, Kartoffeln und Speck für mich und mien Heiner. Und 'ne Buddel Rum obendrauf!«

Während sie so sprach, zog sie Clara mit sich. »Weißte, Deern, dat Leben ist hart heutzutage. Gibt 'n Haufen elendes Pack auf den Straßen. Mien Heiner und ich, wir kommen noch durch, aber wenn er mal nich' mehr rausfahren kann, dann weiß ich auch nich', wat aus uns werden soll. Kinder ha'm wir keine, ich konnte ja keine kriegen. Und keiner der Quacksalber hat mir gesagt, warum. Nu ist eh zu spät. Aber unsern Spaß hatten wir wenigstens.« Sie ließ ein abgehacktes, meckerndes Lachen erklingen.

»Aber am Ende, da bleibt uns nur noch dat Armenhaus. Und dat ist nich' schön. Nee, wirklich, dat wird richtig schlimm für uns, wo wir doch so stolz sind auf unsere kleine Bude hinten am Fleet. 'n büschen arg stinken tut's ja bei Ebbe, weil alle Leute ihr'n Schiet reinwerfen. Wir ja ok. Wo soll'n wir auch sonst hin damit? Und bei den feinen Leuten is' ok nich' anders. Aber schön ha'm wir's doch. Und die Miete ist nich' so hoch.«

Ihr Lachen war längst vergangen, jetzt schaute die alte Else tieftraurig aus. »Dat Armenhaus, nee, dat ha'm wir nich' verdient.«

Clara schauderte unter dem Redefluss, denn auf einmal wurde ihr die eigene Lage bewusst. Sie war kopflos fortgelaufen, ohne einen Pfennig Geld, ohne warme Sachen, ohne ein Ziel. Wie schnell konnte sie selbst zu einer jener abgerissenen Gestalten werden, die in diesen Zeiten die Straßen bevölkerten? Welch elende Zukunft mochte ihr bevorstehen?

Oft hatte sie den Vater schimpfen hören über die Nichtsnutze, die vom Land in die Stadt strebten, weil sie dachten, das Gold liege hier auf der Straße. Und sie sah ja auch mit eigenen Augen diese armen Menschen, junge und alte, kleine und große, die, in Lumpen gehüllt, in die besseren Viertel der Altstadt kamen, um hier und da einen Kanten altbackenes Brot oder gar nur ganz leicht verfaultes Obst zu ergattern.

Unvorstellbar, dass sie selbst so enden sollte!

Aber ich kann mir Arbeit suchen, dachte sie schnell.

Nur welche? Was konnte sie schon tun?

Mit ihren Stickkünsten war es nicht weit her. Nie hatte sie es geschafft, so feine Petit-Point-Stiche zu setzen wie ihre Mutter. In einem Schneidersalon brauchte sie also gar nicht erst vorstellig zu werden. Auf dem Klavier hatte sie vor Jahren nur ein wenig Klimperei zustande gebracht.

Und das bisschen Französisch, auf das die Mutter aus unerfindlichen Gründen lange bestanden hatte, bevor der Vater den Unterricht endgültig verboten hatte – ach, das hatte sie bereits vor Jahren vergessen.

Clara machte sich nichts vor. Sie war kaum gebildet genug, um irgendwo als Gouvernante unterzukommen. Im Geiste dachte sie weiter nach, während ihr bereits der Duft von heißem, süßem Rum in die Nase stieg. Sie vermochte wohl einen Haushalt zu führen, jedoch beschränkten sich ihre Kenntnisse auf das Wirtschaften mit wenig Geld, den Einkauf von billigen Lebensmitteln und das Putzen mit selbst hergestellter Seife. Keine Fähigkeiten, mit denen sie in einem herrschaftlichen Haus eine Stellung finden würde.

Kochen gar konnte Clara überhaupt nicht. Die Mamsell hatte einst ihr Bestes gegeben, um ihr zumindest die einfachsten Dinge zu zeigen, aber das Mädchen war nicht bereit gewesen, sich dem großen dampfenden und zischenden Herd zu nähern, aus dem hin und wieder eine Flamme schoss.

»Es ist nicht vonnöten, dass sie selbst Speisen zubereitet«, hatte Wiebke Vogt schon vor Jahren entgegnet, als Friederike in Claras Beisein einmal davon gesprochen hatte. Die Mamsell war in die Stube gerufen worden, wo Mutter und Tochter bei einer Handarbeit einträchtig beisammensaßen. Der Speiseplan für die folgende Woche musste aufgestellt werden. Bei dieser Gelegenheit waren auch Claras mangelnde Kochkünste zur Sprache gebracht worden.

»Sie wird eines Tages einen reichen Kaufmann heiraten«, war Wiebke Vogt fortgefahren. »Womöglich auch einen Reeder. Oder einen Bankier. So oder so wird sie über

Dienstboten verfügen, die ihr alle Arbeit im Haus abnehmen. Wie es sich gehört für eine Frau ihres Standes.«

Clara hätte damals gern gefragt, was dann noch für sie zu tun bliebe. Sollte sie ihr Leben damit verbringen, auf dem Sofa zu liegen und frivole Romane zu lesen, so wie es die Mutter tat? Oder nur traurig und irgendwie sehnsuchtsvoll aus dem Fenster schauen, weil der Gatte nie mehr ein freundliches Wort übrig hatte? Allein bei dem Gedanken daran wurde sie von lähmender Niedergeschlagenheit erfasst. Und wen um Gottes willen sollte sie nach dem Willen der Eltern wohl heiraten? Etwa einen der alten Pfeffersäcke, die mit dem Vater so gut Freund waren und ihr, dem gerade mal dreizehnjährigen Mädchen, schon begehrliche Blicke zuwarfen?

Rasch senkte Clara den Blick auf ihre krumme Stickerei, damit die beiden Frauen nicht sehen konnten, dass sie rot wurde. Sie musste nämlich an Paul denken, so hieß der Junge, der vor einem Jahr mit seiner Mutter und vier jüngeren Schwestern in eine Kellerwohnung in der Deichstraße gezogen war. Paul Dallmann. Clara wusste inzwischen ziemlich viel über ihn, denn es war schon merkwürdig, wie oft sie ihm begegnete. Wann immer sie das Haus verließ, entdeckte sie Paul irgendwo in ihrer Nähe. Mal lungerte er bei der Herrenmühle herum, wenn die kleine Familie Vogt nach dem Gottesdienst in Sankt Nicolai noch ein wenig spazieren ging – erst über die Trostbrücke, dann an der alten Börse und am alten Kran vorbei und über die Mühlenbrücke zurück in Richtung Deichstraße; mal stand er wie aus dem Boden geschossen auf dem Markt vor ihr. Manchmal schaute er nur stumm, manchmal wechselten sie ein paar hastige Worte.

Und jedes Mal, wenn Clara ihm nahe kam, verspürte sie dieses neue Gefühl in ihrer Brust. Freude war es, dachte sie, doch zugleich auch Furcht. Der Junge zog sie auf magische Weise an und stieß sie im selben Moment ab. Sie fand das äußerst verwirrend. Den Wunsch, mit ihrer Mutter oder mit Friederike darüber zu sprechen, hegte sie nicht mehr.

3

Ein Becher mit heißem Grog wurde ihr in die Hand gedrückt. »Da, mien Deern. Dat wird dir guttun.«

Clara verbrühte sich die Lippen, als sie einen Schluck nehmen wollte. Sie verzog das Gesicht und gab einen leisen Schmerzenslaut von sich.

Else stieß erneut ihr meckerndes Lachen aus, und Nella stimmte darin ein. Sie war nicht ganz so alt wie die Fischersfrau, aber das harte Leben auf dem Markt ließ sie aussehen wie eine Hundertjährige. Stolz hatte sie Clara einmal erzählt, dass der Verkauf von Grog schon die fünfte Generation ihrer Familie ernährte. Einer ihrer Vorfahren war auf einem englischen Frachtsegler zur See gefahren und hatte dort das heiße, zuckrige Rumgetränk zum ersten Mal gekostet. Weil er selbst, seine Kinder und Enkelkinder den Grog jedoch oft lieber selbst tranken, als ihn zu verkaufen, war die Familie damit nicht reich geworden, aber immerhin auch während der Franzosenzeit und in den Wirren der Nachkriegsjahre nicht verhungert. Darauf war Nella stolz, denn von den älteren Leuten kannte fast jeder das eine oder andere böse Schicksal von Nachbarn und Bekannten, die Krieg und Belagerung durch Napoleons Truppen nicht überlebt hatten.

Und so machte sie sich jeden Morgen in aller Herrgottsfrühe auf den Weg zum Hopfenmarkt, entzündete ein Feuerchen, schichtete ein paar Ziegelsteine darum und stellte einen Dreifuß auf. Sodann kippte sie Rum und Wasser in einen gusseisernen Topf, rührte Zucker dazu und hängte den Topf an den Dreifuß.

Den verlockenden Duft des Getränks hatte Clara schon oft wahrgenommen, davon gekostet noch nie. Nun stieg ihr der ungewohnte Alkohol sofort zu Kopf.

»Mir ... schwindelt ein wenig«, murmelte sie und stützte sich schwer auf Else. Dabei achtete sie darauf, dem Feuer nicht zu nahe zu kommen.

Die beiden Marktweiber amüsierten sich königlich. Erst als Clara in Tränen ausbrach, wurden sie wieder ernst und klopften ihr beruhigend auf den Rücken.

»Dat ward schon wedder«, meinte Nella, die offenbar von Else in die neuesten Geschehnisse im Hause Vogt eingeweiht worden war, während Clara mit ihren Gedanken in der Vergangenheit verweilte.

So schnell, wie sie gekommen waren, versiegten ihre Tränen wieder. »Nein«, erwiderte sie mit plötzlicher Festigkeit in der Stimme. »Das wird nicht wieder. Mein Vater ist ein böser Mensch geworden. Ich kann dort nicht mehr leben.«

Sie bemerkte den schnellen Blick, den sich die beiden alten Frauen zuwarfen. Der Niedergang des Kaufmannes Georg Vogt war zweifelsohne Gegenstand des Tratsches im Nicolaiviertel, und besonders auf dem Markt wurde gewiss viel über ihn geredet. Wie schlimm es wirklich um ihn stand, wusste keiner so genau. In den letzten Jahren hatte Wiebke Vogt alles darangesetzt, den schönen Schein aufrechtzuerhalten. Clara war angewiesen worden, es ihr gleichzutun.

In Wahrheit jedoch konnte niemandem verborgen bleiben, wie die Dienstboten nach und nach den Haushalt verließen und die Schreiber dem Kontor fernblieben. Auch wurde schon seit langem keine Ware mehr aus den Bäuchen der Frachtsegler im Hafen über das Nicolaifleet in den rückwärtigen Speicher geliefert.

Manche Leute behaupteten, es sei mit dem einst so stolzen Kaufmann schon bergab gegangen, als damals, vor gut fünfzehn Jahren, ein großes Leid über die junge Familie hereinbrach. Darüber wurde aber nur im Flüsterton gesprochen, denn wer wusste schon, ob man nicht den Zorn des Georg Vogt auf sich zog.

Andere meinten, da stimme etwas nicht mit der Tochter des Hauses. Dieses schwarzhaarige Mädchen, die Clara, also, die sei doch nicht normal. Die könne einem Angst einjagen, wenn sie einen mit diesen Augen anschaute, tiefbraun und unergründlich, und behauptete, das Roggenbrot im Ofen brenne gleich an. Wenn man es dann herauszog, stellte man fest, dass die Kruste schon einen Hauch zu dunkel war. Und der Mamsell im Nachbarhaus hatte sie einmal erklärt, die Kartoffeln im Keller würden noch vor dem nächsten Morgen anfangen zu faulen. Und wahrhaftig, als diese ungläubig nachschaute, entdeckte sie erste matschige Stellen an den Knollen.

So etwas konnte nicht mit rechten Dingen zugehen. Da müsse Hexerei im Spiel sein, raunten sich die Hausfrauen in ihren schönen Wohnzimmern und die Dienstboten in Dachkammern und Küchen zu und vergaßen für einen Moment, dass man in modernen, aufgeklärten Zeiten lebte.

Ja, und seit nun die Wiebke Vogt so plötzlich gestorben

war, an dem bösen Husten, oder an ihrem großen Kummer, da gehe es mit dem Kaufmann noch schneller bergab. Und die Clara, bei Gott, die könne einem leidtun, obwohl sie so eigenartig war.

In den Augen der beiden Marktweiber las Clara nun von all den Gerüchten, die in diesen Jahren über ihre kleine Familie ausgetauscht worden waren.

Sie hätte Else und Nella erklären können, dass manches nicht so war, wie sie dachten, und es für anderes eine Erklärung gab, die Clara selbst erst seit kurzem kannte. Auf einiges wiederum hatte sie selbst keine Antworten. Nur Fragen, die ihr den Kopf schwer machten.

Else, die es nun offenbar drängte, ihre Einkäufe zu erledigen und heim zu ihrem Heiner zu kommen, wiegte den Kopf hin und her: »Und wo soll's nu hingehen, Deern? Kennste denn wen? Haste sonst noch Familie?«

Clara hob ratlos die Schultern. Nein, sie hatte niemanden. Die Großeltern lebten nicht mehr. Peter Lorenz, der Vater ihrer Mutter, war bei einem Reitunfall gestorben, als Clara noch ein kleines Kind gewesen war, seine Frau Christine war ihm nur wenige Monate später gefolgt – aus Trauer um ihre große Liebe, hatte Wiebke immer behauptet. Clara hatte lange nicht verstanden, was damit gemeint war. In ihrem Elternhaus gab es das nicht, Liebe zwischen den Eheleuten, und Friederike sagte, Gefühlsduselei sei sowieso nur eine Erfindung der Romanschreiberlinge. Erst später, sehr viel später sollte Clara erkennen, wie sehr die Mamsell sich irrte. Und sie verstand jene Christine, die ohne ihren geliebten Ehemann nicht mehr hatte leben wollen.

Beide Großeltern Vogt waren hingegen der Choleraepidemie von 1831 zum Opfer gefallen. An die fünfhundert Tote hatte die Stadt Hamburg damals zu beklagen gehabt, und Georg Vogt war über Wochen und Monate untröstlich gewesen.

»Ist es denn nicht genug, was ich schon erleiden musste?«, hatte er ausgerufen. »Bin ich nicht schon reichlich gestraft worden für Sünden, die ich nie begangen habe? Was nur verlangt Gott noch von mir?«

Sein anklagender Blick war auf Clara gefallen, und sie hatte sich schnell aus dem Wohnzimmer geflüchtet. Hinunter in die Küche, in Friederikes Arme, die ihr Trost spendeten, obwohl sie eigentlich schon zu alt dafür war.

Es war das Jahr, in dem Clara dreizehn wurde, in dem ihre Gedanken um Paul Dallmann kreisten und in dem die Mutter von einem zukünftigen Galan der Tochter sprach. Es war auch das Jahr, in dem Georg Vogt mehr und mehr den Boden unter den Füßen verlor.

Die schlimmen Zeiten jedoch sollten noch kommen.

Else verlor nun die Geduld, und auch Nella war dabei, das Feuer unter dem Topf zu löschen. Obwohl die Luft sofort eisiger wurde, war Clara darüber erleichtert. Noch wärmte sie der Grog von innen, wenngleich sie lediglich ein paar Schlucke genommen und den Becher Nella dann zurückgegeben hatte. Nur an ihren Händen spürte sie wieder die Kälte und steckte sie rasch in die tiefen Taschen ihrer Schürze. Dabei stieß sie mit der linken Hand auf ein Stück Papier.

Clara wusste sofort, was es war. Erst gestern war sie in der Wäschekommode der Mutter auf einen Zettel gestoßen. Nun zog sie ihn heraus und sah die beiden Frauen an. »Ich weiß jetzt, wo ich hingehen kann.«

Die Neugierde stand Else und Nella groß ins Gesicht geschrieben, aber Clara schwieg sich aus. Nicht, weil sie den beiden nicht getraut hätte. Sie wusste selbst noch nicht, was sie erwartete. Nur weg musste sie. In ihrer Verwirrung hatte sie schon zu viel Zeit verloren. Womöglich ließ der Vater bereits nach ihr suchen!

»Da, nimm dat«, sagte Else und gab Clara ihr eigenes zerschlissenes, aber wärmendes Umschlagtuch. »Glaub, du brauchst dat jetzt mehr als ich, und ich hab's nich' weit.«

Beschämt, doch zugleich unendlich dankbar, nahm Clara das Tuch entgegen. Es roch so stark nach Fisch, dass ihr beinahe übel wurde, und sie atmete ein paarmal durch den Mund.

Nella, die der alten Else in Sachen Hilfsbereitschaft wohl in nichts nachstehen wollte, zog rasch einen speckigen Lederbeutel aus ihrem Ausschnitt, wobei ein salziger Geruch von ihren schlaffen Brüsten aufstieg. Dann kramte sie ein Geldstück hervor und hielt es Clara hin.

»Hier. Mehr als'n Sechsling hab ich leider nich' über.«

»Das ... kann ich unmöglich annehmen«, wehrte Clara ab.

Ein halber Schilling, also sechs Pfennig, waren für jemanden wie Nella viel Geld, das wusste sie sehr wohl.

»Klar kannste«, mischte sich Else ein. »Und von mir kriegste noch einen drauf. Mien Heiner mut sich sienen Kopp auch nich' immer mit Rum vollknallen.«

Die Freundlichkeit der beiden Frauen, die selbst kaum genug zum Leben hatten, berührte Clara zutiefst. Nun konnte sie sich zumindest etwas zu essen kaufen, auf ihrem Weg, der sie einmal quer durch die Stadt und dann hinaus aufs Land führen sollte.

»Vielen Dank«, sagte sie. »Euch beiden. Ich werde eure Hilfe nicht vergessen.«

Sie meinte das vollkommen ernst, aber sie entdeckte sogleich Belustigung auf den Gesichtern der beiden Marktweiber.

»Ja, und wenn de denn mal stinkreich bist, kommste zu uns zurück und kaufst mir, mienem Heiner und der Nella 'n Häuschen mit 'nem warmen Ofen und 'ner vollen Speisekammer!«, rief Else aus und schickte ihr meckerndes Lachen in den Winterhimmel.

Zur Überraschung der beiden blieb Clara vollkommen ernst. »Das werde ich tun. Versprochen.«

Darüber musste sie fast selbst lachen. Sie war sicherlich nicht in der Lage, großartige Versprechen zu geben. Gut möglich, dass sie schon in den nächsten Tagen wählen musste – zwischen einem elenden Tod und der reumütigen Rückkehr in ihr Elternhaus, um den Rest ihres Lebens als Sklavin ihres Vaters zu verbringen.

Ein Teil von ihr jedoch, eine Kraft, von dessen Existenz sie bis zu diesem Augenblick selbst noch nichts geahnt hatte, hinderte sie daran zu verzagen.

Clara staunte. Sie hatte sich selbst stets für schwach gehalten. Nun strafften sich ihre Schultern wie von selbst, und ihr Kinn hob sich.

Bevor sie endgültig davoneilte, fiel ihr noch etwas ein.

»Ach, und bitte grüßt ganz herzlich unsere Mamsell Friederike von mir. Gewiss kommt sie morgen früh wieder zum Markt. Sagt ihr, es geht mir gut. Und sie soll sich nicht sorgen.«

Die Marktweiber versprachen es, und Clara spürte

noch ihre Blicke im Rücken, bis sie um die nächste Ecke gebogen war.

Else und Nella sahen Clara eine Weile schweigend hinterher. Dann steckten sie die Köpfe zusammen und besprachen eifrig, was sie eben erlebt hatten. Andere Marktweiber kamen hinzu, und es wurde bald hitzig debattiert. Im Grunde, so waren sich alle einig, hatte die Deern nichts Besseres tun können, als das Unglückshaus an der Deichstraße zu verlassen.

Aber der olle Vogt – Gott bewahre –, mit dem war jetzt gar nicht mehr gut Kirschen essen. Dem sollte man lieber aus dem Weg gehen. Die Clara, die war ja noch die Einzige gewesen, die dafür sorgte, dass seine Kumpane draußen blieben und der Milchmann, der Kohlenhändler und der Brotjunge ihre Rechnungen bezahlt bekamen. Nun würde schon bald alles zusammenbrechen, da waren sich die Frauen einig.

Uneinigkeit hingegen herrschte über Claras weiteres Schicksal. Die einen sahen sie schon untergehen auf den Straßen, die sei doch viel zu verwöhnt und habe keinen Schimmer vom wirklichen harten Leben. Ein viel zu zartes Pflänzchen eben.

Die anderen meinten, da solle man sich mal nicht täuschen. Clara sei zäh, die kämpfe sich schon durch.

Eine dritte Gruppe wiederum ließ vernehmen, die Deern sei sowieso unheimlich gewesen. Ganz gut, dass die jetzt erst mal weg war.

Dies aber ließen die alte Else und Nella nicht auf Clara sitzen und verteidigten sie voller Streitlust. Nellas Grog machte dabei die Runde, und möglicherweise wäre der Streit noch ausgeartet, hätte ein herbeigeeilter Schutzmann nicht für Ruhe gesorgt und allesamt heimgeschickt.

Während die Frauen noch getratscht hatten, war keiner von ihnen Mamsell Friederike aufgefallen, die sich hinter einem Bretterverschlag verborgen hielt und genau mitbekam, wovon die Rede war. Von ihrer Clara! Dem Mädchen, das sie liebte wie eine eigene Tochter.

Herr im Himmel! Was war das vorhin für eine Aufregung gewesen! Clara, die an ihr vorbeiflitzte und durch die Waschküche verschwand, der olle Vogt hinterher. Und wie er dann laut aufbrüllte, als er auf der Seifenlauge ausrutschte.

»Hilf mir gefälligst auf, du dummes Weib!«, hatte er Friederike angeschrien, während sie den Bottich hochhob.

»Sehr wohl, mein Herr«, hatte sie erwidert und ihm die Hand gereicht. Doch, welch dummer Zufall, er war sofort wieder an ihr abgerutscht. Vielleicht, weil sie ihre Hand vorher rasch in den kleinen Rest Seifenlauge im Bottich gesteckt hatte.

Da war er, schon halb auf den Knien, gleich noch mal lang hingeschlagen, und seine Flüche hatten Friederike begleitet, als sie zurück in die Küche lief und aus der Speisekammer, ganz hinten bei den Gläsern mit dem eingemachten Gemüse, ihr Erspartes holte.

Draußen auf der Deichstraße war sie zunächst in die falsche Richtung gehastet. Sie hatte befürchtet, dass Clara womöglich zum Hafen hinuntergelaufen war, um – der

Herrgott im Himmel bewahre sie davor –, um sich in ihrer Verzweiflung ins Wasser zu stürzen. Bei allem, was die Deern schon durchgemacht hatte, war das gar nicht so dumm gedacht, befand Friederike. Es waren schon junge Frauen aus viel geringeren Gründen in die Elbe gegangen.

Doch an den Butenkais war alles ruhig gewesen, vom üblichen Treiben am Hafen einmal abgesehen. Ein Wald von Masten schaukelte gemächlich in der leichten Brise, hohe Schiffe, schwerbeladene Frachtboote und leichte Jollen führten einen wohlkalkulierten Tanz der Geschäftigkeit aus, unbehelligt von Eisschollen, wie sie in anderen Wintern auf der Elbe trieben. Keine Menschenmenge hatte sich versammelt, um sich über das Unglück einer jungen Frau die Mäuler zu wetzen. Aufatmend hatte Friederike dem Hafen den Rücken gekehrt und war zurückgerannt. Kurz vor dem Haus der Vogts versteckte sie sich hinter einem nach Norden rollenden Fuhrwerk und kam so ungesehen vorbei. Aus den Augenwinkeln erblickte sie, dass ihr Dienstherr pitschenass herausgelaufen kam und wild mit den Armen herumfuchtelte. Eine Gruppe Männer, wahrscheinlich jene, für die Friederike noch vorhin gekocht hatte, drängte ihn zurück ins Haus. Was immer sie von ihm wollten, ihr sollte es gleich sein. Sie hatte genug von dem Kaufmann und seiner Schreckensherrschaft. Einzig Clara zuliebe war sie überhaupt geblieben.

Nun musste sie die Deern finden.

Sehr schnell kam sie nicht mehr voran. Ihre schmerzenden, von den Jahren schwerer Arbeit am Herd geschwollenen Beine zwangen sie zu einer langsamen Gangart. Als Friederike schließlich den Marktplatz erreicht und die laut streitenden Frauen gehört hatte, hatte sie erkannt, dass sie zu spät gekommen war.

Clara war fort.

Friederike zog sich zurück. Den Marktweibern wollte sie nicht in die Arme laufen. Musste ja keine mitbekommen, dass ihr dicke Tränen über die Wangen rollten.

Würde sie Clara jemals wiedersehen? Was sollte nur aus der Deern werden? Und dann war da noch die Sache mit Paul. Friederike hatte Clara nie erzählt, dass Paul Dallmann ihr Neffe war. Anfangs hatte ohnehin niemand davon wissen dürfen, später war alles so schwierig geworden, dass Friederike die richtigen Worte nicht mehr fand. Dann wünschte sie sich manchmal, sie hätte sich vor gut zehn Jahren nur um ihren eigenen Kram gekümmert, anstatt sich verantwortlich zu fühlen für ihre jüngere Schwester.

Friederike hatte die verwitwete, so gut wie mittellose Martha Dallmann aus Altona nach Hamburg geholt, samt ihrer fünf Kinder. Sie brachte sie in einer Kellerwohnung nur zwei Häuser weiter unter, und sie nahm Martha und den Kindern das heilige Versprechen ab, niemals jemandem zu verraten, dass sie miteinander verwandt waren. Ihr guter Ruf als Mamsell im Hause Vogt war in Gefahr, wenn bekannt wurde, dass sie mit diesem »Pack«, wie die Dallmanns bald in der Straße genannt wurden, etwas zu tun hatte. Friederike tat, was sie konnte, aber die Kinder waren immer hungrig, Martha kränkelte, die Wohnung war meistens kalt und feucht, und die wenige Kleidung war schon seit langem nur noch gestopft worden. Für ein neues Hemd oder gar ein Kleidchen für eines der Mädchen fehlte das Geld. Die Familie lebte von dem, was Friederike ihr zusteckte, und von dem, was der gewitzte Paul in seinen verschiedenen Anstellungen verdiente. Mal schuftete er im Hafen einen ganzen Tag lang als Schauermann und brach bald zusammen unter der Last von Kaffeesäcken oder Weinfässern, mal half er in einem Mietstall aus, und oft packte er auf einem Ewer mit an, einem jener kleinen, flachbodigen Frachtsegler, die auf Hamburgs vielen Wasserwegen Ware beförderten. Dann konnte es vorkommen, dass er wieder wochenlang keine Arbeit bekam. Die Armut war groß in der Stadt, und erwachsene Männer stritten sich um jede Verdienstmöglichkeit. Da hatte es ein Halbwüchsiger schwer, sich durchzusetzen. Er wurde leicht übersehen oder sofort wieder heimgeschickt, wenn er sich inmitten einer Gruppe Arbeitswilliger am Baumwall einfand, wo viele große Schiffe anlandeten.

In solchen Zeiten stiegen Friederikes Sorgen ins Unermessliche, und sie betete um ein Wunder. Stattdessen geschah etwas völlig Unerwartetes, und alles begann mit jener Begegnung in der Deichstraße.

Zu gut konnte sie sich noch an ihren Schrecken erinnern, als der junge Paul damals plötzlich vor ihr und Clara aufgetaucht war.

Gleich würde er sie verraten, und dann war's gewiss bald vorbei mit ihrer schönen Stellung.

Aber Paul hatte so getan, als kenne er die Tante nicht, und sich nur den Obstkorb geschnappt. Sie hatte geschimpft, wie es sein musste, und dabei gehofft, er würde es irgendwie schaffen, ein paar Birnen und Äpfel für sich und die Kleinen zu stibitzen. Clara hatte ihn jedoch scharf beobachtet, und da war ihm nichts anderes übriggeblieben, als dem Befehl Friederikes zu gehorchen und den

Korb wieder abzustellen. Mit einer einzigen Birne als Beute war er davongelaufen. Friederike hatte auf dem Heimweg dann noch lange über den Lausebengel hergezogen, und so war alles gutgegangen.

Nur das, was dann später geschah, hatte sie nicht voraussehen können, und schon gar nicht verhindern. Da war sie machtlos gewesen.

Sie konnte nur zusehen und schweigen, während sich die zwei so jungen Menschen ineinander verliebten und das Unglück seinen Lauf nahm.

Friederike stieß einen tiefen Seufzer aus, als sie nun das Marktgelände verließ und sich in alle Richtungen umschaute. Von Clara war keine Spur zu entdecken. Sie schien ein Ziel zu haben, aber keines der Marktweiber kannte es. So viel hatte sie aus den Gesprächen eben herausgehört.

Eine fahle Mittagssonne schickte ihre kraftlosen Strahlen über die hohen, zum Teil kunstvoll geschnitzten Giebel der Altstadthäuser, und Friederike fasste rasch einen Entschluss. Sie würde sich eine Mietdroschke nehmen und nach Altona fahren. Dorthin war ihre Schwester Martha mit ihren vier Töchtern zurückgekehrt, nachdem die schlimme Sache mit Paul passiert war.

Martha hatte Glück gehabt. Ein braver Schuster, ebenfalls verwitwet, jedoch kinderlos, machte ihr bald den Hof. Allen Entbehrungen zum Trotz hatte sich Martha einen gewissen Liebreiz erhalten, und sie hätte es nicht besser treffen können. In der Wohnung des Schusters war genug Platz für alle, und die Töchter blühten in den folgenden Jahren auf.

Nun hoffte Friederike, sie könne eine Weile bei ihrer Schwester unterkommen. Ihren neuen Schwager kannte sie zwar kaum, aber sie wusste, dass Hermann Voss ein guter, gottesfürchtiger Mann war. Gewiss würde er einer hilfsbedürftigen Verwandten Obdach bieten.

Wenig später saß Friederike in einer Droschke. Vor lauter Entsetzen über den hohen Fahrpreis von acht Schillingen schaute sie nicht aus dem Fenster, sondern starrte ängstlich auf ihre im Schoß gefalteten Hände. Hätte sie doch nur eine Haltestellte des neuen Pferdeomnibusses gesucht, der seit mehr als einem Jahr zwischen Altona und Hamburg verkehrte! Damit kostete die Fahrt nur die Hälfte. Martha hatte ihr davon im selben Brief geschrieben und ihre Hoffnung geäußert, Friederike möge sie bald einmal besuchen kommen. Jedoch war jetzt keine Zeit gewesen für ein umständliches Suchen und Durchfragen. Friederike musste weg.

Auf der Stelle.

Bevor Georg Vogt sie aufspüren konnte. Denn sie fürchtete, sein ganzer Zorn würde sie treffen, wenn sie ihm noch einmal unter die Augen trat.

So befand sie sich nun genauso auf der Flucht wie Clara. Wäre ihr Blick nur einmal aus dem Fenster geschweift, hätte sie womöglich die junge Frau erkannt, die, unter einem fadenscheinigen dunklen Umschlagtuch verborgen, ebenfalls in Richtung Westen eilte.

4

Eine halbe Stunde zuvor war es vor dem Vogtschen Haus in der Deichstraße zu einer heftigen Debatte gekommen, die einige Schaulustige anlockte.

»Verflucht! Hört ihr nicht? Meine Tochter ist weggelaufen, das undankbare Gör! Ihr müsst mir helfen, sie zu finden!« Ein nasser, nach Seifenlauge riechender Georg Vogt stand in der Eingangstür, warf wütende Blicke in die Runde seiner Geschäftspartner und regte sich mehr und mehr auf. »Und die Mamsell ist auch fort! Dem Gör hinterher.«

»Das ist außerordentlich bedauerlich«, erwiderte ein blonder Hüne und klemmte sich den Spazierstock unter den Arm. »Ich hegte die Hoffnung, dem Fräulein Clara meine Aufwartung zu machen. Nun, wir werden uns später darum kümmern. Zunächst haben wir etwas mit Ihnen zu besprechen.« Ein Blick aus kieselsteingrauen Augen heftete sich auf den Kaufmann.

Vogt gab sich alle Mühe, wütend zu bleiben, aber schon kroch kalte Furcht an seinem Rücken hoch. Er wand sich unter dem grauen Blick.

»Das undankbare Weib!«, stieß er aus und ließ offen, ob er damit seine Tochter Clara, die Mamsell Friederike oder beide zusammen meinte.

»Wie gesagt, wir kümmern uns später darum«, entgegnete der Hüne eine Spur schärfer.

Er hieß Gustav Müller und war ebenfalls Kaufmann.

Wie krumm seine Geschäfte in Wahrheit waren, hatte Georg Vogt erst mit der Zeit erfahren. Anfangs hatte er wirklich noch geglaubt, mit Gustav Müller wende sich sein Blatt endlich wieder zum Guten, nachdem er so reichlich vom Pech verfolgt worden war.

Der Mann hatte ihm hohe Rendite versprochen, wenn er nur ein paar hundert Courantmark in den Import von bestem Jamaika-Rum investierte. Tatsächlich bekam Vogt nicht nur seinen Einsatz zurück, sondern machte auch einen satten Gewinn.

Eine Weile war es so weitergegangen, mit anderen Waren, mit Geschäften, die er bald nicht mehr überblickte, mit immer geringeren Gewinnen. Bis er plötzlich Verluste machte, mehr und mehr, und bis Gustav Müller auf einmal nicht mehr sein Freund und Geschäftspartner war, sondern sein größter Gläubiger. Bis der Mann anfing, ihm zunächst gehörigen Respekt und bald schon reine Angst einzuflößen. Bittere Galle stieg in seinem Hals nach oben, und er schluckte heftig.

Jetzt drehte sich Müller zu seinen Begleitern um. »Unser verehrter Herr Vogt ist ganz allein und verlassen. Wir sollten ihm Trost spenden.«

Höhnisches Gelächter hallte über die Deichstraße, und noch mehr Schaulustige blieben in der Nähe stehen.

»Treten Sie ein«, sagte Georg Vogt rasch. Auf keinen Fall wollte er in der Nachbarschaft übermäßige Aufmerksamkeit auf sich ziehen.

»Mit Vergnügen.« Gustav Müller nahm seinen Zylinder ab und deutete eine scheinbar höfliche Verbeugung an. Dabei nickte er den anderen zu, und sein Gesicht verzog sich zu einem Grinsen. »Aus dem feinen Mittagessen wird ja wohl nichts, wenn Ihre Mamsell auf und davon ist. Sehr bedauerlich, wir hatten uns schon auf einen guten Eintopf gefreut. Und den Anblick des schmucken Fräulein Tochter werden wir schmerzlich vermissen, fürwahr!«

Erneutes Gelächter brach los.

»Dafür haben wir hier einen sauber gewaschenen Herrn Kaufmann. Nur ordentlich trocknen müsste er noch.«

Vor Vergnügen klopften sich die Männer auf die Schenkel. Vogt spürte, wie ihm der kalte Schweiß ausbrach. Eine säuerliche Note mischte sich unter den Geruch nach Seifenlauge. Bislang hatte Gustav Müller stets die Fassade eines seriösen Handelsherrn aufrechterhalten. Nun ließ er diese zum ersten Mal fallen, und dahinter kam ein furchteinflößender Mann zum Vorschein.

»Was ... Was wollen Sie?«

Er hatte gedacht, Gustav Müller werde ihm heute ein neues Geschäft vorschlagen. Wieder irgend so ein krummes Ding.

Vogt war jedoch entschlossen gewesen, ihm eine Abfuhr zu erteilen. Er hatte die letzten Tage damit verbracht, sich einen Überblick über seine finanzielle Lage zu verschaffen. Das Ergebnis war niederschmetternd. Viel schlimmer sogar, als er gedacht hatte.

Kaum hundert Mark waren noch übrig.

Georg Vogt war ruiniert. Ihm war klar, es gab nur eine Rettung für ihn: Wenn er das Haus gut verkaufte und sich irgendwo bescheiden einrichtete, dann würde er eine Weile von dem Erlös leben können. Clara sollte ihm den Haushalt führen, sie war sparsames Wirtschaften inzwischen gewohnt. Kurz durchzuckte ihn eine Regung, ein

Bedauern vielleicht, weil er sie geschlagen hatte. Nun gut, er würde sie in Gnaden wieder aufnehmen, obwohl sie einfach weggelaufen war.

Bald wollte er auch als Kaufmann wieder auf die Beine kommen. Er müsste dann ganz klein anfangen, mit Kaffee vielleicht. Der wurde in Hamburgs Bürgerhäusern ja immer beliebter. Fünf Säcke von einem Südamerikasegler mit etwas Gewinn an den Kolonialwarenhändler Briesig weiterverkaufen, beim nächsten Mal schon zehn Säcke. Briesig schuldete seiner Familie noch was. Schließlich war es Vogt Senior gewesen, der dem jungen Mann damals den Laden zu einer äußerst günstigen Miete überlassen hatte. Ganz genau! Briesig würde ihm schon wieder auf die Beine helfen, und diese neuen Geschäfte schossen ja an fast jeder Straßenecke Hamburgs aus dem Boden. Die Zeit der kleinen Händler mit ihren Bauchläden war bald vorbei.

Oh ja, er wollte noch einmal von vorn beginnen und nicht mehr daran denken müssen, was alles verloren war.

Wie hatte es nur so weit kommen können? Er war doch einmal ein kluger Kaufmann gewesen, der aus dem kleinen Teehandel seines Vaters ein blühendes Handelsunternehmen geschaffen hatte.

Das Schicksal war gegen ihn gewesen. Das war der Grund. Erst dieser schleichende Verdacht gegen seine Frau, die er einst so abgöttisch geliebt hatte, dann das schreckliche Unglück in seiner Familie, und schließlich auch noch der plötzliche Tod seiner Eltern.

Selbst Wiebke hatte ihn am Ende verlassen. Hatte sich durch ein Hintertürchen davongeschlichen, wohl wissend, dass er ihr dorthin nicht folgen konnte.

War klüger gewesen, als er gedacht hatte, sein kleines Frauchen.

Georg Vogt rieb sich die Stirn. In letzter Zeit kamen ihm manchmal so befremdliche Gedanken. Geradezu verrückt. Vielleicht sollte er wirklich mit dem Saufen aufhören. Er hatte mal irgendwo gehört oder gelesen, dass manche Menschen den Verstand verlieren konnten, wenn sie zu viel Alkohol konsumierten. Ja, genau, jetzt fiel es ihm wieder ein. Die Temperenzler behaupteten so etwas. Die hatten in Hamburg einen Verein gegen das Branntweintrinken gegründet und stürmten gern mal in die Kneipen, um ihre Warnungen auszustoßen.

Ausgelacht wurden diese Leute, was sonst? Und Vogt hatte bisher immer mitgelacht.

War sowieso Unsinn, entschied er jetzt, während die Männer einen Kreis um ihn schlossen. Nun gerade gelüstete es ihn nach einem großen Glas Branntwein. Und er wurde nicht verrückt.

Nicht er!

Gustav Müller ergriff wieder das Wort: »Wahrhaftig, so nass kann er nicht bleiben, der feine Kaufmann. Und der Kamin hier in der Diele ist kalt wie 'ne alte Leiche aus der Elbe. Wo geht's zur Küche? Wollen wir hoffen, die Mamsell hat den Herd noch ordentlich angeheizt, bevor sie abgehauen ist.«

Vogts Wut schlug nun endgültig in blankes Entsetzen um.

»Aber Sie wollen doch nicht … Wir sind Freunde … Geschäftspartner …« Er sah schon Flammen an seinen Beinkleidern hochschießen, sich durch den Stoff und dann die Haut fressen, er …

»Genug!« Gustav Müller hob die Hand. »Freunde sind

wir nie gewesen, und die Geschäfte mit Ihnen, werter Herr Vogt, waren nicht so lukrativ, wie ich erhofft habe. Was die bisherigen Schulden betrifft, so könnte ich mich in Geduld üben, aber Sie hätten nicht auch noch beim Pferderennen auf den Wandsbeker Feldern Geld verlieren sollen. Das war unklug, höchst unklug. Denn es handelte sich dabei um mein Geld.«

»Wie ... wieso?«

»Die zweihundertfünfunddreißig Mark, die Sie dort am letzten Sonntag verspielt haben, hätten Sie man besser an mich zurückgezahlt, um wenigstens einen Teil Ihrer alten Verbindlichkeiten auszugleichen.«

Woher weiß er, wie viel ich verloren habe?, fragte sich Georg Vogt. Dann entdeckte er den Schuldschein, den Gustav Müller aus der Westentasche zog. »Den hat mir unser gemeinsamer Bekannter, der Barbier Walter Friesing überlassen. Er brauchte dringend Geld, und ich konnte ihm helfen. Schon ziemlich dumm, dass sich ein Hamburger Pfeffersack bei seinem Barbier so ein hübsches Sümmchen leihen muss, um es dann bei der Pferdewette zu verlieren, nicht wahr?«

Erneut brachen seine Kumpane pflichtschuldig in Lachen aus.

Einzig Gustav Müller blieb vollkommen ernst. »Nun ist die Frage, wie Sie wohl auch diese neuen Schulden begleichen wollen. Ich denke, das könnte schwierig werden angesichts der gesamten Summe.«

Er nannte eine Zahl, die Vogt schwindeln ließ, und er fühlte ganz deutlich, wie die Falle zuschnappte.

Die Männer standen jetzt so dicht um ihn herum, dass er kaum noch Luft bekam.

Er schlotterte in seinen nassen Kleidern, und zugleich war ihm heiß vor Angst.

Betont langsam ließ Gustav Müller seinen Blick durch die altehrwürdige Kaufmannsdiele gleiten. »Ein hübsches Haus haben Sie hier. Sehr praktisch für gute Geschäfte. Hinten liegt gleich der Speicher zum Nicolaifleet, richtig? Und wer hier residiert, der gehört in die besseren Kreise.«

Und da begriff Georg Vogt, begriff viel zu spät. Von Anfang an, seit dieser Mann in sein Leben getreten war, hatte er kein anderes Ziel gehabt, als ihn zu ruinieren und in den Besitz dieses Hauses zu gelangen.

5

Clara strebte dem Großen Burstah zu, folgte der Straße nach Westen und überquerte nach einer Weile das Alsterfleet über die Graskellerbrücke. Die hohe, runde Kuppel des Michels wies ihr den Weg. Trotz ihrer Angst empfand Clara so etwas wie Trost beim Anblick dieses Hamburger Wahrzeichens. Die Hauptkirche Sankt Michaelis war vor neunzig Jahren nach einem Blitzschlag abgebrannt, doch sie war wieder aufgebaut worden, stand nun fest, reckte ihren Turm stolz in den Himmel und wies den ein- und auslaufenden Schiffen ihren Weg.

Das tröstliche Gefühl währte nicht lange. Schon blickte Clara wieder furchtsam über die Schulter zurück. Ließ der Vater sie von seinen Kumpanen suchen? Lief er am Ende höchstpersönlich durch die Altstadt, um die abtrünnige Tochter zurückzuholen?

Erst als sie das Alsterfleet hinter sich gelassen hatte, beruhigte sich Clara. Sie war bereits eine weite Strecke gelaufen, und sie fiel inmitten der vielen Menschen kaum auf. Zudem hatte sie sich Elses Umschlagtuch fest um Kopf und Schultern gewickelt. In dieser Verkleidung würde sie niemand so schnell erkennen. Einige Passanten wichen sogar mit angeekelter Miene vor dem durchdringenden Fischgeruch zurück.

Beinahe hätte Clara gekichert.

Da wendete sie nun zu Fuß durch Hamburg, alles andere als angemessen gekleidet – die Tochter des einst geschätzten Kaufmanns Georg Vogt. Sie stank, und sie zitterte vor Kälte. Ihre Füße spürte sie kaum noch, ihre Hände waren rot gefroren, ihre Lippen fühlten sich eisig an, wenn sie mit der Zungenspitze darüberfuhr.

Wahrlich, ein Bild des Jammers!

Sollten jene braven Bürgerinnen, die früher die Feste im Kaufmannshaus besucht hatten, Clara in diesem Zustand erkennen, sie würden vor Schreck der Reihe nach in Ohnmacht fallen.

Ach, Paul, dachte sie. Wenn du mich so sehen könntest, du würdest dich schämen für mich!

Meine kleine Rose – so hatte er sie gern genannt. Nie hatte dieses Kosewort weniger zu ihr gepasst als jetzt.

Ihre Stimmung schlug um. Verzweiflung trat an die Stelle von Belustigung.

Ihre Schritte wurden langsamer.

Der Weg, der vor ihr lag, war noch unendlich weit. Falls sie nicht einen freundlichen Fuhrmann fand, der sie mitnahm, würde sie Tage brauchen! Und wer ließ schon aus reiner Menschenfreundlichkeit ein nach Fisch stinkendes, so gut wie mittelloses Mädchen auf den Kutschbock steigen!

Noch einmal holte sie den Zettel aus der Schürzentasche. Ein Name und eine Adresse standen darauf. Elisabeth Bardenstein, Villa Bardenstein, Neumühlen. Es war die Handschrift von Wiebke Vogt. Eine genaue Straßenangabe fehlte. Clara mutmaßte, dass ihre Mutter sich dort entweder gut ausgekannt oder nichts Näheres gewusst hatte.

Sie blieb stehen und verschränkte die Arme vor der Brust, ganz so, als könnte sie sich auf diese Weise vor der bitteren Wahrheit schützen. Allein würde sie es nicht schaffen. Zwar kannte sie die ungefähre Strecke – im Kontor des Vaters hing ein großer Stadtplan von Hamburg und seiner ländlichen Umgebung, und es hatte eine Zeit gegeben, da hatte sich Clara die Orte und Straßen eingeprägt, weil sie davon träumte, überall hinzufahren, zusammen mit Paul, und dann weiter in die große Welt.

Aber wie sollte sie jemals bis nach Neumühlen kommen? Durch die ganze Neustadt, dann durch das Millerntor hinaus, der Länge nach die Reeperbahn hinunter und weiter nach Westen, die Stadt Altona durchqueren, aufs Land hinaus und die Elbchaussee entlang?

Unvorstellbar!

Dennoch setzte Clara wieder einen Fuß vor den nächsten. Sie hatte keine andere Wahl. Irgendwie musste sie versuchen, nach Neumühlen zu kommen. Vielleicht wurde sie dort aufgenommen, vielleicht war diese Elisabeth Bardenstein eine gute Freundin ihrer Mutter. Und vielleicht fand Clara sogar Antworten auf die vielen Fragen über ihre Familie, die ihr seit Jahren nicht mehr aus dem Kopf gehen wollten.

In der folgenden halben Stunde überquerte sie auf der Ellerntorbrücke das Bleichenfleet und lief weiter durch den Alten Steinweg auf den Großneumarkt zu. Von dort aus wollte sie durch den Neuen Steinweg und über den Zeughausmarkt zum Millerntor gelangen. Sie wich Kutschen, hochrädrigen Handkarren und Fußgängern aus, hielt den Blick gesenkt und betete, sie möge niemandem begegnen, der sie kannte.

Als der Hunger sie überwältigte, kaufte sich Clara ein Stück Brot und spülte es mit einem Becher Wasser hinunter, das sie bei einem der vielen Wasserträger erstand.

Derart gestärkt ging sie weiter, während es um sie herum dunkler und dunkler wurde. Obwohl es noch früher Nachmittag war, neigte sich der kurze Wintertag seinem Ende zu, und auf der Straße wurde es ruhiger.

Einzig die festen, schnellen Schritte, die Clara schon seit einer Weile hinter sich hörte, wurden lauter und lauter. Sie kamen näher, blieben hinter ihr.

Plötzliche Todesangst durchflutete sie. Ihr Blick flog nach rechts und nach links. Nirgends ein Fluchtweg. Nirgends ein Mensch, den sie um Hilfe bitten könnte. Die Straße war wie leergefegt. Schattengestalten drängten sich in Torbögen und Mauernischen. Mütter, vielleicht, mit ihren Kindern. Sie spürten die Gefahr.

Aus den hohen, rußgeschwärzten Häusern schauten dunkle Fenster drohend auf die dahineilende junge Frau hinab.

»Hab ich dich!«

Sie schrie auf, als jemand sie von hinten packte. Ihre Füße zappelten in der Luft. Clara versuchte erneut zu schreien, brachte aber nur ein Wimmern hervor. Ihre Augen traten ihr fast aus den Höhlen, und ihr Herz klopfte so laut, dass ihr der Kopf dröhnte.

Einen törichten Moment lang glaubte sie, der Vater habe sie eingeholt. Hatte sie nicht schon in der Waschküche gedacht, ihm seien Flügel gewachsen? Der Mann, der sie mit Bärenkräften umklammert hielt, besaß jedoch eine mächtige Statur, während der Vater eher klein geraten war.

Nur kurz verspürte Clara Erleichterung. Der Griff unterhalb ihres Brustkorbs schnürte ihr die Luft zum Atmen ab, und sie fühlte, wie ihr die Sinne schwanden.

So also sollte sie sterben.

So rasch, so leicht.

»Her mit dem Geld«, raunte der Mann ihr ins Ohr. »Hab genau gesehen, wie du dir Brot und Wasser gekauft hast. Also brauchste dich gar nicht als armes Fischweib verkleiden.«

Clara wollte etwas erwidern, wollte alles erklären, aber da wurde ihr schon schwarz vor Augen, und Dunkelheit senkte sich auf sie herab.

Der Geruch nach Unrat weckte sie. Clara drehte den Kopf zur Seite und übergab sich.

»Das nenne ich mal ein feines Gastgeschenk«, erklang hinter ihr eine hohe, klare Mädchenstimme.

Clara fuhr zusammen.

»Wo bin ich?«

»In meiner Wohnung im Ehebrechergang.«

»Bitte, wo?«

Das Mädchen kicherte. Es wirkte noch sehr jung, Clara schätzte es auf fünfzehn, höchstens sechzehn Jahre. Die hellen Augen hingegen waren die einer reifen Frau. Müde, so als hätten sie schon zu viel gesehen in diesem noch kurzen Leben.

»Wir nennen das hier nur so. Eigentlich heißt er Ebräergang. Aber die meisten Leute können das nicht aussprechen. Ist ja auch ein schwieriges Wort, und mit den Juden will hier sowieso keiner was zu schaffen haben. Wir sind schließlich anständige Christen. Mehr oder weniger, jedenfalls. Außerdem geschieht hier eben einiges zwischen Mann und Frau. Du weißt schon.«

Clara erwiderte ratlos den Blick, der nicht zu dem Kichern des Mädchens passen wollte.

Erst langsam dämmerte ihr, dass sie sich mitten in einem Gängeviertel befand. Solche Viertel gab es auch in der Altstadt, und sie waren weithin verrufen als Brutstätten von Gewalt und Seuchen.

Wie oft war sie von der Mutter davor gewarnt worden, sich einer solchen Gegend auch nur zu nähern! Eine Kaufmannstochter hatte einen großen Bogen um Orte zu machen, in denen der Abschaum der Stadt lebte. So oder ähnlich waren die Worte der Mutter gewesen.

Paul hingegen hatte ihr erklärt, dass die Lebensbedingungen dort zwar schlimm seien, aber viele Menschen einfach keine andere Wahl hätten. Er kenne einige Leute, die in einem Gängeviertel lebten, und die seien froh über die niedrigen Mieten. Er war es auch gewesen, der ihr erklärt hatte, wie ein solches Viertel aufgebaut war. Die hohen, schmalen Häuser verfügten über winzige Wohnungen mit drei Räumen, allesamt restlos überfüllt, was allerdings von den Bauherren ursprünglich nicht so geplant war. Am Hinterhof führte ein schmaler Gang entlang, wo sich auch der einzige Abort für sämtliche Bewohner befand.

»Den Gestank kannst du dir bestimmt vorstellen«, hatte Paul gesagt, der inzwischen auch viel über Clara wusste. Über ihre Angst vor Feuer zum Beispiel, und über ihren besonderen Geruchssinn, den sie als Last empfand, weil die Nachbarn sie befremdet anschauten, wenn sie behauptete, etwas zu riechen, was die anderen nicht wahrnehmen konnten. Sie vermochte feinste Gerüche wahrzunehmen – eine Hellseherin war sie nicht.

Davon hatte sie ihm erzählt, in jenem Jahr, als sie fünfzehn wurde und jede Gelegenheit wahrnahm, ihn zu sehen.

Inzwischen wusste sie längst, dass sie Paul liebte, und er, ein junger Mann von achtzehn Jahren, schien ihre Gefühle zu erwidern, obwohl er niemals offen darüber sprach. Clara ahnte, es hing damit zusammen, dass er sich verantwortlich für seine Familie fühlte. Er glaubte wohl, er habe kein Recht auf ein eigenes Glück.

Nun, früher oder später würde sie ihn umstimmen, das nahm sie sich in jenem Jahr vor.

Für Clara und Paul würde es kein Später geben, doch davon ahnte Clara damals nichts.

»Bist du jetzt mit offenen Augen wieder in Ohnmacht gefallen?«, erkundigte sich das Mädchen. »Oder träumst du vielleicht von einem feinen Landhaus an der Elbe? Da muss ich dich enttäuschen. Das hier ist wirklich bloß meine Wohnung im Ehebrechergang.«

»Wie … kommst du darauf?!«, stieß Clara erschrocken hervor und richtete sich auf. Sie hatte auf einer schmalen, harten Pritsche gelegen und blieb nun darauf sitzen.

Auch das übrige Mobiliar in dem kleinen Zimmer war kärglich. Auf der gegenüberliegenden Seite befand sich eine weitere Bettstatt, roh zusammengezimmert aus unbehandelten Brettern und mit ein paar groben Decken darauf. Ein wackeliger Tisch mit zwei Stühlen stand in der Mitte, an einer Wand waren Nägel eingeschlagen, daran hingen ein paar wenige Kleidungsstücke. Außerdem gab es noch eine alte Truhe, auf der Clara einige Küchenutensilien ausmachte.

Das Mädchen schwenkte den Zettel mit der Adresse in Neumühlen vor ihren Augen hin und her. »Den hat Kalle vorhin weggeworfen. Davon kann er sich ja nichts kaufen. Soweit ich weiß, stehen an der Elbe nicht unbedingt armselige Hütten. Und wenn, dann heißen die nicht Villa soundso. Also muss es schon ein feines Landhaus sein. Mit mindestens zehn Zimmern, einem großen Park und einem lauschigen Pavillon. Ein Freund von mir ist Gärtner in so einem Park, irgendwo an der Elbchaussee. Der hat mir erzählt, wie es dort aussieht. Und die Damen und Herren flanieren dann zum Ufer und winken den Schiffen, die in die Ferne fahren ...«

»Kalle?«, unterbrach Clara den schwärmerischen Redefluss des Mädchens. »Ist das etwa der Mann, der mich überfallen hat? Kennst du ihn? Habt ihr gar gemeinsame Sache gemacht?«

»Ja, ich kenne ihn, aber nicht besonders gut. Und ich bin keine Diebin! Mein Name ist Amelie Kruse, und ich habe noch niemals jemandem etwas gestohlen! Da kannst du jeden hier fragen!«

Clara senkte zerknirscht den Blick und schwieg.

»Das war ziemlich dumm von dir, in aller Öffentlichkeit dein Geld aus der Schürzentasche zu holen«, erklärte Amelie, nun wieder ruhiger.

»Es waren doch bloß zwei Sechslinge. Und nachdem ich mir etwas Brot und Wasser gekauft habe, waren noch ein Sechsling und vier Pfennig übrig.« Und es war alles, was ich besaß, fügte sie in Gedanken hinzu.

»In dieser Gegend wurden für einen Kohlkopf oder einen Zipfel Wurst schon Kehlen durchgeschlitzt.«

Clara erschrak. Wie unbedacht sie doch gewesen war! Sie wusste nichts vom richtigen Leben.

Amelie stand auf, holte einen Eimer, der halb mit Wasser gefüllt war, und einen alten Lappen. »Meinen Namen kennst du nun«, sagte sie, während sie Claras Erbrochenes aufwischte. »Und wie heißt du?«

»Clara Vogt. Ich bin die Tochter des Kaufmanns Georg Vogt.«

Amelie kicherte schon wieder. »Das klingt ja ziemlich vornehm. Sehr erfreut, deine Bekanntschaft zu machen«, fügte sie gestelzt hinzu.

Sie ging zu einem kleinen Fenster neben der Pritsche, öffnete es und stieß einen kurzen Warnruf aus. Dann kippte sie den Inhalt des Eimers auf den Gang hinaus.

»Da freuen sich die Ratten«, erklärte sie und versuchte, das Fenster wieder zu schließen. Es blieb einen Spalt offen, sosehr sie sich auch anstrengte.

»Verdammt!«, stieß Amelie aus. Der derbe Fluch kam ihr leicht über die Lippen. »Im Winter klemmt das immer. Muss an der Kälte liegen.«

Clara kämpfte ihren Ekel nieder. Auf keinen Fall wollte sie sich vor diesem Mädchen noch einmal übergeben. »Hast du mich hierhergebracht?«

Amelie nickte. »Zusammen mit Tine. Wir teilen uns das Zimmer. Zum Glück bist du schnell wieder zu dir gekommen, und wir mussten dich nur unterhaken und mitziehen. Weißt du das nicht mehr?«

Clara schüttelte den Kopf.

»Na ja, der Kalle hat dir wohl ordentlich die Luft abgeschnürt. Du bist ja hier auch gleich wieder ohnmächtig geworden.«

Amelie ging zu der Truhe und schöpfte aus einem Krug etwas Wasser in eine Porzellantasse.

»Hier, trink. Damit wirst du den bitteren Geschmack im Mund los. Ist garantiert sauberes Wasser. Wir kaufen es immer ganz frisch. Die anderen Mädchen im Haus schöpfen auch schon mal einfach Wasser aus dem Fleet. Aber ich glaube nicht, dass das besonders klug ist. Jedenfalls haben die ständig Fieber und Durchfall und können dann nicht arbeiten. Tine und ich passen lieber auf. Wer nicht arbeitet, kann bald die Miete nicht mehr zahlen.«

»Was arbeitet ihr denn?«, erkundigte sich Clara neugierig und nahm dankbar die Tasse entgegen. Die war an mehreren Stellen angeschlagen und besaß keinen Henkel mehr, dennoch erschien sie ihr als ein Überbleibsel aus besseren Zeiten.

Erneut stieß Amelie ein Kichern aus, aber die Bitterkeit darin war nicht zu überhören. »Was denkst du wohl?«

Nun erst nahm Clara die Erscheinung des Mädchens wahr. Das grüne Taftkleid war an vielen Stellen geflickt, aber es besaß einen gewissen aufreizenden Schick. Die Taille war eng geschnürt, der tiefe Ausschnitt enthüllte einen kleinen, noch nicht voll entwickelten Busen. Das blonde Haar wurde nur von einem Band aus der Stirn gehalten und fiel locker über die Schultern. Ihre hellen Augen hatte Amelie schwarz umrandet, der kleine Mund war grellrot geschminkt.

Clara war nicht vollkommen unwissend. Von Paul hatte sie viel über das Leben und die Nöte der armen

Leute erfahren, und sie selbst war auch stets mit offenen Augen durch die Altstadt gegangen.

»Aber du bist noch so jung«, sagte sie dennoch.

»Ostern werde ich sechzehn«, gab Amelie knapp zurück.

»Es ... steht mir nicht zu, über dich zu urteilen.«

»Ganz deiner Meinung.«

»Du hättest mir nicht helfen müssen.«

»Bin eben ein guter Mensch.«

»Ja«, sagte Clara. »Das bist du.«

In Amelies Augen glitzerte es verdächtig. »Mir ist es auch mal bessergegangen. So wie dir. Du hast dich ja halb als Fischweib und halb als Dienstmädchen verkleidet, aber ich sehe trotzdem, dass du aus feinem Haus kommt.«

»Ich bin bloß eine Kaufmannstochter.«

»Das ist schon ziemlich fein, finde ich.« Amelie setzte sich auf einen der Stühle und begann, an ihrem Daumennagel zu kauen. Dass dabei die Lippenfarbe verschmierte, schien sie nicht zu kümmern. Auf Clara wirkte sie in diesem Moment sehr jung.

»Und du?«, fragt sie.

»Vater war Ewerführer. Sein Boot ist bei einem Sturm mit einem großen Frachtsegler zusammengestoßen und untergegangen. Meine Mutter ist schon im Jahr davor gestorben. Bei der Geburt meines kleinen Bruders. Der Lütte hat's dann auch nicht geschafft.«

Ihrem Tonfall entnahm Clara, dass Amelie die Geschichte schon oft erzählt und niemand sich dafür interessiert hatte. War wohl nichts Besonderes in dieser Gegend.

»Bis dahin hatten wir ein schönes Leben. Eine Wohnung mit zwei Zimmern ganz für uns allein und fast jeden Sonntag Fleisch auf dem Tisch.«

Amelies Gesicht nahm einen träumerischen Ausdruck an. »Mein Vater war ein froher Mensch und hat uns immer zum Lachen gebracht. Meine Mutter hat mir alles beigebracht, was ich können muss. Kochen, waschen, putzen, plätten, nähen – und sogar ein gutes Deutsch, so wie es in gehobenen Kreisen gesprochen wird. Sie war nämlich die Tochter eines Lehrers. Ich bin sehr geschickt im Nähen, weißt du. Ich hätte in die Schneiderlehre gehen können.« Ihr schmales Gesicht bekam einen träumerischen Ausdruck. »Jeden Tag hat meine Mutter mit mir gesungen. Schöne alte Volksweisen. Und alle, die mich hörten, haben gesagt, ich bin die geborene Sängerin.« Mit einem Ruck stand sie von ihrem Stuhl auf.

»Vorbei ist vorbei. Hat keinen Sinn, dem alten Leben nachzutrauern. Erzähl mir lieber von dir.«

Sie kam zu Clara und setzte sich neben sie auf die Pritsche. »Vor wem läufst du weg? Und was hat es mit diesem Zettel auf sich? Hoffentlich ist es eine spannende Geschichte. Ich liebe gute Geschichten!«

Um Zeit zu gewinnen, trank Clara langsam einen Schluck Wasser aus ihrer Tasse. Sie war nicht sicher, ob sie diesem fremden Mädchen von sich erzählen sollte. Einem halben Kind noch, das einem verabscheuungswürdigen Gewerbe nachging. Andererseits war Amelie die einzige Freundin, die sie zurzeit hatte. Und wenn Clara offen zu ihr war, wusste sie vielleicht einen Weg, wie sie nach Neumühlen gelangen konnte. Zudem war es eher unwahrscheinlich, dass Amelie je mit Menschen in Verbindung kam, die Clara und ihre Familie kannten.

Auf einmal sehnte sie sich danach, mit jemandem zu reden.

»Wie ich schon sagte, ist mein Vater der Kaufmann Georg Vogt«, begann sie zögernd. Dann jedoch holte sie tief Luft und sprach die ungeheure Wahrheit aus, die sie selbst noch nicht lange kannte: »Er ist allerdings nicht mein leiblicher Vater.«

6

Amelie riss die Augen auf und sah dabei trotz der schwarzen Bemalungen aus wie ein Kind, das einer Gespenstergeschichte lauschte. Fasziniert und erschrocken zugleich. »Du bist ein Wechselbalg?«

Clara wurde blass.

»Bitte verzeih«, sagte Amelie schnell. »Ich wollte dich nicht beleidigen.««

»Schon gut.« Clara zwang sich zu einem kleinen Lächeln, obwohl Amelie genau das Wort benutzt hatte, dass auch der Vater ihrer Mutter entgegengeschleudert hatte, an jenem nasskalten grauen Tag im vergangenen November. Sie hatte nicht lauschen wollen, aber der Vater hatte so laut geschrien, dass er durchs ganze Haus an der Deichstraße zu hören gewesen war.

»Ein Wechselbalg! Ein Kuckuckskind! Ich habe es doch immer geahnt! Das Gör ist ja nie ganz richtig im Kopf gewesen, mit seiner merkwürdigen Riecherei! Es kann gar nicht mein eigen Fleisch und Blut sein! Das hat mir der Leibhaftige untergeschoben!«

Jedes seiner Worte war in Claras Herzen zu Stein geworden. Jeder Stein eine Erklärung dafür, warum der Vater ihr stets so fremd gewesen war und warum er nie ein freundliches Wort für sie gefunden hatte.

»Versündige dich nicht!« Die Stimme ihrer Mutter erhob sich zu ungewohnter Stärke. »Clara ist ein gutes Mädchen. Und sie war uns stets eine brave Tochter.«

»Für die Sünde haben in dieser Familie andere gesorgt«, kam es eiskalt zurück. »Und es ist durchaus bewundernswert, wie es dir gelungen ist, diesen Betrug all die Jahre über vor mir zu verbergen. Bis zu diesem dummen Versprecher eben. Aber wer weiß, vielleicht hast du ja mit voller Absicht gesagt, ich solle das Gör in Ruhe lassen, weil es gar nicht meine Tochter ist? Womöglich verfolgst du gar einen teuflischen Plan, indem du mir nach so vielen Jahren die Wahrheit gestehst?«

»Nein«, kam es zurück, weniger stark, nahezu weinerlich. Alle Kraft war aus Wiebkes Stimme gewichen, so wie bald alle Kraft aus ihrem Körper und ihrem Geist weichen würde. »Du solltest es nie erfahren.«

»Nun weiß ich es aber. Und nun verstehe ich auch, warum das Gör damals keinen Finger rühren wollte, um meinen Sohn zu retten.«

»Georg!«

Da hatte Clara es nicht länger ertragen zuzuhören, und sie war hinuntergelaufen in die Küche. Zu Friederike, die dem Mädchen keinen Trost spenden konnte. Nicht mehr, seit Paul fort war.

»Paul?«, fragte Amelie dazwischen. »Ist das dein Liebster? Wieso ist er denn weg? Willst du am Ende ihn in dieser Villa Bardenstein treffen?«

Sie klatschte begeistert in die Hände. »Oh! Ich weiß! Er wartet in einem lauschigen Pavillon auf dich, und dann werdet ihr gemeinsam flüchten. Weil, äh ... weil er vor den Augen deines Vaters keine Gnade fand, als er um deine Hand angehalten hat.«

Der Wechsel vom Drama zum Kolportageroman gelang Amelie mühelos.

Ach, dachte Clara bei sich, wäre es doch nur so einfach!

»Aber wenn dein Vater nicht dein Vater ist, wer ist es dann?«, fragte Amelie, bereit, die romantische Flucht der Liebenden für einen Moment zu vergessen.

»Ich weiß es nicht«, murmelte Clara. »Doch ich hoffe, in Neumühlen eine Antwort darauf zu finden. Diesen Zettel habe ich in der Wäschekommode meiner Mutter entdeckt. Sie – ist vor einem Monat gestorben. Der Zettel ist meine einzige Verbindung zu ihrer Vergangenheit.«

»Mein Beileid«, sagte Amelie rasch, wirkte jedoch nicht sonderlich betroffen. Sie selbst hatte viel zu früh ihre Eltern verloren, und in den Gängevierteln gehörten Krankheit und Tod ohnehin zum Alltag. Menschen starben leicht. Alte und kranke, aber auch junge und gesunde. So war das nun mal. Kein Grund, großes Aufheben darum zu machen.

Im nächsten Moment nickte Amelie mit gewichtiger Miene. »Ich glaube, ich weiß die Antwort schon. Ist doch ganz einfach. Dein richtiger Vater ist ein vornehmer Herr, der … hm … unglücklicherweise bereits verheiratet war, als er deine Mutter, ein wunderschönes junges Fräulein, im Alsterpavillon am Jungfernstieg entdeckte und seinen Kopf verlor. Ihre Liebe erblühte nur kurz, weil … äh … seine unter dunklen Stimmungen leidende Gattin damit drohte, sich selbst zu töten, falls er sie verließe. So ist er reumütig in den Schoß der Familie zurückgekehrt, und deine arme Mutter hat ihm aus Stolz nie verraten, dass sie gesegneten Leibes war. Sie hat diesen … wie heißt dein falscher Vater noch gleich?«

»Georg Vogt«, gab Clara mit einem Seufzer zurück.

Mit klangvoller Stimme fabulierte Amelie sogleich weiter. »Sie hat also diesen Georg Vogt gefreit, damit ihr Kind der Liebe, also du, in geordneten Verhältnissen groß wurde. Ihre einzige Liebe hat sie aber nie vergessen können. Und auch dein leiblicher Vater hat sein Leben damit verbracht, an sein süßes Fräulein vom Jungfernstieg zu denken. Und nun ist er schon seit vielen Jahren verwitwet – seine Frau starb an der Cholera, oder sie ist bei einem Ausflug mit der Kutsche unter die Räder gekommen –, und seine drei Söhne sind nach Amerika ausgewandert, um dort ihr Glück zu machen. So sitzt er allein und traurig in seiner schönen Villa in Neumühlen und weint bittere Tränen …«

»Ach, Amelie. Das Leben ist doch kein Roman«, warf Clara ein.

Ihre neue Freundin ließ sich nicht beirren. Sie stand auf und ging in dem kleinen, schäbigen Raum auf und ab. Das Taftkleid raschelte, und Clara stieg der Geruch nach billigem Körperpuder in die Nase. Immerhin übertünchte er den Gestank nach Unrat, der durch das schlecht schließende Fenster aus dem Gang nach oben drang. Zu ihrer Erleichterung bemerkte Clara, dass ihr nicht mehr schlecht war. Sie würde bald ihren Weg fortsetzen können.

Nur ohne einen Pfennig Geld.

Clara schauderte. Ihr Unternehmen erschien ihr jetzt noch undurchführbarer als zuvor. Es konnte nicht schaden, beschloss sie, noch eine Weile hier bei Amelie zu bleiben, um Kraft zu sammeln. Ein paar Minuten wenigstens, oder gar ein halbes Stündchen.

Amelie baute sich nun vor Clara auf. Ihre alten Augen blickten beinahe mitleidig auf sie herab. »Du musst daran glauben, dann wird es auch wahr. Doch wenn du nicht zu träumen vermagst, bist du ein bedauernswerter Mensch. Dann wirst du in dieser Villa nur eine vertrocknete Hexe finden, die deiner Mutter vielleicht einmal vorausgesagt hat, sie werde im Unglück dahinscheiden.«

»Ich …«, habe meine Träume verloren, wollte Clara erwidern, schwieg jedoch. Sie war noch nicht bereit, dem jungen Mädchen alles zu erzählen. Später, vielleicht.

»Das mit der Hexe könnte stimmen«, sagte sie nach einem kurzen Schweigen. »Der Name auf dem Zettel ist ja der einer gewissen Elisabeth Bardenstein.«

Amelie grinste. »Ach was, das ist ganz bestimmt die liebevolle unverheiratete Schwester dieses Herrn, die es kaum erwarten kann, ihre bezaubernde Nichte willkommen zu heißen. Wie du siehst, glaube ich an deiner Stelle an die schöne Geschichte. Hör gut zu: Dein Vater also, der vornehme Herr«, spann Amelie den Faden ihrer schönen Geschichte weiter, »der sitzt, wie gesagt, mit all seinem Geld in der Villa. Er ist natürlich sehr, sehr reich. So reich, dass er nur von goldenen Tellern isst und zwanzig, nein dreißig Diener hat. Einer kämmt am Morgen sein graues Haar, einer bindet ihm den Vatermörder-Kragen um. Du weißt schon, diese steifen Dinger, die ein feiner Mann heutzutage tragen muss. Finde ich übrigens nur gerecht. Wir müssen uns ja auch in die Korsetts quetschen. Wo war ich? Ach ja, seine Diener. Einer zieht ihm am Morgen den linken Schuh an, einer den rechten. Ein anderer …«

»Amelie! Jetzt hör aber mal auf!«

Das Mädchen lachte. »Gleich. Das Ende fehlt noch.

Nun also kommst du. Die wunderschöne Tochter seiner Jugendliebe, der Mutter so ähnlich, dass er sich im ersten Moment furchtbar erschrickt. Er glaubt nämlich, sein über alles geliebtes junges Fräulein vor sich zu sehen, das immer so schön geblieben ist wie damals. Nur er ist alt und grau geworden. Oh, welch ein Jammer!«

Clara stand auf, um Amelie endlich Einhalt zu gebieten. »Ich habe nur die Augen und die Wangenpartie von meiner Mutter. Im Übrigen ...«

»Aber rasch erkennt er, dass es sich bei dir um die Tochter des Fräuleins handeln muss, und er schließt dich überglücklich in seine Arme. Alsdann weint er bitterlich, wenn du ihm vom Tod deiner Mutter berichtest. Ein paar Tage lang ist er untröstlich, doch schließlich dankt er Gott, dass er ihm auf seine alten Tage eine Tochter geschickt hat. Er überhäuft dich mit all seiner Liebe und natürlich mit seinem ganzen Geld, und du lebst glücklich und zufrieden bis ans Ende deiner Tage in der feinen Villa. Die kleine unglückliche Amelie aus dem Gängeviertel darf zu euch ziehen und als deine Zofe ein angenehmes Leben führen. Später heiratet sie dann den schönen Gärtner. Und ... ach ja, Paul findet natürlich auch zu dir zurück – wo ist der noch gleich?«

»Genug!« Erschöpft sank Clara auf die Pritsche zurück. »Bitte, ich ... möchte das nicht mehr hören!«

Clara hatte sich dabei ertappt, verzweifelt an Amelies Märchen glauben zu wollen. Konnte es nicht möglich sein? Lebte in dieser Villa vielleicht der Mann, den ihre Mutter einst über alles geliebt hatte, mit dem sie jedoch nicht zusammenkommen durfte?

Sie erinnerte sich daran, wie die Mutter nach dem Tod

von Großmutter Christine behauptet hatte, Christine habe ohne ihre große Liebe nicht mehr leben wollen. Doch, Clara war sich jetzt ganz sicher. Die Mutter kannte diese innigsten Gefühle, und sie hatte den Mann niemals vergessen, der einst für sie entflammt war. Ob am Jungfernstieg, wie Amelie sich zusammenreimte, oder sonst wo.

Als letzte Erinnerung hatte Wiebke Vogt diesen einen Zettel aufbewahrt. Möglicherweise war es auch ihr Wunsch gewesen, dass Clara ihn fand. Wenigstens nach ihrem Tod sollte ihre Tochter ein glückliches Leben in der Obhut ihres leiblichen Vaters führen.

Ja, genau so war es, dachte Clara. Der Zettel hatte nicht zufällig in der Wäschekommode gelegen, sondern war ein Zeichen der Mutter gewesen.

Und – ach – wenn dann auch noch Paul zu ihr zurückfände! Wie wundervoll würde ihr Leben werden! Alle Sorgen wären schon in ein oder zwei Tagen vergessen.

Oh, die süßen, gefährlichen Träume! Clara hatte sich von Amelies Geschichte mitreißen lassen, nun musste sie mühsam da herausfinden.

»Es ist wohl das Klügste, wenn ich mich jetzt wieder auf den Weg mache. Vielen Dank für deine Hilfe, Amelie.«

Das Mädchen, das eben noch so eifrig fabuliert hatte, wurde schlagartig ernst. »Du kannst jetzt nicht aufbrechen.« Es setzte sich ebenfalls wieder hin.

»Warum nicht? Zu stehlen gibt es bei mir nichts mehr. Und wenn du mich vielleicht ein Stück aus dem Viertel hinausbegleiten würdest, dann komme ich schon allein weiter.« Sie mochte es nicht zugeben, aber ein bisschen fürchtete sie sich doch vor den engen Gängen und den vielen Menschen.

Amelie lachte einmal kurz auf, aber es war keine Fröhlichkeit mehr darin. »Du bist wirklich dumm, Clara, furchtbar dumm. Du denkst, es gibt bei dir nichts mehr zu stehlen? Nun, ich wüsste da etwas.«

»Ich verstehe nicht. Wovon redest du?«

»Von deiner Unschuld, du Dummchen. Oder hast du sie gar schon dem sagenhaften Paul geschenkt?«

Clara spürte, wie sie dunkelrot anlief.

»Ich ... er ... wir ... nein!«

»Wäre eigentlich auch gleichgültig. Die Kerle hier sind nicht so wählerisch. Ob Jungfer oder nicht, die nehmen, was sich bietet. Und nicht alle wollen dafür ein paar Pfennige rausrücken.« Ihr Gesicht war jetzt hart.

Clara schalt sich im Stillen für ihre Arglosigkeit. Gewiss, ihr Leben im Hause von Georg Vogt war schwer gewesen, aber im Vergleich zu dem Dasein dieses Mädchens vermutlich das reinste Paradies. Doch sie war keineswegs so ahnungslos, wie Amelie glauben mochte. Und sie besaß eine schnelle Auffassungsgabe.

»Ein Mann hat dich überfallen?«

»Einer? Ha! Es waren drei. Oder vier. So genau habe ich nicht mitgezählt.«

»Oh mein Gott!«

»Der hat mir auch nicht geholfen.«

»Amelie ...« Beinahe hätte Clara die junge Freundin aufgefordert, sich nicht zu versündigen. Sie ließ es bleiben. Wer so etwas erlebte, durfte den Glauben verlieren, befand sie.

»Es ist passiert, als Vater gerade zwei Monate tot war.

Ich war hier in der Gegend auf der Suche nach einem Freund von ihm. Olaf Riesch ist ebenfalls Ewerführer, und ich wusste, er wohnt irgendwo am Großneumarkt. Da bin ich bloß nie angekommen.«

Clara glaubte, Tränen in Amelies Augen zu sehen, aber sie konnte sich auch täuschen. Die Stimme des Mädchens zitterte nur. »Ich … habe das meiste von dem vergessen, was die getan haben. Ich weiß nur noch, dass ich irgendwo im Dreck lag. Dann ist Tine gekommen und hat mich mitgenommen. Ohne sie wäre ich wahrscheinlich gestorben. Wer weiß, wäre vielleicht auch besser gewesen. Wie dem auch sei. Seitdem wohne ich hier. Und von mir kriegt keiner mehr was umsonst.«

Doch, ihre Wangen waren jetzt feucht. Clara täuschte sich nicht. Sie empfand großes Mitleid mit Amelie, aber konnte sie ihr helfen? Nein. Einen Weg zurück in ein geordnetes Leben gab es für ein Freudenmädchen wohl nicht.

Amelie stand erneut auf. »Es ist dunkel geworden.«

Sie ging zu der Truhe, holte eine Lampe, füllte geschickt etwas Tran ein und riss ein Streichholz an. »Ein Seemann hat mir ein kleines Schächtelchen voll geschenkt«, erklärte sie stolz. Das schwache Licht füllte den Raum kaum aus, dennoch musste Clara feststellen, dass Amelie eine gute Beobachterin war.

»Hast du Angst vor so einem Lämpchen? Oder etwa vor dem Streichholz?«

Clara schwieg.

»Wenn du nicht darüber reden magst, ist es auch gut. Aber du musst dich hier drinnen nicht fürchten. Weder vor Feuer noch vor irgendwas anderem. Glaub mir, hier bist du sicher. Ich bin auch bestimmt bald wieder da, und dann bring ich vielleicht sogar eine Pastete mit.«

Erschrocken sah Clara auf. »Du willst weg?«

»Sicher. Ich muss heute noch was verdienen. Der Olaf hat gesagt, dass am Nachmittag ein Südamerikasegler eingelaufen ist. Die Matrosen haben ihre Heuer bekommen und sind bestimmt nicht geizig.«

Clara gab sich alle Mühe, ihr Entsetzen zu verbergen. Sie ahnte, es gelang ihr nicht.

»Olaf?«, fragte sie.

»Olaf Riesch, der Freund meines Vaters. Ich habe ihn damals schließlich gefunden, da war es nur leider schon zu spät für mich. Eine Dirne nimmt keiner in seiner Familie auf. Aber er hat wohl ein schlechtes Gewissen, denn manchmal gibt er Tine und mir einen guten Hinweis. Vorhin waren wir auf dem Weg zum Hafen, als du uns sozusagen dazwischengekommen bist.«

»Das ... tut mir leid«, murmelte Clara.

»Muss es nicht. Ich habe gerne mit dir geplaudert. Und ich durfte ein bisschen träumen. Aber jetzt muss ich wirklich gehen.«

»Ich könnte mitkommen«, sagte Clara schnell.

Der Gedanke, ganz allein zu bleiben, machte ihr mehr Angst, als sie zugeben mochte.

»Mitkommen? Zum Hafen?«

»Nein, nur ein Stück hier raus. Und dann gehe ich weiter zum Millerntor und ...«

»Und was? Das Tor ist längst zu.«

Clara sackte in sich zusammen. Die Torsperre! Daran hatte sie gar nicht gedacht. Obwohl die Festungsanlagen der Stadt Hamburg inzwischen abgetragen und in Parks verwandelt worden waren, wurde an der seit dem Mittelalter bestehenden Torsperre noch immer festgehalten. Jetzt im Winter wurden die Tore bereits um vier Uhr nachmittags dichtgemacht.

Clara würde zu spät kommen.

»Es sei denn, du hast noch irgendwo Geld im Strumpf versteckt«, fügte Amelie hinzu.

»Nein.« Sie wusste, man durfte auch nach der Sperre die Tore passieren, sofern man zahlte. Um diese Uhrzeit musste ein Fußgänger vier Schillinge berappen, nach zehn Uhr acht und noch später sogar zwölf Schillinge. Um Mitternacht wurden die Tore dann bis zum Morgen ganz geschlossen.

»Was dieser Kalle mir gestohlen hat, war alles, was ich besaß.«

»Tja, ich würd's dir ja gern zurückholen, und ich kenne Kalle ja ein bisschen. Er ist an sich kein schlechter Kerl, allerdings gibt er seine Beute grundsätzlich nicht wieder heraus. Und dein Geld hat er sowieso längst versoffen.«

Kein schlechter Kerl, dachte Clara bitter. Nun, es kam wohl ganz auf die Maßstäbe an, die man anlegte. In Amelies Augen war jemand wohl schon in Ordnung, nur weil er die Frauen nicht auch gleich schändete, nachdem er sie ausgeraubt hatte.

»Damit hat sich das ja erledigt«, erklärte Amelie. »Du bleibst hier bei mir. Wenigstens bis morgen früh.« Sie schenkte Clara ein müdes Lächeln. »Ruhe dich nur ordentlich aus. Ich werde mir überlegen, wie du nach Neumühlen kommen kannst. Wir finden einen Weg. Und am Ende geht wenigstens deine Geschichte gut aus. Du wirst schon sehen. Das große Glück wartet auf dich.«

»Ach, Amelie.«

»Vertrau mir einfach. Komm, hilf mir mal.« Sie stellte sich mit dem Rücken zu Clara und hob mit einiger Mühe ihr Kleid über den Kopf. »Schnüre mich, so fest du kannst. Dann werden die Matrosen beim Anblick meiner Reize ihre gesamte Heuer hergeben.«

Clara machte sich an dem ohnehin schon strammgezogenen Korsett zu schaffen.

»Fester geht es nicht«, sagte sie, nachdem Amelie hörbar die Luft ausgestoßen hatte.

»Das genügt.« Sie ließ ihr Kleid wieder über die knochigen Hüften fallen und ging zur Tür. Dass sie vorhin die Schminke in ihrem Gesicht verschmiert hatte, war ihr offenbar entfallen. Clara machte sie nicht darauf aufmerksam. Unsinnigerweise hoffte sie, Amelie würde in dieser Nacht keinen Freier finden. Lieber wollte sie hungern, als sich vorzustellen, wie der zarte Körper dieses Mädchens unter einem großen, nach Schweiß, Rum und faulem Pökelfleisch stinkenden Seemann lag.

»Schlaf ein bisschen, Clara. Morgen wirst du deine Kräfte brauchen. Ich werde sehen, ob ich ein besseres Umschlagtuch für dich besorgen kann, damit du bei deinem liebevollen richtigen Vater einen guten Eindruck machst.«

Dann war Amelie fort.

Clara trank noch etwas Wasser aus dem Krug. Hunger verspürte sie nicht. Auf der harten Pritsche machte sie es sich so gemütlich wie möglich. Schlaf fand sie jedoch keinen. Sie lauschte auf die Geräusche in dem fremden Haus, auf Gezänk und polternde Schritte. Ihre Gedanken kreisten um die Ereignisse dieses Tages, um die Flucht aus ihrem Elternhaus, um Amelie, um Paul …

Irgendwann musste sie doch eingenickt sein, denn als sie erwachte, schlich sich eine müde Morgendämmerung durch das Fenster in den kleinen Raum.

Claras Blick flog zur zweiten Bettstatt. Sie war leer.

Weder Amelie noch Tine waren in dieser Nacht heimgekehrt.

7

Den ganzen Tag lang wartete Clara vergeblich auf die Rückkehr der beiden Freudenmädchen. Bald alle zehn Minuten änderte sie ihren Plan. Mal war sie fest entschlossen, einfach zu gehen. Irgendwie würde sie schon durchkommen, glaubte sie. Mal zögerte sie wieder, sich ganz allein auf den Weg zu machen.

Darüber vergingen die langen Stunden des Wartens in dem kleinen Zimmer. Clara fand genügend Wasser zu trinken und einen Kanten altes Brot. Das genügte ihr.

Gegen Mittag wagte sie sich zum Abort des Ganges. Der Gestank und der Dreck dort waren entsetzlich. Auf dem Rückweg blieb sie kurz stehen und schaute sich um, nachdem sie bemerkt hatte, dass keine Männer zu sehen waren. Die waren tagsüber offenbar unterwegs. Bei der Arbeit oder auf Arbeitssuche. Oder sie lauern jungen Frauen auf, die dumm genug sind, sich ausrauben zu lassen, dachte sie bitter.

Clara fragte sich bedrückt, wie Menschen so leben konnten, so armselig, so ganz ohne einen Hoffnungsstrahl. Der Gang lag im Halbdunkel, obwohl die Sonne jetzt ihren höchsten Stand erreicht hatte. Die hochgebauten, engstehenden Häuser verhinderten, dass die schwachen Winterstrahlen ihren Weg bis ganz nach unten fanden. Kleine Kinder spielten auf dem schmalen Gang mitten im Dreck. Obwohl sie nur unzureichend gekleidet waren, schien ihnen die Kälte wenig auszumachen. Mütter, schon lange vor dem Ende der Jugend alt und verbraucht, kamen mit kaum gefüllten Körben vom Markt zurück. Andere waren früher heimgekehrt: Aus den Häusern drangen die Gerüche nach Kohl- oder Kartoffelsuppe auf den Gang, hier und da schien es auch lediglich heißes Wasser mit ein wenig Mehl darin zu geben. Nur einmal nahm Clara ganz schwach auch den Duft von angebratenem und dann mitgekochtem Speck wahr.

Wieder zurück in Amelies und Tines Zimmer, überlegte sie, wie sie sich nützlich machen konnte. Sie nahm sich einen alten Reisigbesen und wollte fegen, stellte jedoch fest, dass der Raum vollkommen sauber war. Angesichts des schäbigen Mobiliars war Clara, ohne sich groß umzusehen, davon ausgegangen, dass die beiden Freudenmädchen nicht viel von Reinlichkeit hielten. Jetzt schämte sie sich für ihre Gedanken. Amelie und Tine mochten ihren Lebensunterhalt als Dirnen verdienen, doch in ihrem bescheidenen Heim gaben sie sich alle Mühe, zumindest den Anschein von Bürgerlichkeit zu pflegen.

Weitere Stunden vergingen, in denen Clara unschlüssig auf und ab ging, schon beinahe wieder zur Tür hinaus war, um dann wieder auf der Pritsche Platz zu nehmen.

Der Überfall hatte ihr stark zugesetzt, das wurde ihr jetzt bewusst. War sie gestern noch einfach losgelaufen, ohne an die möglichen Gefahren zu denken, die einer unbegleiteten jungen Frau drohten, so scheute sie heute davor zurück, sich allein auf den Weg nach Neumühlen zu machen.

Gleichzeitig wuchs im Laufe des Nachmittags ihre Sorge um Amelie. Tine kannte sie gar nicht – sie war ja halb ohnmächtig gewesen, als die beiden jungen Frauen sie nach Hause gebracht hatten – Amelie jedoch war ihr in der kurzen Zeit bereits ans Herz gewachsen.

Wenn dem Mädchen nun etwas zugestoßen war?

Schreckliche Bilder von ermordeten Dirnen geisterten durch ihren Kopf. Immer wieder mal hatte Clara Zeichnungen dieser Art in der Zeitung gesehen.

Gerade als sich ihre Angst ins Unermessliche zu steigern drohte, hörte sie Schritte auf der Treppe. Den ganzen Tag lang waren andere Bewohner des Hauses rauf- und runtergelaufen, aber diesmal verharrten die Schritte vor der Wohnungstür.

Im nächsten Moment stürmte Amelie herein und strahlte über das ganze Gesicht.

Clara bemerkte jedoch sofort die tiefen Schatten unter ihren Augen.

»Ich hab's dir doch gesagt!«, rief Amelie einer zweiten jungen Frau zu, die nun hinter ihr hereinkam. »Unsere Clara wird schön brav auf uns warten.«

Tine war älter als Amelie, sogar älter als Clara. Sie lächelte freundlich, aber ihr fehlte jene jugendliche Fröhlichkeit, die Amelie in manch träumerischen Momenten eigen war. Zudem zeigte ihr Gesicht eine krankhafte Blässe unter der Schminke, und Clara nahm den Geruch von Tod wahr.

Lieber Gott! Wie konnte sie nur so etwas Furchtbares denken! Erschrocken sprang sie von der Pritsche auf und ging auf Amelie zu.

»Ich habe mir Sorgen gemacht.«

Sie wagte es nicht, Tine anzuschauen, und sie atmete durch den Mund. Aber dieser Geruch, ja, sie war sich ganz sicher. Die Mutter hatte genauso gerochen, gleich nachdem der Husten begonnen hatte.

Amelie gähnte. »Es gab – viel Arbeit. Aber wir haben die Miete für nächsten Monat zusammen und noch genügend Schillinge übrig, um uns was zu gönnen. Ich habe schon den kleinen Peter von nebenan in eine Gastwirtschaft am Alten Steinweg geschickt. Der bringt uns gleich ein großes Stück Schweinebraten mit Soße und Kartoffeln. Und dazu ein Fässchen Bier für uns alle. Nun, ist das nicht wundervoll?«

»Wundervoll«, erwiderte Clara matt, die Tines Blick auf sich spürte.

»Guten Abend. Willst du mich nicht begrüßen?«

»Doch, sicher.«

Sie reichte Tine die Hand. Wieder zog der Geruch nach Tod in ihre Nase. Die ältere Dirne verstand, was Clara spürte, und schlug die Augen nieder.

Dann gab sie Clara mit einer schnellen Geste zu verstehen, dass Amelie von nichts wusste.

Clara nickte leicht und wandte sich ab.

»Ich kann eure Gastfreundschaft nicht länger in Anspruch nehmen«, sagte sie. »Ich ...«

Amelie hob schnell die Hand. »Blödsinn. Du kommst jetzt sowieso wieder nicht durchs Tor. Außerdem habe ich vielleicht eine Möglichkeit gefunden, wie wir dich nach Neumühlen bringen. Aber lasst uns erst essen, ich bin am Verhungern.«

Als jedoch der junge Peter einen großen Topf brachte, aus dem köstlicher Fleischduft drang, und dazu ein Fässchen Bier auf den Tisch stellte, war Amelie tief und fest auf ihrer Pritsche eingeschlafen. Tine ging zu ihr und befreite sie aus Kleid und Korsett. Auf Clara wirkte es, als habe sie dies schon oft getan, so geschickt drehte und wendete sie die Schlafende.

Sodann lud Tine Clara ein, sich zu ihr zu setzen, und füllte ihr einen Teller mit Braten, Kartoffeln und sämiger brauner Soße.

»Sie wird später essen«, sagte sie mit einem Blick zu Amelie. »Das Kind ist vollkommen erschöpft. Ist nicht geschaffen für den Beruf.« Sie trank einen großen Becher Bier in wenigen schnellen Zügen aus und wischte sich mit dem Handrücken den Schaum vom Mund. Das Essen rührte sie nicht an.

Clara hingegen aß hungrig und meinte gar, nie so köstlich gespeist zu haben. Im Stillen leistete sie Abbitte bei Friederike, die sich in den vergangenen Jahren alle Mühe gegeben hatte, aus dem wenigen, das sie noch kaufen konnte, ein schmackhaftes Mahl zu bereiten.

Einen Moment verweilte sie in Gedanken bei Friederike, und das Herz wurde ihr schwer. Würde sie die Mamsell jemals wiedersehen? Clara liebte Friederike von ganzem Herzen, aber das war es nicht allein, was ihr Kummer bereitete.

So wie der Zettel aus Mutters Wäschekommode möglicherweise die einzige Verbindung zu ihrem leiblichen Vater darstellte, so war Friederike die einzige Verbindung zu Paul. Die Mamsell ahnte nicht, dass …

»Es stimmt, was Amelie sagt«, unterbrach Tine ihre Grübeleien. »Du wirst wirklich mit offenen Augen ohnmächtig. Ist hoffentlich nicht ansteckend.«

Clara wurde rot. »Selbstverständlich nicht. Und ich bin nicht ohnmächtig, ich habe nur nachgedacht.«

»Wäre auch einerlei. Mich hat sowieso die Franzosenkrankheit erwischt. Dabei sind die Franzosen schon vor über fünfundzwanzig Jahren abgezogen.« Tine lachte bitter auf. »Das verstehst du nicht, was?«

Clara schüttelte den Kopf.

»Ich habe die Syphilis, Herzchen, und zwar schon ziemlich lange. Irgendein Mistkerl hat sie mir verpasst, als ich so jung war wie unsere süße Amelie.«

Nun ahnte Clara, es ging dabei um ein unaussprechliches Leiden, das Frauen wie Männer ereilen konnte, wenn sie miteinander das Bett teilten. Sie gab sich Mühe, ihr Entsetzen zu verbergen.

»Ich sehe schon, du verstehst rein gar nichts. Oh, holde Unschuld! Bist wohl noch Jungfrau, was? Aber nicht mehr ganz taufrisch.«

Clara glaubte, sie müsse vor Scham vergehen. Angestrengt starrte sie auf ihren Teller.

»Entschuldige, Herzchen, und mach dir nichts aus meinem dummen Gerede. Ich bin sicher, du hebst dich für den Mann auf, der deine Liebe erobert hat, auf Reisen gegangen ist und nun noch zu dir zurückkehren muss. Amelie hat mir davon erzählt.«

Zum Glück erwartete Tine keinen Kommentar, sondern fuhr gleich fort: »Wie auch immer. Die Krankheit hat mich jetzt fest in den Krallen. Ich habe nicht mehr lang, hast es ja schon gemerkt. Woran eigentlich? Ich finde, man sieht's mir nicht an, wenn ich mich ordentlich zurechtmache. So ein schlauer Doktor der Medizin wollte mich mit Quecksilber einreiben, aber ich habe gehört, dass man davon sämtliche Haare und Zähne verliert, da habe ich's lieber sein lassen. Also, woher weißt du es?«

Clara zog es vor, nicht darauf zu antworten, und erntete einen langen, misstrauischen Blick.

»Vielleicht bist du ja eine Hexe.«

»Unsinn!«

»Dann eine gute Fee, die meine kleine Amelie retten wird. Die Deern wird allein nicht lange durchhalten. Du wirst dich doch um sie kümmern, wenn ich schon bald in meinem kalten Grab liege?«

Vor Schreck kippte Clara ihren Becher um. Bier ergoss sich über den Tisch und versickerte in den unzähligen Ritzen.

»Schade drum«, meinte Tine mit einem Achselzucken. »Und du brauchst gar nicht so verschreckt zu gucken. Wir haben dir geholfen, deshalb wirst du Amelie retten. Eine Hand wäscht die andere. Ich denke, bis Ostern halte ich noch durch, aber länger sicher nicht. Amelie ist übrigens gesund. Ich habe drauf geachtet, dass sie immer Essigspülungen macht. Vorhin waren wir auch noch bei der Lise im Erdgeschoss. Die hat einen Badezuber, in dem wir uns regelmäßig waschen. Ob's wirklich hilft oder einfach nur Glück ist, wer weiß das schon? Mich hat es jedenfalls erwischt, aber das ist ja auch schon Jahre her.«

Clara holte tief Luft. »Ich weiß nicht, was Amelie von mir erzählt hat. So oder so bin ich gewiss nicht in der Lage, mich um jemanden kümmern zu können. Ich komme ja nicht einmal allein zurecht.«

Tine wischte diesen Einwand mit einer Handbewegung beiseite. »Weißt du, Clara, ich habe einen Blick für Menschen. Ganz gleich, ob Mann oder Frau. Das bringt mein Beruf so mit sich. Und du, Herzchen, du wirst es noch weit bringen. Das sehe ich dir an.«

»Ach? Aber ich bin ein Niemand. Ich besitze kein Geld und verfüge auch über keinerlei besondere Fähigkeiten. Womit soll ich es schon weit bringen?«

Tine zuckte mit den Schultern. »Wer weiß? Aber du bist was Besonderes, das spüre ich. Und du wirst uns noch alle überraschen. Na, mich vielleicht nicht mehr. Ich liege dann schon in meinem eisigen, dunklen Grab.«

Clara schauderte. Offenbar machte es Tine Spaß, andere mit ihrem baldigen Ableben zu erschrecken. Ausgenommen Amelie. Für das Mädchen hatte sie augenscheinlich eine Art Mutterrolle übernommen, und sie wünschte sich wohl nichts sehnlicher, als in dem Wissen zu sterben, Amelie werde es eines Tages bessergehen.

Clara dachte an das Versprechen, das sie gestern den Marktweibern gegeben hatte. Da war ihr noch alles möglich erschienen, sogar der Gedanke, großen Reichtum zu erlangen, um Else und Nella zwei Häuschen zu kaufen. Da hatte sie an sich selbst geglaubt, all den Gespenstern der Vergangenheit zum Trotz. Dann war sie überfallen worden, und am heutigen Tag hatte sich Clara immer wieder bei dem Wunsch ertappt, Amelies Märchen ginge in Erfüllung, und sie bräuchte nichts weiter zu tun, als in dieser Villa Bardenstein vorzusprechen. Dann würden sich alle Sorgen von selbst lösen. Nun jedoch, da sie Tines bittenden Blick auf sich spürte, floss die Kraft zurück in ihr Innerstes.

Wie von selbst straffte sich ihr Rücken. »Ich werde Amelie nicht im Stich lassen«, sagte sie fest.

»Gut. Mehr wollte ich nicht hören.«

Tine erhob sich und drehte Clara den Rücken zu. »Sei so lieb, und schnüre mich auf. Amelie soll mal lieber weiterschlafen. Ich muss mich auch hinlegen. In zwei Stunden will ich wieder am Hafen sein.«

»Aber … du hast schon letzte Nacht nicht geruht«, wandte Clara ein.

»Herzchen, in meinem Zustand muss ich arbeiten, so viel ich kann. Solange ich noch kann«, kam es lakonisch zurück. »Damit ich der Deern da ein paar Mark hinterlassen kann, bevor ich in meinem Grab verfaule. Brauchst auch keine Angst zu haben, dich anzustecken. Das geht nicht so leicht.«

Clara schluckte, aber ihr blieb nichts anderes übrig, als Tine zu vertrauen. Sie half ihr aus ihrem roten Kleid, das nur in nächtlichem Schummerlicht noch hübsch wirken mochte. Der eng ins Korsett gepresste Körper war von der Krankheit gezeichnet und wies kaum noch frauliche Formen auf. Als Clara die Schnüre gelöst hatte, schien es ihr, als ob alles an Tine in sich zusammenfallen würde.

Im nächsten Moment hatte sich die todkranke Dirne ein bodenlanges Nachthemd übergestreift, lag auf ihrer Bettstatt und schlief tief und fest.

Clara blieb am Tisch sitzen, erneut unschlüssig, was sie tun sollte. Wie gestern war es auch heute zu spät, um noch durchs Tor zu kommen. Sie würde eine weitere Nacht abwarten müssen.

Vom Michel her schlug die Uhr zehn, als Tine sich wieder regte.

»Dachte ich mir, dass du klug genug bist dazubleiben«, murmelte sie und stand mühsam auf. Offensichtlich litt sie Schmerzen, aber Clara wagte nicht, danach zu fragen. Sie half Tine beim Ankleiden und versprach ihr, bei Amelie zu bleiben, bis diese erwachte.

»Sag ihr, sie muss heute nicht mehr losgehen. Wir haben ja gut verdient, und was wir noch brauchen, werde ich heute Nacht ranschaffen.«

»In Ordnung«, erwiderte Clara, die schon wieder rot wurde. Sie schätzte inzwischen nicht nur Amelie, sondern auch Tine, aber in ihrer bürgerlichen Erziehung hatten gewisse Berufe einfach nicht existiert.

Erst gegen Mitternacht kam Amelie langsam wieder zu sich. Clara streckte sich vorsichtig auf ihrem Stuhl. Ihr tat jeder Knochen im Leib weh, sie hatte es jedoch nicht gewagt, sich auf Tines Bettstatt zu legen. Mochte diese auch behaupten, ihre Krankheit sei so nicht ansteckend, Clara bekam mehr und mehr Zweifel. Vielleicht reichte es schon, den Kopf auf dasselbe Kissen zu legen? Oder dieselbe Luft einzuatmen? Zu all ihren Ängsten kam in diesen stillen Stunden eine neue hinzu.

Als Amelie nun erwachte, war Clara geradezu erleichtert. Endlich eine Ablenkung.

»Hast du Hunger?«

»Und wie!« Amelie schälte sich unter einem ganzen Stapel von Decken hervor.

Clara lächelte. »Ist aber alles nicht mehr warm.«

»Das macht nichts.« Amelie verzichtete darauf, sich anzukleiden, und setzte sich in ihrem Nachthemd an den Tisch. Doch schnell stand sie noch einmal auf, holte eine Decke und wickelte sich fest darin ein. »Kalt ist es hier drin.«

Clara schaute schuldbewusst zu dem kleinen gusseisernen Kohleofen direkt neben der Truhe. Sie hatte in den vergangenen Stunden mit sich gerungen, aber ihre Furcht vor dem Feuer war stärker gewesen als der Wunsch, das Zimmer zu heizen.

Amelie schlang kalten Braten, klumpige Soße und Kartoffeln in sich hinein, trank schal gewordenes Bier dazu und rieb sich schließlich zufrieden über den Bauch. »Jetzt geht es mir gut. Ich mache noch schnell den Ofen an, und dann erzählst du mir alles über deinen Paul.«

Clara hatte ihr inzwischen Tines Botschaft ausgerichtet, und Amelie freute sich wie ein Kind auf die vor ihr liegenden freien Nachtstunden.

»Aber – du wolltest mir sagen, wie ich nach Neumühlen kommen kann.«

»Später.« Amelie grinste schelmisch. »Erst die Geschichte und dann der Transport.«

Also berichtete Clara von ihrer ersten Begegnung mit Paul und davon, wie sie einander in den folgenden Jahren nähergekommen waren. Sie begann zögernd, machte sich wieder bewusst, dass sie dieses Mädchen erst so kurz kannte, doch Amelies aufmerksames Gesicht ermunterte sie schließlich, flüssig zu erzählen.

»Ich war ungefähr in deinem Alter, als mir klargeworden ist, dass ich Paul liebe.«

Amelie klatschte begeistert in die Hände. »Und er? Hat er dich auch geliebt?«

»Ja«, erwiderte Clara nach einigem Zögern. »Ich glaube schon.«

»Du weißt es nicht?«

»Ich – bin mir recht sicher.«

»Hat er es dir nicht gesagt?«

Clara schüttelte den Kopf.

»Aber er hat dich geküsst?«

»Ein Mal.« Ein schneller, ein verbotener Kuss, gleich nachdem Paul ihr mitgeteilt hatte, er habe auf einem

Frachtsegler angeheuert und werde die Stadt verlassen. Noch am selben Tag. Erklären könne er es nicht, aber sie müsse ihm glauben, er habe keine Wahl.

Clara, damals gerade sechzehn Jahre alt, wollte ihn zurückhalten, ihn beschwören, bei ihr zu bleiben. Da war er schon fort, und nur sein Kuss brannte noch auf ihren Lippen.

»Und bis heute weißt du nicht, warum er verschwunden ist?«, fragte Amelie.

»Nein.«

»Aber du hast doch erzählt, dass er immer für seine Mutter und seine Schwestern gesorgt hat. Irgendwie passt das nicht zu ihm.«

Clara fuhr sich müde durchs Haar. »Genau das denke ich auch. Etwas muss geschehen sein. Etwas Schlimmes.«

Amelie runzelte die Stirn. »Vielleicht hat er etwas Unrechtes getan.«

»Nein! Paul ist ein guter Mensch!«

»Ohne es zu wollen, natürlich«, fügte Amelie rasch hinzu. »Manchmal zwingt die Not Menschen dazu, Dinge zu tun, die sie sonst niemals tun würden.«

Sie sprach von sich selbst, begriff Clara, aber sie sprach auch eine Befürchtung aus, die Clara selbst schon durch den Kopf gegangen war.

»Wie auch immer. Ich bin jedenfalls davon überzeugt, dass Paul niemals jemandem Schaden zufügen würde.«

Bin ich das wirklich?, dachte sie im Stillen. Wie gut habe ich Paul denn gekannt? Und woher will ich wissen, was in den vergangenen Jahren geschehen ist? Womöglich liebe ich einen alten Traum, der längst vorüber ist.

Zu ihrer Erleichterung ließ Amelie davon ab. »Und du hast nie wieder von ihm gehört?«

»Doch. Ein einziges Mal.« Drei Jahre war es nun her, dass sie einen Brief von ihm aus Rio de Janeiro bekommen hatte. Er hoffe, es gehe ihr gut, hatte Paul geschrieben, und noch ein paar ähnlich inhaltslose Sätze. Nichts von sich selbst, nichts darüber, ob und wann er jemals zurückkehren werde.

»Seitdem kam kein Lebenszeichen mehr?«, fragte Amelie, als Clara ihr von der Nachricht aus Brasilien erzählt hatte.

»Nein.« Sie unterdrückte ein Schluchzen. »Und nun ist meine letzte Verbindung zu ihm abgebrochen.«

Amelie riss überrascht die Augen auf. »Das verstehe ich nicht.«

»Friederike, unsere Mamsell. Eines Tages wird sie vielleicht erfahren, was aus ihm geworden ist.«

»Warum die Mamsell?«

»Ich habe erst nach seinem Verschwinden etwas herausgefunden«, fuhr Clara fort. »Es sollte wohl niemand wissen, weil Friederike um ihre Stellung fürchtete. Aber als Paul fort war, da kam seine Mutter Martha in Tränen aufgelöst zu uns in die Küche und fragte Friederike, ob sie etwas wüsste. Sie sei doch seine Tante, und Paul sei ein paarmal in unserem Haus gesehen worden. Ob er mit ihr gesprochen habe, ob er ihr seine Pläne verraten habe. Ich war in der Waschküche nebenan und habe alles mit angehört.«

»Oh«, machte Amelie.

»Friederike wusste jedoch auch nichts. Sie war ebenso verzweifelt wie Martha. Wie ich.«

Amelie legte Clara eine Hand auf den Arm. »Das ist ja schrecklich. Und du liebst ihn immer noch?«

»Ja«, gab Clara fest zurück. »Ich werde niemals einen anderen Mann lieben können.«

»Sag das nicht. Du weißt nie, was kommt im Leben.« Auf einmal wirkte Amelie nicht mehr wie ein Kind, sondern wie eine weise Frau, und ihre alten, müden Augen hielten Claras Blick fest, bis diese es nicht mehr ertrug und wegschauen musste.

Eine Weile schwiegen sie beide, dann sagte Amelie: »Ich habe eine feine Überraschung für dich. In zwei Tagen muss Olaf mit seinem Ewer stromabwärts fahren. Er bringt eine Ladung Holz nach Altona. Und du darfst mitfahren!«

»Das … das ist großartig.«

»Von da aus hast du es dann nicht mehr weit. Ein, zwei Stunden strammer Fußmarsch, und du fällst deinem Vater in die Arme.«

Amelie konnte es nicht lassen. Einzig auf die wundersame Heimkehr des verschwundenen Paul verzichtete sie diesmal. Offenbar glaubte selbst sie nicht mehr daran.

»Ich werde die Fahrt bezahlen, sobald ich zu etwas Geld gekommen bin«, sagte Clara. Sie mochte von einem fremden Mann keinen Gefallen annehmen.

Amelie zuckte mit den Schultern. »Ich habe dir schon erklärt, Olaf ist ein guter Freund. Er tut gern etwas für mich, sofern ich ihm und seiner braven Familie nicht zu nahe komme. Gestern hat er mir erzählt, dass seine Frau ihr fünftes Kind bekommen hat. Einen kleinen Jungen. Und beide sind ganz gesund. Vier stramme Burschen haben sie schon. Ist ein Glückspilz, der Olaf.«

Ihr Blick wurde dunkel. »Mein Brüderchen und meine Mutter haben nicht so viel Glück gehabt.«

Diesmal war es Clara, die Amelie tröstete. Sie legte ihr einen Arm um die Schultern und wiegte sie sanft hin und her. »Das muss sehr schlimm für dich gewesen sein. Weißt du, ich hatte auch einmal einen kleinen Bruder.«

Amelie machte sich frei. »Wirklich? Wie hieß er denn?«

»Hinrich«, sagte Clara leise.

»Und ist er auch bei der Geburt gestorben?«

»Nein. Er starb, als er drei war.«

8

Die Villa Bardenstein an der ländlich geprägten Elbchaussee war einer weißer klassizistischer Bau mit sechs prächtigen Säulen am Haupteingang und einem weitläufigen Park, der bis hinunter zum Ufer des großen Stromes reichte. Bereits seit einigen Jahrzehnten bauten viele der reichsten Hamburger Bürger ihre Landsitze mit Vorliebe in dieser schönen Gegend und erholten sich bei Spaziergängen und Bootsfahrten von dem anstrengenden Dasein als Pfeffersack.

Die Reedersfamilie Bardenstein hatte ihr Grundstück schon erworben, als andere Hanseaten noch einzig und allein das Land rund um die Große Alster für standesgemäß hielten. Dem ersten, noch bescheidenen Domizil aus rotem Backstein und Fachwerk war schließlich die prächtige Villa gefolgt.

An diesem Sonntag im Februar lag Stille über dem Haus. Nur im Souterrain herrschte ein wenig Betriebsamkeit, wenngleich es der Mamsell nicht viel Mühe bereitete, ein Abendessen für eine einzige Person herzurichten. Ein Teller mit kaltem Braten, frisches Bauernbrot und goldgelbe Butter. Dazu etwas Obst. Schon wanderte alles in die kühle Speisekammer, um erst in ein paar Stunden wieder hervorgeholt zu werden.

Oben im Salon lehnte Elisabeth Bardenstein am Klavier, ließ ihre langen, schmalen Finger über die Tasten gleiten und entlockte ihnen ein paar helle Töne. Gleich darauf schlug sie den Deckel schwungvoll zu. Das Instrument gab einen dumpfen Laut von sich, wie unter Protest. Elisabeth wandte sich ab. Ihr stand nicht der Sinn nach Musik. Ohne den Kapitän als aufmerksamen Zuhörer fand sie keine Freude mehr am Klavierspiel.

Der Kapitän, wie Elisabeth seit jeher ihren Vater genannt hatte, weil alle Welt ihn mit diesem Rang anredete, würde ihr niemals wieder zuhören. Er war im vergangenen Sommer gestorben. Ganz friedlich im Bett. War am Abend schlafen gegangen und am Morgen nicht mehr aufgewacht.

»Einen solchen Tod wünschen wir uns alle«, hatte der herbeigerufene Doktor gesagt. »Wie Sie sehr wohl wissen, Fräulein Elisabeth, litt Kapitän Bardenstein schon lange an seinem schwachen Herzen. Nun, er hat immerhin das stolze Alter von siebzig Jahren erreicht.«

Ein Trost war das für sie nicht gewesen. Elisabeth hatte mehr als zwei Jahre lang hilflos dabei zugesehen, wie der einst so starke und energiegeladene Kapitän schwächer und schwächer wurde. Sie hatte sich sogar von ihm in die Geschäfte der Reederei einführen lassen, weil er darauf bestand.

»Wir sind in der fünften Generation ein Familienunternehmen, und so soll es bleiben. Du hast einen wachen Verstand, Elisabeth. Du wirst die Reederei Bardenstein in meinem Sinne weiterführen. Wie du weißt, habe ich mich aus dem Gewürzhandel mit Indien ganz zurückgezogen. Die besten Geschäfte machen wir heute mit Südamerika. Kaffee aus Brasilien, Tropenhölzer aus Argentinien.«

So hatte er wenige Tage vor seinem Tod gesprochen, als die Dunkelheit schon nach seinem Leben griff.

»Und denke an meine Worte: In der Dampfschifffahrt liegt die Zukunft! Der Fortschritt ist nicht mehr aufzuhalten.«

Ulrich Bardenstein, der als Kapitän die Welt umsegelt hatte, bevor er die Leitung der Reederei übernahm, war ein großer Anhänger der neuen Technik. Er glaubte fest daran, dass die mächtigen Segelschiffe in nicht allzu ferner Zukunft der Vergangenheit angehören würden. »Schon jetzt sind auf der Elbe die Raddampfer auf dem Vormarsch. Und es wird nicht mehr lange dauern, bis ein Linienverkehr mit Raddampfern zwischen Hamburg und Großbritannien aufgenommen wird. Diese Schiffe sollen schon sehr viel leistungsfähiger sein als jene, die bisher langsam die Elbe hinauf- und hinabfahren. Doch es wird gewiss auch ein ganz neuer Schiffstyp gebaut, und dann wird es nicht mehr lange dauern, bis große Dampfer den Atlantik überqueren; unabhängig vom Wind und schneller, als wir uns heute vorstellen können. Du wirst diesen großen Tag hoffentlich erleben, Elisabeth, und du musst beizeiten darauf vorbereitet sein.« Er hatte eine Pause gemacht, tief Luft geholt und um ein Glas Wasser gebeten. Bleich war er dann in die Kissen zurückgesunken, fest entschlossen jedoch, der Tochter seine Ratschläge mit auf den Weg zu geben.

»Und behalte die Arbeiter auf der Werft im Auge. Da gibt es den einen oder anderen Aufrührer. Die Männer schielen alle nach Frankreich, wo die Revoluzzer erst vor zehn Jahren für Unruhen gesorgt haben. Glaube mir, Kind, früher oder später wird es auch in Deutschland eine

Menge Ärger geben. Darauf verwette ich mein Kapitänsabzeichen. Zu viele Menschen sind arm, das kann nicht mehr lange gutgehen.«

Elisabeth hatte sich nach der langen Rede schwindelig gefühlt, und sie war sicher gewesen, niemals den Erwartungen des Kapitäns entsprechen zu können.

»Und bedenke, du bist nur eine Frau, unverheiratet, eine Jungfer. Die Blüte deiner Jugend hast du lange hinter dir.«

»Meine Lebensumstände sind mir bekannt«, hatte Elisabeth steif erwidert. »Es ist nicht nötig, dass du mich daran erinnerst.«

Es stimmte ja. Mit vierundvierzig Jahren spürte sie selbst, wie sie dahinwelkte.

Der Kapitän war ruhig geblieben. »Du missverstehst mich. Es liegt mir fern, dich zu schelten. Könntest du dich aber entschließen, Julius Wichern zu ehelichen, würde ich leichteren Herzens gehen, wenn meine Zeit gekommen ist. Und du weißt, diese Zeit ist nah. Herr Wichern geht auf die fünfzig zu und ist noch unverheiratet. Er wäre der passende Mann für dich.«

Elisabeth hatte sich zurückhalten müssen, nicht wie ein kleines Mädchen zornig mit dem Fuß aufzustampfen. »Julius ist ein guter Freund, nicht mehr. Wir kennen uns viele Jahre, aber wir lieben einander nicht.« Dem falschen Ton, der daraufhin in ihrem Inneren anschlug, hatte sie keine Beachtung geschenkt.

Angesichts solch geballter weiblicher Torheit war der Kapitän wütend geworden. »Was soll dieser Unsinn? Ehen werden keineswegs aus Liebe geschlossen, sondern aus Vernunftgründen. Deine Mutter, Gott habe sie selig, und ich waren einander kaum zugetan, als wir geheiratet haben. Jedoch lernten wir, uns zu schätzen und freundlich miteinander umzugehen.«

Elisabeth hatte daraufhin eisern geschwiegen. Mochte der Kapitän ihr auch in fast allem ein Vorbild sein, diese eine Ausnahme gab es. Im Gegensatz zu ihm hatte sie schon einmal den Rausch der Verliebtheit erlebt. Und ihre Liebe war erwidert worden, bis ...

»Du musst die alte Geschichte vergessen«, hatte der Kapitän, dem ihr träumerischer Blick nicht entgangen war, ihre Gedanken unterbrochen. »Ohnehin wäre es damals vernünftig gewesen ...«

»Ich möchte nicht darüber reden«, war sie ihm ihrerseits ins Wort gefallen.

»Wie du meinst. Nun, ein Zusammenschluss mit der Reederei Wichern wäre im Falle einer Heirat ein Gewinn für beide Familien. Bardenstein und Wichern könnten eines Tages gemeinsam das Kapital für die Anschaffung eines Dampfschiffes aufbringen, ohne dass eine Aktiengesellschaft gegründet werden muss. Aber ich sehe, ich kann dich zu deinem Glück nicht zwingen.«

»Nein. Und ich werde es auch allein schaffen. Ich – brauche niemanden.«

Die stahlharten Augen des Kapitäns, im Angesicht des Todes eine Spur weicher, hatten sie eine Weile prüfend gemustert.

»Gut. Ich mache dich aber darauf aufmerksam, dass es schwer sein wird, dir ganz allein Respekt zu verschaffen. Hier in Hamburg sind die Menschen arbeitenden Frauen gegenüber aufgeschlossen, das gilt ebenfalls für Frauen in höheren Positionen, zumindest in einigen Fällen, die mir bekannt sind. In den meisten anderen Gegenden des Deutschen Bundes jedoch gehört die Frau in die Küche oder in den Salon. Und einige unserer Arbeiter kommen aus den Großherzogtümern von Mecklenburg. Sei also auf Schwierigkeiten gefasst. Unser Prokurist wird dir bei allen Problemen zur Seite stehen.«

Elisabeth hatte nicht lange Hilfe von Seiten des Prokuristen benötigt. Sie bewies dem Kapitän, dass sie tatsächlich einen wachen Verstand besaß, und sie hoffte, er würde davon etwas mitbekommen, wo immer er jetzt war. Bei den Mitarbeitern im Kontor gewann sie schnell die verdiente Achtung.

Bald hatte sie die Routen und Ladungen der sechs Segelschiffe, die unter Hamburgs Flagge für die Reederei Bardenstein fuhren, im Kopf. Sie rechnete Gewinnmargen aus und knüpfte neue Geschäftsbeziehungen.

Als der Vorarbeiter der Werft Bardenstein sie im Herbst wissen ließ, dass einige Unruhestifter behaupteten, ein Weib werde die Firma in den Konkurs treiben, erschien sie höchstpersönlich und ließ die Männer antreten. Für ihren Auftritt hatte sie sich besonders herausgeputzt. Ihr Kleid bestand aus vielen Lagen kostbarer blauer Seide, die in verschwenderischer Fülle über ihren weiten Reifrock fielen. Das Korsett war von ihrer Zofe so eng geschnürt, dass Elisabeth kaum Luft bekam. Der brave hochgeschlossene Ausschnitt und die voluminösen Ballonärmel vervollständigten ihre Silhouette. Auf dem Kopf trug sie eine große Schute, mit der sie kaum nach rechts oder links schauen konnte. Die Haare waren zu einem Nackenknoten und Korkenzieherlocken an den Schläfen frisiert.

Der aufwendige Putz lenkte von Elisabeths großer vorspringender Nase und auch von den tiefen Linien um Mund und Augen ab. Es waren Linien der Verbitterung, die sich im Laufe der Zeit tiefer und tiefer in ihre Haut gegraben hatten. Elisabeth hatte schon manchmal sündhaft teure Cremes und Tinkturen gekauft. Seine glatte, jugendliche Frische hatte ihr Gesicht nie zurückerlangt.

Zu tief, so glaubte sie, saß der alte Schmerz über Verrat und Betrug.

An jenem Tag auf der Werft hingegen schien sie zu strahlen, und die Arbeiter glaubten wohl, eine Königin zu sehen. Majestätisch war dann auch ihre Haltung, und umso größer geriet bei den einfachen Leuten der Schreck über ihre klaren, harten Worte: »Die Reederei Bardenstein ist ein Familienunternehmen. Als einzige Erbin habe ich die Leitung übernommen. Wer damit nicht einverstanden ist, der kann noch heute gehen. Obwohl wir erst Donnerstag haben und noch zwei Arbeitstage fehlen, bekommt derjenige den vollen Wochenlohn ausgezahlt. Danach soll er sich nie wieder hier blicken lassen.«

Da war ein Raunen durch die Reihen der Arbeiter gegangen, und einige Dutzend ehrerbietige, geradezu angstvolle Blicke richteten sich auf Elisabeth.

Dann zerstreute sich die Gruppe, jeder kehrte an seine Arbeit zurück und war bei allen Göttern der Meere froh, in diesen harten Zeiten überhaupt in Lohn und Brot zu stehen. Und diese paar Männer aus dem Mecklenburgischen, die so dumme Reden über die Weiber führten, die würde man sich mal vorknöpfen, wenn sie es noch ein einziges Mal wagten, das Maul aufzureißen!

Von da an herrschte Ruhe auf der Werft, und Elisabeth konnte stolz sein auf sich. Das war sie auch, nur der Kapitän fehlte ihr ein halbes Jahr nach seinem Ableben noch wie am ersten Tag, und eine alte Wunde in ihrem Herzen brach wieder auf, nun, da sie ganz allein war. Immerhin bot ihr die Leitung der Reederei genügend Abwechslung. Einzig an den Sonntagen krochen die Stunden entsetzlich langsam dahin.

Den Morgen hatte Elisabeth noch über den Büchern des Unternehmens verbracht, nun jedoch, nach dem Mittagessen, war sie entschlossen, ihre freie Zeit sinnvoll zu gestalten.

Nur wie? Dem Personal mochte sie keine Klaviersonate vorspielen.

Sollte sie einen Spaziergang durch den Park unternehmen? Sie konnte bis hinunter zur Elbe gehen, sich auf die alte Holzbank unter den Weiden setzen und den auslaufenden Schiffen zuschauen. Elisabeth sah zur Wanduhr. Ja, die Flut hatte ihren Höhepunkt erreicht. Auch die Gezeiten, die den Verkehr im Hamburger Hafen regelten, hatte Elisabeth stets im Kopf. Bald würden einige mächtige Segler das zurücklaufende Wasser nutzen, um in Richtung Nordsee zu fahren. Ein Viermaster der Reederei Bardenstein würde dabei sein. Die »Luise« trat heute ihre lange Fahrt über den Atlantik bis nach Buenos Aires an.

Gerade wollte sie nach dem Diener klingeln, damit er ihr ein warmes Tuch bringen möge, als dieser eintrat.

»Es ist Besuch gekommen, Fräulein Elisabeth.«

»Ach – ich erwarte niemanden.« Wer mochte das sein? Gespannt sah sie zur Tür.

Dann erkannte Elisabeth den Spazierstock, den der Diener trug. Er hatte einen Knauf aus edlem Elfenbein. In der anderen Hand hielt er einen Zylinder, über dem Arm einen ärmellosen Mantel, der ihr ebenfalls bekannt erschien.

Nun bedauerte sie es zutiefst, an diesem Morgen keinen Wert auf ihre Erscheinung gelegt zu haben. Sie trug nur ein schlichtes kariertes Tageskleid, die Haare waren streng zurückgebunden, das Korsett nachlässig geschnürt.

Schon betrat Julius Wichern den Salon und deutete eine Verbeugung an, während der Diener hinausging.

Julius kam auf sie zu, und ihr Herzschlag beschleunigte sich. Er war ein großgewachsener, hagerer Mann mit einem langgezogenen Gesicht, dem einzig der rotbraune, mit silbernen Fäden durchzogene Backenbart ein wenig Breite verlieh.

»Liebste Elisabeth, verzeih, dass ich dich an einem Sonntag so unangekündigt überfalle.«

»Es ist mir stets eine Freude, dich zu sehen.« Das entsprach der Wahrheit, und er ahnte nicht, wie groß die Freude tatsächlich war. Zu Silvester, als sie beobachtet hatte, wie Julius Wichern die halbe Nacht mit einer wunderschönen Brasilianerin tanzte, da hatte Elisabeth sich endlich eingestanden, dass sie diesen Mann liebte. Ihrem einstigen großen Schwur, niemals wieder ihr Herz zu verschenken, zum Trotz.

Wann war es passiert? Wann war aus Freundschaft ein so tiefes Gefühl geworden? Sie vermochte es nicht zu sagen. Sie wusste nur, dass ein charmanter und erfolgreicher Mann wie er niemals die Liebe einer unansehnlichen alten Jungfer erwidern würde. Nur gut, dass der Kapitän von ihren Gefühlskapriolen nichts mehr mitbekommen hatte. Er hätte wohl umso energischer auf eine Heirat gedrängt.

Elisabeth reichte Julius die rechte Hand, und er hauchte einen Kuss darauf.

»Was führt dich zu mir?«

»Nun, zum einen natürlich der Wunsch, dich wieder einmal zu sehen. Du hast dich rargemacht in letzter Zeit. Ich habe dich bei mancher Abendgesellschaft vermisst.«

»Du schmeichelst mir«, sagte Elisabeth.

Du lügst, dachte sie. Wer eine ganze Ballnacht mit einer Brasilianerin verbringt, vermisst keine alte, unansehnliche Freundin.

»Zudem muss ich dich um einen großen Gefallen bitten.«

Aha. Nun kam er zum eigentlichen Grund seines Besuchs.

Elisabeth wies auf das Sofa aus Kirschbaumholz, das sie erst nach dem Tod Ulrich Bardensteins angeschafft hatte. Der Kapitän hatte für Gemütlichkeit nichts übrig gehabt. So ein neumodisches Möbelstück verweichliche die Jugend, hatte er argumentiert und einige Jahre lang eine solche Anschaffung rundheraus abgelehnt.

Elisabeth hingegen liebte dieses mit weichem gelben Stoff bespannte, gut gepolsterte Sofa, auf dem es sich so herrlich ruhen ließ.

»Setzen wir uns doch. Ich lasse Kaffee bringen.« Diesem Genuss gab sich Elisabeth ebenfalls erst seit kurzem hin. Mit dem Kapitän hatte sie stets nur Tee getrunken, aber sie liebte den kräftigen Geschmack und die belebende Wirkung von Kaffee.

Als Julius nicht neben ihr auf dem Sofa Platz nahm, sondern sich auf einen unbequemen hochlehnigen Stuhl setzte, verbarg sie ihre Enttäuschung hinter einem kleinen Lächeln.

Auch trinken wollte er nichts. »Vielen Dank, liebe Elisabeth, aber ich bin leider in Eile.«

Du Närrin, schalt sie sich im Stillen. Hast du wirklich geglaubt, Julius stattet dir aus reiner Freundschaft einen Besuch ab?

Sie faltete die Hände im Schoß und wartete ab. Julius würde sein Anliegen vorbringen und sie dann wieder allein lassen. Elisabeth vermutete, er brauchte ihre Arbeiter. Die Reederei Wichern besaß keine eigene Werft wie Bardenstein, und Julius hatte schon in der Vergangenheit bei Notfällen um Hilfe gebeten.

»Wie du weißt, lasse ich meine Schiffe normalerweise auf der Beck-Werft reparieren«, bestätigte er auch sogleich ihre Vermutung. »Unglücklicherweise ist dort erst Ende kommender Woche wieder ein Liegeplatz frei, und meine ›Südstern‹ ist gestern mit einem angebrochenen Fockmast eingelaufen. Also ...«

»Heute ist Sonntag«, unterbrach ihn Elisabeth heftiger als beabsichtigt. »Meine Arbeiter genießen ihren verdienten Ruhetag. Das sollte dir bekannt sein.«

Ihr Tonfall irritierte ihn sichtlich, und beinahe hätte sie laut herausgelacht. Offenbar traute ihr Julius keinerlei Gefühle zu. Weder liebevolle noch zornige.

Nachdenklich strich er sich über seinen Backenbart und fuhr dann mit zwei Fingern am Kragen entlang, so als würde ihn dieser plötzlich mehr als gewöhnlich einschnüren. Dann richtete er seinen Blick auf sie.

»Du bist wütend auf mich. Warum?«

Weil ich dich liebe und weil ich für dich nur eine hässliche alte Bekannte bin, die hin und wieder für deine Zwecke ganz nützlich sein kann.

Das sagte sie selbstverständlich nicht. Elisabeth bewahrte Haltung. »Unsinn. Ich habe nur eine harte Arbeitswoche hinter mir.«

»Und du hast dir deine Sonntagsruhe ebenfalls verdient. Und nun muss ich dir wieder mit Geschäftlichem kommen. Das tut mir sehr leid, liebe Elisabeth.«

Wie er ihren Namen aussprach, so freundlich, so …

Aufhören!, rief sie sich selbst zur Ordnung. Er ist nur höflich.

Elisabeth holte tief Luft. »Gleich morgen früh kannst du dein Schiff zu unserer Werft bringen lassen. Ich werde alles Nötige veranlassen. Sollte sich der Mast nicht reparieren lassen, so verfügt die Werft über einige ausgezeichnete Hölzer …«

»Elisabeth …«

»Ich denke, es wird alles zu deiner Zufriedenheit geregelt werden.«

»Elisabeth, lass mich erklären …«

»Wenn du mich jetzt bitte entschuldigst. Ich erwarte Gäste zu einem frühen Abendessen. Geschäftsfreunde aus Bremen. Und ich muss noch ein paar Dinge vorbereiten.«

Sie stand auf, von Kopf bis Fuß die Tochter des Kapitäns.

Nein, sie würde sich keine Blöße geben.

Zum Abschied reichte sie ihm nicht die Hand zum Kuss, aus Angst, er könnte sehen, wie ihre Finger zitterten. Stattdessen betätigte sie kurz die Klingelschnur.

»Ich begleite dich noch zur Tür.«

Mit schnurgeradem Rücken ging Elisabeth voran in die Eingangshalle, wo der herbeieilende Diener dem Besucher in den Mantel half und ihm dann Spazierstock und Zylinder reichte.

Julius unternahm einen weiteren Versuch, mit ihr zu reden, doch sie hob die Hand.

»Ich bedauere es wirklich, nicht länger mit dir plaudern zu können, aber wie ich dir erklärt habe …«

»Ich verstehe. Dann auf ein baldiges Wiedersehen, liebe Elisabeth. Und vielen Dank für deine Hilfe. Ich hoffe, ich kann das irgendwann einmal wiedergutmachen.«

Sie nickte ihm zu.

Kaum hatte er das Haus verlassen, eilte Elisabeth in den Salon zurück. Sie dachte nicht mehr an ein Umschlagtuch, sondern lief durch die große Terrassentür hinaus in den Park.

Grauer Nebel legte sich über den Wintertag und befeuchtete ihre Wangen. Elisabeth erreichte ihren Lieblingsplatz und setzte sich auf die Bank. Die Kälte spürte sie kaum.

Sosehr sie sich auch auf die vorbeifahrenden Schiffe konzentrierte, immer sah sie Julius' Antlitz vor sich.

Wenn er sie bloß nicht ständig *liebe* Elisabeth nennen würde. Es klang so … so wahrhaftig.

Erneut schalt sie sich für ihre Dummheit.

Dann fiel ihr etwas ein, das ihr trotz der Kälte eine heiße Röte ins Gesicht steigen ließ. Ihr blieb nur zu hoffen, dass Julius nichts bemerkt hatte. Erst hatte sie ihn zum gemütlichen Kaffeetrinken eingeladen, und schon wenige Minuten später hatte sie behauptet, keine Zeit mehr für ihn zu haben, weil sie Gäste erwartete.

Schon einmal in ihrem Leben hatte sich Elisabeth Bardenstein wie eine Närrin aufgeführt, und halb Hamburg hatte sich damals über sie amüsiert.

Sie würde es nicht noch einmal tun.

Niemand sollte je wieder hinter vorgehaltener Hand über die hässliche Elisabeth herziehen. Die Frau, die keinen Mann abbekam.

Nach einer Weile stand sie auf und kehrte durch den Park zum Haus zurück. Sie hoffte, Julius Wichern so bald nicht wiederzusehen.

9

Nach fünf Tagen im Gängeviertel glaubte Clara, ersticken zu müssen, wenn sie nicht bald mehr als ein kleines Stück grauen Himmel sah und gute, frische Luft einatmete. Sie sehnte sich nach einem Spaziergang in Hamburgs schönen Grünanlagen oder über den Jungfernstieg an der Binnenalster entlang. Wie früher mit der Mutter.

Wenigstens fühlte sie sich an diesem Sonntagmittag nicht mehr so furchtbar schmutzig.

Amelie hatte sie am Morgen zu der Nachbarin Lise gebracht. Endlich konnte sich Clara einmal gründlich waschen. Es war herrlich, wieder sauber zu sein und nach einfacher Seife zu duften!

Danach war Amelie mit ihrer neuen Freundin zu einem Händler gegangen, dem ein kleiner Verdienst wichtiger war als die heilige Sonntagsruhe. Clara wählte ein dunkelbraunes Wollkleid und Wäsche aus. Die Sachen waren alt und vielfach geflickt, aber in gutem Zustand.

»Ich kann das nicht annehmen«, hatte Clara zunächst protestiert.

»Unsinn«, hatte Amelie lachend erwidert. »Ich behalte dafür deine Kleidung. Die ist viel mehr wert, wenn sie erst einmal gewaschen und geplättet ist. »

Das war richtig, dennoch stand Clara tief in Amelies

Schuld, zumal diese auch noch ein warmes Tuch und eine Haube für sie erstand. Clara müsse sich über die Ausgabe keine Sorgen machen, hatte Amelie behauptet. Tine habe sogar schon die Miete für den April bezahlt, und sie müssten nun über zwei Monate lang nichts dafür zurücklegen. Ja, die Tine sei wirklich ungewöhnlich fleißig zurzeit. Clara war es kalt den Rücken hinuntergelaufen, und sie hatte es vorgezogen zu schweigen.

Dann grinste Amelie. »Die Lore hat versprochen, deine Sachen bald in Ordnung zu bringen, aber es lassen so viele von uns bei ihr waschen, dass es auch eine Woche oder länger dauern kann. Einerlei. Wenn sie die Wäsche erledigt hat, werde ich deine Sachen verkaufen und einen ganzen Batzen Geld damit verdienen.«

Clara hatte in diesen Tagen gelernt, dass einige der Frauen im Gängeviertel sich mit verschiedenen Arbeiten über Wasser hielten. Die einen schnitten den Nachbarn die Haare, andere, die über eine Küche verfügten, kochten nahrhafte Eintöpfe, Frauen wie Lore machten für wenige Pfennige die Wäsche, und Lise vermietete ihren Badezuber.

»Auf ein Korsett musst du erst mal verzichten«, sagte Amelie noch beim Händler. »Es sei denn, du möchtest dein eigenes wieder anlegen. Aber das riecht auch nicht mehr besonders gut, und dünn, wie du bist, ist es sowieso einerlei, ob du eines trägst oder nicht, finde ich. Und du willst deinem Vater doch frisch und sauber gegenübertreten. So, komm, jetzt lassen wir dich noch von Hedi frisieren.«

Besagte Hedi wusch Claras Haare über einem Bottich mit selbstgemachter Seife und schimpfte dann wie ein

Rohrspatz, weil ihre Kundin sich weigerte, allzu nah am Feuer zu sitzen.

»Das dauert aber viel länger, bis das Haar trocken ist, und wer bezahlt mir das?«

»Reg dich nicht auf, Hedi«, meinte Amelie friedfertig. »Die Clara mag eben kein Feuer. Komm, du kannst in der Zeit auch mir die Haare waschen.« Sie ließ einen Sechsling in die Hände der Frau gleiten.

Später bekamen Clara und Amelie noch einen Nackenknoten frisiert.

»Für Schnickschnack wie Schläfenlocken habe ich keine Zeit«, erklärte Hedi kategorisch.

Nun also lief Clara neu eingekleidet in dem kleinen Zimmer auf und ab und wartete darauf, dass der junge Peter Nachricht von Olaf Riesch brachte.

Die Fahrt nach Altona war schon zweimal verschoben worden, aber gestern, am Sonntag, hatte Olaf ausrichten lassen, er werde Montagmittag die Holzladung nahe der Ellerntorbrücke aufnehmen und voraussichtlich am frühen Nachmittag durch das Herrengrabenfleet und dann vom Baumwall aus elbabwärts nach Altona segeln. Sofern Amelies neue Freundin noch mitfahren wolle, werde er den Jungen schicken, damit sie rechtzeitig am Anlegeplatz eintraf. Es sei nicht nötig, dass die Deern sich dort herumtreibe, bevor er die Segel setzte.

Offenbar glaubte Olaf, Amelies Freundin ginge demselben Gewerbe nach wie sie, und er wollte jedes Gerede so gut es ging verhindern.

»Jetzt setz dich doch mal hin«, verlangte Amelie, nachdem sie der Wanderung eine ganze Weile zugeschaut hatte. »Ist ja nicht auszuhalten mit dir!«

Clara ließ sich auf den freien Stuhl sinken und trommelte mit den Fingern auf der Tischplatte.

»Auch nicht besser«, sagte Amelie und verdrehte die Augen. »Du kannst es ja wirklich nicht erwarten, hier wegzukommen.«

Claras Finger kamen zur Ruhe. Sie wandte sich der Freundin zu und lächelte sie an. »So darfst du nicht denken. Ich bin dir dankbar, für alles, was du für mich getan hast.«

»Ich und Tine.«

»Natürlich. Du und Tine. Aber ich bin jetzt schon fünf Tage von zu Hause fort, und ich will endlich wissen, wie es weitergeht. Wenn ich … wenn ich in Neumühlen keine Aufnahme finde, dann muss ich mir etwas überlegen.«

»Zur Not kannst du ja wieder herkommen«, schlug Amelie großzügig vor. »Nur als Gast natürlich. Brauchst gar nicht so entsetzt dreinzuschauen.«

»Ich …«

»Schon gut. Ich glaube sowieso nicht, dass ich dich so schnell wiedersehe. Du wirst ein schönes Leben haben und bald nicht mehr an die kleine Amelie vom Ehebrechergang denken.« In ihren Augen stand kein Neid, nur aufrichtiges Bedauern und tiefe Freundschaft.

Clara dachte an das Versprechen, das sie Tine gegeben hatte. »Nein«, sagte sie entscheiden. »Ich werde dich niemals vergessen. Was immer auch kommen mag. Und auch Tine nicht. Bitte grüße sie ganz herzlich von mir.« Die ältere Dirne war in der vergangenen Nacht wieder einmal nicht heimgekehrt.

»Sicher. Es wird sie freuen.«

Dann verfielen beide in Schweigen, während sie auf Peters flinke Schritte im Treppenhaus warteten.

Als es dann tatsächlich an der Tür klopfte, zuckte Clara vor Schreck zusammen.

Peter steckte sein schmutziges Jungengesicht herein. »Der Olaf sagt, er ist mit dem Aufladen fast fertig. In einer Stunde geht es los. Wenn du noch mitwillst, sollst du dich auf den Weg machen.«

Clara war schon aufgesprungen und griff nun nach ihrem Tuch.

»Warte!«, rief Amelie, als sie bereits halb zur Tür hinaus war. »Ich komme mit. Du kannst hierbleiben, Peter.«

Der Junge schüttelte den Kopf. »Das will der Olaf nicht. Hat er extra gesagt. Und die da«, er wies mit dem Finger auf Clara, »die soll brav und züchtig aussehen. Sonst gibt's Gerede.«

Was das für ein Gerede sein sollte, schien der Junge nicht zu wissen, er machte sich noch kein Bild von Amelies Gewerbe. Seinen Auftrag nahm er jedoch sehr ernst, und er musterte Clara von oben bis unten. Der schlichte Haarknoten, die sittsame Haube und das hochgeschlossene Kleid entsprachen offenbar dem, was Olaf erwartete und dem Jungen beschrieben hatte.

Peter nickte gnädig und drängte zum Aufbruch.

Beinahe hätte Clara über den kleinen Wichtigtuer gelacht, aber nun wurde ihr plötzlich das Herz schwer. Hatten die Stunden bis eben kaum vergehen wollen, so war nun der Moment des Abschieds mit der Geschwindigkeit einer Dampflokomotive herangerauscht.

Peter hüpfte schon die Treppe hinunter.

Amelie drückte kurz ihre Hand.

»Nun geh schon. Wir werden uns wiedersehen. Und fang bloß nicht an zu heulen.«

Clara brachte kein Wort heraus. Sie umschloss mit der anderen Hand Amelies schmale Finger, dann machte sie sich mit einem Ruck los und folgte Peter.

»Und dein Paul«, rief Amelie hinter ihr her, »der wird doch noch zu dir zurückkommen. Wirst schon sehen!«

Es war das einzige Abschiedsgeschenk, das die junge Dirne ihr zu geben vermochte, und für Clara war es mehr wert als alles Gold dieser Welt.

Clara empfand es als befremdlich, denselben Weg zurückzugehen, den sie vor fünf Tagen in Richtung Millerntor genommen hatte. Wäre der junge Peter nicht gewesen, sie hätte womöglich die Flucht ergriffen. Es erschien ihr falsch, sich wieder der Altstadt zu nähern, ihr Ziel lag doch in der entgegengesetzten Richtung!

Erst am Anlegeplatz bei der Ellerntorbrücke entspannte sie sich. Über das Herrengrabenfleet würde sie nach Süden gelangen, von dort nach Westen, fast bis nach Neumühlen.

»Da ist er«, sagte Peter und deutete auf einen zweimastigen Ewer mit roten Segeln, auf dessen Frachtfläche einige Lagen Holzbretter gestapelt waren.

Clara wollte schon hinter Peter darauf zugehen, als sie aus den Augenwinkeln etwas sah, das sie innehalten ließ. Zwei Schuten hatten ebenfalls festgemacht und nahmen gerade Ladung auf. Schuten waren nichts anderes als abgetakelte Ewer, die in flachen Gewässern durch Staken mit dem Peekhaken fortbewegt wurden. Ewer und Schuten waren die Lasttiere des Hafens und der Hamburger Fleete.

Was hingegen Claras Aufmerksamkeit erregte, hatte nichts mit den flachen Booten an sich zu tun, sondern vielmehr mit einer Bewegung, die so schnell wieder vorbei war, dass sie im Nachhinein glaubte, sie habe sie sich vielleicht nur eingebildet.

Jemand, ein Mann, oder zumindest eine große Person, war hinter einen hohen Stapel Stoffballen gesprungen, als Clara den Anlegesteg betrat. Sie hatte einen Blick auf dunkles Haar unter einer Mütze erhascht, auf schlaksige Gliedmaßen, auf ein feines Profil. Oder nein, es war doch alles viel zu schnell gegangen. Da war nichts.

Niemand.

Nur eine Sinnestäuschung.

Trotzdem vibrierte ihr Innerstes, als sie nun auf den Ewerführer zutrat.

Olaf Riesch entpuppte sich als großer, vierschrötiger Mann mit breiten Schultern und einem roten Gesicht. Sein Gehilfe hingegen, der sich bei Clara großspurig als Matrose Harry Steck vorstellte, war klein, drahtig und dunkel. Unterschiedlicher hätten die beiden Männer kaum sein können, befand Clara.

Der Ewerführer musterte sie wie schon vorhin der junge Peter von Kopf bis Fuß. Er schien zufrieden mit ihrer Erscheinung. Niemand, der die Deern in seinem Ewer sah, konnte auf falsche Gedanken kommen. Nur Claras durchlöcherte alte Schuhe fanden keine Gnade vor seinem strengen Blick.

Sie schämte sich dafür, aber für ein paar Schnürstiefel hatte Amelies Geld nicht gereicht.

»Dort am Bug setzt du dich hin und rührst dich nicht, bis wir den Altonaer Hafen erreicht haben«, sagte Olaf

Riesch und wies auf eine grob zusammengezimmerte Kiste, die augenscheinlich als Sitzgelegenheit für die seltenen Passagiere in seinem Ewer diente.

Danach sprach er kein einziges Wort mehr zu ihr.

Clara war es nur recht. Sie war froh, als es endlich losging.

Olaf Riesch und sein Gehilfe setzten die Segel, und schon fuhren sie in gemächlicher Fahrt das Fleet hinunter. War die Luft hier schon frischer, so freute sich Clara wie ein Kind über den Wind, der ihr auf der Elbe aus der Deutschen Bucht entgegenkam und jede Erinnerung an den fauligen Gestank aus dem Gängeviertel fortwehte.

Es dämmerte bereits, als Clara vor der imposanten Villa stand und ehrfürchtig an der blendend weißen Fassade emporschaute. Hier wohnte sicher eine sehr reiche Familie, und es war alles ein großer Irrtum. Die Mutter konnte gar nicht mit diesen Leuten befreundet oder gar verwandt gewesen sein, und nie und nimmer hatte sie eine Liebschaft zum Herrn des Hauses unterhalten.

Nein. Es war an der Zeit, Amelies Märchen zu vergessen. Clara schüttelte heftig den Kopf. Ein paar Haarsträhnen lösten sich aus ihrem Nackenknoten und legten sich weich auf ihre Schultern. Die Haube war schon vom Fahrtwind auf der Elbe verrutscht, und Clara bot einen nicht mehr ganz so sittsamen Anblick wie bei ihrem Aufbruch im Gängeviertel. Zudem waren ihre Wangen erhitzt, denn sie war die lange Auffahrt zur Villa schnell gelaufen, so eilig hatte sie es auf einmal gehabt.

Schon im Altonaer Osthafen war ihre Unruhe übermächtig geworden. Fast wäre sie ins Wasser gefallen, weil sie es nicht abwarten konnte, bis Olaf Riesch seinen Ewer endlich vertäut hatte.

Als der Mann Clara dann mit knappen Worten an einen Fuhrmann verwies, der Kohle für einige Landhäuser an der Elbchaussee geladen hatte, war sie nach einem schnellen Dankeswort auf den Kutschbock geklettert.

Den Dank hätte sie sich sparen können, Olaf Riesch schien sie bereits vergessen zu haben.

Der Fuhrmann war ein ähnlich wortkarger Mann. Nur auf ihre Frage nach der Villa Bardenstein antwortete er mit einem erstaunten Ausruf. Dann spie er eine große Ladung Kautabak über die Kruppen seiner Pferde hinweg auf die Landstraße und sagte: »Jeder kennt die Villa Bardenstein. Da wird kein neues Dienstmädchen gesucht. Machst die Fahrt ganz umsonst, Deern.«

Clara schwieg daraufhin, was dem Fuhrmann gut in den Kram zu passen schien. Als er schließlich hielt, um sie absteigen zu lassen, und mit dem Kopf in Richtung einer von hohen Buchen umsäumten Auffahrt wies, zögerte sie.

»Nun geh schon. Gefressen wirst du da nicht.«

Der Fuhrmann hob die Peitsche. Er hatte es eilig. Also sprang Clara vom Bock, blieb einen Moment unschlüssig stehen und überquerte dann langsam die Fahrbahn.

Erst als sie durch das weit geöffnete Tor trat, erinnerte sie sich an die wundervolle Geschichte, die Amelie gesponnen hatte. Und sie begann zu laufen. Schneller und schneller. Mochte der Ewerführer in ihr nur eine Dirne gesehen haben, die sich als züchtige junge Frau verkleidet hatte – mochte der Fuhrmann sie für ein Dienstmädchen halten. Clara Vogt wusste, wer sie war: eine Kaufmannstochter, die einst eine gute Erziehung genossen hatte und die sich vor niemandem zu schämen brauchte.

In wenigen Minuten würde sich ihr Schicksal zum Guten wenden. Daran glaubte sie plötzlich ganz fest.

Dann jedoch langte Clara vor dem prächtigen Gebäude an, und all ihr Mut, all ihre Vorfreude fielen in sich zusammen. Eben noch ihrer selbst so sicher, verwandelte sich Clara in eine schüchterne, heimatlose Frau, die nicht einmal den Mut aufbrachte, am Dienstboteneingang zu klopfen.

Schon wandte sie sich mit hängenden Schultern ab und wollte die Auffahrt zurückgehen, als die Tür aufgerissen wurde und Clara von einer herrischen Stimme angerufen wurde.

»He, du! Was hast du hier zu suchen?«

Clara wirbelte herum und erblickte eine unglaublich beleibte Frau mit rosigen Wangen und kleinen Schweinsäuglein. Kurz fühlte sie sich an Friederike erinnert, doch diese Frau war gewiss doppelt so dick wie die Mamsell im Hause Vogt. Dennoch wusste Clara gleich, wen sie vor sich hatte.

»Guten Tag«, sagte sie artig. »Sie sind die Mamsell, nicht wahr?«

Ein misstrauischer Blick traf sie. »Woher willst du das wissen?«

Clara wies auf die bodenlange Schürze der Frau. »Die Flecken dort. Sie duften sehr süß und würzig – nach Zimt.«

»Da brat mir doch einer 'nen Storch! Hat hier irgendjemand die Gaukler eingeladen? Willst du mich veräppeln? Und wie bist du überhaupt bis hierher gekommen?«

»Das Tor war offen«, erklärte Clara schüchtern.

»Das Tor war offen? Dem Bengel ziehe ich die Ohren lang, sobald ich ihn in die Finger kriege!«

Clara wusste nicht, wer der Bengel war, aber sie würde nicht in seiner Haut stecken wollen.

»Also, was willst du? Zu verkaufen hast du ja wohl nichts.«

»Ich ...« Sie wusste nicht weiter.

»Nun, es ist einerlei. Falls du eine Stellung suchst, bis du ganz umsonst gekommen. Wir brauchen weder eine Küchenhilfe noch ein Stubenmädchen.«

Die dicke Frau wandte sich um und machte Anstalten, zurück ins Haus zu gehen.

»Vielen Dank!«, rief Clara ihr nach. Zorn stieg in ihr hoch. Sie hatte es satt, von anderen Menschen schlecht behandelt zu werden, nur weil sie sich nicht mehr vornehm kleidete. »Und holen Sie lieber schnell den Apfelkuchen aus dem Ofen. Der brennt nämlich gerade an!«

Zur Antwort erhielt sie nur ein lautes Türenschlagen.

Entmutigt machte sich Clara auf den Rückweg. Tiefe Müdigkeit überkam sie, und ihre Beine zitterten. Schnell setzte sie sich auf einen der großen Steine, die zu Füßen der Buchen rechts und links an der Auffahrt standen. Sie vergrub den Kopf in den Händen und redete sich ein, sie müsse nur einen Moment lang Kraft schöpfen. Gleich würde sie ihren Weg fortsetzen.

Das Fenster in ihrem Ankleidezimmer hatte einen Spalt offen gestanden, und so war Elisabeth Bardenstein Zeugin des Wortwechsels zwischen Mamsell Wilhelmine und der fremden jungen Frau geworden, die offenbar unbefugt auf das Anwesen gelangt war.

Elisabeth war selbst erst vor einer halben Stunde von der Werft heimgekommen. Dort hatte sie sich davon überzeugt, dass Julius Wicherns Schiff »Südstern« bereits repariert wurde.

Sie war eine Frau, die zu ihrem Wort stand.

Tief in Gedanken versunken hatte sie sich von Daniel Ahrens, ihrem neuen jungen Kutscher, heimfahren lassen. Es war ihr nicht aufgefallen, dass er vergessen hatte, das Tor wieder zu schließen.

Nun war also ein Eindringling bis zur Villa vorgedrungen, eine junge Frau, und Mamsell Wilhelmine geriet in Rage.

Elisabeth musste unwillkürlich lächeln. Mamsell Wilhelmine geriet überhaupt leicht in Rage. Vor allem seit es kaum noch etwas zu kochen gab. Schon der Kapitän hatte in seinen letzten Monaten wenig zu sich genommen, und Elisabeth war nie eine gute Esserin gewesen. Seit langem auch hatten keine Abendgesellschaften mehr in der Villa stattgefunden. Sicherlich fürchtete die Mamsell nun um ihre Arbeit und scheuchte jeden fort, der es gar wagen konnte, um eine Anstellung zu bitten.

Was Elisabeth veranlasste, zum Fenster zu gehen und hinauszuschauen, war die Stimme der Besucherin. Sie besaß einen tiefen, melodischen Klang, und genau dieser Klang kam Elisabeth bekannt vor.

Sie sah hinaus, entdeckte die junge Frau, die jetzt auf

einen Findling sank, und erstarrte. Erst die Stimme, nun diese Gestalt, das lange schwarze Haar, das unter der Haube hervorlugte – nein, es war ausgeschlossen!

Elisabeth vermochte das Gesicht der Besucherin nicht genau zu erkennen. Sie war zu weit weg, und das Tageslicht nahm bereits ab, und dennoch glaubte sie sich plötzlich ganz sicher.

Diese junge Frau war keine Fremde. Es musste die Tochter von Wiebke sein. Von Wiebke und ... diesem Mann! Doch wie hatte sie hierhergefunden? Und was, um Gottes willen, wollte sie von ihr? Warum hatte sie nicht am Haupteingang vorgesprochen?

Elisabeth starrte noch lange aus dem Fenster nach draußen, und es schien ihr, als blicke sie in ihre eigene Vergangenheit.

Endlich traf sie eine Entscheidung und betätigte den Klingelzug.

10

Friederike Fechner, die nun niemand mehr Mamsell Friederike rief, ließ sich in der Küche ihrer Schwester auf einen Stuhl fallen, legte die Füße auf einen Hocker und seufzte tief auf.

»Ah, das tut gut.«

Cornelia, die jüngste ihrer Nichten, kicherte. »Tante Friederike hat Elefantenbeine!«

Dafür fing sie sich eine Backpfeife von ihrer Mutter ein und begann zu weinen.

»Lass doch das Kind in Ruhe. Es hat es nicht böse gemeint.«

Martha Voss verzog den Mund. »Ich erziehe meine Töchter, wie es mir passt, liebe Schwester. Gottesfürchtig und respektvoll den Erwachsenen gegenüber. Darin sind mein Hermann und ich uns einig.«

»Ist ja schon gut«, erwiderte Friederike friedfertig. Ihrer Meinung nach hatten sich alle vier Mädchen außerordentlich gut entwickelt. Im Alter zwischen elf und achtzehn Jahren, waren sie nicht nur hübsch, sondern auch ausgesprochen höflich und fleißig. Die drei älteren gingen in die Lehre, Cornelia besuchte mit elf Jahren noch die Schule und war ein besonders aufgewecktes Kind. Nur manchmal ärgerte sie gern ihre Tante mit den dicken Beinen.

Dafür brachte sie ihr jetzt eine Tasse Tee. »Bitte schön. Ich habe zwei Löffel Zucker reingetan. So wie du es gern hast.«

Friederike bedankte sich mit einem Lächeln und nahm einen Schluck heißen, süßen Tee.

Schon erstaunlich, dachte sie, wie gut die Mädchen geraten sind. Nichts an ihnen erinnerte mehr an die verhärmten, abgerissenen Gestalten, die in der Kellerwohnung an der Deichstraße hausten und froh über jedes Stück Brot waren, das die Tante ihnen zustecken konnte. Und auch Martha hatte sich verändert. Aus der verhuschten jungen Witwe, die sich vor anderen Menschen schämte, war eine geradezu selbstgefällige Matrone geworden.

Ja, wahrhaftig, ihre Schwester und ihre Nichten hatten großes Glück gehabt. Marthas neuer Gatte war ein guter Mann, und er hatte seine Schwägerin ganz selbstverständlich in seiner Wohnung willkommen geheißen, als sie vor fünf Tagen in Altona eingetroffen war.

»Viel Platz haben wir nicht bei den vielen Deerns«, hatte er gesagt. »Aber unsere Cornelia kann in das große Schlafzimmer zu ihren Schwestern ziehen, und du bekommst ihre Kammer.«

Keines der Mädchen protestierte. Alle erinnerten sich noch gut an die liebe Tante und ihre nahrhaften Gaben. Sogar Cornelia, die erst vier Jahre alt gewesen war, als die Familie die Kellerwohnung verlassen hatte.

Die Wohnung von Hermann Voss lag in einem gutgepflegten Mietshaus in einer Seitenstraße der prächtigen Palmaille. Im Erdgeschoss befanden sich einige kleine Läden und Handwerksbetriebe. Auch der Schuster Hermann Voss betrieb hier seine Werkstatt, und da er ein fleißiger Mann war, der nur am Sonntag ruhte, verdiente er genug, um seine große angeheiratete Familie zu ernähren.

Seiner Frau Martha war er in echter Liebe zugetan, und die vier Mädchen behandelte er streng, aber anständig.

Friederike war schnell klargeworden, ihre Schwester hätte es nicht besser treffen können.

Dennoch wirkte Martha oftmals unzufrieden, aber das mochte auch mit ihrer Schwangerschaft zusammenhängen, die ihr Leben beschwerlich machte. Mit über vierzig Jahren erwartete sie noch einmal Nachwuchs. Ihr Bauch war zu einem Ballon angeschwollen, und es fiel ihr schwer, die einfachsten Hausarbeiten zu verrichten. Da hatte es sich gut getroffen, dass genau zu dieser Zeit Friederike in Altona eintraf und um Obdach bat.

Klaglos übernahm sie alle Pflichten ihrer Schwester und heimste ob ihrer ebenso guten wie sparsamen Kochkunst so manches anerkennende Wort ihres Schwagers ein. Erst heute beim Mittagessen hatte er sie für ihre Steckrübensuppe mit Kartoffeln und Rinderknochen gelobt.

Marthas Mundwinkel waren dabei wieder einmal in die Tiefe gegangen. Es schien Friederike fast, als sei ihre Schwester eifersüchtig, dass sich Schwager und Schwägerin so gut verstanden. Nun, sollte sie einmal den richtigen Zeitpunkt finden, so würde sie ihr versichern, dass sie Hermann schätzte, jedoch keinerlei Interesse an ihm hegte. Schließlich war sie eine Frau von fünfzig Jahren! Acht Jahre älter als Martha. Da gab es keine romantischen Anwandlungen mehr. Nur den Wunsch, noch ein paar gute, ruhige Lebensjahre zu verbringen, ohne diese schlimmen Sorgen, die sie quälten.

Friederike trank ihren Tee aus und schickte einen weiteren Seufzer in die dunklen Ecken der Küche.

»Was stöhnst du heute bloß so rum?«, fragte Martha unwillig. »Wird dir die Arbeit zu viel?« Sie selbst saß im schwachen Schein einer Kerze neben einem ganzen Korb voller Stopfwäsche und ließ die Nadel flink durch einen Strumpf wandern.

»Keineswegs. Ich dachte nur gerade an meine Clara. Ob es ihr wohl gutgeht? Fünf Tage ist es her, seit sie fort ist.«

»Schlag dir die Deern aus dem Kopf«, unterbrach Martha sie. »Hat keinen Zweck, ihr nachzuweinen.«

Es war nicht das erste Mal, dass die Schwestern über die Vorfälle im Hause Vogt sprachen, und Martha hatte da ihre ganz eigene Meinung. »Die ist jetzt bestimmt bei irgendwelchen reichen Verwandten und lässt es sich gutgehen. Wird von vorn bis hinten bedient. Dich hat sie längst vergessen.«

»Meines Wissens hat Clara gar keine Verwandten mehr«, gab Friederike zurück. »Und sie ist ohne Geld und ohne angemessene Kleidung weggelaufen.«

»Na und? So eine feine Kaufmannstochter fällt immer auf die Füße. Wirst schon sehen.«

»Ich sollte einmal nach Hamburg fahren und nachschauen, ob sie heimgekehrt ist.«

»Das wirst du nicht tun! Ich brauche dich hier. Und außerdem ist dein früherer Dienstherr anscheinend zu allem fähig. Der bringt dich glatt um! Ich fand ja schon immer, dass der einen irren Blick hatte, aber du hast behauptet, ich bildete mir das ein. Nun siehst du mal. Am Ende hat deine kleine Schwester recht behalten.«

Das Gespräch drehte sich wieder einmal im Kreis, und Friederike wusste, was gleich kommen würde.

»Und deine geliebte Clara ist auch kein Unschuldslamm. Damals, da hat sie meinem Paul den Kopf verdreht, und dann war er plötzlich weg. Vielleicht ist ja sie schuld daran gewesen? Wer weiß schon, was da vorgefallen ist. Dabei war es uns gerade ein wenig gutgegangen. Paul hatte plötzlich eine viel bessere Arbeit, und wir konnten uns anständig ankleiden. So habe ich ja auch meinen Hermann kennengelernt. In einem wunderschönen neuen Kleid und mit einer Seidenhaube auf dem Kopf …«

Friederike hörte nicht länger zu. Martha konnte stundenlang von ihrer glücklichen Begegnung mit Hermann Voss erzählen.

Was Friederike hingegen wirklich störte, war Marthas Überzeugung, Clara könnte etwas mit Pauls Verschwinden zu tun haben. Das war – geradezu undenkbar. Die Deern war damals todunglücklich gewesen, und Friederikes Meinung nach hatte sie Paul bis heute nicht vergessen. Er war ihre große Liebe, ihr einziger Freund. Nur dank Paul hatte Clara niemals aufgegeben, so schwer es auch für sie war, im Hause Vogt zu leben.

Friederike hegte vielmehr einen ganz anderen Verdacht: Ihr ehemaliger Dienstherr musste darin verwickelt sein. War Paul damals nicht plötzlich des Öfteren ins Kontor gerufen worden? Und hatte Georg Vogt nicht jedes Mal sorgfältig die Tür geschlossen, bevor er auch nur ein Wort gesprochen hatte?

Friederike hatte sich alle Mühe gegeben, trotzdem etwas mitzubekommen, aber es war undenkbar gewesen. Gerade weil sie als Mamsell dem übrigen Hauspersonal vorstand, ziemte es sich nicht, an der Tür zu lauschen. Sie hatte nur Vermutungen anstellen können, und sie verwarf sehr schnell die Hoffnung, Paul könnte beim Kaufmann um Claras Hand anhalten und gar Gehör finden. Nein, da war etwas anderes vorgegangen, etwas Schlimmes. So schlimm, dass Paul schließlich keinen anderen Ausweg sah, als zu verschwinden.

»Jedenfalls«, schloss Martha gerade ihre Rede, als Friederike ihr wieder zuhörte, »jedenfalls würde es mich wirklich einmal interessieren, was deine feine Clara mit meinem Paul angestellt hat.« Sie schluchzte leise auf. »Und er ist niemals zurückgekehrt. Mein einziger Sohn!«

Zärtlich strich sie über ihren Bauch, und Friederike begriff auf einmal, was sie in den Tagen hier schon geahnt hatte. Ihre Schwester hoffte auf einen Jungen – als späte Entschädigung für den verlorenen Sohn.

Martha wischte sich mit dem Ärmel ihres Kleides über das Gesicht. »Mein armer Paul! Mein geliebter Junge! Vielleicht ist er längst tot.«

»Ist er nicht«, sagte Cornelia.

Die Schwestern zuckten nahezu gleichzeitig zusammen. Friederike ließ die Beine vom Hocker auf den Boden plumpsen, Martha fiel das Stopfzeug aus der Hand. Mit beiden Armen umfasste sie nun schützend ihren Bauch, als wollte sie ihr Ungeborenes vor Unheil bewahren.

Beide hatten die Anwesenheit des Kindes vollkommen vergessen.

Jetzt machte Cornelia erschrocken einen Schritt zurück.

»Was redest du da für einen Unsinn!«, rief Martha. »Wie kannst du nur so grausam zu deiner armen Mutter sein! Willst du, dass ich vor Schreck das Baby verliere? Dein kleines Brüderchen?«

»N… nein«, flüsterte Cornelia.

Friederike gewann vor ihrer Schwester die Fassung wieder.

»Komm mal her zu mir, Kleine«, sagte sie freundlich zu dem Kind, während sie innerlich vor Aufregung zitterte.

Zögernd näherte sich Cornelia der Tante, behielt jedoch eine Armeslänge Abstand bei. Ihre Augen waren groß und angstvoll. Offenbar war ihr gar nicht bewusst, was sie da behauptet hatte.

Friederike räusperte sich. »Warum sagst du so etwas? Du hast deiner Mutter und mir einen großen Schrecken eingejagt.«

»Das … das wollte ich nicht. Bitte verzeih mir«, erwiderte Cornelia, halb an Martha gewandt.

Diese schwieg und strich nun wieder sanft über ihren Bauch, so als wollte sie den Sohn, den sie ihrer Meinung nach erwartete, beruhigen.

Friederike lenkte Cornelias Aufmerksamkeit wieder auf sich. »Du hast meine Frage nicht beantwortet. Woher willst du wissen, dass dein Bruder Paul nicht tot ist?«

Cornelia straffte ihren zarten Mädchenkörper und hob das Kinn. Wenn sie diese Haltung annahm, erinnerte sie Friederike manchmal an Clara. Vielleicht war sie dem Kind deshalb besonders zugetan. Nun jedoch musste sie ihre Gefühle beiseitelassen und ergründen, was Cornelia zu wissen glaubte.

»Paul ist am Leben. Ich habe ihn gesehen.«

Martha stieß einen kleinen Schrei aus. Friederike blieb ruhig.

»Und wo?«

»In Hamburg. Am Baumwall.«

»Am Baumwall? Am Hafen?«, fragte Friederike zurück. »Was um Himmels willen hattest du da zu suchen?«

»Ich war mit Vater am Stubbenhuk«, erklärte Cornelia. »Ich darf ihn manchmal begleiten.«

Friederike verstand immer noch nicht.

Martha, die sich langsam wieder fing, setzte zu einer Erklärung an: »Mein Hermann hat dort einen sehr guten Kunden. Er ist Schiffsmakler und besteht darauf, dass mein Hermann ihm persönlich die neuen Schuhe bringt. Ich glaube, sie kennen sich aus Kindertagen. Jedenfalls hat dieser Schiffsmakler einen Narren an meinem Hermann gefressen und bestellt alle halbe Jahre ein neues Paar Schuhe. Er zahlt ihm sehr viel Geld, und da fährt mein Hermann natürlich gern bis nach Hamburg.«

Friederike überhörte geflissentlich die Betonung auf *meinem* Hermann. Wenn sich Martha unbedingt in eine dumme Eifersüchtelei hineinsteigern wollte, dann konnte sie im Augenblick nichts daran ändern. Auf Dauer würde sie nicht in dieser Familie bleiben können, aber sie war entschlossen, erst zu gehen, wenn Marthas Baby aus dem Gröbsten raus war. Danach würde sie weitersehen.

»Du warst also mit deinem Vater in Hamburg«, wandte sie sich wieder an Cornelia. Für Marthas jüngstes Kind war es selbstverständlich, Hermann Voss Vater zu nennen, die älteren taten sich da schwerer, aber sie alle respektierten und mochten den Mann, der sie aus dem Elend in der Deichstraße befreit hatte.

Cornelia nickte eifrig. »Ja, wir sind mit einer Droschke gefahren, und in dem Haus von diesem ... ähm ...«

»Ist nicht so wichtig, Cornelia. Erzähl mir, was danach geschehen ist.«

»Da hat Vater vorgeschlagen, noch einen Spaziergang zum Hafen zu machen, damit ich mal die großen Schiffe sehe. Es war wunderschön. All die wunderschönen Briggs, die vielen starken Männer, die so schwere Lasten getragen haben, aber dann ...«

Friederike zwang sich, geduldig zu bleiben. Sie beugte sich vor und sah das Mädchen ruhig an. »Was war dann, Cornelia?«

Unsicher sah das Mädchen von der Tante zur Mutter. »Ich habe mich auf einmal daran erinnert, wie Paul mich auch einmal mit zum Hafen genommen hat. Ich saß ganz hoch oben auf seinen Schultern, und er hat gelacht und gesagt, so ähnlich würde es auch schaukeln, wenn ein Schiff aufs Meer hinausfährt.«

Enttäuschung machte sich in Friederike breit. Das Kind fantasierte sich da nur was zurecht. Plötzlich erschöpft, lehnte sie sich zurück.

Martha stieß ein verächtliches Schnauben aus. »An so was kannst du dich gar nicht erinnern. Du warst viel zu klein.«

»Ich kann mich sehr wohl erinnern. Es hat wirklich sehr geschaukelt auf Pauls Schultern. Und ich war schon vier Jahre alt, als er uns verlassen hat. Ich weiß noch genau, wie ihr alle geweint habt. Aber ich nicht. Ich war sicher, er kommt eines Tages zurück. Und jetzt ist er da.«

Ihre Stimme war mit jedem Wort lauter geworden, zuletzt schrie sie fast.

»Aber wenn ihr mir nicht glauben wollt, seid ihr selber schuld! Ich habe ihn jedenfalls gesehen. Es war Paul, mein großer Bruder. Er stand in so einem flachen Boot und hat einem anderen Mann große Säcke abgenommen und die dann sorgfältig gestapelt. Er … er sah älter aus und … anders … aber …«

»Schluss jetzt!« Martha packte ihre Tochter blitzschnell am Arm und schüttelte sie durch. »Du bist ein böses Kind! Willst dir einbilden, meinen verschollenen Sohn zu sehen, und quälst mich mit deinen verrückten Geschichten.« Genauso schnell, wie sie ihre Tochter gepackt hatte, ließ sie sie wieder los und vergrub das Gesicht in den Händen. Ihr aufgeblähter Körper wurde von trockenen Schluchzern geschüttelt.

Mit einem Nicken wies Friederike ihre Nichte an, die Küche zu verlassen.

Cornelia blickte sie an. Glaubst du mir wenigstens?, schienen ihre Augen zu fragen. Dann senkte sie den Kopf und schlüpfte hinaus.

Kurz erwog Friederike, ihr nachzugehen. Sie wollte Cornelia trösten und mit ihr die Hoffnung teilen, Paul sei wirklich wieder in Hamburg und werde ihnen früher oder später eine Nachricht zukommen lassen.

Allein, es ging über ihre Kräfte. Sie blieb auf ihrem Stuhl sitzen, legte die Beine wieder auf den Hocker und redete leise auf Martha ein, bis die Schwester sich beruhigt hatte.

Danach wurde Paul in der Familie nicht mehr erwähnt. Cornelia schwieg sich aus. Sie hatte wohl Angst, von der Mutter noch einmal geschimpft und durchgeschüttelt zu werden.

Auch Friederike erwähnte ihn nie. Nur manchmal, wenn sie des Nachts allein in ihrer Kammer lag, dachte sie an die Worte des Kindes und fragte sich, ob es nicht vielleicht doch die Wahrheit gesagt hatte.

11

Mit ausgestrecktem Arm wies Elisabeth Bardenstein nach draußen.

»Rufen Sie die junge Dame zurück, die dort unten in der Auffahrt sitzt.«

Der Diener runzelte die Stirn. »Mit Verlaub, das ist keine Dame.«

»Tun Sie, was ich gesagt habe. Ich erwarte sie im Salon.«

Der Diener verbeugte sich und ging, den Auftrag auszuführen.

Elisabeth beobachtete, wie er die Villa durch den Hintereingang verließ und auf Clara Vogt zutrat. Der Name war ihr gerade wieder eingefallen. Clara – so hatte Wiebke ihre Tochter genannt. Elisabeth erinnerte sich an die Geburtsanzeige, die damals im Stadthaus der Bardensteins in der Steintwiete eingetroffen war.

»So, so, eine Tochter«, hatte der Kapitän geistesabwesend gesagt. »Nun, der junge Vogt wird gewiss noch einen Sohn zeugen.«

Auch der Kapitän hatte sich selbstverständlich einen Stammhalter gewünscht, und es sollte Jahre dauern, bis er sich damit abfand, dass kein weiteres Kind mehr kommen wollte.

»Gibt es sonst noch etwas?« Wie üblich waren ihm die Gefühle seiner Tochter entgangen. Weder sah er die

Schmach in ihren Augen, weil sie ein Einzelkind geblieben war, noch bemerkte er, dass sie die Lippen aufeinanderpresste, als er Georg Vogt erwähnte.

»Nein, ich dachte nur, es könnte dich interessieren.«

»Warum sollte es? Es hat einmal gewisse Pläne gegeben, doch nachdem alles anders gekommen ist, geht uns das Leben des Herrn Vogt nichts mehr an.«

Da war Elisabeth aus seinem Arbeitszimmer geflüchtet.

Auch jetzt noch, mehr als zwanzig Jahre später, verkleinerte sich ihr Mund zu einem schmalen Strich. Sie sah wieder sich selbst vor sich, wie sie damals gewesen war. Eine junge, vom Leben tief enttäuschte Frau, die aus dem Haus lief und ziellos durch die Stadt wanderte. Die Deichstraße lag gleich um die Ecke, und dort wohnte das falsche Glück.

So schlug die junge Elisabeth die entgegengesetzte Richtung ein und kam erst Stunden später weit fort an der Esplanade zur Ruhe. Für den Heimweg nahm sie eine Droschke. Dem Kapitän war ihre Abwesenheit gar nicht aufgefallen, und auch die Mutter, die zu jener Zeit schon von schwacher Gesundheit war, hatte von ihrem Ausflug nichts mitbekommen.

Ein Jahr später, nur wenige Wochen nach der Beerdigung der Mutter, hatte Elisabeth dem Kapitän die Erlaubnis abgerungen, ganz ins damals noch bescheidene Landhaus in Neumühlen zu ziehen. Die Stadt erdrücke sie, hatte sie behauptet. Dabei war ihr einzig der Gedanke, einmal zufällig der Familie Vogt zu begegnen, so unerträglich gewesen.

Elisabeth beobachtete, wie sich die Besucherin nun erhob und zögernd dem Diener zurück zur Villa folgte.

Ängstlich schaute sie an der weißen Fassade hoch, und kurz trafen sich ihre Blicke.

Unwillkürlich zuckte Elisabeth zurück. Mochte sie bis eben noch leisen Zweifel an der Identität der jungen Frau gehegt haben, nun war sie sich ganz sicher. Die Vergangenheit hatte sie eingeholt – in Gestalt von Wiebkes Tochter. Mit fahrigen Bewegungen strich sie die Falten an ihrem königsblauen Kleid glatt, durchquerte ihr Ankleidezimmer und schritt gleich darauf gemäßigten Schrittes die große Freitreppe hinunter.

An der Tür zum Salon zögerte sie. Warum nur hatte sie den Diener nach Clara geschickt? Wäre es nicht klüger gewesen, sie wieder ziehen zu lassen? Die Deern konnte nur Unheil über sie bringen. Mamsell Wilhelmine hatte sie doch bereits fortgejagt. In wenigen Minuten wäre Clara für immer aus ihrem Leben verschwunden gewesen. Was hatte sie schon noch mit dieser Familie zu schaffen?

Nichts!

Die einzige Verbindung war eine böse Erinnerung. Dass es auch gute Erinnerungen gab, die in ihrem Leben weit zurückreichten, mochte Elisabeth in diesem Augenblick nicht wahrhaben.

Schon wollte sie umkehren und den Diener anweisen, Clara erneut fortzuschicken, als ihr ein anderer Gedanke kam: Vielleicht meinte es das Schicksal einmal gut mit ihr. Vielleicht bekam sie jetzt die Gelegenheit, erlittenes Unrecht wiedergutzumachen.

Ja, dachte Elisabeth und drückte die Klinke hinunter. Der Moment der Rache ist gekommen.

Sie hatte nicht mit dem Kummer gerechnet, der groß und mitleiderregend in Claras Augen stand.

»Guten Abend«, sagte Elisabeth. Ihre Stimme klang rau. Sie räusperte sich.

»Guten Abend«, wurde nahezu tonlos erwidert.

Kein Zweifel, Clara fragte sich, warum sie zurückgerufen worden war, und sie fürchtete sich vor dem, was sie erwartete. Mochte sie mit einer gewissen Hoffnung hergekommen sein, schon die Zurückweisung durch die Mamsell hatte ihr offenbar allen Mut genommen.

Elisabeth wies ihr einen der unbequemen hochlehnigen Stühle zu und setzte sich ebenfalls. Ihr geliebtes Sofa ließ sie außer Acht. Dies würde keine freundliche Plauderstunde werden, sondern eine Abrechnung mit dem Leid, das ihr einst zugefügt worden war.

Wenn diese junge Frau, fast ein Mädchen noch, bloß mal woanders hinschauen würde!

Nein, sie musste Elisabeth anstarren, mit Augen wie tiefe Brunnen!

Sie fragt sich wohl, was sie mit einer hässlichen alten Ziege wie mir zu schaffen hat, überlegte Elisabeth. Nun, das wollte sie selbst auch nur allzu gern wissen. Sie kannte zwar Claras Familie, nicht jedoch die Gründe für ihr Auftauchen in der Villa Bardenstein.

Oder nein, *einen* Grund mochte es geben, aber Elisabeth hütete sich, darüber nachzudenken. Bestand doch die Gefahr, sie könnte Gefühle empfinden, die ihr zuwider waren.

»Darf ich fragen, wer Sie sind?«, erkundigte sie sich scheinbar ahnungslos. Dabei musterte sie unauffällig Claras Erscheinung. Wie eine wohlhabende Kaufmannstochter sah sie beileibe nicht aus. Eher wie ein Hausmädchen auf der Suche nach einer neuen Stellung. Das Kleid war sauber, aber alt und mehrfach geflickt, das Tuch von einfachster Qualität. Kein Wunder, dass Mamsell Wilhelmine die entsprechenden Schlüsse gezogen hatte.

Allerdings besaß Elisabeth eine bessere Menschenkenntnis als ihre Mamsell. Sie bemerkte sowohl Claras untadelige Haltung als auch den Glanz in ihrem schlicht frisierten Haar, der nur von jahrelanger guter Pflege herrühren konnte. Ihre Hände mochten rot und rissig sein von schwerer Hausarbeit, Kleid und Tuch eher zu einer Frau aus dem einfachen Volk passen – die wahre Herkunft ließ sich dennoch klar erkennen.

»Mein Name ist Clara Vogt.« Noch immer war sie kaum zu verstehen.

Elisabeth musste sich vorbeugen, um besser zu hören. Sie spürte, wie ihr das steife Korsett in die Rippen schnitt. Der Schmerz war ihr willkommen, lenkte er sie doch von dem größeren ab, den Clara ihr zurückgebracht hatte.

Sie wich dem Blick aus den Brunnenaugen aus und konzentrierte sich auf einen unsichtbaren Fleck auf dem Fußboden.

»Sehr angenehm. Ich bin Elisabeth Bardenstein. Was kann ich für Sie tun, Fräulein Vogt?«

»Sie … Sie kennen mich nicht?«

»Sollte ich?«

Leicht machen würde sie es der Deern nicht. Sie sah keinen Grund dazu.

Claras Hände waren so fest ineinander verschränkt, dass die Fingerknöchel weiß hervortraten.

Elisabeth blickte schnell wieder zu Boden. Sie hatte nicht vor, sich erweichen zu lassen.

»Ich hegte die Hoffnung, mein Name wäre Ihnen bekannt«, sagte Clara nun förmlich. »Aber wenn dem nicht so ist, habe ich mich vermutlich – im Haus geirrt. Bitte entschuldigen Sie die Störung.«

Sie stand auf, um zu gehen.

Elisabeth bedeutete ihr, sich wieder hinzusetzen. »Nicht so eilig. Vogt, sagen Sie? Nun, ich habe einmal eine Wiebke Vogt, geborene Lorenz, gekannt.«

Sie warf ihr die Information hin wie einem ausgehungerten Straßenköter einen abgenagten Knochen, und in Claras Gesicht erschien auf einmal ein hoffnungsvolles Lächeln.

Erneut musste Elisabeth jegliche Gefühlsregung unterdrücken.

Nur den alten Hass erlaubte sie sich.

»Wirklich? Sie kannten meine Mutter? Dann ist das die Erklärung hierfür.« Eilig zog Clara einen zerknitterten Zettel hervor und hielt ihn Elisabeth hin.

Sie las ihren eigenen Namen und den Namen der Villa in Neumühlen.

Das hatte Wiebke elegant gelöst, befand sie. Keine näheren Hinweise, nichts, was ihren Gatten auf eine gewisse Spur hätte bringen können. Gut versteckt war dieser Zettel vermutlich auch gewesen. Und Wiebke …

Elisabeth hielt inne. Ein Gedanke war ihr gekommen, der einen haarfeinen Riss im dicken Panzer ihres Hasses entstehen ließ. Gerade eben schon hatte sie ihn verworfen, aber nun …

»Mutter ist tot«, sagte da auch schon Clara Vogt mit belegter Stimme.

Elisabeth schloss die Augen.

Wiebke.

Tot.

Fort.

Für immer.

Ihr nichts mehr sagen, nichts mehr klären, nichts mehr ändern können.

Und niemand hatte ihr bislang davon berichtet.

Kein Wunder, dachte sie im nächsten Moment. Hier draußen in Neumühlen, im Kontor der Reederei oder auf der Werft gab es keine Gelegenheit, über das Geschick der Familie Vogt zu sprechen. Und genau so hatte Elisabeth es immer gewollt!

Nun wurde ihr bewusst, dass sie im Lauf der Jahre zwar einerseits ihren Hass genährt, sich andererseits aber gewünscht hatte, alles, was geschehen war, ungeschehen zu machen und die Zeit zurückzudrehen in die glücklichen Jahre ihrer Kindheit und Jugend, als Wiebke Lorenz ihre beste Freundin gewesen war.

Fassungslos ob der Endgültigkeit des Todes, schüttelte sie den Kopf und erinnerte sich.

Wiebke hatte all das besessen, was Elisabeth abging. Übermut, unbändige Fröhlichkeit und eine zarte Schönheit. Dazu eine engelsgleiche Stimme, die jeden in ihren Bann zog, wenn sie ein Lied trällerte.

Die ein Jahr jüngere Elisabeth, die schon als Kind eher als reizlos und langweilig galt, hatte ihr Glück kaum fassen können, als ausgerechnet Wiebke Lorenz ihr die Freundschaft anbot. Wiebke wohnte direkt nebenan und war von allen Kindern in der Nachbarschaft der Steintwiete heiß umschwärmt.

Aber sie wählte sich ausgerechnet Elisabeth zur engsten Freundin. Sie mochte ihre Gründe dafür gehabt haben, doch sie behielt sie für sich.

Die Mädchen waren zehn und elf Jahre alt, als Napoleons Truppen 1806 die Stadt eroberten, und selbst in der folgenden schweren Besatzungszeit, als auch die wohlhabenden Reeder und Kaufleute oft kaum wussten, wie sie ihre Familien ernähren sollten, bewahrte sich Wiebke ihr sonniges Gemüt.

Sie teilte mit Elisabeth ihre Schätze, ganz gleich, ob es sich um ein Rundstück vom Vortag oder um ein paar seidene Haarbänder handelte.

Sie hielt Elisabeth auch dazu an, fleißig Französisch zu lernen, denn ihre Eltern waren davon überzeugt, ein so großer Feldherr wie Napoleon Bonaparte werde bald die ganze Welt beherrschen.

Der Kapitän war anderer Meinung. »Eines Tages wird der kleine Wicht sich am großen Russland die Zähne ausbeißen«, prophezeite er im Flüsterton, und Elisabeth hütete sich, ihrer Freundin davon zu erzählen. War Wiebke doch inzwischen auch bestens mit den beiden französischen Soldaten befreundet, die in ihrem Elternhaus einquartiert worden waren. Jean-Pierre Leclerc und sein Bruder Olivier aus Grasse in Südfrankreich seien ganz wunderbare Menschen, behauptete sie, und die beiden könnten ja nichts dafür, dass sie zum Dienst an der Waffe gezwungen worden waren. In Wahrheit liebten sie die schönen Dinge des Lebens, nicht den Kampf und das Heldentum. Besonders Jean-Pierre, der sei ja auch noch so jung, gerade mal neunzehn Jahre alt, der sehne sich so sehr nach der Sonne und den Düften seiner Heimat. Und er könne wunderbar erzählen. Ihre Augen leuchteten dabei auf, und vielleicht hätte Elisabeth schon damals misstrauisch werden sollen.

Aber sie waren ja noch Kinder.

Im Haus Bardenstein gab es auch in den folgenden Jahren keine Einquartierungen, und Elisabeth war heilfroh darüber. Sie fürchtete sich vor allem Neuen und Fremden. Sie war ein schüchternes, nunmehr vierzehnjähriges Mädchen, das immer häufiger Ausreden erfand, wenn Wiebke es wieder einmal zu einem abenteuerlichen Streifzug durch die Stadt mitnehmen wollte.

»Ach, komm doch. Das wird aufregend! Wir gehen mit den Kaffeeträgern und schmuggeln die Bohnen von Altona nach Hamburg. Meine Maman sagt, sie ist bereit zu sterben für einen guten Kaffee. Wenn sie noch ein einziges Mal Eicheln rösten muss, will sie die Franzosen eigenhändig fortjagen.«

Voller Entsetzen schüttelte Elisabeth den Kopf. Nie im Leben würde sie etwas Unrechtes tun, selbst wenn der Kapitän beinahe jeden Tag gegen die unselige Kontinentalsperre wetterte, mit der Napoleon auch Großbritannien in die Knie zwingen wollte. Die Reederei Bardenstein litt wie alle anderen schwer unter der Sperre, schließlich war Hamburg der wichtigste Umschlagplatz für britische Waren auf dem Kontinent gewesen, und auch aus anderen Ländern gelangten kaum noch Handelsgüter in die nun gar nicht mehr so freie Hansestadt.

Wiebke ließ sich in diesen Zeiten kein Schauspiel entgehen. Elisabeth blieb daheim. Auch als es hieß, auf dem Grasbrook gäbe es ein riesiges Feuer. Die Franzosen verbrannten dort britische Waren im Wert von über einer halben Millionen Francs.

»Die Flammen schossen bis in den Himmel!«, erzählte Wiebke später mit vor Aufregung geröteten Wangen. »Das hättest du sehen müssen.«

Elisabeth verstand nicht, was an einer sinnlosen Vernichtung von Gütern so aufregend sein sollte. Viele Hamburger wurden mit solchen Maßnahmen in noch größere Armut gestürzt. Aber sie behielt ihre Meinung für sich. Wollte sie doch trotz allem Wiebkes Freundschaft nicht verlieren.

Schließlich war es Wiebke, die sich in den folgenden Jahren nach und nach von der Freundin aus Kindertagen zurückzog. Manchmal tat sie regelrecht geheimnisvoll, und als die Franzosen 1813 für ihren Russlandfeldzug die Stadt räumten und wenige Tage später tausendvierhundert Kosaken als Befreier eintrafen, da jubelte die gesamte Bevölkerung.

Nur Wiebke nicht.

Wiebke war traurig.

Elisabeth fand ihr Gebaren immer rätselhafter. Vor allem, als die Franzosen bereits zwei Monate später zurückkehrten und Hamburg zur Festung ausbauen ließen. Da war Wiebke manchmal tagelang unterwegs und wirkte erst glücklich, als sie offenbar fand, was sie gesucht hatte.

»Du hast ja regelrecht einen Narren an den Franzosen gefressen«, sagte Elisabeth einmal schlecht gelaunt, weil die Freundin so strahlte, während sie selbst in diesen wirren Kriegsjahren fürchtete, schon zu verblühen, bevor sie jemals glücklich werden könnte.

Sie war nun eine junge Frau von siebzehn Jahren, aufgrund der mangelhaften Ernährung zu dünn, um schön zu sein, und mit der Nase, die sie vom Kapitän geerbt hatte, zu unansehnlich, um überhaupt einen Mann für sich zu gewinnen.

»Nur an einem«, gab Wiebke zurück. Mehr verriet sie jedoch nicht.

Elisabeth erschrak dennoch zutiefst. Hatte Wiebke sich etwa mit einem Soldaten eingelassen? Mit dem Feind? Das war für eine Hamburger Bürgerstochter undenkbar.

Eine Todsünde!

Man hörte natürlich von Verbrüderungen zwischen Deutschen und Franzosen, von wilden Gelagen und Liebschaften beim einfachen Volk, aber so etwas durfte nicht in den besten Kreisen geschehen!

Sosehr Elisabeth danach auch versuchte, Einzelheiten zu erfahren, Wiebke verriet kein Sterbenswörtchen mehr. Es schien, als zöge sie sich mehr und mehr von allen zurück. Auch ihre Eltern, Christine und Peter Lorenz, wirkten hilflos, wenn die Tochter während einer Abendgesellschaft kein Wort an sie richtete.

Im letzten, dem schwersten Jahr der Besatzung sahen sich die Freundinnen kaum noch, und als Hamburg im Jahr 1814 endgültig von Napoleons Truppen befreit war, da schöpfte auch Elisabeth Hoffnung für ihre eigene Zukunft. Mit etwas Glück würde sie doch finden, wonach sie sich so sehnte: einen Mann und eine eigene Familie.

Wenn sie Wiebke einmal traf, so bemerkte sie einen gehetzten Ausdruck in deren Augen, aber sie fragte nicht danach.

Auch in den folgenden zwei Jahren, als Hamburg sich

mühsam wieder hochkämpfte, blieb Wiebke ihr ein Rätsel.

Inzwischen gab es in Elisabeths eigenem Leben jedoch auch Wichtigeres, und das Schicksal ihrer Freundin rückte für sie in den Hintergrund.

Der Kapitän hatte nämlich einen Beschluss gefasst. »Du bist zwanzig Jahre alt, und es wird Zeit, dass du heiratest.« Kurz und knapp, wie das so seine Art war.

Und als er Elisabeth dann den jungen Mann vorstellte, den er für sie erwählt hatte, da musste sie sich setzen, so plötzlich gaben ihre Knie nach.

Was niemand für möglich gehalten hatte, weder der Kapitän noch die Mutter, noch der Auserwählte selbst, und zu allerletzt Elisabeth, geschah: In dem Augenblick, in dem sie Georg Vogt zum ersten Mal sah, verlor sie ihr Herz an ihn.

»Geht es Ihnen nicht gut? Soll ich nach dem Diener klingeln?«

Die Stimme von Clara Vogt ließ Elisabeth hochschrecken.

So tief war sie in ihren Erinnerungen versunken gewesen, dass sie die Anwesenheit von Wiebkes Tochter vollkommen vergessen hatte.

»Es ist alles in Ordnung mit mir.« Sie musterte die junge Frau gründlich und überlegte dann nicht lange.

»Möchten Sie zum Abendessen bleiben? Oder werden Sie zu Hause erwartet?«

»Ich ... werde nirgendwo erwartet«, kam es zaghaft zurück.

Interessant, dachte Elisabeth. Was immer noch geschehen mochte, sie war neugierig auf Claras Geschichte.

»Dann ist es abgemacht. Sie bleiben zum Essen. Und wenn Sie es wünschen, lasse ich Ihnen ein Zimmer herrichten.«

»Vielen Dank.« Es war Clara anzusehen, wie erleichtert sie war.

12

Nach einem schlichten Abendbrot – Elisabeth hatte aus der Küche nur etwas Schweinesülze, Roggenbrot und Schmalz kommen lassen – fanden sich die jüngere und die ältere Frau erneut im Salon ein. Ein Glas Wein hatte Clara rundheraus abgelehnt.

»Ich trinke nicht.«

Elisabeth war es nur recht. Im Gegensatz zum Kapitän, der einem guten Tropfen nie abgeneigt gewesen war, machte sie selbst sich nichts aus Alkohol. Sie zog es vor, stets einen klaren Kopf zu behalten.

So saßen die beiden Frauen bei einem Glas klarem Wasser zusammen, und Elisabeth konnte die vielen Fragen, die in Clara herumschwirren mussten, beinahe mit Händen greifen. Noch war sie nicht dazu bereit, auch nur eine einzige davon zu beantworten. Zunächst wollte sie herausfinden, was mit Wiebke geschehen war und was Clara zu ihr geführt hatte.

»Ich habe Ihre Mutter einmal sehr gut gekannt«, verriet sie immerhin. »Wir waren Nachbarskinder und Freundinnen.«

»Oh«, machte Clara überrascht. »Sie hat mir nie von Ihnen erzählt.«

Kein Wunder, dachte Elisabeth bei sich. Laut fragte sie: »Woran ist sie gestorben?«

Sie hörte Clara von einem bösen Husten berichten, dem mit keiner Medizin und keiner strikten Bettruhe beizukommen gewesen war, und sie entdeckte in den Brunnenaugen das Wissen um den wahren Grund für Wiebkes Tod.

Zumindest um einen Teil davon.

So hat sie schließlich aufgegeben, überlegte Elisabeth. Die fröhliche Wiebke, die sich von nichts und niemandem unterkriegen ließ, hatte es nicht mehr ausgehalten.

Clara berichtete nun ausführlich vom Siechtum der Mutter, aber Elisabeth hörte nicht mehr zu. Sie erinnerte sich daran, wie sie Wiebke zum ersten Mal kleinlaut und geradezu bedrückt erlebt hatte. Hoffnungslos gar. Nicht mehr nur traurig, wie damals, als die Kosaken in Hamburg eingezogen waren.

Das Jahr 1816 neigte sich dem Ende zu, und das neue versprach, für Elisabeth ein glückliches Jahr zu werden. Georg würde um ihre Hand anhalten, und mit etwas Glück gab es noch vor dem kommenden Herbst eine Hochzeit im Hause Bardenstein.

Davon wollte sie Wiebke an diesem Tag erzählen. Sie brannte darauf, den jungen Kaufmann in allen Einzelheiten zu beschreiben und mit der einzigen Freundin, die sie je besessen hatte, über die Liebe zu reden.

Ja, die Liebe! Elisabeth war erfüllt von ihr. Morgens wachte sie mit einem Lächeln auf den Lippen auf, abends ging sie mit brennender Sehnsucht schlafen. Georg beherrschte ihre Gedanken und ihre Träume – da fand sie es nebensächlich, dass seine eigenen Augen nicht aufleuchteten, wenn er sie sah, und aus seinem Mund niemals liebende Worte strömten.

Nur steife Sätze wie: »Es ist mir eine Ehre, Ihnen den

Hof machen zu dürfen, Fräulein Elisabeth.« Und: »Ihr Herr Vater wird auf seiner neuen Brigg auch eine Ladung Gewürze für mich aus Westindien nach Hamburg transportieren lassen.«

Von Geschäften verstand Elisabeth damals nichts, sie freute sich nur, dass der Kapitän und der junge Kaufmann so gut miteinander auskamen.

Nun stand sie Wiebke gegenüber, um von ihrem Glück zu berichten, und sah, dass die Freundin mit den Tränen kämpfte.

»Was ist geschehen?«, fragte sie verunsichert.

»Es ist … nichts … ich …«

Da eilte Elisabeth zu ihr und nahm sie in die Arme. Wiebkes letzter Widerstand brach, und sie erzählte von ihrem Unglück. Der Franzose, den sie so sehr liebte, der müsse nun fort, heim nach Südfrankreich. Er habe versucht, aus Liebe zu ihr in Hamburg zu bleiben, aber seit zwei Jahren lebe er von der Hand in den Mund. Niemand gebe dem ehemaligen Feind eine Arbeit, und in seiner elenden Behausung, in die kein Sonnenstrahl drang, welke er dahin. Er sei nur aus Liebe zu ihr so lange geblieben, aber nun habe er keine Wahl mehr.

Elisabeth zählte eins und eins zusammen. »Du redest von einem der französischen Brüder, die damals bei euch einquartiert waren?«

»Ja, von Jean-Pierre«, kam es unter lauten Schluchzern zurück.

»Du hast ihn wiedergesehen?« Sie erinnerte sich daran, wie glücklich Wiebke auf sie gewirkt hatte, als Napoleons Streitkräfte nach Hamburg zurückgekehrt waren.

Wiebke nickte.

»Und ihr ...«

»Wo denkst du hin! Jean-Pierre ist ein anständiger Mann. Er hat mich nicht in Verlegenheit gebracht.«

Elisabeth atmete auf.

»Du musst ihn vergessen«, sagte sie nach einer Weile des Schweigens.

»Niemals!«

»Er ist ein Ausländer, er war ein Feind.«

»Was kümmert's mich? Ich liebe ihn! Und wenn er wirklich gehen muss, dann gehe ich mit ihm.«

»Wiebke, du weißt nicht, was du sagst. Du willst deine Heimat verlassen? Deine Familie? Für einen ... einen Fremden?«

Wiebkes Traurigkeit war wie verflogen. Sie sprühte jetzt wieder vor Abenteuerlust. »Ach, meine arme Elisabeth. Was weißt du schon von der großen Leidenschaft, die einem das Herz zerreißt!«

»Sehr viel«, gab Elisabeth beleidigt zurück. Und dann konnte sie endlich von ihrer eigenen großen Neuigkeit berichten, erntete jedoch lediglich ein zerstreutes Kopfnicken als Antwort.

Schließlich ging sie nach Hause, und obwohl sie im Nicolaiviertel in direkter Nachbarschaft wohnten, sollten viele Monate vergehen, bevor die beiden jungen Frauen wieder miteinander sprachen. Anlass war ein Souper im Hause Bardenstein, zu dem auch der junge Georg Vogt sowie die Familie Lorenz geladen waren.

Wiebke wirkte auf Elisabeth wie das blühende Leben. Ihre Wangen glühten rosig, ihre Augen funkelten. »Ich muss nachher mit dir sprechen«, raunte sie Elisabeth zu, kurz bevor die Gäste zu Tisch gebeten wurden.

Elisabeth fragte sich, ob Wiebke nun, da der Frühsommer eine Reise angenehm machte, tatsächlich plante, mit ihrem Franzosen durchzubrennen.

Sodann grübelte sie nicht mehr über Wiebke nach, sondern hing an den Lippen des Kapitäns. Sie wartete und wartete. Den ganzen Abend. Sie war fest davon überzeugt, dass der Kapitän geplant hatte, heute endlich Elisabeths Verlobung mit dem Kaufmann bekanntzugeben. Georg hatte sich ihr zwar noch immer nicht erklärt, aber gewiss waren die Männer sich bereits einig und planten diese wunderbare Überraschung für Elisabeth.

Nichts geschah.

Und Georg, der wie üblich ihr Tischherr war, richtete kaum das Wort an sie. Irgendwann stellte Elisabeth fest, dass sein Blick immer wieder zu Wiebke huschte, sich festsaugte, sich gar nicht mehr löste.

Alle am Tisch bemerkten dies, nur Wiebke nicht. Sie schwebte in ihrer eigenen Traumwelt, rührte das Essen kaum an, lächelte vor sich hin.

Später, als Georg sich bereits verabschiedet hatte, verriet sie Elisabeth ihr großes Geheimnis. »In zwei Tagen gehen Jean-Pierre und ich fort. Und …«

»Was?«, fragte Elisabeth, die neue Zuversicht schöpfte. Falls Wiebke wirklich verschwand, würde Georg sich schon wieder besinnen.

»Nun, ich glaube, ich bin guter Hoffnung. Letzten Monat habe ich nicht geblutet.«

»Oh nein!«

»Was ist so schlimm daran? Jean-Pierre und ich lieben uns seit elf Jahren. Wir fühlen uns schon so lange als Mann und Frau und …«

»Du redest Unsinn!«, ereiferte sich Elisabeth. »Damals warst du noch ein Kind.«

Wiebke lächelte sanft. »Ich habe ihn vom ersten Augenblick an geliebt. Es gab nie einen anderen Mann für mich, und es wird niemals einen anderen geben. Kannst du das nicht verstehen?«

»Doch«, erwiderte Elisabeth leise.

»Nun, dann wirst du uns helfen?«

Elisabeth erschrak. »Wobei?«

»Bei unserer Flucht natürlich. Übermorgen sage ich meinen Eltern, ich bleibe über Nacht bei dir. So wie früher. Weißt du noch?«

Früher waren wir kleine, unschuldige Mädchen, wollte Elisabeth erwidern, unterließ es jedoch. Stattdessen nickte sie. Sie war zu allem bereit, wenn nur Wiebke bald weit, weit fort war.

Keine Sekunde lang bedauerte sie es, die Freundin womöglich niemals wiederzusehen. Zu groß war ihr Wunsch, endlich Georg zu heiraten.

Sie hatte nicht daran gedacht, dass Wiebkes und Jean-Pierres Fluchtplan misslingen könnte.

Als Wiebke spät in jener Nacht Steinchen gegen Elisabeths Fenster warf und kurz darauf laut weinend in ihren Armen lag, spürte sie, wie die Welt zusammenbrach. Ihre eigene und Wiebkes.

»Er ... ist ... tot«, stammelte Wiebke inmitten einer Flut von Tränen. »Erschossen. Von den Wachen am Millerntor. Er hat doch nur ...«

Sie vermochte nicht weiterzusprechen, und der neue Tag brach an, bis Elisabeth alles erfahren hatte. Laut Wiebkes stockender Erzählung hatte Jean-Pierre für sie beide eine Schiffspassage buchen lassen. Allerdings ab dem Altonaer Hafen. Er lebte ohne Papiere in Hamburg und fürchtete die Behörden, wenn er sich im Hafen der Stadt einschiffen wollte. In Altona hingegen durfte Jean-Pierre darauf hoffen, ungehindert abreisen zu können. Der Kapitän eines Schiffes hatte versprochen, ihn und Wiebke mitzunehmen. Jean-Pierre hatte dem Mann während des Krieges das Leben gerettet, als dieser wegen des Verdachts auf Schmuggel aufgehängt werden sollte. Jean-Pierre hatte ihm geholfen, aus dem schlecht gesicherten Gefängnis zu fliehen. Nun war der Kapitän bereit, die alte Schuld zu begleichen. Zunächst jedoch mussten die beiden Liebenden Hamburg durch das Millerntor verlassen. Sie gelangten später als erhofft dorthin, und das Tor war bereits geschlossen. Dennoch hätte alles gutgehen können, hätte Jean-Pierre sich nicht aufgeregt, weil es so lange dauerte, bis das Tor wieder offen war, nachdem Wiebke für sie beide das Sperrgeld gezahlt hatte. Und wenn Jean-Pierre sich aufregte, schimpfte er laut in seiner Muttersprache.

Der Wachmann fragte nicht lange nach, sondern schoss. War ja möglich, dass die Franzosen Hamburg wieder besetzen wollten. Der Mann, so dachte Elisabeth später, hatte vermutlich schon ein Fässchen Rum getrunken, um sich die Nacht zu verkürzen. Ihm war weder aufgefallen, dass Napoleon seit zwei Jahren auf der fernen Insel St. Helena schmorte, noch dass der angebliche französische Feind aus der falschen Richtung, nämlich aus der Stadt gekommen war und sie wohl kaum überfallen wollte, indem er hinausging.

Wiebke war kopflos davongerannt, und sie wusste später selbst nicht mehr, wie sie zurück in die Steintwiete gelangt war. Ihren verdreckten Stiefeln nach zu urteilen war sie den ganzen weiten Weg zu Fuß gelaufen.

Nun schien eine warme Morgensonne auf die spitzgiebeligen Dächer der Altstadt, und Wiebke verkündete, sie wolle sterben. »Ohne meinen Jean-Pierre will ich nicht leben.«

»Versündige dich nicht!«, rief Elisabeth aus. »Selbstmörder werden in ungeweihter Erde begraben und kommen in die Hölle!«

»Ist mir gleich. Außerdem gehe ich in den Fluss.« Wiebke griff in ihren Umhang und zog ein Päckchen hervor. »Bitte, hebe es auf.« Sie war jetzt ganz ruhig und sprach mit Entschlossenheit. »Es ist Jean-Pierres Vermächtnis. Meine Eltern dürfen nie die Wahrheit erfahren, aber vielleicht kommt eines Tages sein Bruder Olivier noch einmal nach Hamburg. Solltest du davon hören, musst du ihn aufsuchen und ihm das Päckchen geben. Versprich es mir!«

Elisabeth war viel zu verwirrt, um etwas zu erwidern, also nickte sie nur.

»Gut. Und versprich mir auch, dass du es nicht öffnen wirst.«

Erneut nickte Elisabeth. Zu diesem Zeitpunkt war sie entschlossen, ihr Versprechen zu halten.

Reglos sah sie zu, wie die Freundin aufstand und der Tür zustrebte. Ein verzweifelter Mensch, bereit, dem Geliebten in den Tod zu folgen.

»Denk an das Kind!«, rief Elisabeth plötzlich. »Willst du, dass es auch stirbt?«

Wiebke erstarrte, und schnell redete Elisabeth weiter.

Sie sprach von Sünde, von Hoffnung, von ... Sie wusste es selbst nicht so genau. Doch ihre teils wirren Worte erreichten Wiebke, und endlich gab diese ihren Plan, sich selbst zu töten, auf. Erschöpft sank sie auf Elisabeths Bett.

»Dann muss ich heiraten«, murmelte sie noch, bevor sie sich in den Schlaf weinte. »Und du versteckst Jean-Pierres Päckchen für mich. Sollte mir etwas zustoßen, sollte ich vor dir sterben, gibst du es eines Tages seinem Bruder oder unserem Kind.«

Das entsetzte Gesicht der Freundin bemerkte sie nicht mehr.

Elisabeth wurde all das zu viel, und sie fragte sich, ob sie nun den Preis für Wiebkes großzügige Freundschaft zahlen musste.

Ihre böse Ahnung sollte sich bewahrheiten.

Wiebke heiratete.

Schon sechs Wochen später wurde sie Georgs Frau und zog in sein Elternhaus in der Deichstraße ein.

Mochten sich die Klatschmäuler der Altstadt über diese in großer Eile geschlossene Ehe erregen, mochte manch einer Mitleid mit der armen Elisabeth haben, die doch dem Georg Vogt so gut wie versprochen gewesen war, und mochten viele sich wundern, wie bald schon die kleine Tochter auf die Welt kam – den jungen Kaufmann schien es nicht zu stören. Er strahlte nur so vor Glück, seit Wiebke sein Werben völlig überraschend erhört hatte, und er verriet niemandem, dass diese wunderbare Frau schon ihm gehört hatte, bevor er ihr den Ring an den Finger steckte. Und niemals hegte er einen Verdacht, mehr als zwanzig Jahre lang nicht ...

Elisabeth weigerte sich fortan, Wiebke zu empfangen,

sooft diese auch versuchte, sich mit ihr auszusprechen. Manchmal wurde ihr zugetragen, wie köstlich sich die Hamburger Gesellschaft über die sitzengebliebene Reederstochter amüsierte, bis endlich irgendein anderer Skandal die Gemüter beschäftigte. In ihrer tiefen Verzweiflung dachte sie nun selbst daran, sich das Leben zu nehmen. Warum hatte sie es nicht getan? Aus Pflichtgefühl, dachte sie später oft. Zunächst galt es, die Mutter zu pflegen, später mochte sie dem Kapitän keinen weiteren Kummer bereiten. Er selbst scherte sich nicht um die Gefühle seiner Tochter, aber Elisabeth war ein empfindsames Wesen und ahnte, er käme nur schlecht zurecht, wenn er ganz allein auf der Welt bliebe. Sie zog bald ganz nach Neumühlen und sorgte dafür, dass auch der Kapitän mehr und mehr Zeit dort draußen in der gesünderen Luft verbrachte.

Das Päckchen des Franzosen nahm Elisabeth mit. Sie hatte nicht die Absicht, Wiebke auch nur noch einen Gefallen zu tun. Sollte dieser Bruder, dieser Olivier, nach Hamburg kommen, oder nicht. Ihr war es gleich.

Eines Tages, als ihr Schmerz besonders groß war, öffnete sie das Päckchen. Zuerst fiel ihr die Zeichnung eines jungen schwarzhaarigen Mannes entgegen. Sie erkannte Jean-Pierre Leclerc. Die Zeichnung musste während seiner Zeit als Soldat angefertigt worden sein, denn so erinnerte sie sich an ihn. Dunkel, verwegen. Ein Draufgänger.

Sodann fand sie zwei Bücher und ein randvoll geschriebenes Notizheft. Elisabeth staunte. Sie ahnte, sie hatte einen Schatz gefunden, doch vorerst wusste sie nichts damit anzufangen. Sie verschnürte das Päckchen wieder und verstaute es an einem sicheren Ort.

In dunklen Momenten dachte sie daran, zu Georg zu gehen und ihm zu erzählen, was sie wusste. Das Vermächtnis des Jean-Pierre Leclerc würde ihr dabei als Beweis dienen. Doch immer wieder verwarf sie diesen Gedanken. Im Grunde ihres Herzens war Elisabeth Bardenstein ein guter Mensch, und sie wollte nicht das Leben von drei Menschen zerstören, schon gar nicht, wenn einer dieser drei Menschen ein kleines Kind war.

Ich bin ja noch jung, sagte sie sich immer und immer wieder. Vielleicht kommt er noch, eines Tages, der Mann, der meine Liebe wert ist.

Über die Jahre hörte sie manchmal Neuigkeiten von der Familie Vogt, obwohl sie nie danach fragte. Mal erzählte der Kapitän etwas, mal waren die Vogts Gesprächsthema auf einem Ball oder bei einem Empfang.

So erfuhr sie von dem Unglück, bei dem Wiebkes und Georgs Sohn Hinrich, gerade drei Jahre alt, ums Leben kam. Er war der ersehnte Stammhalter gewesen und der Augapfel des Vaters.

Elisabeth hörte auch davon, wie sehr sich Georg Vogt in den folgenden Jahren veränderte. Es hieß, er werde mehr und mehr zum Despoten.

Insgeheim beglückwünschte sie sich dazu, ihn nicht geheiratet zu haben. Ihre Liebe zu ihm war längst erkaltet, und sie sah nun, wie schwach er war. Ein schlimmer Schicksalsschlag hatte genügt, um ihn aus der Bahn zu werfen.

Während all dies geschah, verlief Elisabeths Leben ohne Glück und ohne Unglück – es floss recht ereignislos dahin. Manchmal dachte sie noch daran, Rache zu üben, manchmal war dieser Wunsch übermächtig. Dann wieder beherrschten andere Dinge ihre Gedanken, schließlich stellten die Krankheit und der Tod des Vaters sie vor eine Lebensaufgabe, und sie dachte kaum noch an Wiebke, Georg und die Tochter Clara, die nun eine junge Frau sein musste.

Zudem war da Julius Wichern, der …

Nein! Julius war nicht der Mann, auf den sie so lange gewartet hatte. Unmöglich!

Und nun saß Wiebkes Tochter leibhaftig vor ihr.

Noch immer konnte Elisabeth es nicht fassen. Sie starrte Clara an, die in hilfloses Schweigen verfallen war.

Vermutlich schon seit einer ganzen Weile.

Erst als die Standuhr neun Uhr schlug, bemerkte Elisabeth, wie lange sie ihren Erinnerungen nachgehangen hatte.

»Verzeihen Sie mir«, sagte sie. »Ich war unaufmerksam.«

Clara lächelte zaghaft. »Mein Bericht muss Sie gelangweilt haben.«

Noch immer in Gedanken versunken, schüttelte Elisabeth den Kopf. »Ganz und gar nicht.« Dann fragte sie: »Was ist zu Hause vorgefallen? Sind Sie Ihrem Vater davongelaufen?«

Nach dem, was sie so über Georg Vogt gehört hatte, erschien ihr eine Flucht durchaus im Bereich des Möglichen zu liegen.

Sie sah, wie Clara mit sich rang. Erneut tat sie ihr beinahe leid.

»Sie können mir alles morgen erzählen, oder an einem anderen Tag. Bleiben Sie, solange Sie mögen.«

Überrascht lauschte sie ihren eigenen Worten nach.

Hatte sie eben wirklich Vogts Tochter eingeladen, in der Villa Bardenstein zu wohnen?

Unglaublich!

Und gewiss würde Clara das Angebot gleich ausschlagen.

»Ich ... kann Ihre Gastfreundschaft nicht annehmen. Morgen werde ich Sie wieder verlassen.«

Na also.

»Selbstverständlich können Sie.« Erneut wunderte Elisabeth sich über sich selbst. Was war nur in sie gefahren? Seit wann musste sie die gute Samariterin spielen?

Lag es an der Stimme, Wiebkes Stimme, die so melodiös klingen konnte und nun fast nur ein Flüstern war? Lag es an der Verzweiflung in den Brunnenaugen?

Einerlei, sie gab es auf, sich selbst verstehen zu wollen. »Sie sind mein Gast, und ich dulde keine Widerrede.«

»Dann ... möchte ich mich gern nützlich machen, solange ich hier bin.«

»Gern.« Stolz ist sie auch, dachte Elisabeth. Nimmt keine Almosen an, die Deern.

»Vielleicht kann ich der Mamsell zur Hand gehen. Das habe ich daheim auch getan.«

»Wilhelmine wird sich sicher freuen«, erwiderte Elisabeth, obwohl sie da erhebliche Zweifel hegte.

Ein Lächeln huschte über Claras Gesicht. »Der Apfelkuchen wäre angebrannt, hätte ich sie vorhin nicht darauf aufmerksam gemacht.«

Elisabeth hob die Brauen. Interessant, überlegte sie. »Dann besitzen Sie offenbar eine besonders feine Nase.«

Sogleich verdüsterte sich Claras Miene. »Das ist wohl so.«

»Es ist nichts Schlechtes daran.«

»Nein? Aber man hat mich oft verspottet deswegen, und manche Leute haben behauptet, ich sei eine Hexe, weil ich vieles besser und früher riechen kann als alle anderen. Vater hasst mich deswegen. Ach, nicht nur deswegen, er …«

Schnell schlug sie sich die Hand vor den Mund. »Verzeihen Sie, ich langweile Sie schon wieder mit meinen Angelegenheiten.«

»Keineswegs.«

Elisabeth erhob sich, um nach dem Diener zu klingeln. »Ich lasse Sie jetzt auf Ihr Zimmer begleiten. Wir werden noch Zeit genug haben, miteinander zu plaudern.«

Nachdenklich blieb sie noch eine Weile allein im Salon sitzen.

Eine besonders feine Nase. So, so. Es sah ganz danach aus, als habe Clara von ihrem leiblichen Vater eine Begabung geerbt.

13

Mit kräftigen Stößen des Peekhakens steuerte Paul Dallmann die schwerbeladene Schute durch das flache Fleet. Vorbei an hohen roten Speicherwänden und an schwarzweißen Rückfronten altersschiefer Fachwerkhäuser ging die gemächliche Fahrt unter dem frühlingsblauen Himmel dahin. Weiße Wölkchen schauten auf ihn hinab, bis sich die Giebel so dicht und schief aneinanderlehnten, dass sie sich fast über das dunkle Wasser hinweg berührten.

Dann wieder glitt die Schute unter steinernen Brücken hindurch, und kurz darauf war der Blick frei auf den Turm von Sankt Nicolai, um den die Altstadthäuser lagen wie Küken um die Henne.

Dieses Frühjahr meinte es gut mit einem Schutenführer. Das Wetter blieb schon seit Wochen trocken, und die schwere Arbeit ging Paul leichter von der Hand. Er sah sich um, orientierte sich und lenkte die Schute dann in ein Nebenfleet, das so schmal war, dass sein Boot beinahe rechts und links gegen steinerne Kellergewölbe stieß, aus denen fauliger Schimmeldunst stieg.

Schließlich hatte er sein Ziel erreicht, ein altersmüdes Fachwerkhaus, aus dessen Luke unter dem Dach einsatzbereit die Winde ragte.

Ein Arbeiter winkte ihm zu und ließ dann langsam das

mit einem massiven Haken versehene Tau hinunter. Innerhalb der nächsten Stunde befestigte Paul den Haken an zwanzig zentnerschweren Ballen, die unter ihrer Umhüllung aus Segeltuch feinste Seide enthielten.

Als die komplette Ladung durch die Luke im Speicher verschwunden war, wischte sich Paul den Schweiß von der Stirn und grinste zufrieden. Heute war ein guter Tag. Der Auftrag, die Ballen von einem Frachtsegler aus China zum Tuchhändler Clausen in die Altstadt zu bringen, hatte einem anderen Schutenführer gehört. Doch war dieser kurzfristig erkrankt. Ein Fieber, hieß es. Oder zu tief ins Rumfass geschaut.

So war Paul, der am Baumwall zur rechten Zeit am rechten Ort gewartet hatte, eingesprungen.

Mit diesem unerwarteten Verdienst war es geschafft. Auch die dritte Schute gehörte nun ihm. Paul Dallmann hätte einen Freundensprung vollführt, wäre er nicht Gefahr gelaufen, dabei im Fleet zu landen.

Zwei Jahre harte Schufterei, und nun war erneut ein großer Schritt vollbracht. Eines Tages würde er eine ganze Flotte befehligen, und dieser Tag war gewiss nicht mehr fern. Und dann, wer wusste es schon, würde er auch eine Reederei sein Eigen nennen. Paul war voller Zuversicht.

Das neue Jahrzehnt hatte ebenso vielversprechend für ihn begonnen, wie das alte zu Ende gegangen war, und er schätzte, wenn er weiterhin so hart arbeitete, würde er noch vor Ablauf dieses Jahres 1840 ein gemachter Mann sein. Gleich morgen wollte er die Anzahlung für eine vierte Schute leisten! Und auch diese Schute würde ihre ganz besondere Kennzeichnung erhalten. Ihm war es gleich, dass andere über ihn lachten und ihn als schwimmenden Rosenkavalier neckten. Paul konnte mit seinen Booten tun, was ihm gefiel. Und wenn er Lust hatte, sie mit einer Rose zu verzieren, dann tat er das. Der Grund dafür ging keinen etwas an. Niemand musste wissen, dass diese Verzierung der einzigen Frau gewidmet war, die er je geliebt hatte.

»Herr Roberts!«, erklang von der Speicherluke her die Stimme des Arbeiters.

Paul hörte nicht hin. Spätestens im Sommer würde ihm die fünfte Schute gehören, und als Nächstes war der erste Ewer dran, damit er auch auf der Elbe Frachten transportieren konnte.

»Herr Roberts!«

Nun sollte er sich bald nach weiteren Männern umsehen. Er war jetzt schließlich Geschäftsmann und musste nicht mehr selbst die Güter aufnehmen und anliefern. Womöglich war diese Fahrt heute seine letzte gewesen.

»Herr Roberts, ist Ihnen etwa 'ne Möwe in die Ohren geflogen?«

Paul zuckte zusammen.

Verdammt!

Wann würde er sich endlich an seinen neuen Namen gewöhnen?

Er hieß nicht mehr Paul Dallmann, sondern James Roberts. Und zwar seit bald drei Jahren. Wenn er in Gedanken versunken war, kam es jedoch immer noch vor, dass er einfach nicht reagierte.

Er musste besser aufpassen!

»Was gibt es?«, rief er nach oben.

»Der Herr Clausen lässt bestellen, Ihr Lohn wartet im

Kontor auf Sie. Da, nur die kleine Treppe hoch, dann sind Sie gleich drinnen.«

»Danke.«

Der Arbeiter verschwand in der Luke, und Paul beeilte sich, seine Schute an einem aus der Hauswand ragenden Eisenring festzumachen.

Im Kontor herrschte viel Betrieb. Buchhalter und Schreiber eilten umher, Geschäftsfreunde des Tuchhändlers und Großkunden übertrafen sich gegenseitig mit ihren Angeboten. Es war ein emsiges Summen und Brummen wie in einem Bienenstock. Als Hafen- und Handelsstadt hatte sich Hamburg endgültig von den Nachkriegswirren erholt, und in den Kreisen der Reeder und Kaufleute herrschte allgemeine Begeisterung. Auch in diesem Kontor spürte Paul die ganz besondere Hochstimmung, die ihm schon bei seiner Rückkehr in die Stadt vor nunmehr zwei Jahren aufgefallen war. Die Armut, die in großen Teilen der Bevölkerung herrschte, wurde geflissentlich ignoriert. Es galt, gute Geschäfte zu machen und Reichtum anzuhäufen!

Der Freien und Hansestadt, wie sich Hamburg inzwischen nannte, stand eine große Zukunft bevor, und nichts und niemand durfte sich diesem Aufschwung in den Weg stellen!

Paul war dieser allgemeine Rausch zunächst nicht ganz geheuer gewesen. Es schien ihm, als tanzten die Pfeffersäcke auf einem Vulkan.

Inzwischen hatte er sich allerdings mitreißen lassen und war auf dem besten Wege, nicht nur ein erfolgreicher Geschäftsmann, sondern auch ein angesehener Bürger zu werden.

Als angeblicher Engländer zwar, aber das störte in einer weltoffenen Stadt wie Hamburg niemanden. Warum er trotz seines Namens so gut Deutsch sprach, erklärte er mit einer aus Hamburg stammenden Mutter, und nie fragte jemand nach. Jeder kümmerte sich um seine eigenen Angelegenheiten, und Paul war's nur recht.

Eine halbe Stunde später lenkte er seine Schute wieder in Richtung Hafen. Er musste sich beeilen. Der Wasserspiegel sank bereits. Bald setzte die Ebbe ein und verwandelte auch das Nicolaifleet in einen unpassierbaren Schlammgrund, aus dem infernalisch stinkende Gase in die Luft stiegen. Dann gehörten diese Wasserstraßen den Fleetenkiekern, Männern von besonders hartem Schlage, die auf der Suche nach Brauchbarem dem Gestank und dem Unflat trotzten.

Paul war froh, dass die Naturgewalten ihn zur Eile antrieben. Ganz bewusst vermied er den Blick zu den Häusern in der Deichstraße. Er arbeitete nicht gern in diesem Teil der Altstadt. Ein Grund mehr, häufiger in seiner kleinen Wohnung am Herrengraben, die ihm zugleich als Kontor diente, zu bleiben. Am Baumwall organisierte er dann die Fahrten für seine Schuten, nahm Aufträge entgegen und ließ seine Männer die Waren ausliefern. Nein, es gab keinen Grund mehr, in diese Gegend zu kommen.

Paul verspürte Erleichterung darüber und zugleich tiefe Verzweiflung.

Die Gefahr, Georg Vogt zu begegnen, war gebannt.

Die Hoffnung, wenigstens einen Blick auf Clara zu erhaschen, starb.

Paul dachte daran, wie er einmal geglaubt hatte, sie zu sehen. Im Februar war das gewesen, am Bleichenfleet.

Vor Schreck hatte er sich mit einem schnellen Sprung hinter die Ladung gerettet.

Später hatte er sich selbst einen Esel geschimpft. Das konnte gar nicht seine Clara gewesen sein. Diese junge Frau war ärmlich gekleidet und stammte wahrscheinlich aus einem Gängeviertel. Seine Clara hingegen war ein fein herausgeputztes Mädchen gewesen, lieblich und hübsch anzuschauen, in feines Tuch gewandet und trotz des großen Kummers in ihrem Herzen allen Menschen gegenüber stets freundlich und zuvorkommend.

Oh ja, seine Clara war hell und warm wie ein Strahl der Sommersonne gewesen, diese Frau da am Anleger glich eher einem düsteren Schatten.

Und doch, und doch.

Dieser Gang, die Art, den Kopf zu halten, der melodiöse Klang ihrer Stimme, als sie ein paar Worte zu dem Jungen in ihrer Begleitung sagte ... Paul hätte schwören können, dass sie es war.

Seitdem ließ ihn dieses Rätsel nicht mehr los.

Oft schon war er versucht gewesen, im Kaufmannshaus an der Deichstraße vorzusprechen, um nach Clara zu fragen.

Jedes Mal schreckte er davor zurück. Nicht allein, weil er fürchtete, sie könnte ihn längst vergessen haben. Nein, seine wahren Beweggründe wogen schwerer.

Nur einmal war er dorthin gegangen, kurz nach seiner Rückkehr. Damals hatte er kaum befürchten müssen, erkannt zu werden. Er war nach einer langen, stürmischen Heimreise aus Brasilien abgemagert und trug die verfilzten Haare schulterlang. Ein Vollbart verdeckte sein halbes Gesicht, und in die Augenwinkel hatten Wind und Sonne tiefe Kerben gegraben, so dass er um einiges älter aussah, als er es mit seinen damals dreiundzwanzig Jahren war.

Ein Milchmann hatte ihm Auskunft gegeben. »Die Witwe aus dem Keller mit ihren Bälgern? Klar kenne ich die. Ist aber nicht mehr da.«

Erschrocken hatte Paul die Luft angehalten.

Seine Mutter und seine Schwestern – fort? Im Armenhaus gar, oder noch schlimmer?

Er hatte doch Geld dagelassen, genug, um eine Weile damit auszukommen. Und die Mutter wollte sich Heimarbeit suchen, da inzwischen auch die kleine Cornelia keine ständige Aufsicht mehr benötigte.

»Wat kieken Se denn so melanklüterig?«, hatte der Milchmann gefragt und war ins schönste Plattdeutsch gefallen. Dann hatte er Paul mit Blicken durchbohrt. »Biste nich' der Martha ihr Jung? Ick glöve ...«

Mehr hatte Paul nicht gehört, so schnell war er weggerannt.

Erst im Laufe der nächsten Wochen hatte er durch vorsichtiges Nachfragen herausgefunden, dass seine Familie es gut getroffen hatte. Mutter und Schwestern lebten wieder in geordneten Verhältnissen in Altona. Ein braver Handwerker namens Hermann Voss war nun das Familienoberhaupt.

Vor Erleichterung hatte Paul Gott im Himmel gedankt. Eine Zentnerlast fiel von seinen Schultern. Nur zu gern hätte er Näheres erfahren und seine Tante Friederike aufgesucht. Auch um sie nach Clara auszufragen. Ob es ihr gutging, ob sie gar glücklich war, ob sie ihn nicht schon längst vergessen hatte.

Nie jedoch wagte er sich näher als zwanzig, dreißig

Schritt an das Vogtsche Haus heran, und seine Versuche, die Mamsell einmal auf dem Hopfenmarkt abzupassen, schlugen sämtlich fehl. Einmal hätte er sie fast erwischt, aber da kam dieses alte Fischweib dazwischen, die Else, und quatschte Friederike voll. Paul kannte Else noch gut von früher und wusste, wie scharf ihre Augen waren. Nein, es war zu riskant, mit Friederike Kontakt aufzunehmen.

So gab er es auf, hoffte, seine Familie sei weiterhin gut versorgt, hoffte auf eine ferne Zukunft, in der ein Wunder geschah, das ihn wieder mit Clara zusammenbrachte, und arbeitete, schuftete von früh bis spät und manchmal auch die Nächte durch. Er kannte nur ein Ziel: reich werden, als ehrlicher Mann, wenn auch unter falschem Namen.

James Roberts!

Paul stieß ein Knurren aus, als er nun den Binnenhafen erreichte. Er wendete seine Schute nach Westen und bahnte sich seinen Weg an den Butenkais entlang in Richtung Baumwall.

James Roberts war tatsächlich ein ehrlicher Mann.

Ein toter ehrlicher Mann.

Und er war sein Freund gewesen.

Sie hatten gelacht, als sie einander zum ersten Mal gesehen hatten – auf dem Frachtsegler mit Kurs Rio de Janeiro, auf dem beide als einfache Matrosen angeheuert hatten. Paul aus Hamburg und James aus London. Beide waren noch keine zwanzig, groß und dunkel, mit ähnlich scharfen Gesichtszügen, so dass man sie für Brüder hätte halten können, wären sie nicht aus verschiedenen Ländern gekommen.

Als sie sich nach vielen Wochen auf See besser kannten

und jeder schon recht gut die Sprache des anderen gelernt hatte, wussten sie, dass sie einander nicht nur im Aussehen ähnlich waren. James hatte wie Paul eine harte Jugend hinter sich – in den Docks von London war sein Dasein ein Kampf ums tägliche Überleben gewesen. Auch James hatte Verantwortung für seine verwitwete Mutter getragen. Auch er hatte jeden Job angenommen, der sich ihm bot. Nur seine Gründe, zur See zu gehen, unterschieden sich von denen Pauls. Seine Mutter war gestorben, und James wollte die Welt sehen, große Abenteuer erleben und im fernen Südamerika sein Glück machen.

Als der Äquator hinter ihnen lag und wohlgesonnene Winde das Segelschiff nach Südwesten trieben, brachte James seinen neuen Freund Paul eines Nachts zum Reden. Sie saßen auf ein paar zusammengerollten Tauen an Deck und betrachteten das Kreuz des Südens. Beide hatten es sich zur Angewohnheit gemacht, dem Gestank und dem Schmutz in der Unterkunft für die einfachen Seeleute tief unten im Schiffsbauch zu entfliehen.

»Nun, mein Freund«, begann James. »Du weißt alles von mir.«

Paul nickte. Erst in der vergangenen Nacht hatte James von einer gewissen Mary gesprochen. Das Mädchen habe geschworen, auf ihn zu warten, und er sei fest entschlossen, spätestens in zwei Jahren als reicher Mann nach London und zu Mary zurückzukehren.

»Und du?«, fragte er nun. »Hast du auch ein Mädchen?«

Erneut nickte Paul.

»Nun erzähl schon. Wird sie auf dich warten?«

»Nein. Sie muss ohne mich glücklich werden.«

Paul sah im Licht der Sterne, wie James fragend die Augen aufriss.

Und da entschloss er sich zu reden.

»Sie heißt Clara, und ich liebe sie, seit ich sie zum ersten Mal erblickt habe.«

»Aber sie liebt dich nicht.«

»Oh doch. Sie liebt mich über alles.«

»Warum soll sie dann nicht auf dich warten?«

»Das ... ist eine lange Geschichte.«

»Die Nacht ist auch lang.«

Paul seufzte tief. Endlich entschloss er sich zu einem Geständnis. »Ich bin ein Dieb.«

Darauf schwieg James eine ganze Weile, bis er schließlich sagte: »Ich kenne dich, mein Freund. Du bist ein guter Kerl. Wenn du gestohlen hast, dann nur in größter Not. Nicht aus Habgier.«

»Ich ... ertrug es nicht mehr, den Hunger zu sehen«, sagte Paul leise.

James, der wohl glaubte, seine Deutschkenntnisse ließen ihn im Stich, schüttelte verwundert den Kopf. »Du hast Hunger gesehen?«

»In den Augen meiner Schwestern«, gab Paul zurück. »Ich habe es nicht mehr ausgehalten. Soviel ich auch gearbeitet habe, es war nie genug da, um alle vier satt zu bekommen. Auch Mutter magerte ab. Da bin ich ... da habe ich ...«

»Ganz ruhig.« James' Hand legte sich auf seinen Arm. »Der Reihe nach.«

Also erzählte Paul, wie er es zum ersten Mal gewagt hatte zu stehlen. Von einem Freund hatte er gehört, es sei leicht, wenn man ein wenig Geschick besaß – über den

Jungfernstieg schlendern und einem reichen Mann ein paar Mark aus den Taschen seines Gehrocks stehlen, wenn dieser damit beschäftigt war, die berühmten Alsterschwäne zu bewundern oder die langen, anmutig gebogenen Schwanenhälse der hübschesten Hanseatinnen.

James lachte. »Ich würde bei den Damen woanders hingucken.«

Paul lachte nicht mit. Zu schwer wog die Schuld, zu sehr quälte ihn sein Gewissen.

»Es ist schiefgegangen?«, mutmaßte James nach einer Weile.

»Woher weißt du das?«

»Du wärst sonst kaum hier, mein Freund. Du bist kein Abenteurer. Darin unterscheiden wir uns.«

Paul ließ die Schultern hängen. »Es war schlimmer. Ich bin beobachtet worden. Von Claras Vater.«

Es war einer dieser dummen Zufälle gewesen, die manchmal geschehen konnten und das Leben eines Menschen zum Guten wendeten – oder zum Schlechten.

Paul hat gerade einem wohlbeleibten Mann ein paar Mark abgenommen, die dieser locker in der Rocktasche trug, als er einen Blick auf sich spürte. Er wirbelte herum und sah den Kaufmann Georg Vogt vor sich.

Jetzt ist alles aus, dachte er voller Entsetzen. Er wird mich anzeigen und ... Doch nichts geschah. Georg Vogt wandte sich einfach ab und ging seines Weges. Paul hätte ahnen müssen, dass der Mann, den er als habgierig und gemein kannte, es nicht dabei bewenden lassen würde.

Schon am nächsten Tag wurde er zu ihm ins Kontor gerufen.

»Und?«, fragte James gespannt. »Was wollte er?«

Paul kroch es wieder eiskalt über den Rücken, als er an das Gespräch dachte. »Ich sollte weiter stehlen, für ihn gleich mit.«

»Was?« James schien ihm nicht ganz folgen zu können.

»Verstehst du nicht? Der Vater des Mädchens, das ich liebe, hat mich erpresst. Entweder ich beteilige ihn an der Beute, oder er zeigt mich an. Bis zu dem Tag hatte ich nur so viel gestohlen, wie meine Familie zum Leben brauchte. Aber nun musste es mehr sein, immer mehr. Vogt sagte etwas von finanziellen Engpässen. Manchmal hatte er mir schon leidgetan. Er war ein gebrochener Mann, seit sein kleiner Sohn gestorben war. Aber nun ...«

»Nun konnte er nicht genug kriegen«, schloss James an seiner Stelle.

»So war es. Ich wusste, ich würde früher oder später erwischt werden und im Gefängnis landen. Das durfte ich meiner armen Mutter nicht antun. Also habe ich so viel gestohlen, wie es irgend ging, um ihr noch Geld dazulassen, dann bin ich verschwunden.«

»Und Clara?«

Paul dachte an den Kuss. Den ersten und letzten. Den süßen, innigen Kuss, den er bis heute auf seinen Lippen spürte.

»Clara muss mich vergessen.«

James lächelte in der Dunkelheit. »Gib niemals die Hoffnung auf, Paul. Schreib ihr, wenn wir in Brasilien sind, glaub an eine bessere Zukunft, so wie ich es tue.«

Für James sollte es allerdings keine bessere Zukunft geben. Zwei Jahre nach ihrer Ankunft in Brasilien, als die Freunde gemeinsam auf einer Zuckerrohrplantage schufteten, starb er am Fleckfieber. Auf dem Totenbett beschwor er Paul: »Du musst zurückkehren, mein Freund, mein Bruder. Wenigstens du. Einer von uns soll es schaffen im Leben. Und in der Liebe.«

»Ich kann nicht«, sagte Paul unter Tränen.

Auch wenn Georg Vogt ihn inzwischen nicht angezeigt hatte, vielleicht weil er fürchtete, selbst Ärger mit der Polizei zu bekommen, so wartete er vermutlich nur darauf, dass Paul wieder auftauchte, um ihn erneut auf Raubzug zu schicken.

Paul würde wieder keine Wahl haben. Er hielt sich schon lange fern der Heimat auf, und ihm war mit der Zeit klargeworden, was er am meisten fürchtete: Es war nicht das Gefängnis. Auch schwere Zwangsarbeit konnte ihn nicht schrecken. Was Paul am meisten fürchtete, war das Erlöschen des Lichts in Claras Augen. Zu sehen, wie ihre Liebe zu ihm starb, wenn sie von seinen Diebstählen erfuhr, war mehr, als er auszuhalten imstande war. Lieber wollte er sie niemals wiedersehen, als seinen Traum von Liebe und Glück zu verlieren. War es doch einzig dieser Traum, der ihn am Leben erhielt.

Georg Vogt schien damals schon geahnt zu haben, dass Paul seiner Tochter zugetan war. Er hatte keinen Zweifel daran gelassen, wen er als Erstes in Pauls Ausflüge zum Jungfernstieg einweihen würde, falls dieser sich weigerte weiterzumachen.

»Was wohl meine süße Clara dazu sagen würde …«

Die Erinnerung an diese Worte fachte die Verzweiflung in Paul erneut an, wie der heiße Wind, der manchmal ein Feuer über die Plantage trieb.

»Ich kann nicht«, wiederholte er daher.

»Doch«, flüsterte James. »Du kannst. Nimm meine Papiere.«

Erst als der Freund bereits tot war, erkannte Paul, welch ungeheures Geschenk James ihm gemacht hatte. Ein neues Leben. Das Leben eines anderen. Und die Möglichkeit, nach Hamburg zurückzukehren.

Er würde ihm für immer und ewig dankbar sein. Und nach und nach gestattete er sich selbst, wieder an ein Wunder zu glauben. Clara mochte für ihn verloren sein, und doch konnte er die Hoffnung nicht gänzlich aufgeben, dass sie eines Tages ihm gehören würde.

Bis dahin wollte er weiterhin hart arbeiten. Neuer Stolz erfüllte ihn, und Paul bekam wieder Achtung vor sich selbst.

Nur an den Namen hatte er sich noch immer nicht ganz gewöhnt.

Als Paul nun den Baumwall erreichte und seine Schute festmachte, schwor er sich, in Zukunft besser aufzupassen. Er war James Roberts, und als solcher galt er als fleißig und zuverlässig.

Ein Mann auf dem Weg nach oben.

Gewiss war der echte James froh, wenn er, wo immer er jetzt war, dabei zusah, wie Paul seinem Namen alle Ehre machte. Der kleine, arme James von den Londoner Docks würde sich bald in feines Tuch kleiden und über Hamburgs prachtvolle Esplanade spazieren. Ob er sich wohl ins Fäustchen lachte vor Vergnügen? Oder ob er traurig den Kopf schüttelte, weil Paul den zweiten Auftrag nicht erledigte? Weil er nicht den Mut hatte, Clara unter die Augen zu treten?

Paul schickte einen Blick zum Himmel, wo James jetzt

sein mochte. Dunkle Wolken zogen auf, und er war froh, seine Ladung abgeliefert zu haben.

James, sagte er stumm. Du hast es gut. Du musst nicht mehr kämpfen und nicht mehr leiden. Er fand keine besseren Worte. Er wusste nur, er war Claras Liebe nicht mehr würdig. Und so schnell, wie die Hoffnung manchmal aufflammte, so schnell erlosch sie wieder.

»Es will mir nicht in den Kopf«, sagte Gustav Müller missgelaunt zu Georg Vogt. »Seit nunmehr drei Monaten suchen Sie nach Ihrer Tochter, und Sie wollen mir weismachen, dass Sie noch immer keine Spur von ihr entdeckt haben?«

»Es ist aber so«, gab Vogt zurück. »Mir ist ihr Verbleib ebenfalls ein Rätsel, bitte glauben Sie mir.«

Er hörte selbst, wie unterwürfig er klang, aber er kam nicht dagegen an.

Einzig Gustav Müllers Großmut war es zu verdanken, dass er noch immer in seinem Haus an der Deichstraße wohnen durfte. Ganz oben auf dem Dachboden, wo er sich manchmal einbildete, ein alter Brandgeruch wabere über die Balken. Das Haus war inzwischen in Müllers Besitz übergegangen, Vogt hatte es ihm überschreiben müssen. Nun musste er dankbar sein, dass der einstige Geschäftsfreund ihn nicht auf die Straße gesetzt hatte.

»Schade«, sagte Gustav Müller jetzt. »Dabei habe ich doch so wunderbare Pläne mit dem Täubchen. Wollen wir hoffen, dass es Ihnen bald gelingt, die schöne Clara wieder heimzuholen.«

Die Drohung hing unausgesprochen in der Luft.

Vogt hatte längst begriffen, dass Müller noch mehr wollte als sein Haus. Auch die Tochter sollte es sein, und mit Clara an seiner Seite würde er dann zum ehrbaren Kaufmann werden.

Zu ärgerlich nur, dass Clara davongelaufen war!

Aber war es das wirklich?

Er dachte angestrengt nach, während er zum Dachboden hinaufstieg. Müller hatte ihn mit einer Handbewegung fortgeschickt.

Sollte er wirklich wütend auf Clara sein? Oder war es nicht eher ein Glück, dass sie fort war? Er stellte sich vor, Gustav Müller wäre sein Schwiegersohn, und plötzlich musste er würgen.

Dann stieß er ein irres Lachen aus. Wahrscheinlich war Clara sowieso längst tot. Kein Grund, sich Gedanken zu machen.

14

Der süße Duft der Frühlingsblumen kitzelte in Claras Nase, und sie musste niesen. Im nächsten Moment lachte sie über sich selbst. Da lebte sie seit gut drei Monaten in einer wunderbaren, wohlriechenden Welt, und nun ein Niesanfall.

Kurze, energische Schritte näherten sich.

»Ach, hier bist du.«

Elisabeth betrat den hölzernen, weiß gestrichenen Pavillon im Park der Villa Bardenstein. »Ich habe ein Geräusch gehört und bin ihm nachgegangen.«

Sie ließ sich neben Clara nieder.

»Das hier ist auch einer meiner Lieblingsplätze«, gestand sie. »Wenn ich Muße habe, sitze ich entweder hier oder auf der Bank mit Blick auf die Elbe.«

Clara lächelte. »Es ist wunderbar. So ruhig und duftend. Ich rieche Maiglöckchen, Tulpen und Narzissen. Dann das Gras, das der Gärtner heute früh geschnitten hat, ein wenig herber und würziger als die Blumen – und vorne auf der Elbchaussee hat gerade ein Pferd geäppelt.«

»Und du veräppelst mich!«, entschied Elisabeth.

»Erwischt!«

Beide Frauen lachten. Es war ein wunderbarer Moment des Friedens und der Fröhlichkeit.

Claras besonderer Geruchssinn hatte in den Monaten,

die sie nun schon in der Villa Bardenstein lebte, für manche Belustigung gesorgt. Aber niemand schaute sie deshalb mehr schief an, niemand schien sich vor ihr zu fürchten, niemand sprach gar von Hexerei. Ganz im Gegenteil. Das Personal in diesem aufgeklärten Haushalt machte sich Claras Begabung zunutze, wo es konnte. So hatte sie dem Zimmermädchen schon geholfen, eine tote Maus zu finden, nach der es tagelang gesucht hatte. Der Kadaver lag unter einem losen Dielenbrett im einstigen Arbeitszimmer des Kapitäns.

Der junge Kutscher Daniel Ahrens bat sie einmal, sich einen kräftigen Wallach anzusehen, den er probeweise im Stall stehen hatte. Sie erklärte ihm rundheraus, er müsse dem Händler den Gaul zurückgeben. Die Hufe waren dick mit Holzteer eingeschmiert, jedoch vernahm sie unter dem alles überlagernden Geruch die Ausdünstungen einer schweren Entzündung.

Am meisten profitierte Mamsell Wilhelmine von Claras Gabe. Nach ihrem anfänglichen Misstrauen freute sie sich nun, wenn die neue Freundin ihrer Dienstherrin ihr den einen oder anderen Rat in der Küche gab. Hier ein Hauch Muskatnuss in die Spargelsuppe, dort ein Schuss Branntwein zum Vierländer Stubenküken – es waren Kleinigkeiten, doch sie gaben den Gerichten eine eigene Note.

Schon bald entwickelte auch Elisabeth einen gesegneten Appetit, und Wilhelmine freute sich wieder ihres Lebens am Kochherd.

Auch fand es niemand merkwürdig, dass Clara in den ersten schönen Frühlingstagen von den vielen blühenden Blumen im Park hier und da einige Blüten zupfte und zum Trocknen in den Wintergarten legte. Besonders dem Rosengarten, den noch Elisabeths Mutter angelegt hatte, stattete sie häufig einen Besuch ab. Sodann häufte sie die immer noch wunderbar duftenden Blüten in hübsche Porzellanschalen und verteilte diese in den Räumen. Noch nie seit ihrer Erbauung hatte es in der Villa Bardenstein so wunderbar gerochen wie jetzt. Sogar Elisabeth, die oft frühmorgens das Haus verließ und erst spätabends wiederkam, bemerkte die Veränderung. Dann huschte manchmal ein Ausdruck über ihr Gesicht, den niemand verstand, am wenigsten ihr junger Gast.

Dass mit Clara so einiges nicht stimmte, war natürlich häufiges Gesprächsthema in der Dienerschaft. Wie die Deern stets einen großen Bogen um den Herd machte! Gestern Mittag auch wieder. Dabei hatte Wilhelmine sie nur gebeten, selbst ein wenig Kerbel zur Forelle zu geben. Alle waren sich einig: Da ging etwas ganz und gar nicht mit rechten Dingen zu!

Und wer sie überhaupt war? Wo sie wohl herkam? Es müssten doch mal Nachforschungen angestellt werden. Clara selbst sprach nicht über ihre Vergangenheit, so gut sie sich auch sonst mit dem Personal verstand; und Fräulein Elisabeth war ohnehin meistens im Kontor oder auf der Werft.

Außerdem: Wer hätte sich schon getraut zu fragen? Nach einiger Zeit war man sich im Souterrain der Villa einig darüber, dass Clara aus Hamburg kommen musste, aber dort würde man gewiss auch nicht mehr erfahren. Man kannte da niemanden, und die Stadt war groß. Als Dienstbote kam man ja nur selten aus dem Haus, außer Daniel Ahrens, aber der war nicht bereit, sich mal ein bisschen umzuhören.

»Was soll ich denn eurer Meinung nach tun? Mich am Jungfernstieg aufbauen und die Leute fragen, ob sie eine hübsche, dunkelhaarige Frau namens Clara kennen, die es in Neumühlen riechen kann, wenn in Blankenese jemand einen Furz lässt? Ich mache mich doch nicht zu Gespött!«

Die Stuben- und Küchenmädchen kicherten, während der Diener und Mamsell Wilhelmine streng die Stirn runzelten.

So blieb es beim Rätselraten. Und in der kargen Freizeit, da war das Geheimnis um Clara dann auf einmal doch nicht wichtig genug. Da wollte man zum Tanzvergnügen unten am Elbstrand gehen oder endlich mal die schmerzenden Füße hochlegen.

So blieb Clara ein zwar geheimnisvoller, aber durchaus beliebter Gast in der Villa Bardenstein.

Sie selbst war in diesen Monaten zu einer Schönheit erblüht. Ihr Blick war offen und klar, sie hatte an Gewicht zugelegt, und der viele gesunde Schlaf ließ ihre Wangen voll und rosig schimmern. Jeden Morgen kam Elisabeths Zofe auch in ihr Zimmer, frisierte sie, wie es früher die Mutter getan hatte, schnürte ihr Korsett und half ihr in eines der schönen Kleider, die eine Schneiderin auf Geheiß ihrer Gastgeberin für sie angefertigt hatte.

Clara war Elisabeth unendlich dankbar – dennoch gab es vieles, das sie quälte. Wann immer sie fragte, ob sie Elisabeth einmal nach Hamburg begleiten dürfe, erhielt sie eine abschlägige Antwort. Sie sei noch so schwach, sie müsse sich erst gründlich erholen. Und außerdem, wollte sie wirklich auch nur in die Nähe des Vaters kommen, nachdem der so grausam zu ihr gewesen war? Elisabeth kannte inzwischen die Gründe für Claras Flucht.

Nein, erwiderte Clara dann und behielt für sich, was sie tatsächlich bewegte. Vorerst weihte sie Elisabeth nicht in alles ein. Da war zum einen die Sorge um Amelie, zum anderen ging ihr jener kurze Augenblick an der Ellerntorbrücke nicht aus dem Sinn, als sie geglaubt hatte, Paul zu sehen. Und Mamsell Friederike? Was wohl aus ihr geworden war? Ob sie noch im Haus an der Deichstraße lebte? Und wie sollte Clara anderenfalls mit ihr in Kontakt treten?

Fragen über Fragen, auf die es keine Antworten gab, wenn sie weiterhin das Dasein einer Prinzessin in der Villa Bardenstein führte.

Elisabeth war eine großartige Gastgeberin, die Villa war wunderschön, der Park mit seinen vielfältigen Düften faszinierte Clara jeden Tag aufs Neue. Und doch fühlte sie sich – eingesperrt.

Es war an der Zeit, so glaubte sie, etwas zu unternehmen. Nur was? Oft dachte sie daran, sich auf die Suche nach ihrem leiblichen Vater zu begeben, doch sie hätte nicht gewusst, wo sie anfangen sollte. Die Villa Bardenstein war ihr einziger Hinweis gewesen, und hier endete die Spur.

Clara hatte inzwischen einiges Vertrauen zu Elisabeth gefasst, obwohl sie manchmal den Verdacht hegte, die ältere Frau sei nicht vollkommen ehrlich mit ihr. Ganz so, als verberge sie etwas.

Bisher hatte Clara nur erfahren, dass Elisabeth und Wiebke über viele Jahre hinweg enge Freundinnen gewesen waren. Und es faszinierte sie zu hören, wie anders ihre Mutter in ihrer Jugend gewesen war. Lebensfroh und abenteuerlustig. So hatte Clara sie nie gekannt. Ihre Mutter war eine Frau ohne Freude gewesen, eine, die nicht erst am Tod ihres kleinen Sohnes verzweifelt war. So zumindest hatte Clara es immer empfunden.

Mehr als die eine oder andere Geschichte aus der Jugendzeit gab Elisabeth aber nicht preis. Warum?, fragte sich Clara oft. Was mochte geschehen sein zwischen den Freundinnen? Sah sie nicht manchmal sogar Zorn in Elisabeths Augen aufblitzen?

Fragen über Fragen. Sie häuften sich auf, höher und höher, und Clara fühlte, dieser Berg aus Fragen musste irgendwann ins Rutschen geraten und sie darunter begraben, wenn sie nicht endlich damit begann, ihn Stück für Stück abzutragen.

An diesem beinahe schon sommerlichen Nachmittag beschloss sie, damit zu beginnen. Sie hatte lange nachgedacht, und nun, da sie beide so einträchtig im Pavillon zusammensaßen, dem Flug der Zitronenfalter zuschauten und den Lockrufen der Spatzen lauschten, nun hielt sie den richtigen Augenblick für gekommen.

»Der Kapitän …«, begann sie zögernd.

Elisabeth wandte sich ihr freundlich zu. »Sprich nur. Was ist mit ihm?«

»Du trauerst noch immer sehr um ihn, nicht wahr?«

»Ja, aber ich denke auch, ich bin eine würdige Erbin. Die Reederei floriert, und die Auftragsbücher der Werft sind voll. Erst gestern habe ich …«

Bevor sich Elisabeth in einem langwierigen geschäftlichen Bericht verlieren konnte, platzte Clara heraus: »Ist er mein Vater?«

Elisabeth wurde blass. Ihre Hände krallten sich ins Holz des Pavillons.

»Wie um Gottes willen kommst du auf diesen Gedanken?«

»Nun, ich …«

»Was für ein Unsinn!«

»Dann stimmt es nicht? Wir sind – keine Schwestern?«

»Nein!«

»Wäre das so furchtbar?«, fragte Clara verunsichert.

Etwas Farbe kehrte in Elisabeths Wangen zurück. »Nein. Es wäre vielleicht sogar nett, eine kleine Schwester wie dich zu haben. Aber der Kapitän war ein durch und durch anständiger Mann. Er hätte niemals meine Mutter betrogen, schon gar nicht mit einem Mädchen wie meine Freundin Wiebke, das seine Tochter hätte sein können.«

»Bitte verzeih. Ich habe mich nur gefragt, warum Mutter einen Hinweis hinterlassen hat, der mich hierher zu dir führte. Eure Freundschaft war gewiss schön, aber weshalb hat sie den Zettel so sorgfältig versteckt?«

Elisabeth ließ die Frage zunächst unbeantwortet. »Du brauchst nur in den Spiegel zu schauen, um zu wissen, wie unsinnig deine Vermutung ist. Du bist bildhübsch, und ich bin hässlich.«

Clara wollte protestieren, der älteren Frau sagen, dass sie keineswegs hässlich war. Schon oft hatte sie gedacht, Elisabeth könnte trotz der großen Nase schön sein, würde sie nur ihre Weiblichkeit aus dem Gefängnis in ihrem Innern befreien. Stattdessen umwehte sie ein bitterer Geruch aus vertrockneter Hoffnung.

Manchmal vermochte Clara ihre Empfindungen nicht in Worte zu fassen. Manchmal nahm sie Eindrücke mit der Nase auf und ordnete ihnen einen bestimmten Geruch zu. Bei Elisabeth kam zum herben Grundton auch die säuerliche Note der unerfüllten Leidenschaft.

»Brauchst gar nicht die Nase zu rümpfen«, sagte Elisabeth mit einem halben Lächeln.

»Bitte verzeih.«

»Gut, du hast dich nun schon zweimal entschuldigt. Das genügt. Und jetzt verrate mir bitte, was außerdem in deinem hübschen Kopf vorgeht.«

Es klang leicht dahergesagt, doch Clara sah die Anspannung in Elisabeths Gesicht.

»Ich habe dir erzählt, dass Georg Vogt nicht mein leiblicher Vater ist«, sagte sie langsam. Das war um Ostern herum gewesen. Elisabeth hatte sich einmal Zeit genommen, mit ihr zu sprechen, obwohl Clara eher das Gefühl gehabt hatte, ausgefragt zu werden. Und das nicht zum ersten Mal.

»Ja, das hast du. Und ich habe mein Bedauern darüber ausgedrückt.«

Aber du warst nicht überrascht, hätte Clara am liebsten erwidert. Du hast die Augen niedergeschlagen, doch vorher habe ich genau gesehen, wie der Zorn darin aufgeblitzt ist.

Und du hast auf einmal anders gerochen.

Streng.

Abweisend.

Deshalb war ihr in den Wochen darauf irgendwann der Gedanke gekommen, der Kapitän könnte ihr Vater sein. Es wäre eine Erklärung für Elisabeths Verbitterung und auch für den Hinweis, den Wiebke hinterlassen hatte. Clara hatte an Amelie aus dem Ebräergang und ihr Märchen vom reichen, traurigen Mann in der Villa denken müssen, der seine Tochter mit offenen Armen empfangen würde.

Nun, sie war von Elisabeth aufgenommen worden, und Clara hatte gedacht …

»Du willst die Wahrheit wissen?«, fragte Elisabeth unvermittelt.

Überrascht sah Clara auf. Elisabeth wirkte auf sie jetzt wie ein Mensch, der nach reichlicher Überlegung zu einem Entschluss gekommen war.

»Ja«, erwiderte sie tonlos. »Bitte.«

»Selbst wenn diese Wahrheit schmerzhaft für dich ist?«

Clara hielt dem bohrenden Blick ihrer Gastgeberin stand. Was immer Elisabeth bislang vor ihr verborgen gehalten hatte, sie musste es endlich erfahren. Nichts konnte schlimmer sein als diese Ungewissheit. Solange sie nicht wusste, woher sie kam, konnte sie nicht entscheiden, wohin sie gehen sollte. Nur eines war sicher: Auf Dauer kam es nicht in Frage, ein Gast in der Villa Bardenstein zu sein. Das verbot ihr schon allein ihr Stolz.

Und die Wahrheit sollte schmerzhaft sein? Beinahe hätte Clara bitter aufgelacht. Ihre Mutter war tot, ihr Vater hasste sie. Sie besaß kein Zuhause mehr, war mittellos und liebte einen Mann, den es nur in ihren Erinnerungen und in ihren Träumen gab. Und dann, ja, dann war da noch die schwere alte Schuld, die ihr Herz zusammendrückte. Für einen neuen Schmerz war kein Platz mehr in ihr.

»Nun gut.« Elisabeth holte so viel Luft, wie ihr Korsett es ihr ermöglichte. »Es ist keine schöne Geschichte. Sie begann, als deine Mutter und ich noch Kinder waren. Du musst wissen, ich war außerordentlich stolz, als Wiebke meine Freundin wurde, denn sie war das beliebteste Mädchen in der ganzen Nachbarschaft.«

Fasziniert lauschte Clara dem Bericht aus einer anderen Zeit, erfuhr von Krieg und Armut, von Einquartierungen und von einem verwegenen französischen Soldaten, der aus Liebe zu Wiebke in Hamburg blieb und am Millerntor erschossen wurde.

Mein Vater, dachte sie voller Verblüffung, mein Vater war ein Franzose? Und meine Mutter hat, bevor sie überhaupt mit ihm verheiratet war …

Oh Gott, Wiebke war ein Flittchen gewesen!

Doch schon im nächsten Moment schüttelte Clara gedankenversunken den Kopf. Es war Liebe, so groß wie ihre eigene Liebe zu Paul.

Sie konnte nicht gutheißen, was ihre Mutter getan hatte, aber verurteilen mochte sie sie auch nicht.

Ein Franzose! Und sie selbst war eine halbe Französin. Es fühlte sich so merkwürdig an, so fremd.

Und ihr Vater war tot!

Amelies Märchen würde für immer ein Märchen bleiben.

Tränen um den nie gekannten Vater flossen aus ihren Augen.

Wie ihr Leben wohl ausgesehen hätte als Tochter von Wiebke und Jean-Pierre Leclerc in Südfrankreich? Clara stellte sich ein kleines Mädchen vor, das glücklich in einem sonnengetränkten Land aufwuchs, in einer singenden Sprache parlierte und würzige Lavendelblüten pflückte; deren Eltern einander über alles liebten und sich niemals stritten, und das eine ganze Schar von Geschwistern hatte und eine große Familie, die sonntags im Garten ein Festessen veranstaltete.

So tief war Clara in ihrem Traum von einem anderen Leben gefangen, dass es eine Weile dauerte, bis sie bemerkte, dass die laue Frühlingsluft um sie herum auf einmal frostig wurde. Die Schmetterlinge waren verschwunden, die Vögel verstummten.

Nur Elisabeths hart und kalt gewordene Stimme war noch zu hören. Sie berichtete von Wiebkes Heirat mit Georg. Eine Vernunftehe, damit das Kind in geordneten Verhältnissen aufwuchs. Und sie berichtete, dass sie ihn, Georg Vogt, selbst hatte heiraten wollen.

Unwillkürlich wich Clara ein Stück zur Seite. Das also war der Grund! Deshalb loderte manchmal dieser Zorn in Elisabeths Augen auf! Sie war es, die am meisten betrogen worden war. Von Wiebke und von Georg Vogt.

Nun schwieg Elisabeth, und Clara folgte ihr hilflos in die Stille.

Was hätte sie auch sagen sollen? Hätte sie sich im Namen ihrer Mutter entschuldigen können?

Unfug!

Was geschehen war, das war geschehen. Clara trug keine Schuld an den Ereignissen.

Nicht an diesen.

Sie schluckte schwer. Ihre Gedanken flogen zu ihrer Mutter, und sie empfand keinen Groll. Wiebke hatte ihrer Freundin Elisabeth unrecht getan, aber so wie Clara es verstanden hatte, waren Georg Vogt und Elisabeth noch nicht einmal offiziell verlobt gewesen, als sich die Ereignisse überstürzten.

Und so hatte Wiebke in ihrer großen Not den Mann genommen, der ihr ohnehin bereits zu Füßen lag.

Aus Liebe zu Jean-Pierres Kind, das sie unter dem Herzen trug.

Ein neuer Einfall kam Clara, und sie brach mit einem Räuspern das Schweigen. »Du hast mich bei dir aufgenommen, obwohl meine Mutter und mein Vater dir großes Leid angetan haben.«

Elisabeth schrak zusammen. »Du warst sehr verzweifelt«, erwiderte sie langsam. »Und Wiebke ... Nun, einmal waren wir Freundinnen.«

»Das war sehr großherzig von dir«, meinte Clara, obwohl eine leise Stimme in ihrem Innern sie zur Vorsicht mahnte. War Elisabeth jetzt ganz ehrlich zu ihr? Hatte sie ihr wirklich aus reiner Menschenfreundlichkeit Obdach gewährt? Oder führte sie gar etwas im Schilde, von dem sie, Clara, sich keine Vorstellung machen konnte?

Sie beschloss, Elisabeth auf die Probe zu stellen. »Ich möchte morgen ausfahren.«

»So? Und aus welchem Grund?«

»Aus keinem bestimmten. Ich möchte nur einmal etwas anderes sehen als die Villa und den Park. Es ist sehr schön hier, aber mir werden die Tage lang.«

»Nun gut. Ich werde Daniel anweisen, dich zu fahren. Wenn du nach Hamburg willst, so halte dich bitte von der Deichstraße fern. Mir ist zu Ohren gekommen, dass Georg Vogt in schlechte Gesellschaft geraten ist, und er soll auch nicht mehr ganz richtig im Kopf sein.«

Beschämt senkte Clara den Blick. Also sah sie schon Gespenster. Sie hatte sich eingebildet, Elisabeth halte sie in der Villa fest. Dabei ging es ihr tatsächlich nur um

Claras Sicherheit, da sie sich offenbar für die Tochter ihrer einstmals besten Freundin verantwortlich fühlte.

»Ich werde vorsichtig sein«, versprach sie.

Nach einer Weile stand Elisabeth auf. »Komm mit ins Haus, ich habe etwas für dich.«

15

Als sie die Villa betraten, ließ Elisabeth jedoch zunächst Kaffee in den Salon bringen. Mamsell Wilhelmine schickte aus der Küche noch einen Teller mit Vanilleplätzchen hoch, bei deren Zubereitung Clara am Vormittag geholfen hatte.

Elisabeth rührte weder den Kaffee noch die Plätzchen an, sondern ging mit kurzen Schritten im Salon hin und her. Ihr weiter Reifrock stieß hier und da an ein Möbelstück, und ihrer Haut entströmte ein herber Geruch, der mit jeder Bewegung stärker wurde.

Clara fragte sich ungeduldig, warum die ältere Freundin auf einmal so unruhig war. Es schien fast, als habe sie Angst. Aber wovor? Was wollte sie ihr geben? Vielleicht ein Bild von der Mutter? Irgendein Erinnerungsstück aus der Kindheit von Elisabeth und Wiebke? Oder gar – Clara hielt den Atem an – etwas von ihrem leiblichen Vater?

Was auch immer es sein mochte, Clara verstand nicht, warum Elisabeth jetzt zögerte.

Um sie zu beruhigen, sagte sie: »Probiere doch eins von den Plätzchen. Ich habe sie selbst gebacken. Wilhelmine musste sie nur noch in den Ofen schieben.«

Im nächsten Moment bedauerte sie es, überhaupt den Mund aufgemacht zu haben.

Da ging nämlich Elisabeth zum gelben Sofa, ließ sich umständlich darauf nieder, klopfte auf den freien Platz neben sich und forderte Clara auf, sich zu ihr zu setzen.

»Und nun erzählst du mir, warum du so furchtbare Angst vor Feuer hast. Da muss es einen Grund geben. Ich höre das Personal darüber flüstern, und mir ist selbst schon aufgefallen, dass du dich nie einem Kamin genähert hast, als wir im Winter noch geheizt haben.«

Clara spürte, wie ihr das Blut aus dem Gesicht wich. Alles in ihr sträubte sich plötzlich dagegen, neben Elisabeth zu sitzen oder sich überhaupt nur im selben Raum mit ihr zu befinden.

»Du wolltest mir etwas geben«, presste sie zwischen zusammengekniffenen Lippen hervor. »Ich verstehe nicht, warum wir plötzlich über mich reden müssen.«

Elisabeth war nun zur Ruhe gekommen, und ein kleines Lächeln erschien auf ihren Lippen. »Weil alles miteinander verknüpft ist. Die Vergangenheit, die Gegenwart und die Zukunft. Was ich dir zu geben habe, stammt von deinem leiblichen Vater, und von seinem und von dessen Vater. Ich könnte mir vorstellen, dass dieses – Geschenk – deine Zukunft verändern wird. In welcher Form, vermag ich nicht zu ahnen. Doch ich spüre, es lastet damit eine große Verantwortung auf meinen Schultern, und um eine Entscheidung zu treffen, muss ich wissen, was geschehen ist mit dir und ob du stark genug sein wirst für das, was dein Leben vielleicht für dich bereithält.«

Clara verstand kaum die Hälfte von Elisabeths Rede. Vergangenheit, Gegenwart, Zukunft? Ihr Leben, ihr Vater, ihre Vorfahren?

Verwirrt ließ sie sich auf das Sofa sinken. »Aber gerade

eben im Pavillon hast du nur gesagt, du hättest etwas für mich. Ich dachte ...«

Elisabeth stieß einen hörbaren Seufzer aus. »Glaub mir, Clara, für mich ist das auch alles nicht einfach. Und möglicherweise war ich voreilig mit meinem Versprechen. Bitte, lass mich zunächst verstehen, was dich quält. Wir haben in den Monaten, die du nun schon mein Gast bist, kaum miteinander geredet.«

Nein, dachte Clara, das haben wir nicht. Du hast mich nach meinem Leben ausgefragt, und ich habe dir viel erzählt. Von Georg Vogt und ein wenig auch von Paul. Sogar von Amelie und Tine.

Doch es gibt etwas, worüber ich nicht rede.

Niemals.

Mit niemandem.

»Es hängt mit dem Tod deines kleinen Bruders zusammen, richtig?«

Ein Feuer flackerte im großen Kamin des Salons auf. Kein Brennholz war darin geschichtet, denn es war ein lauer Frühlingstag, dennoch sah Clara die Flammen ganz deutlich hochschießen. Sie knisterten und sie zischten und sie rochen nach Tod.

Jemand rüttelte sie an den Schultern. Elisabeths Stimme drang wie aus weiter Ferne zu ihr. »Clara, was ist mit dir?«

»Meine Schuld, alles meine Schuld«, murmelte sie. »Hinrich ist tot.«

»Clara!«

Die Schreie! Da waren wieder die hellen Schreie ihres kleinen Bruders in ihren Ohren. Und der Rauch, der in ihre Nase kroch.

Die Hitze.

Ich brenne.

Hinrich brennt.

Ich ...

Dunkelheit.

Als Clara wieder zu sich kam, lag sie ausgestreckt auf dem Sofa, und Elisabeth fächelte ihr Luft zu.

»Ich werde den Doktor rufen lassen.«

»Nein«, erwiderte Clara schwach. »Das ist nicht nötig. Mir ist nur ein wenig die Luft weggeblieben. Die Zofe hat mich heute früh zu eng geschnürt.«

»Unsinn. Du bist in Ohnmacht gefallen, weil du dich furchtbar erschrocken hast.«

Clara setzte sich auf. Ihr schwindelte noch, aber sie ließ sich nichts anmerken.

»Wenn ich bitte eine Tasse Kaffee haben dürfte.«

»Sicher.«

Obwohl der Kaffee inzwischen kalt geworden war, weckte er Claras Lebensgeister. Sie warf einen schnellen Blick auf den Kamin. Er war leer und schwarz.

Aufatmend stellte sie ihre Tasse ab und sammelte sich.

»Mein Vater, also Georg Vogt, hat mir immer die Schuld an Hinrichs Tod gegeben.«

»Warum?«, fragte Elisabeth schlicht. Sie nahm Claras Hand in ihre, und Clara hielt sich daran fest.

Der alte Schrecken wich dem Gefühl, nicht mehr ganz allein zu sein. Sie vergaß ihre Vorbehalte und erzählte: »Ich war damals sieben Jahre alt und Hinrich drei. Wir hatten ein Kindermädchen, Birgit hieß es, aber an seinem freien Tag musste ich auf Hinrich aufpassen. Ich habe das gern getan. Hinrich war so süß. Ein kleiner Engel, das haben alle gesagt, die ihn kannten.«

Sie verstummte.

Elisabeths Händedruck verstärkte sich, und Clara fand den Mut weiterzusprechen. »Es passierte an einem heißen Sommertag. Mutter war ausgefahren und Vater – ich weiß nicht genau, wo Vater war. Hinrich hat sich vor mir versteckt. Das war sein Lieblingsspiel. Ich habe ihn im ganzen Haus gesucht, und ich geriet ganz schön ins Schwitzen. Als ich in die Küche kam, sagte Friederike, es zöge ein Gewitter auf. Das weiß ich noch ganz genau, denn schon wenige Minuten später hat es geblitzt und gedonnert. Inzwischen war ich ganz nach oben gelaufen, auf den Dachboden. Und da – ist es geschehen.«

Wieder brach sie ab

»Ich habe damals davon gehört«, half ihr Elisabeth weiter. »Ein Blitz ist in euer Haus eingeschlagen und hat den Dachstuhl in Brand gesetzt. Und alle Welt hat sich gefragt, was ihr Kinder da oben zu suchen hattet. Wäre nicht gleich darauf der Gewitterregen losgebrochen, so wäre euer Haus vermutlich bis auf die Grundmauern abgebrannt. Und nicht nur das Haus. Es hätte die halbe Altstadt treffen können, so eng wie die alten Fachwerkhäuser da stehen. Der Kapitän erzählte mir später von Bemühungen in der Bürgerschaft, den Brandschutz zu verbessern. Aber daraus ist nichts geworden. Die reichen Pfeffersäcke wollten keinen weiteren Schilling herausrücken.«

Clara hörte kaum zu. Sie war vollkommen in ihren Erinnerungen versunken. »Ich weiß nicht genau, wie alles gekommen ist. Aber Vater hat gesagt, ich sei einfach weggelaufen und habe Hinrich im Stich gelassen. Ich stand ja plötzlich im Regen vor dem Haus. Und ich habe gerochen wie ein Pferd, obwohl ich schon ganz nass war.«

Elisabeth hob die Brauen, als zweifelte sie plötzlich an Claras Verstand. »Wie bitte?«

»Das verstehe ich auch nicht. Neben unserem Haus war damals ein Mietstall. Das weiß ich noch, weil ich manchmal die Pferde streicheln durfte. Und ich hatte gar keine Angst vor ihnen, obwohl sie so groß waren.« Ihr fiel selbst auf, dass ihre Erzählung keinen Sinn mehr ergab, und verstummte erneut.

Erst nach einer langen Zeit des Schweigens sagte sie leise: »Seitdem hat Vater mich gehasst. Oder hat er das schon immer getan? Ich weiß es nicht. Manchmal habe ich gedacht, er könne meinen Anblick nicht ertragen.«

Elisabeth bedachte sie mit einem Blick, der aufrichtiges Mitleid ausdrückte.

»Wiebke hat dich geliebt.«

»Ja«, murmelte Clara. »Das hat sie. Und sie hat immer Geduld mit mir gehabt. Ich weiß noch, wie sie gesagt hat, eine Hamburger Bürgerin müsse ohnehin selbst kein Feuer anzünden. Und wenn Vater mich hänselte oder quälte, so nahm sie mich in Schutz.«

Bis Mutter dazu nicht mehr fähig war, fügte sie in Gedanken hinzu.

Elisabeths Überlegungen gingen in dieselbe Richtung: »Und nach ihrem Tod ist es besonders schlimm mit Georg geworden?«

Clara nickte. »Ich habe oft gedacht, er ist nicht mehr ganz bei sich. Und ich bekam Angst vor ihm. Dann hat er mich auch geschlagen und …«

»Ist gut«, sagte Elisabeth. »Du hast mir bereits erzählt, was geschehen ist, als du fortgelaufen bist.«

Ein feines Rinnsal aus Schweiß lief an Claras Rücken

hinab. Auch auf ihrer Stirn bildeten sich winzige Tröpfchen. Sie ließ Elisabeths Hand los, stand auf und ging nun ihrerseits im Salon auf und ab. Mit dem Ärmel wischte sie sich rasch über das Gesicht.

Sie wollte nicht mehr zurückschauen, nur noch nach vorn, sah jedoch lediglich eine Art dichten grauen Nebel, wie er an milden Wintertagen oft über die Elbe heraufzog. Und Paul – Paul konnte sie gar nicht mehr ausmachen. Je länger sie in der Villa Bardenstein lebte, so fern von allem, was sie einst gekannt hatte, umso weniger sah sie sein geliebtes Gesicht vor sich, umso schneller verschwand er im Nebel. Aber morgen, schwor sich Clara, morgen werde ich ausfahren. Und wenn sie erst einmal in Hamburg war, dann würde auch Pauls Gesicht wieder klarer werden. Davon war sie fest überzeugt.

»Ich danke dir für dein Vertrauen«, sagte Elisabeth in ihre Überlegungen hinein.

Clara hielt abrupt in ihrer Wanderung inne. Sie stand am Fenster und lehnte sich nun leicht gegen den Rahmen.

Elisabeth erhob sich und kam zu ihr. »Ich weiß, es war schwer für dich, über die Geschehnisse zu sprechen.«

Clara blieb stumm.

Gemeinsam schauten sie hinaus in den Park. Das Fenster war geschlossen, dennoch glaubte Clara, den lieblichen Blütenduft zu riechen.

»Eines Tages wird Georg Vogt für seine Taten büßen«, murmelte Elisabeth und ließ offen, ob sie an ein gerechtes Schicksal glaubte oder selbst für eine Bestrafung sorgen wollte.

Ohnehin schien es Clara, als habe sie nur aus Versehen laut gesprochen.

Nun verschloss sich Elisabeths Mund zu einem schmalen Strich, und zwischen ihren Augenbrauen bildeten sich tiefe Zornesfalten.

Clara verspürte den Wunsch, wieder hinaus in den Park zu gehen. Zugleich war sie entschlossen, nicht zu weichen, bis sie bekommen hatte, was Elisabeth ihr versprochen hatte. Eine Nachricht von ihrem Vater – sein Vermächtnis.

Nach einer Weile entspannten sich die Züge ihrer Gastgeberin. Sie wandte sich Clara zu. »Du bist stark. So manches andere Kind wäre zerbrochen an dem, was du erlebst hast.«

Clara hob unsicher die Schultern.

»Doch, glaube mir. Ich weiß, wovon ich rede. Der Kapitän hatte einen Bruder.«

Obwohl sie sich fragte, was dies mit ihr zu tun hatte, hielt Clara den Mund und wartete ab.

»Nach dem Tod des Kapitäns habe ich in seinem Schreibtisch gewisse Unterlagen gefunden.«

»Was für Unterlagen?«, fragte Clara, die nun doch ungeduldig wurde.

»Der jüngere Bruder des Kapitäns, also mein Onkel, ist als Junge zusammen mit einem Freund auf der Alster Schlittschuh gelaufen. Nun, eines Tages war das Eis zu dünn, und beide Jungen sind eingebrochen. Der Freund ist ertrunken, mein Onkel wurde gerettet. Aber danach war er nie mehr derselbe.«

»Warum?«

Elisabeths Mund verzog sich zu einem ratlosen Lächeln. »Er hat bei jeder Gelegenheit versucht, hinaus auf die Alster zu gelangen, um seinen Freund zu retten. Auch im Sommer.«

»Oh.«

»Er musste schließlich zu Hause eingesperrt werden. In eine Irrenanstalt wollte ihn meine Großmutter nicht geben. Aber er starb schon mit zwanzig Jahren.«

»Woran?«

»Er hat behauptet, er müsse jetzt ertrinken, und hat das Atmen eingestellt.«

»Wie furchtbar.«

Elisabeth nickte. »Ich habe ihn gar nicht kennengelernt, aber der Kapitän muss sein Leben lang um seinen kleinen Bruder getrauert haben.«

Sie machte eine Pause und richtete ihre Aufmerksamkeit dann ganz auf Clara. »Und nun zu dir. Du hast deine Sinne beisammen, und das bisschen Angst vor Feuer, das verliert sich womöglich mit der Zeit.«

Clara glaubte das zwar nicht, schwieg aber. Wenn Elisabeth sich eine gute Meinung von ihr gebildet hatte, dann würde sie ihr jetzt hoffentlich geben, was sie vorhin versprochen hatte.

Tatsächlich drehte sich Elisabeth vom Fenster weg. »Warte hier einen Moment auf mich«, bat sie und durchschritt den Salon. »Ich bin gleich wieder da.«

Ungeduldig nahm Clara ihre Wanderung wieder auf, betrachtete hier eine Kristallvase in der hohen Vitrine, berührte dort die leichten, luftigen Gardinen und strich schließlich mit den Fingerspitzen über den Rundtisch aus glänzend poliertem Nussbaumholz.

Als sie glaubte, keine Sekunde länger mehr warten zu können, kehrte Elisabeth zurück.

In den Händen hielt sie ein Päckchen.

Claras Atem ging plötzlich schneller. Ihr Geist schlug

eine Brücke in die Vergangenheit, ihre Nase nahm den Duft des Südens auf.

»Setz dich«, forderte Elisabeth sie auf und nahm ihrerseits wieder auf dem Sofa Platz.

Sodann löste sie die Schnur von dem Päckchen und holte zwei Bücher hervor.

Ehrfürchtig nahm Clara sie entgegen, legte sie in ihren Schoß und betrachtete sie. »Das ... verstehe ich nicht«, stammelte sie dann.

Elisabeth nickte. »Sie sind auf Französisch geschrieben und schon mehr als fünfzig Jahre alt. Beide handeln von der Kunst der Parfumherstellung.«

Claras Blick schnellte hoch, während die plötzliche Erkenntnis ihr Innerstes erreichte und zum Schwingen brachte. Ihr besonders feiner Geruchssinn – auf einmal wusste sie, wer sie war.

»Parfum?«, hauchte sie. »Heißt das, mein Vater war ...«

»Parfumeur«, ergänzte Elisabeth. »Er entstammte sogar einer alten Dynastie von Parfumeuren aus Grasse. Dieses hier ist sein persönliches Notizheft. Darin finden sich Rezepturen für Parfums, die von Generation zu Generation weitergegeben wurden.«

Clara streckte zitternd die Hand danach aus. Dann hielt sie es zwischen den Fingern, das Erbe ihres Vaters, das größte Geschenk, das ihr je ein Mensch gemacht hatte.

Elisabeth sprach weiter, aber sie hörte nicht hin. Sie schlug die erste Seite auf, entdeckte die Zeichnung eines jungen schwarzhaarigen Mannes und verlor sich in der Betrachtung des Antlitzes ihres Vaters. Obwohl die Linien mit den Jahren verblasst waren, konnte sie erkennen, dass er ein gutaussehender Mann gewesen war, und sie verstand ihre Mutter, die sich als junges Mädchen in ihn verliebt hatte. Oh ja, sie verstand sie jetzt noch viel besser!

»... deshalb habe ich mir irgendwann erlaubt hineinzusehen, obwohl Wiebke mich nur gebeten hatte, gut darauf aufzupassen, bis vielleicht sein Bruder Olivier käme, um es abzuholen.«

Clara horchte auf. »Sein Bruder? Ich habe einen französischen Onkel?«

Elisabeth nickte. »Damals waren die Brüder zusammen bei Familie Lorenz einquartiert. Was aus Olivier geworden ist, weiß ich nicht. Auch nicht, ob es noch mehr Verwandte gibt. Olivier Leclerc ist meines Wissens nie wieder in Hamburg aufgetaucht.«

»Wir könnten ...«, überlegte Clara, »wir könnten schreiben und fragen.« Sie stellte sich vor, eine große, fröhliche französische Familie zu haben. Menschen, die sie liebten und ihr von ihrem Vater erzählten.

Ein Seufzer entrang sich ihrer Brust.

»Das werden wir tun«, versprach Elisabeth. »Dort vorn im Notizheft steht eine Adresse. Wenn du magst, erledige ich das für dich.«

»Oh, bitte. Das wäre wunderbar. Als Kind habe ich ein bisschen Französisch gelernt. Mutter hatte darauf bestanden.« Sie hielt inne. Nun wusste sie, warum. »Aber Vater hat es bald verboten«, fuhr sie fort, »und ich fürchte, ich hab schon lange alles wieder vergessen. Es ist – so schade.«

Elisabeth nickte ihr aufmunternd zu. »Mein Französisch ist sehr gut, keine Sorge. Und ich werde dir auch helfen, diese Bücher und das Notizheft zu übersetzen.«

»Das ... wäre wunderbar.«

Sie schaute Elisabeth fest an und war sich auf einmal sicher, in der älteren Frau eine gute, ehrliche Freundin gefunden zu haben. Die Zweifel, die es noch in einem versteckten Winkel ihres Geistes gab, schob sie zur Seite.

»Ich danke dir von ganzem Herzen. Ja, bitte hilf mir, die Bücher und das Notizheft zu übersetzen. Ich möchte alles wissen, alles lernen. Und ich – möchte zur Schule gehen.« Der Wunsch war erst in dem Moment in ihr entstanden, als sie ihn aussprach. Aber nun war er da und mit ihm ein fester Plan.

»Zur Schule? In deinem Alter? Nun, das könnte schwierig werden. Wer weiß, was die kleinen Kinder dazu sagen werden.«

Clara errötete. »Das habe ich nicht bedacht.«

»Gräme dich nicht, meine Liebe. Wir werden Hauslehrer einstellen. Du kannst alles lernen, was du möchtest. Französisch, Literatur …«

Clara hob die Hand. »Lass mir etwas Zeit, darüber nachzudenken. Französisch auf jeden Fall. Aber dann eher Mathematik, und auch alles über Blumen und Pflanzen …«

»Botanik«, ergänzte Elisabeth.

»Ja, und … Ich werde es vielleicht erst mit der Zeit wissen, aber ich will lernen. Alles. Denn eines Tages will ich Parfumeurin sein.«

Allein der Gedanke an das, was sie da vorhatte, ließ Clara schwindeln. Sie, die nichts besonders gut konnte, wollte Parfumeurin werden? Welch eine Anmaßung! Eine Frau heiratete in jungen Jahren und wurde dann Mutter von einer reichen Kinderschar und eine gehorsam Gattin, die ihrem Mann ein behagliches Heim bereitete. Mit diesem Lebensziel war sie erzogen worden, und dies war auch ihr eigener Traum gewesen – bis sie Paul verlor.

Und nun wollte sie ein Handwerk erlernen, eine Kunst gar?

Wie sollte das je gelingen?

Verwundert über ihren dummen Übermut ließ sie die Schultern hängen, bis sie ein Kribbeln in den Fingerspitzen spürte. Noch immer hielt sie das Notizheft des Jean-Pierre Leclerc in der Hand, das Vermächtnis ihres Vaters. Und ihr war auf einmal, als ginge eine unsichtbare Kraft von den engbeschriebenen Seiten auf sie über.

Clara hob den Blick und betrachtete die Frau, die keine brave Gattin und Mutter war, die eine Reederei und eine Werft führte. Auch sie strahlte Kraft aus. Claras Schultern strafften sich wie von selbst.

»Ich will lernen«, wiederholte sie.

Elisabeth schien nicht überrascht. »Nun, dann sollten wir diese Aufgabe so bald wie möglich in Angriff nehmen. Gleich morgen?«

»Morgen will ich ausfahren«, erinnerte Clara sie. »Ich habe etwas zu erledigen.«

»Nun gut. Wir werden beginnen, wenn du bereit bist.«

16

Am Anlegeplatz bei der Ellerntorbrücke herrschte an diesem lieblichen Maimorgen die gewohnte rege Betriebsamkeit. Schuten und Ewer wurden entladen und fuhren dann leer durch das Herrengrabenfleet zum Baumwall zurück, um neue Güter für die gefräßige Stadt aufzunehmen.

Friederike Fechner sah Männer, die in ihren Hemden aus grober Baumwolle schwitzten, während sie schwere Ballen auf die Schultern nahmen, Fässer über einen schmalen Steg rollten oder mit aller Kraft den Peekhaken auf den Grund des Fleets stießen. Andere trugen helle Säcke an Land, aus denen der Duft nach Kaffeebohnen oder Teeblättern strömte, und griffen dann nach langen Rudern, da sich in der viel zu lauen Frühlingsbrise kein Segel aufblähte.

Selbst die Mühlen beim Millerntor hatten stillgestanden, als der Pferdeomnibus vor einer Stunde aus Altona kommend nach Hamburg hineingefahren war.

»Schau nur«, hatte Friederike zu Cornelia gesagt. »Die mächtigen Mühlenräder drehen sich nicht. Das passiert nur ganz selten.«

Schon hatte sie überlegt, ob das Brot am nächsten Tag gleich teurer werden würde. Wenn zu wenig Korn gemahlen wurde, dann stiegen die Preise.

Ihre Nichte hatte pflichtschuldig aus dem Fenster des Omnibusses gesehen und dann den Blick rasch wieder auf ihre ineinander verschränkten Finger gesenkt.

Windmühlen interessierten die Elfjährige nicht, dazu war sie viel zu aufgeregt.

Friederike hingegen verbrachte den Rest der Fahrt damit, sich auszurechnen, wie sie morgen mit dem knappen Haushaltsgeld, das Martha ihr zugestand, zurechtkommen sollte, falls der Brotjunge tatsächlich mehr verlangte. Nun, im Notfall musste sie eben selbst backen. Ein paar Pfund Mehl waren noch im Haus, und von einer Nachbarin würde sie ein wenig Sauerteig erbitten.

Als sie schließlich mit Cornelia kurz vor der Ellerntorbrücke ausstieg und dem Anlegeplatz zustrebte, vergaß sie ihre Sorge. Ebenso wie das Kind fieberte nun auch Friederike dem Moment entgegen, in dem sie all die Männer, die dort arbeiteten, genau in Augenschein nehmen konnte.

Nun jedoch, nach einer guten Stunde des Zuschauens und Suchens, sackten ihr die Schultern herab.

»Ich sehe niemanden, der unserem Paul auch nur im Entferntesten ähnelt.«

»Aber er muss hier sein.« Cornelias Stimme klang weinerlich. »Ich schwöre, ich habe ihn gesehen, als ich mit Vater hier war. Es war Paul! Mein großer Bruder Paul. Warum glaubt mir denn keiner?«

Das Kind brach in Tränen aus.

Friederike sah sich hilflos um. Ein Stück entfernt entdeckte sie einige lange Balken aus dunklem Holz, die offenbar noch abgeholt werden mussten.

»Komm«, sagte sie zu Cornelia und zog sie mit sich. »Setz dich, und dann wollen wir uns beide beruhigen.«

Sie ließ sich langsam auf einem der Balken nieder und war froh, nach dem langen, eingeklemmten Sitzen im Omnibus und dem Stehen hier am Anlegeplatz ihre Beine ausstrecken zu können.

Friederike legte dem schluchzenden Kind einen Arm um die Schultern und wartete geduldig ab. Sie dachte daran, wie oft Cornelia in diesem Frühjahr von ihrem Erlebnis hier am Bleichenfleet erzählt hatte. Jedes Mal war die Lütte ein bisschen mehr überzeugt, sie habe wirklich ihren großen Bruder Paul ausfindig gemacht, den alle für tot hielten. Zu ihrer Mutter sprach sie nicht davon, aber ihrer Tante lag sie bei jeder Gelegenheit damit in den Ohren.

»Wenn du einmal mit mir hinfährst, dann zeige ich ihn dir«, flüsterte sie leise, damit nichts davon zu Martha drang. Die hatte ihrer Tochter rundheraus verboten, den Namen ihres Bruders auch nur noch ein einziges Mal laut auszusprechen.

Zudem hatte Martha Voss andere Sorgen. Zu Ostern stand ihre Niederkunft unmittelbar bevor, und ihr Bauch hatte die Größe eines Bierfasses angenommen. »Das wird ein strammer Sohn für meinen Hermann«, behauptete sie.

Friederike und Marthas Töchter verdrehten nur die Augen, und dem braven Schuster schien alles recht zu sein, blieb bloß seine geliebte Martha gesund und glücklich. So war schließlich nur die Gebärende enttäuscht gewesen, als sie ihre fünfte Tochter zur Welt brachte.

Friederike lachte sie aus. »Eine leichte Geburt in deinem Alter und sechs gesunde Kinder. Du kannst dich glücklich schätzen.«

Martha zog die Mundwinkel nach unten. »Ich wollte meinem Hermann einen Stammhalter schenken. Ich habe es ihm versprochen. Und ich habe mir alle Mühe gegeben. Jede Nacht habe ich auf der linken Seite geschlafen, damit es ein Junge wird.«

Über so viel Unvernunft konnte Friederike nur den Kopf schütteln. »Wer behauptet denn so etwas?«

»Die alte Else, die Fischersfrau vom Hopfenmarkt. Du kennst sie. Damals hat sie mir immer gesagt, wenn ich je wieder einen Mann finde und schwanger werde, dann soll ich es so machen.«

Friederike dachte an die vertrocknete Else, die sich zwar mit Fischen auskannte, aber ganz gewiss nicht mit dem Kinderkriegen. Sie stieß ein tiefes Seufzen aus.

»Sei dankbar für das, was der liebe Gott dir geschenkt hat, Schwester.«

»Aber ich habe keinen Sohn mehr. Und ich wollte ...«

»Was wolltest du?«, fuhr Friederike dazwischen. »Paul ersetzen? Dass du dich nicht schämst! Und dieses kleine Würmchen hier braucht dich jetzt.« Damit nahm sie das greinende Neugeborene aus seinem Körbchen und reichte es der Mutter. Erleichtert sah sie zu, wie Martha ihre jüngste Tochter Mathilde an die Brust legte und ihr mit der freien Hand zärtlich über das Köpfchen strich. Auch Hermann Voss war überglücklich, und er bat Friederike, noch bei ihnen zu bleiben, damit Martha sich nicht zu viel zumutete.

»Solange ihr mich braucht«, versprach sie und schickte insgeheim ein Dankgebet zum Himmel. Sie hätte ja nach wie vor nicht gewusst, wohin sie sonst gehen sollte. Zwar hatte sie sich schon mal umgehört, ob es irgendwo eine Familie gab, die eine neue Mamsell brauchte. Bisher allerdings ohne Erfolg.

Die Marktfrauen hoben jedes Mal die Schultern, wenn Friederike sie danach fragte. »Vorn an der Palmaille, da wohnen ja viele vornehme Leute, aber die haben alle schon genügend Dienstboten«, wurde sie beschieden.

Nun, dann würde sie eben im Hause Voss bleiben, bis sich etwas für sie ergab. Und sie würde Marthas spitze Bemerkungen über *meinen* Hermann ebenso ertragen wie das knapp bemessene Haushaltsgeld.

Ihre Sorge um Clara jedoch nahm im Laufe des Frühjahrs noch zu, und Friederike war schon mehrmals kurz davor gewesen, sich in die Hamburger Altstadt zu wagen, um sich nach Neuigkeiten umzuhören. Es war ihre Schwester, die sie jedes Mal davon abhielt.

»Wenn Georg Vogt dich nicht eigenhändig umbringt, dann wartet vielleicht schon die Polizei auf dich. Ich habe gehört, dass Dienstpersonal, das einfach seiner Herrschaft wegläuft, eingesperrt wird. Und ich brauche dich hier noch. Wenigstens bis die kleine Mathilde die Nächte durchschläft.«

Friederike biss sich auf die Unterlippe und schwieg. Tatsächlich fürchtete sie sich davor, auch nur in die Nähe der Deichstraße zu kommen.

»Außerdem«, fügte Martha mit einem feinen Lächeln hinzu, »außerdem habe ich beschlossen, meinem Hermann doch noch einen Stammhalter zu schenken.«

»Du bist ja nicht mehr bei Sinnen!«, rief Friederike aus. »Dein Körper ist verbraucht von den vielen Geburten, und du bist jetzt schon zweiundvierzig Jahre alt. Du forderst dein Glück heraus!«

Marthas Lächeln erlosch. »Ich achte deine Meinung, doch dies ist mein Leben, und ich tue, was ich für richtig halte. Wenn du damit nicht einverstanden bist, steht es dir frei, uns wieder zu verlassen.«

Deutlicher hätte ihre Drohung nicht ausfallen können.

So schluckte Friederike eine Erwiderung herunter und blieb, wo sie war. Aber sie hörte immer wieder zu, wenn Cornelia ihr von Paul erzählte. Aus unerfindlichen Gründen redete sie sich ein, ihr eigenes Leben werde sich zum Besseren wenden, sobald nur Paul wieder da war. Und wie sicher das Kind war, den großen Bruder wirklich gesehen zu haben!

Nach und nach gelangte Friederike zu der Überzeugung, an Cornelias Geschichte könnte etwas Wahres dran sein. Und insgeheim fragte sie sich auch, ob nicht eine Verbindung zwischen Paul und Clara bestehen könnte. Hatten die beiden einander gar längst wiedergefunden, und nur sie, Friederike, grämte sich noch ob deren ungewissem Schicksal?

Sie musste Gewissheit haben! Und so schmiedete sie mit Cornelia einen Plan.

Ihrer Schwester erklärte Friederike, sie wolle mit dem Kind hinunter zum Hafen gehen. Es hieß, dort landeten schon seit Frühlingsbeginn jeden Morgen einige Ewer aus den Hamburger Vierlanden an, die das frischeste Obst und das feinste Gemüse geladen hatten.

Martha fragte zwar, was plötzlich schlecht sein sollte an der Ware, die sie bisher von den Bäuerinnen der Gegend um Altona gekauft hatten. Sie ließ sich jedoch schnell überzeugen, als Friederike die besondere Qualität der Vierländer Erzeugnisse anpries und zudem auf die möglicherweise niedrigeren Preise hinwies.

»Und sorge dich nicht um uns«, sagte sie noch, als sie

mit Cornelia an der Hand das Haus verließ. »Ich will die Angebote in aller Ruhe prüfen und vielleicht auch mit einer Bäuerin für die Zukunft ins Geschäft kommen. Es kann also sein, dass wir erst am Abend zurückkehren.«

Marthas Proteste hörte sie nicht mehr.

»Jetzt ist Mutter böse mit mir«, sagte Cornelia, als sie zur Haltestelle des Pferdeomnibusses an der Palmaille liefen. »Ich sollte heute nämlich den ganzen Tag auf Mathilde aufpassen.«

»Nun, deine Mutter kümmert sich gewiss auch gern selbst um die Kleine«, gab Friederike zurück. Davon war sie sogar überzeugt. Zwar erklärte Martha nach wie vor, sie habe sich so sehr einen Sohn gewünscht, aber in Wahrheit war sie in die süße Mathilde genauso verliebt wie alle anderen Mitglieder der Familie. Und der Sohn, so verkündete sie, der werde schon noch kommen, und übersah dabei die besorgten Blicke ihres Mannes und ihrer Töchter.

Als der Omnibus, gezogen von zwei schweren Kaltblütern, eintraf, zahlte Friederike das Fahrgeld für sie beide von ihrem Ersparten. Noch verfügte sie über einen Notgroschen, aber bald würde sie ganz mittellos dastehen, wenn sie nicht wieder eine bezahlte Anstellung fand.

Anfangs plauderten Tante und Nichte noch fröhlich miteinander, aber je näher sie der Stadt Hamburg kamen, desto schweigsamer wurden sie. Beide dachte sie an das, was sie vorhatten. Einzig die stillstehenden Windmühlenflügel konnten Friederikes Aufmerksamkeit erregen.

Als dann ihre Suche nach Paul ergebnislos blieb, verlor auch Friederike alle Hoffnung. Sie versuchte, sich einzureden, dass sie bloß den falschen Tag gewählt hatten, oder gar nur die falsche Stunde. Wenn sie lange genug warteten, tauchte Paul vielleicht auf. Aber sie konnten hier natürlich nicht lange bleiben. Martha würde Fragen stellen, wenn sie wirklich erst am Abend heimkehrten, und Friederike fürchtete, Cornelia werde mit der Wahrheit herausplatzen. Gut möglich, dass Friederike dann die längste Zeit Gast im Hause Voss gewesen war. Sie traute ihrer Schwester mittlerweile durchaus zu, sie vor die Tür zu setzen.

Martha hatte sich verändert, seit sie die Gattin von Hermann Voss geworden war. Sie trug die Nase neuerdings ziemlich hoch, fand Friederike, und sie hatte sich beeilt zu vergessen, wie schlecht es ihr einmal gegangen war und wie oft ihre ältere Schwester ihr in höchster Not beigestanden hatte. Ihren Sohn Paul vergaß sie zwar nicht, jedoch glaubte sie fest, er sei gestorben. Und sie duldete es nicht, wenn jemand das Gegenteil behauptete. Dafür hatte Friederike sogar Verständnis. Zu glauben, der geliebte Sohn führe ein neues Leben, ohne einen Gedanken an die eigene Familie zu verschwenden, war gewiss mehr, als ein Mutterherz ertragen konnte.

Die Kanten des Holzbalkens schnitten ihr ins weiche Fleisch, während sie so vor sich hin grübelte und die weinende Cornelia im Arm hielt.

Aus den Augenwinkeln bemerkte sie eine junge Frau, die keine zehn Schritte von ihnen entfernt auf einen großen rotgesichtigen Mann zulief. Nein, korrigierte Friederike sich selbst. Keine junge Frau, eher noch ein Mädchen, und zwar eines von der Sorte, die es mit der Tugend nicht so genau nahmen.

Dieser finster dreinblickende Ewerführer sah hingegen nicht aus wie ein Mann, der die Dienste eines Freudenmädchens in Anspruch nahm.

Um sich von ihrem eigenen Kummer abzulenken, beobachtete Friederike, wie das Mädchen nun hastig auf den Mann einredete. Dieser schüttelte mehrfach den Kopf und blickte dabei noch finsterer, falls das überhaupt möglich war.

Ob sie wohl auch jemanden sucht?, fragte sich Friederike und empfand aus Gründen, die sie nicht genau verstand, so etwas wie Mitgefühl. Das Mädchen wirkte tief bedrückt, als es sich nun von dem Ewerführer abwandte und an dem Holzstoß vorbeikam.

Friederike war eine Frau mit festen Moralvorstellungen, aber dieses Mädchen hier sah trotz des viel zu tiefen Ausschnitts und der vielen Farbe im Gesicht gar nicht so aus wie die abgebrühten Dirnen, die sie früher an den Butenkais hin und wieder beobachtet hatte. Eher wie ein verlorengegangenes Kind.

Sie schreckte zusammen, als ihre Nichte das Mädchen plötzlich ansprach: »Hast du vielleicht meinen Bruder gesehen? Wir suchen ihn nämlich schon ganz lange.«

Ein müder Blick aus hellen Augen richtete sich auf Cornelia. »Deinen Bruder? Wer soll das denn sein?«

Ihre Stimme klang rein und klar wie Glockenschläge; sie passte so gar nicht zu ihrer Erscheinung.

Friederike staunte. Ihr war, als hörte sie Clara sprechen, nur um einige Töne höher. Ein Teil von ihr war der jungen Dirne plötzlich zugetan.

Dennoch blieb sie auf der Hut.

»Er arbeitet hier, das weiß ich genau. Ich habe ihn nämlich einmal gesehen. Er heißt …« Weiter kam Cornelia nicht, denn Friederike hatte ihr rasch eine Hand vor den Mund gelegt.

»Entschuldigen Sie bitte«, sagte sie so höflich, wie es ihr möglich war. »Das Kind weiß nicht, was es redet.«

Sie hoffte, das Mädchen möge jetzt weitergehen. Nicht auszudenken, was zu Hause in Altona passierte, wenn Cornelia erzählte, sie habe auch Leute nach Paul gefragt, und dann so jemanden beschrieb.

Ihr Wunsch wurde nicht erhört. Das Mädchen setzte sich mit einem Seufzer neben Cornelia auf den Holzstoß und streckte ihr die Hand hin.

»Ich glaube sehr wohl, dass du weißt, wovon du redest. Ich bin Amelie, und du?«

»Cornelia. Und mein Bruder ...«

Wieder verschloss Friederike ihr den Mund.

Sie mussten hier weg.

Sofort. Und es war gewiss keine gute Idee, den Namen Paul Dallmann in die Welt hinauszuposaunen. Wer wusste schon, in welcher Gesellschaft sich diese Amelie herumtrieb und ob es Paul nicht gar schaden würde, wenn über ihn gesprochen wurde. Sofern Cornelia nicht sowieso Gespenster gesehen hatte.

»Es geht niemanden was an, wie dein Bruder heißt«, sagte sie streng zu Cornelia und hoffte, sie würde begreifen.

»Genau«, sagte Cornelia schnell zu Amelie. »Das – muss ein Geheimnis bleiben. Weil ... äh ... weil ...«

Ein winziges Lächeln huschte über Amelies Mundwinkel. »Das verstehe ich vollkommen. Nun, ich muss jetzt weiter. Auf Wiedersehen. Ich wünsche dir, dass du deinen Bruder findest.«

Friederike wollte schon aufatmen, da sagte Cornelia schnell: »Er ist sehr groß und stark und hat fast schwarze

Haare. Sein Gesicht ist ganz eckig, also nicht rund wie meines, und das Boot, auf dem ich ihn gesehen habe, hatte vorne eine große Blume aufgemalt. Ich glaube, es war eine Rose. Solche Blumen habe ich letztes Jahr im Sommer in den Wallanlagen gesehen, als ich dort mit Vater spazieren gegangen bin.«

Eine Rose? Das war auch Friederike neu. Davon hatte Cornelia bisher noch nichts erzählt. Möglicherweise war es ihr auch erst jetzt wieder eingefallen, da sie auf die Schuten und Ewer schaute.

Eine Rose! Friederike spürte auf einmal ein heftiges Kribbeln im Nacken. Paul hatte Clara manchmal »meine kleine Rose« genannt, sie hatte es selbst gehört!

Einmal hatte sie sogar mitbekommen, wie Clara dabei über und über rot geworden war. »Ich bin nur ein Mädchen, keine schöne Blume«, hatte sie geflüstert.

»Irrtum«, hatte Paul grinsend erwidert. »Eines Tages wirst du zur schönsten Rose von Hamburg erblühen, und ihren Duft trägst du bereits in dir.«

Friederike erinnerte sich genau, wie ihr ein leises Kichern entschlüpft war. So viel Poesie hätte sie ihrem mit allen Wassern gewaschenen Neffen im Leben nicht zugetraut. Versunken in ihre Erinnerungen, brauchte sie einen Moment, um Amelies Antwort zu verstehen.

»Das tut mir wirklich leid, Lütte. Aber ich weiß nur von einem Mann, der auf seinen Booten eine Rose aufgemalt hat. Der ist Engländer. Er heißt James Roberts, glaube ich. Und dein Bruder ist doch bestimmt kein Engländer?«

»Nein«, erwiderte Cornelia mit tränenerstickter Stimme.

Auch Friederike hätte vor Enttäuschung am liebsten geweint. Aber sie nahm sich zusammen.

Es wäre ja auch wirklich ein zu großes Glück gewesen, Paul wiederzufinden.

17

Eine kleine Weile lang schauten alle drei stumm auf das geschäftige Treiben am Anlegeplatz.

»Vielleicht ist das ja eine neue Mode«, sagte Amelie dann. Offenbar hatte sie vergessen, dass sie eigentlich aufbrechen wollte. »Eine Blume auf der Schute oder auf dem Ewer. Macht die schwere Arbeit leichter. Die Männer denken sich, sie lustwandeln durch einen duftenden Garten, und merken nicht mehr, dass ihr Rücken krumm wird.«

Sie grinste und schien ihre eigene Not, wie auch immer diese aussehen mochte, für einen Moment zu vergessen.

Friederike ertappte sich dabei, dass sie Amelie mit zunehmendem Wohlwollen betrachtete und gebannt ihrer lieblichen Stimme lauschte.

Dann sah sie Cornelia an. Sie hing geradezu an Amelies Lippen!

»Und wenn sie ins Wasser fallen, denken sie es, ist ein Gartenteich?«

»Genau, ein wundervoller Teich, kein stinkendes Fleet«, fuhr Amelie fort. »Tausend schöne Seerosen schwimmen darin, und am Ufer steht die Liebste und winkte ihnen mit einer blassen Hand huldvoll zu.«

Ruckartig löste sich Friederike aus ihrer Verzauberung. »Das klingt ja alles sehr hübsch, aber wir müssen nun gehen.« Sie wollte würdevoll aufstehen, kam aber allein nicht hoch.

»Warte, Tante Friederike. Ich helfe dir.« Cornelia sprang auf, Amelie tat es ihr gleich.

Gemeinsam schafften sie es, Friederike auf die Beine zu bringen.

»Vielen Dank«, murmelte sie beschämt. »In meinem Alter sollte man sich keine unpassende Sitzgelegenheit mehr aussuchen.«

Sie entdeckte eine leise Verwunderung in Amelies Blick und überlegte, was das zu bedeuten hatte.

»Möchtest du wirklich schon heimfahren, Tante Friederike?«, fragte Cornelia. »Können wir nicht noch ein ganz kleines bisschen auf Paul warten?«

Oh nein!, dachte Friederike.

Nun erschien auf Amelies Gesicht ein Ausdruck größten Erstaunens.

Friederike wünschte, sie wären schon fort. Das Mädchen wurde ihr unheimlich. »Was haben Sie denn? Ist Ihnen nicht gut?«

Noch bevor Amelie etwas erwidern konnte, kam der rotgesichtige Ewerführer mit langen Schritten auf sie zu und baute sich vor ihr auf.

»Treibst dich ja immer noch hier rum, Deern. Hier haste zwei Schillinge, mehr hab ich nicht übrig. Und jetzt lass dich hier nicht mehr blicken. Jeden verdammten Tag tauchst du hier auf und machst alle Leute verrückt. Über deine Clara weiß ich nichts, habe ich dir schon oft genug gesagt. Hör endlich auf, nach der zu fragen, die will bestimmt nichts mehr mit dir zu tun haben. Die war viel zu fein für dich. Mitfahren kannste bei mir auch nicht. Da ist mein guter Ruf weg. Wenn du noch mal was brauchst, dann schick den Peter her. So, nun ist gut. Troll dich. Den Männern fallen schon wieder die Augen aus dem Kopp.«

Während Amelie bei jedem Wort kleiner zu werden schien, richtete sich Cornelia zur vollen Größe auf. Was nicht viel war. »Hören Sie, Herr Kapitän, Sie sind aber gemein zu meiner Freundin. Wenn Sie ins Fleet fallen, wird das kein lieblicher Gartenteich sein. Ganz bestimmt nicht. Und Seerosen kriegen Sie auch keine.«

Das Gesicht des Mannes wurde noch eine Spur röter. Er wandte sich an Friederike. »Sie sollten besser aufpassen, mit wem sich Ihre Enkelin anfreundet.«

»Cornelia ist meine Nichte«, korrigierte Friederike halblaut, während das Herz in ihrer Brust zu rasen begann.

Der Ewerführer kehrte an seine Arbeit zurück, nicht ohne Amelie noch einen drohenden Blick zugeworfen zu haben. Die schien ihn gar nicht mehr wahrzunehmen, ließ aber, wohl aus alter Gewohnheit, die Münzen rasch in ihrem Ausschnitt verschwinden.

Cornelia zupfte an Amelies fadenscheinigem Kleid. »Ich finde dich sehr, sehr nett, und der Mann da ist doof. Weißt du, dass Tante Friederike auch eine Frau sucht, die Clara heißt? Ist das nicht komisch? Und sie ist auch eine feine Dame. Ich kann mich daran erinnern, dass sie immer so schön geduftet hat. Aber ich war noch klein und …«

Mit einem Seufzer sackte Amelie in sich zusammen und landete unsanft auf dem Holzstoß. Sie fiel nicht in Ohnmacht, wurde jedoch sehr blass.

Auch Friederike spürte, wie ihr die Luft wegblieb, doch sie zwang sich mit äußerster Willenskraft stehen zu bleiben und atmete ein paarmal so tief ein und aus, wie ihr Korsett es erlaubte.

Aus den Tiefen ihres Rockes fischte sie einen Pfennig heraus und drückte ihn Cornelia in die Hand. »Dort drüben ist ein Wasserträger. Hol uns schnell einen Becher voll. Amelie ist nur ein wenig schwindelig. Es ist ja auch sehr warm heute.«

Cornelia tat wie geheißen, warf aber immer wieder besorgte Blicke zurück, während sie sich entfernte. Sodann musste sie sich in eine Schlange von wartenden Menschen einreihen, die alle einen Schluck erfrischendes Wasser verlangten.

Friederike vergewisserte sich, dass sie zu weit weg war, um einem Gespräch zu folgen.

Amelie sah zu ihr hoch. »Verzeihen Sie. Normalerweise falle ich nicht so schnell um. Aber – das kann doch alles nicht sein, oder?«

»Ausgeschlossen«, stimmte Friederike ihr zu.

»Ich komme jeden Tag um diese Zeit hierher, aber es gibt trotzdem nicht so einen großen Zufall.«

»Ganz Ihrer Meinung.«

»Wir suchen verschiedene Leute.«

»Selbstverständlich.«

»Und ich muss mich sowieso um meine eigenen Probleme kümmern.«

»Ich ebenfalls.«

»Seit Tine tot ist, weiß ich manchmal nicht mehr ein noch aus. Aber ich schaffe es schon allein. Muss ja. Irgendwie. Und die Clara, die ich suche, die kann mir sowieso nicht helfen.«

»Ach«, murmelte Friederike verwirrt. Tine? Wer sollte

das sein? Die ganze Geschichte wuchs ihr über den Kopf. Sie war nur eine Mamsell, die wenig von der Welt und von den Menschen kannte.

»*Meine* Clara lebt jetzt nämlich mit ihrem richtigen Vater und ihrem Liebsten Paul in einer feinen Villa in Neumühlen. Na ja, jedenfalls hoffe ich das für sie. Und sie lässt den lieben Gott einen guten Mann sein. Olaf hat schon recht. Sie hat mich längst vergessen. Aber …« Sie stockte und fuhr dann mit leiser, nahezu tonloser Stimme fort: »Die Mamsell bei ihr zu Hause, die hieß Friederike.«

In ihren hellen Augen breitete sich ein Hoffnungsschimmer aus. »Wenn Ihre und meine Clara nun doch dieselbe Person sind?«

»Dann«, erwiderte Friederike schwach und sehnte sich jetzt selbst nach einem Becher Wasser. Oder einem Glas Rum, »dann spielt uns das Schicksal gerade einen ziemlich bösen Streich.«

»Das tut es.«

»Keine von uns weiß, wo Clara sich aufhält und …« Friederike brach ab. »Was haben Sie da eben gesagt? Eine Villa in Neumühlen? Wie kommen Sie darauf?«

Aus den Augenwinkeln beobachtete sie, wie Cornelia in der Schlange vorrückte. Viel Zeit blieb nicht mehr.

Amelie, die ihrem Blick gefolgt war, erzählte rasch von dem Zettel, den Clara in der Wäschekommode ihrer Mutter entdeckt hatte. »Sie hat gehofft, dort ihren leiblichen Vater zu finden.«

Erneut musste Friederike um ihre Fassung kämpfen. Georg Vogt war nicht Claras Vater? Und sie selbst hatte nichts davon gewusst, obwohl sie doch sonst über alle Vorgänge im Hause bestens im Bilde war? Nun, immerhin verstand sie jetzt ein wenig besser, warum in dieser Familie so viel Unglück geherrscht hatte. Der schreckliche Tod des kleinen Hinrich, der geschäftliche Niedergang ihres Dienstherrn, das Siechtum seiner Gattin und zuletzt Claras Flucht. Alles hing miteinander zusammen und war womöglich bereits vor Claras Geburt vorgezeichnet gewesen.

Einen Moment lang war Friederike versucht, nun ihrerseits die Flucht zu ergreifen. Genau wie Amelie hatte sie wahrhaftig genug eigene Sorgen. Dann jedoch dachte sie an die vielen Jahre, die Clara bei ihr in der Küche verbracht hatte, und ihr Herz wurde weit. Sie hatte die Lütte geliebt wie eine eigene Tochter, und diese Liebe schlummerte noch immer in ihr. Zudem war da auch die winzige Hoffnung, Clara könnte etwas von Paul wissen. Sie sah, wie Cornelia nun einen Becher Wasser in Empfang nahm und zu ihnen zurückkehrte.

»Warum glauben Sie, dass Clara und Paul einander wiedergefunden haben?«

Die blassen Wangen unter Amelies Schminke färbten sich dunkel. »Das weiß ich gar nicht genau. Ich hoffe es eben für sie. Es wäre doch schön, nicht wahr? Wo sie ihn doch so liebt. Und Cornelia findet ihren Bruder wieder, und Sie Ihren Neffen.«

»Aha. Und haben Sie sich den Rest auch nur ausgedacht? Den angeblichen Zettel, die Geschichte vom leiblichen Vater?«

»Nein! Ich schwöre. Alles andere ist wahr!«

»Nun gut.« Friederike war nicht restlos überzeugt, dennoch fragte sie nach: »Wissen Sie noch die Adresse in Neumühlen?«

»Da stand nur etwas von einer Villa Bardenstein an der Elbchaussee.«

»Gut, das lässt sich gewiss finden.«

»Sie fahren dahin?«

»Ja, sobald es mir möglich ist.« Sie musste einfach nachprüfen, wie viel Wahres an dem war, das dieses seltsame Mädchen erzählte.

Amelie strahlte. »Würden Sie dann bitte Clara ausrichten, ich denke jeden Tag an sie? Ich wäre ja selbst gern einmal dorthin gefahren, aber – nun das schickt sich wohl nicht, und ich, na ja, Olaf weigert sich, mich auf seinem Ewer mitzunehmen. Clara durfte bei ihm mitfahren, müssen Sie wissen, aber er behauptet, er hat seitdem nie wieder etwas von ihr gehört. Ach bitte, richten Sie ihr ganz liebe Grüße aus.«

»Gewiss.« Friederike hätte gern noch gefragt, wie Amelie eigentlich Claras Bekanntschaft gemacht hatte, aber da war Cornelia herangekommen und reichte ihrer neuen Freundin den Becher mit Wasser.

Amelie bedankte sich artig, trank durstig und bat Cornelia dann, dem Wasserträger seinen Becher zurückzubringen. Flink hüpfte das Kind davon und kam sogleich wieder. Friederike und Amelie blieb keine Zeit mehr, sich zu unterhalten, und obwohl sie so unterschiedlich waren, hatten sie sich insgeheim darauf geeinigt, Cornelia müsse nicht mehr erfahren als unbedingt nötig.

»Wenn ich einmal James Roberts treffe, dann erzähle ich ihm von dir«, versprach Amelie noch Cornelia. »Vielleicht kennt er ja einen Paul, der ebenfalls Rosen auf seine Boote malt.«

Das Kind strahlte sie an. »Vielen herzlichen Dank.

Darf ich einmal mit Tante Friederike wiederkommen und fragen?«

»Sicher.«

Friederike hingegen wusste, sie würde Cornelia nicht mehr herbringen. Zu groß war die Gefahr, das Kind könnte Schaden nehmen. Während der Rückfahrt wollte sie Cornelia schwören lassen, zu Hause kein Sterbenswörtchen von ihrem Ausflug zu verraten.

Bevor sie nun aufbrach, gab sie Amelie mit einem langen Blick zu verstehen, sie werde bald einmal nach Neumühlen fahren.

18

Amelie blieb auf dem Holzstoß sitzen, während die Mamsell mit dem Kind an der Hand den Anlegeplatz verließ. Sie tat, als bemerke sie nicht, dass Olaf Riesch sie mit einer Handbewegung zum Gehen aufforderte.

Sollte er sich doch aufregen! War ihr ganz gleich! Er ahnte ja nicht, wie verzweifelt sie Hilfe brauchte.

Tine war vor einem Monat gestorben, und Amelie kam ohne sie nicht mehr zurecht mit ihrem Leben. Schon morgen musste sie die kleine Wohnung im Ehebrechergang verlassen. Allein brachte sie die Miete nicht mehr auf. Und dann ... dann ... Amelie schauderte.

Clara war ihre letzte Hoffnung gewesen.

Dem Olaf mochte Amelie nicht anvertrauen, wie schlecht es um sie stand, der würde sie nur missbilligend anschauen und dann sein schlechtes Gewissen mit ein paar Münzen beruhigen.

Clara aber war ihr in den wenigen Wintertagen eine Freundin geworden. Clara würde ihr helfen! So machte sich Amelie jeden Tag voller Hoffnung auf den Weg zum Bleichenfleet. Einmal musste Olaf doch Neuigkeiten von Clara haben!

Nichts.

Auch heute nichts!

Aller Mut, aller Kampfeswille verließ sie.

Noch einmal sah sie der älteren Frau und dem Kind nach. Es war ein geradezu ungeheuerlicher Zufall, dass sie ausgerechnet Mamsell Friederike begegnet war. Zu helfen vermochte diese Frau ihr aber auch nicht. Selbst wenn Friederike es wirklich schaffte, nach Neumühlen zu fahren, und Clara ihre Grüße ausrichtete. Und falls, ja falls, sich Clara dann ihrer entsinnen und nach ihr suchen sollte – bis dahin würde Amelie im Ehebrechergang nicht mehr zu finden sein.

Gerade wollte Amelie den Blick abwenden, als sie bemerkte, dass eine offene Kutsche nur wenige Meter von Friederike und Cornelia entfernt hielt.

Der Kutscher sah sehr jung aus, und aus unerfindlichen Gründen verspürte sie ein Ziehen in ihrem Innern. Vielleicht, weil er so unfertig auf sie wirkte. Nicht mehr Kind, aber auch noch nicht Mann. Ein rundes, weiches Gesicht und dazu die breiten Schultern. In einem anderen Moment hätte Amelie sich gleich eine Geschichte über ihn ausgedacht.

Jemand stieg aus. Die Mamsell stand zwischen ihr und der Person. Amelie sah nur rechts und links einen breiten Reifrock hervorragen. Dann fiel die Frau der Mamsell um den Hals. Diesmal war ihr Gesicht von der großen Haube verdeckt. Als die Mamsell endlich einen halben Schritt zur Seite trat, erkannte Amelie, um wen es sich handelte.

Sie stieß einen spitzen Schrei aus.

Zur gleichen Zeit, als Friederike mit ihrer Nichte die Ellerntorbrücke erreicht und mit der Suche nach Paul begonnen hatte, war Clara in Elisabeths offener Kutsche durch den Alten Steinweg gefahren.

»Hier!«, rief sie Daniel Ahrens zu. »Halten Sie hier.«

Der Kutscher brachte die beiden Rappstuten zum Stehen, dann sah er von seinem Bock zu ihr hinunter.

»Was haben Sie vor, Fräulein Clara?«

Sie fand seine Frage impertinent, wies aber dennoch mit der Spitze ihres Sonnenschirms auf die schmale Gasse, die zwischen zwei hohen Fachwerkhäusern ins Gängeviertel führte. »Ich – besuche eine alte Freundin.«

Daniel Ahrens starrte sie an. Sein Unterkiefer klappte herab. »Das kann ich nicht zulassen, Fräulein Clara. Ich soll gut auf Sie aufpassen, und dort«, er wies nun ebenfalls in die Richtung, »dort ist es für eine junge Dame gefährlich.«

»Nun, dann gehen Sie bitte an meiner Stelle. Ich beschreibe Ihnen den Weg. Fragen Sie nach Amelie. Sie ist – eine Freundin von mir.«

Daniel Ahrens schüttelte den Kopf. »Auch das wird nicht möglich sein. Ich kann Sie hier nicht ohne Aufsicht lassen.«

»Unsinn. Ich habe keine Angst.«

Sie dachte daran, wie sie gleich dort drüben überfallen worden war, und schauderte. »Ich sitze in einer Kutsche, da passiert mir nichts«, sagte sie laut, um sich selbst zu überzeugen.

»Aber Fräulein Clara, was wollen Sie denn tun, wenn die Pferde durchgehen? Die Stuten sind noch jung und schreckhaft. Die bleiben vielleicht nicht brav hier stehen und warten, bis ich zurück bin.«

Verflixt! Das hatte sie nicht bedacht.

Clara biss sich vor Enttäuschung auf die Lippen. Elisabeth hatte den Kutscher offensichtlich beauftragt, sie nicht aus den Augen zu lassen, und nun sah sie keine Möglichkeit, wie sie Amelie finden sollte. Sie blickte an sich hinunter. In dem eleganten Kleid wäre es ohnehin keine gute Idee gewesen, sich ins Gängeviertel zu wagen.

Ach, hätte sie doch nur besser nachgedacht!

Doch als sie heute endlich einmal ausfahren durfte, hatte sie es einfach nur eilig gehabt, herzukommen und nach Amelie zu schauen.

Angestrengt suchte sie nach einer Lösung, während Daniel Ahrens sich alle Mühe gab, die Pferde ruhig zu halten. Nach dem flotten Trab von Neumühlen bis hierher waren sie erhitzt und strebten vorwärts.

Clara kam zu einem Entschluss. Sie musste ein anderes Mal herfahren und dann planvoller vorgehen. Ihr würde schon etwas einfallen.

Sie klopfte mit dem Sonnenschirm gegen den Kutschbock.

»Es geht weiter«, sagte sie.

»Sehr wohl«, kam es erleichtert zurück. »Wieder nach Hause?«

Clara überlegte. Eine winzige Möglichkeit gab es noch, etwas über Amelie zu erfahren. »Nein, weiter bis zur Ellerntorbrücke.«

Vielleicht gelang es ihr ja, diesen Ewerführer aufzutreiben. Olaf Riesch. Er hatte gewiss Neuigkeiten von Amelie.

»Und lassen Sie die Pferde traben!«

»Mit Vergnügen«, gab Daniel Ahrens zurück und

schnalzte mit der Zunge. Rechts und links von ihnen stoben die Leute auseinander und riefen ihnen derbe Flüche nach. Daniel Ahrens lachte nur, und Clara war froh, als der Fahrtwind den grässlichen Gestank nach Unrat aus dem Gängeviertel vertrieb.

Als Clara den Anlegeplatz an der Ellerntorbrücke vor sich sah, wäre sie am liebsten noch während der Fahrt aus der Kutsche gesprungen. Ungeduldig wartete sie ab, bis Daniel die Pferde an einer etwas ruhigeren Stelle durchpariert und die Bremse festgezogen hatte. Dann sprang sie hinaus, schimpfte über ihren unförmigen Reifrock, der sie behinderte, geriet ins Stolpern, fing sich und lief los.

Als sie sah, wer da auf sie zukam, konnte sie es zunächst nicht glauben. Doch bevor sie es sich versah, lag sie laut schluchzend in Friederikes Armen.

Worte flogen hin und her, man versuchte, Erklärungen zu geben, und ließ es im nächsten Moment wieder sein. Es dauerte eine Weile, bis Clara die wichtigsten Dinge verstand: Friederike lebte jetzt in Altona bei ihrer Schwester Martha. Von Paul hatte auch sie nichts mehr gehört, er blieb verschwunden.

Clara spürte, wie sich ein Bleigewicht auf ihr Herz legte.

Paul.

Ihre einzige Hoffnung schwand dahin.

Sie hatte sich so sehr daran geklammert. Hatte gedacht, Paul würde sich zumindest mit seiner Familie in Verbindung setzen. Nun, es waren erst wenige Monate vergangen, seit sie selbst ihr Zuhause verlassen hatte. Clara zwang sich, ruhig zu bleiben. Sie musste fest daran glauben, dass er irgendwann bei Friederike auftauchen würde.

In Altona.

In einem Haus, das er nicht kannte.

Ein metallischer Geschmack breitete sich in ihrem Mund aus. Sie hatte sich die Innenseite der Wangen aufgebissen. Als sie die Lippen öffnete, um etwas zu sagen, strömte ihr der Geruch nach Blut in die Nase.

Friederike kam ihr zuvor. »Ich habe eine – Freundin von dir getroffen. Eine gewisse Amelie.«

»Amelie?«, fragte Clara verdutzt nach, froh, an etwas anderes als an ihren großen Kummer denken zu können. »Das kann ich nicht glauben.«

»Es ist aber so. Wir sind uns zufällig hier am Anlegeplatz begegnet.«

»Weil wir hier nämlich nach ...«, begann das Kind neben Friederike, wurde von dieser aber mit einer schnellen Handbewegung zum Schweigen gebracht.

Clara nahm an, es handelte sich bei der Lütten um eine von Friederikes Nichten.

»Lass die Dame in Ruhe, Cornelia«, sagte Friederike. »Du siehst doch, sie ist ganz durcheinander. Wir müssen sie nicht mit unseren Geschichten belästigen.«

»Was für Geschichten?«

»Wir suchen ...«, begann Cornelia.

»Niemanden!«, fuhr Friederike dazwischen.

Clara verstand gar nichts, aber da wurde sie von einer Bewegung hinter Friederikes breitem Rücken abgelenkt. Daniel Ahrens macht zwei Schritte auf eine Person zu und baute sich drohend vor ihr auf. »Sie verschwinden besser gleich wieder!«

»Von dir lass ich mir gar nichts sagen, du oller Aufschneider!«, gab Amelie zurück, wich ihm aus und kam auf Clara zu.

In den Augen des Kutschers entdeckte Clara pures Entsetzen, meinte aber auch eine gewisse Verzauberung gesehen zu haben. Sie war jedoch viel zu glücklich, Amelie gefunden zu haben, um länger darauf zu achten.

»Ich habe nach dir gesucht«, sagte sie und fasste Amelie bei den Händen.

Friederikes missbilligendes Räuspern überhörte sie.

»Wie ... wie geht es Tine?«

Amelies Kopfschütteln war Antwort genug.

Für einen Augenblick verstummte Clara und gedachte des Freudenmädchens, das ihr gemeinsam mit Amelie geholfen hatte. Dann sagte sie: »Ich nehme dich mit nach Neumühlen. Es wird dir dort gutgehen.«

Amelie schaute sie ungläubig an, während es nun der Kutscher war, der sich umständlich räusperte.

»Nur keine Sorge, Daniel«, beruhigte ihn Clara. »Elisabeth wird damit einverstanden sein.«

Sie war sich dessen zwar gar nicht so sicher, aber sie ahnte, wenn sie Amelie jetzt wieder aus den Augen verlor, war es vielleicht für immer.

»Und du, Friederike, gibst mir die Adresse deiner Schwester in Altona. Meine Gastgeberin braucht leider keine neue Mamsell, aber ich werde dich einmal besuchen kommen, und dann erzähle ich dir alles, was geschehen ist.«

Sie sah von einem zum anderen und überlegte es sich noch einmal anders. »Ich habe einen besseren Einfall. Daniel, wir fahren jetzt heim, aber zuerst bringen wir Mamsell Friederike und – Cornelia nach Hause.«

»Das ist aber ein großer Umweg«, gab der Kutscher zu bedenken. Ihm missfiel eindeutig, was hier geschah.

»Deine Pferde sehen aber groß und stark aus«, sagte Amelie zu ihm, »und du auch. Ich glaube, du schaffst das.«

Daniel machte ein Gesicht wie jemand, der nicht wusste, ob er auf die Schippe genommen wurde, doch schien ihn Amelies süße Stimme einzulullen, und so half er zunächst Friederike und dann den anderen in die Kutsche.

Als sie nun in flotter Fahrt unterwegs waren, dachte Clara darüber nach, was Cornelia ihr wohl hatte sagen wollen, bevor Friederike sie daran hinderte. Nun, sie würde schon noch irgendwann dahinterkommen.

19

Claras Werkstatt in der Villa Bardenstein war vom sommerlich satten Duft Tausender Rosenblüten erfüllt. Er drang nebenan durch die große Küche und zog von dort aus in die Wohnräume weiter.

»Du meine Güte!«, rief Elisabeth aus. Sie betrat den weiß verputzten Raum und betrachtete die Körbe voller Blüten in allen Rotschattierungen. »Ich vermute mal, dass ich die längste Zeit einen Rosengarten besessen habe. Und dabei haben wir erst Juni!«

Clara senkte den Kopf. »Es tut mir leid, ich wollte nur …«

»Schon gut.« Elisabeth winkte ab und ließ sich auf einen Schemel fallen, den einzigen Platz, der nicht mit Körben zugestellt war.

»Nun, da bedaure ich es fast, dass wir ein so schönes und mildes Frühjahr hatten. Nach einem kalten und eisigen Mai hätten meine Rosen es nicht gewagt, jetzt schon zu blühen.«

Sie ließ einige Blüten durch die Finger rieseln. »Ich hätte mich auf einem romantischen Spaziergang noch eine Weile an den Knospen erfreuen können.«

Clara lächelte. »Du machst keine romantischen Spaziergänge. Du arbeitest von früh bis spät.«

Elisabeth verzichtete auf einen Kommentar.

»Ich nehme mal an, du hattest dabei eine Verbündete?«

»Amelie hat mir geholfen«, gab Clara zu. Dann vergaß sie ihr schlechtes Gewissen und verschränkte die Arme vor der Brust. »Die Rosen wachsen wieder nach, liebste Elisabeth, aber du weißt, ich muss noch so viel lernen.«

Aufmerksam studierte sie das Gesicht der älteren Freundin und atmete auf, als sie keinerlei Missbilligung darin entdeckte.

Diskussionen hatte es schon mehr als genug zwischen ihnen gegeben.

Seit sie im Frühjahr vor einem Jahr damit begonnen hatten, die Bücher der Familie Leclerc und das Notizheft ihres Vaters mit den Rezepturen zu übersetzen, war Clara wild entschlossen, jeden einzelnen Arbeitsschritt zur Parfumherstellung selbst auszuprobieren.

»Was deine Vorfahren noch betrieben haben, ist heute aber nicht mehr vonnöten«, erklärte Elisabeth immer wieder. »Schon dein Vater schrieb, er habe nur noch mit bereits fertigen Duftessenzen gearbeitet, um ein Parfum zu entwickeln. Und ich habe mich erkundigt. In Paris gibt es einen hervorragenden Exporteur von Ölen, Tinkturen und Essenzen sämtlicher Blumendüfte.«

Sodann zählte sie auf, dass dieser Händler auch aromatische Düfte wie Lavendel und Rosmarin, Zitrusdüfte wie Orange und Zitrone und sogar die selbst in Paris zurzeit wenig geschätzten tierischen Duftstoffe wie Moschus, Ambra und Zibet auf Lager habe. »Es heißt ja, die vornehme Pariserin lehne neuerdings jegliches schwere, animalische Odeur grundsätzlich ab. Leichtigkeit und Frische sollen groß in Mode sein. Und was für die Pariserin gut ist, das gilt wohl für die Hamburgerin allemal. Ich selbst benutzte ja auch nur hin und wieder einen Tropfen Kölnischwasser. Wie dem auch sei. Du musst die Essenzen wirklich nicht selbst herstellen. Wir können alles aus Paris kommen lassen.«

Clara hatte nicht mit sich reden lassen. Während sie mehr als ein Jahr lang vormittags von Hauslehrern in Fächern wie Französisch, Mathematik, Chemie und Botanik unterrichtet wurde und dabei Wissen in sich aufsog wie eine Wüstenblume das erste Wasser nach langer Trockenheit, begab sie sich am Nachmittag und am Abend auf die Spuren ihrer Vorfahren.

Sie presste Blüten und Samen, filterte die Duftstoffe heraus, vermischte sie mit Alkohol, probierte weiter und experimentierte voller Freude in der Werkstatt, die Elisabeth ihr hatte einrichten lassen.

Sogar ein kleines Gewächshaus ließ die Reederin bauen, und ein junger Botaniker pflanzte dort fachmännisch Orangen- und Zitronenbäume ein. Einige der Bäumchen überlebten die Umsiedlung aus einer großen Orangerie in Hamburg nicht, die meisten hingegen wuchsen an, trieben Blüten und beschenkten Elisabeth und Clara inzwischen mit kleinen Früchten. An ihnen hatte Clara das Verfahren der Expression ausprobiert, das in einem der französischen Bücher beschrieben wurde. Dazu hatte sie die Schalen der Früchte gelöchert und ausgepresst. Die gewonnene Flüssigkeit wurde dann durch feuchte Papiere gefiltert, um das Duftöl von den wasserlöslichen Bestandteilen zu trennen.

Ganze Nächte hindurch hatte sie sich mit diesem Verfahren vertraut gemacht. Seit Clara ein deutliches Ziel vor Augen hatte, ließ sie sich von niemandem von ihrem Weg abbringen.

Auch nicht von Elisabeth.

Und dieser Weg hieß für sie: Selbst üben, den handwerklichen Teil beherrschen, bevor sie sich an die Komposition eines Duftes wagte. Sie war fest davon überzeugt, dass sie nur dann eine gute Parfumeurin werden konnte, wenn sie jeden einzelnen Arbeitsschritt kannte.

»Solange du in meinem Garten keine Lavendelfelder anlegen willst«, bemerkte Elisabeth einmal mit einem resignierenden Schulterzucken, »kannst du tun und lassen, was du möchtest.«

»Lavendel wächst in unserem rauen Klima nicht. Er braucht Sonne und Wärme. Aber vielleicht können wir das Gewächshaus vergrößern, und …«

Weiter war Clara nicht gekommen, denn da hatte Elisabeth schon aufgestöhnt und war mit der Bemerkung, sie werde dringend auf der Werft erwartet, regelrecht vor ihr geflüchtet.

Clara war der älteren Freundin unendlich dankbar. Seit bald anderthalb Jahren, seit sie abgerissen und verzweifelt bei ihr aufgetaucht war, scheute Elisabeth keine Kosten und Mühen, um ihr zu helfen.

Irgendwann einmal, das schwor sich Clara, würde sie ihr doppelt und dreifach zurückgeben, was sie von ihr bekommen hatte. Zwar schüttelte Elisabeth nur den Kopf, wenn Clara so etwas einmal erwähnte, und meinte, sie täte all dies zum Andenken an ihre einstige Freundin Wiebke.

Claras Entschluss jedoch stand fest. Denn trotz aller Großzügigkeit und Freundschaft hegte sie noch immer

Zweifel an Elisabeths Absichten. Noch immer gab es da eine Stimme in ihrem Innern, die ihr riet, auf der Hut zu bleiben.

Nun, mit der Zeit würde sich alles finden, da war Clara zuversichtlich.

Schon widmete sie sich dem nächsten althergebrachten Verfahren zur Gewinnung von Duftölen, der Enfleurage. Auch dies hatten ihre Vorfahren im fernen Südfrankreich noch selbst praktiziert. So strich sie streng nach Anleitung reines Schweine- und Rinderschmalz auf eine in einem Holzrahmen eingelassene Glasplatte. Darauf streute sie Veilchenblüten, die im Laufe der nächsten Stunden ihre Duftstoffe an das Fett abgaben. Sodann ersetzte Clara die alten Blüten durch neue. Nach dieser Geduldsprobe gelang es ihr, durch die Zugabe von Alkohol einige wenige Tropfen Veilchenduft zu gewinnen. Das Ergebnis von einer Woche harter Arbeit sammelte sich zwar lieblich duftend, aber nahezu unsichtbar auf dem Boden eines Flakons vom Durchmesser ihres Daumens.

Clara hatte nun erneut eine Ahnung davon bekommen, wie schwer und zeitaufwendig die Arbeit eines Parfumeurs einst gewesen war. Sie war kurz davor, aufzugeben und Elisabeth zu bitten, diesem Pariser Exporteur zu schreiben. Ihr war längst klar, dass sie niemals imstande sein würde, genügend Essenzen selbst herzustellen.

Trotzdem. Es war die richtige Entscheidung gewesen, sich auch die praktischen Fähigkeiten ihrer Vorfahren anzueignen, und ein Verfahren gab es noch, das sie unbedingt probieren wollte. Dieses Verfahren war eine Verbesserung der Enfleurage und hieß Mazeration. Sobald Clara diese Prozedur beherrschte, würde sie sich bereit fühlen, mit eingekauften Essenzen ein erstes Parfum zu mischen – nach den Rezepturen ihres Vaters und mit der von ihm ererbten Fähigkeit, feinste Duftnuancen zu unterscheiden.

Für die Mazeration brauchte sie Rosenblüten, sehr viele Rosenblüten. Alle, die Elisabeths liebevoll angelegter Garten hergab.

Und Clara mochte jetzt nicht mit ihr streiten. Heute war sie fest entschlossen, das zu wagen, wovor sie sich am meisten fürchtete. Sie hatte gehofft, genügend Zeit zu haben, bevor Elisabeth aus dem Kontor der Reederei zurückkehrte. Aber das Sammeln der Blüten war trotz Amelies fleißiger Hilfe ein langwieriges Unterfangen gewesen. Sehr früh am Morgen hatten sie damit begonnen, trotzdem war es nun fast schon Abend.

»Der Rosengarten ist mir gleich«, erwiderte Elisabeth nach einer Weile mit einem nachsichtigen Schulterzucken. »Viel mehr Sorge macht mir, was du da vorhast.« Sie deutete auf ein Streichholz in Claras Hand.

»Es – muss sein«, gab sie gepresst zurück. Ihre Augenlider flatterten, die Hand mit dem Streichholz zwischen Daumen und Zeigefinger zitterte, aber ihr Rücken war straff wie ein Bogen gespannt.

Auf ihre Bitte hin hatte Elisabeth im vergangenen Winter in Claras Werkstatt auch einen Kochherd mauern lassen. Bislang war dieser noch nicht benutzt worden, und Mamsell Wilhelmine hatte schon ein paarmal über Claras Verschwendungssucht geschimpft. Ließ sich die Deern einen großen, modernen Herd bauen, der gewiss viel besser zog als der alte in ihrer Küche! Der blies ihr nämlich gern mal Rauchschwaden ins Gesicht, gerade, wenn sie eine

Suppe umrühren oder einen Braten begießen wollte. Als ob er es bewusst auf sie angelegt hätte. So kam es Wilhelmine manchmal vor.

Und nun dieser wunderbare neue Kohleherd für Clara, obwohl doch jedermann wusste, dass sie schon vor einer harmlosen Kerze Reißaus nahm.

Eine Verschwendung!

Jawohl!

Und Wilhelmines Empörung hatte selbstverständlich nichts damit zu tun, dass Clara so gar keine Zeit mehr für sie hatte. Nun, vielleicht ein ganz kleines bisschen. Das junge Fräulein hockte ja nur noch über seinen Büchern oder machte geheimnisvolle Experimente in seiner Werkstatt, die es manchmal erst in den frühen Morgenstunden verließ, um noch eine Mütze Schlaf zu bekommen. Eines der Küchenmädchen, das noch vor Sonnenaufgang seinen Dienst antreten musste, hatte der Mamsell davon erzählt.

Ein netter Klönschnack, so wie früher?

Vorbei.

Ein Rat, wie der Hackbraten noch einen Hauch würziger werden konnte?

Vorbei.

»Das musst du verstehen, Wilhelmine«, sagte dann Amelie, die sich wiederum ausgesprochen gern in der großen, heimeligen Küche aufhielt. »Unsere Clara, die wird jetzt eine weltberühmte Parfumeurin. Die muss lernen, lernen und nochmals lernen.«

Wilhelmine dachte gar nicht daran, darauf etwas zu erwidern.

Amelie war im Gegensatz zu Clara in der Küche nicht

sonderlich gern gesehen. Die stopfte nämlich alles in sich hinein, was nicht niet- und nagelfest war. Bei dem, was sie so verdrückte, hätte sie längst so wohlgerundet wie die Mamsell selbst sein müssen, aber die Deern wirkte immer noch zu dünn und zu klein für ihr Alter.

Wenigstens war sie jetzt züchtig gekleidet und zurechtgemacht. Sämtliche Dienstboten in der Villa Bardenstein hatten vor Entsetzen die Luft angehalten, als Clara damals mit dem ... dem ... nun ja, mit dem Freudenmädchen aus der Kutsche gestiegen war.

Noch am Morgen war sich das Personal im Souterrain darüber einig gewesen, es würde Clara guttun, einmal auszufahren. Konnte ja niemand ahnen, was dabei herauskommen würde. Na, das Fräulein Elisabeth brauchte nur am Abend heimzukommen. Dann würde diese ... Person ... hochkantig aus der Villa fliegen.

Amelie blieb.

Zur Überraschung aller gab Elisabeth nach einer langen Unterredung mit Clara bekannt, das Mädchen Amelie werde vorerst in ihrem Hause bleiben. Das Murren der Dienstboten überhörte sie dabei geflissentlich.

In der Küche sprach man davon, den Dienst zu quittieren, so empört war man. Aber niemand setzte seine Drohung in die Tat um. Zu Hause im Holsteinischen wartete eine hungernde Familie auf die eine Courantmark, die das Stubenmädchen im Monat schicken konnte; die alte, blinde Mutter der Mamsell lebte von den Essensresten, die diese ihr mitbrachte. Und der Diener, ach ja, der hatte hochfliegende Pläne von einer eigenen kleinen Wirtschaft in St. Pauli. Wenn er noch zehn Jahre lang jeden Schilling sparte, dann konnte er es schaffen.

So schluckte jeder Einzelne seine Empörung hinunter, man hatte ja keine Wahl.

Mit der Zeit gewöhnte man sich an Amelie, zumal sich diese, ganz ähnlich wie zuvor Clara, nützlich machte, wo sie konnte. Eine besonders feine Nase besaß sie zwar nicht, aber sie war äußerst geschickt mit Nadel und Faden, und wenn sie der Mamsell eine Schürze stopfte, dann sang sie dazu mit lieblicher Stimme ein Lied. Oder sie erzählte Geschichten von Liebe und Leidenschaft, die sie offenbar just in dem Moment erfand.

Früher oder später würde sie Wilhelmines Herz erweichen, so viel stand fest. Obwohl sie immer wieder einen Apfel, ein Stück Mandelkuchen oder gar ein ganzes, fertig gebratenes knuspriges Hühnchen stibitzte.

Nur der Kutscher mochte Amelie nach wie vor nicht leiden, darin waren sich fast alle übrigen Dienstboten einig. Der Daniel, also, der ging ihr aus dem Weg, wo er konnte, und bedachte die Deern hin und wieder mit einem zornigen Blick, bei dem es sogar der Mamsell eisig kalt den Rücken runterlief.

»Das ist die wahre Liebe«, behauptete das Stubenmädchen. »Er liebt sie, aber er will es nicht zugeben. Deswegen tut er so, als würde er sie hassen.«

»Du liest zu viele Schundromane«, gab Wilhelmine kopfschüttelnd zurück.

Die anderen waren da ganz ihrer Meinung. Der brave Daniel, erstgeborener Sohn eines Tischlers, und die ehemalige Dirne Amelie?

Niemals!

Da war es ja fast noch wahrscheinlicher, dass ihr Fräulein Elisabeth Bardenstein den freundlichen Herrn Wichern ehelichte! Der tauchte nämlich neuerdings ziemlich oft in der Villa Bardenstein auf.

Ein feiner Herr, fürwahr!

Er käme jedoch nur aus rein geschäftlichen Gründen, behauptete der Diener. Von einer Romanze zwischen ihm und Fräulein Elisabeth könne keine Rede sein.

Der weibliche Teil des Personals tauschte dann vielsagende Blicke. Besonders die jüngeren Frauen bekamen glänzende Augen.

Ach, das wäre etwas! Dass Fräulein Elisabeth doch noch unter die Haube kam!

Ach, ein Fest in der Villa Bardenstein! Ein Hochzeitsessen, ein Ball, viele feine Herrschaften, die sich hier in Neumühlen die Ehre gaben, ganz so wie früher, und ...

»Und ein Haufen Arbeit«, unterbrach Mamsell Wilhelmine dann Träumereien dieser Art. »Außerdem ist es sowieso alles Unfug. Fräulein Elisabeth ist ... nun ja ... aus dem Alter raus, in dem man heiratet.«

Clara hingegen, oh ja, ihr wünschte Wilhelmine von ganzem Herzen einen Bräutigam, der sie auf Händen trug und ihr vor allem diese ganzen Flausen aus dem Kopf trieb. Das Fräulein Clara sollte eine glückliche Hausfrau und Mutter werden, wie es sich gehörte für jemanden ihres Standes. Ein Kaufmann oder ein Reeder wären schon recht. Zu schade, dass der Herr Wichern zu alt für sie war.

So oder so, das Fräulein sollte sich nicht wie ein Mannsbild aufführen.

Parfum!

Wilhelmine schnaubte abfällig durch die Nase. Clara wollte Parfums erfinden? Und wozu?

Frauen, die sich mit Duftwässerchen beträufelten, waren der Mamsell von jeher suspekt gewesen. Ihrer Meinung nach hatten die einfach keine Lust, sich zu waschen. Eine Frau hatte höchstens nach Kernseife zu riechen, oder, wie Fräulein Elisabeth, nach ein wenig Kölnischwasser.

Ein zweites Schnauben folgte.

»Igitt«, sagte Amelie und wandte sich ab.

Wilhelmines dicke Wangen färbten sich tiefrot. Sie hätte sich nicht so gehen lassen dürfen vor dieser dahergelaufenen Dirne!

»Der Speckkuchen ist nicht für dich gedacht«, wies sie Amelie zurecht, die sich gerade eine dicke Scheibe von dem herzhaften Gebäck in den Mund stopfte. Mit einiger Mühe gelang es ihr, ein Lächeln zu unterdrücken. Eine dahergelaufene Dirne, ja, sicher. Aber auch ein Kind mit gesegnetem Appetit.

»Ich habe den ganzen Tag lang Rosenblätter gezupft«, gab Amelie mit vollem Mund zurück. »Mir ist schon ganz schlecht vor Hunger.«

Wilhelmine legte sich eine heftige Erwiderung zurecht, aber noch bevor sie den Mund aufmachte, hörte sie nebenan in der Werkstatt einen hohen, spitzen Schrei.

»Lieber Gott im Himmel!«, stieß sie aus.

Amelie wirbelte herum und durchquerte die Küche mit drei, vier langen Schritten.

Wilhelmine folgte ihr schwerfällig.

Als sie beide gleichzeitig in die Werkstatt drängten, blieben sie in der Tür stecken.

»Du erdrückst mich!«, japste Amelie.

»Geh doch zur Seite«, schnaufte Wilhelmine.

Es dauerte einen Moment, bis die beiden sich voneinander befreit hatten.

Dann schlug Wilhelmine vor Schreck die Hände vors Gesicht, während Amelie plötzlich furchtbar husten musste.

20

Clara schrie noch einmal auf und ließ das brennende Streichholz fallen. Es erlosch, als es den Steinboden berührte. Sie holte tief Luft, nahm das nächste aus der Schachtel und zündete es an.

Wieder schoss die kleine Flamme hoch. Wieder schien sich eine Feuerwand vor ihr aufzubauen, wieder hörte sie Hinrich nach ihr rufen.

Der Schrei blieb diesmal in ihrer Kehle stecken. Auch dieses Streichholz fiel zu Boden.

»Clara«, hörte sie wie aus weiter Ferne jemanden sagen. »Hör auf damit.«

Elisabeth?

Wie kam sie auf den Dachboden?

Mit schier übermenschlicher Anstrengung zwang Clara ihren Geist, in die Werkstatt zurückzukehren.

In der Tür drängten sich eine dicke und eine magere Frau. Die Gestalten verschwammen vor ihren Augen. Eine von ihnen hustete. »Mir ist der verflixte Speckkuchen im Hals steckengeblieben.«

Amelie!

Ihre Sicht wurde klarer.

Sie schaute sich um. Dort auf dem weißgescheuerten Arbeitstisch lagen zwanzig Pfund kleingeschnittener Rindertalg. Dieselbe Menge befand sich bereits in einem großen gusseisernen Topf auf dem Herd. Sobald der gesamte Talg heiß genug war, wollte Clara die Rosenblüten hineinstreuen und mehrere Stunden auskochen. Ihre Duftstoffe wurden erst bei höheren Temperaturen freigesetzt, daher kam die kalte Enfleurage nicht in Frage.

Auch hierbei mussten die alten Blüten mehrere Male herausgefiltert und durch neue ersetzt werden, und am Ende musste Clara die Duftstoffe wieder mit Alkohol aus dem Fett lösen. Sie ahnte, sie würde nur wenige Tropfen Rosenessenz gewinnen, und doch war sie entschlossen, auch dieses Verfahren selbst auszuprobieren. Und sie wusste: Dazu gehörte, dass sie Feuer machte. Selbstverständlich hätte sie jemanden darum bitten können. Amelie, eines der Küchenmädchen oder Wilhelmine. Alle waren daran gewöhnt. Keine hätte ihr diese einfache Bitte abgeschlagen. Doch an diesem Morgen war Clara mit dem festen Entschluss erwacht, ihre alte Angst zu überwinden. Den ganzen Tag lang, während sie zusammen mit Amelie die Rosenblüten pflückte, hatte sie sich selbst in diesem Entschluss bestärkt.

Es war an der Zeit, so dachte sie, die Furcht endgültig hinter sich zu lassen.

Im Herd lag schon die Kohle bereit, und wenn sie jetzt nicht damit begann, ihn zu heizen, würde es Nacht werden, bevor die Hitze groß genug war, um den Talg zu schmelzen.

Sie musste nur ein brennendes Streichholz an das Reisig halten. Sodann konnte das Feuer auf das Anzündholz überspringen und sich kräftig in die schwarzen Kohlebrocken fressen.

»Ich kann das für Sie erledigen, Fräulein Clara. Mache

ich jeden Tag, ist 'ne Kleinigkeit für mich«, sagte Wilhelmine diensteifrig.

»Und ich helfe dabei«, bot sich Amelie an. »Das Fett da soll geschmolzen werden? Und dann in diese komische Wanne? Die Mamsell und ich machen das.« Beide drängten sich vor, während Elisabeth zögernd von ihrem Schemel aufstand und neben einem der prall gefüllten Blumenkörbe stehen blieb.

»Nein!«

Sie schrie schon wieder.

Alle zuckten zusammen.

Noch jemand betrat die Werkstatt. Ein großgewachsener Mann.

Clara blinzelte.

Paul?

Paul war hier bei ihr?

Nach all den Jahren. Nach all der Sehnsucht.

Sie zog es vor, nicht genau hinzuschauen. Ihr Blick senkte sich auf ihre Hände. Sie nahm ein neues Streichholz aus der Schachtel, zündete es an, hielt es fest.

Ganz fest.

Die Feuerwand.

Hinrich.

Nein, da war nichts. Nur eine kleine Flamme, die am Hölzchen entlang auf ihre Finger zuwanderte.

Clara lächelte.

Jemand schlug ihr das Streichholz aus der Hand.

»Du sollst die Kohle im Herd anzünden, nicht dich selbst«, sagte Amelie.

Die anderen, auch der Mann im Türrahmen, hatten scharf die Luft eingesogen.

»Komm, gib mir die Streichhölzer.« Amelie hielt die Hand auf. Ihre Haut roch nach gebratenem Speck.

»Nein.« Clara schrie nicht. Sie sprach ganz ruhig. Ihr Lächeln wurde schmal, löste sich auf. »Nein, ich mache es allein.«

Immer noch die Gestalt im Türrahmen.

Ein Schemen.

»Eines Tages«, so sagte der Paul ihrer Erinnerung, »eines Tages wirst du keine Angst mehr vor Feuer haben. Du bist stark, meine kleine Rose. Viel stärker, als du denkst.«

Sie hörte ihn ganz deutlich.

Elisabeth, Amelie und Wilhelmine hingegen schauten Clara unverwandt an. So, als hätte niemand gesprochen; als lauschten sie nur ihren eigenen Atemzügen und den pochenden Herzen.

Ein neues Streichholz. Das Ratschen auf der Reibefläche, laut wie ein Peitschenknall.

Die kleine, harmlose Flamme. Sie flackerte, als habe sie Angst, gleich erlöschen zu müssen.

Clara hielt die Luft an. Beinahe hätte sie die Flamme ausgepustet.

Sie drehte sich langsam zum Herd. Hinter der offenen Ofenklappe wartete das Reisig. Sie hielt das Streichholz daran, schaute zu, wie die kleine Flamme übersprang und sich vor Stolz aufblähte.

Wärme legte sich auf ihre Stirn, ihre Nase, ihre Wangen, ihren Mund.

Wärme. Keine brennende Hitze.

Claras Lächeln kehrte zurück. Etwas in ihr, das zerbrochen gewesen war, begann zu heilen.

Zaghaft. Bereit, jederzeit erneut zu schmerzen. Nicht bereit, die ganze Wahrheit preiszugeben.

Clara verspürte Demut.

Und Dankbarkeit.

»Jetzt mach hier mal zu, sonst war deine ganze Anstrengung umsonst.« Amelie drängte sie zur Seite, blies ein paarmal auf das Feuer und schloss dann die Ofenklappe. »So, fertig.«

Sie richtete sich auf. Clara ließ sich hochziehen und fühlte sich auf einmal ganz schwach in den Knien. Elisabeth kam zu ihr und drückte sie auf den Schemel, auf dem sie selbst eben noch gesessen hatte.

»Ruhe dich einen Moment aus.«

»Wilhelmine«, wandte Amelie sich an die Mamsell. »Hast du noch was von deinem Mirabellenschnaps da? Ich glaube, unsere Clara könnte jetzt einen Schluck gebrauchen. Und ich auch.«

»Wir alle«, stimmte Elisabeth ihr zu. »Auf den Schrecken.«

»Auf den Sieg«, korrigierte Amelie.

»Guten Abend, meine Damen«, sagte der Schemen im Türrahmen und deutete eine Verbeugung an. Dabei geriet sein Antlitz in den Lichtschein der Petroleumlampen an den Wänden. »Darf ich fragen, warum Sie alle so aufgeregt sind?«

Clara schaute auf.

Friedrich.

Nicht Paul.

Niemals Paul.

Nie mehr.

Sie seufzte tief auf.

»Bitte entschuldigen Sie mein Eindringen. Aber Ihr Diener hat gesagt, ich würde Sie hier finden.«

Elisabeth ging auf den Besucher zu und reichte ihm lächelnd die Hand zum Kuss. »Guten Abend, Herr Jensen. »Was verschafft uns die Ehre Ihres Besuchs?«

»Nun, ich war zufällig in der Gegend und dachte, ich schaue mal nach den Orangenbäumen.« Sein Blick lag dabei auf Clara. »Wenn ich ungelegen komme ...«

»Aber ganz und gar nicht«, beeilte sich Elisabeth zu versichern. »Nicht wahr, Clara? Wir freuen uns immer, wenn Herr Jensen vorbeischaut.«

»Ja«, murmelte Clara. Dann gab sie sich einen Ruck. »Die Bäume gedeihen sehr gut. Möchten Sie das Gewächshaus besichtigen?«

»Das eilt nicht.«

In der Zwischenzeit hatte Wilhelmine die Werkstatt verlassen und kehrte nun mit einem Tablett zurück, auf dem eine Flasche mit ihrem selbstgebrannten Mirabellenschnaps und einige Gläser standen.

Während sie zusah, wie die helle Flüssigkeit eingeschenkt wurde, dachte Clara daran, wie erschrocken sie gewesen war, als sie Friedrich Jensen das erste Mal gesehen hatte.

Es war im vergangenen Herbst im Botanischen Garten am Hamburger Dammtor gewesen. Clara hatte an jenem schönen, sonnigen Tag Amelie mit zu einer Ausfahrt genommen, nachdem sich diese beklagt hatte, sie fühle sich in der Villa wie eine Gefangene.

»Du hast mich gerettet, Clara, und ich werde dir mein Leben lang dankbar sein. Ohne dich würde ich längst irgendwo in der Gosse liegen. Aber ich muss mal hier raus und andere Gesichter sehen.«

Dafür hatte Clara durchaus Verständnis gehabt, war es ihr doch vor nicht allzu langer Zeit ganz ähnlich gegangen. Also bat sie Daniel Ahrens, die Pferde anzuspannen. Elisabeth ließ ihr inzwischen alle Freiheit.

Während der Fahrt nach Hamburg zog Amelie hinter dem Rücken des Kutschers Grimassen, aber Clara achtete nicht weiter auf sie. In Gedanken war sie bei ihrem Unterrichtsstoff, und sie freute sich darauf, im Botanischen Garten ihre Studien an den Blumen und anderen Pflanzen zu vertiefen.

Als sie später untergehakt über den breiten Sandweg schlenderten, hielt Clara ihrer jungen Freundin einen langen Vortrag über Liliengewächse.

Amelie schien nicht richtig zuzuhören. Auf einmal platzte sie mit dem Vorschlag heraus: »Lass uns auf der Rückfahrt deine frühere Mamsell besuchen.«

»Friederike?«

Amelie grinste schief. »Ja, wen sonst?«

»Das ... ist keine gute Idee.«

»Wieso nicht? Sie war doch so glücklich, dich wiederzufinden, und du auch.«

»Das stimmt schon«, gab Clara zu. »Aber ich glaube, es ist ihr nicht recht, wenn ich zu oft bei der Familie ihrer Schwester in Altona vorfahre.«

»Wann warst du denn zuletzt dort?«

»Nun, lass mich nachdenken. Im August.«

»Das ist über einen Monat her. Nicht gerade oft, finde ich.«

Clara nickte. Amelie hatte ja recht. Sie selbst hätte Friederike gern jede Woche besucht, auch in der Hoffnung, die treue Mamsell möge Neuigkeiten von Paul haben.

Aber sie spürte, dass Friederikes Schwester Martha sie nicht gern bei sich sah. Ob es daran lag, dass Clara sie an ihr einstiges Elend im Kellerloch erinnerte, oder ob sie ihr nach wie vor die Schuld am Verschwinden ihres Ältesten gab, war schwer auszumachen. So oder so begegnete sie Clara mit offensichtlichem Missfallen.

Inzwischen hatte Clara von Amelie erfahren, dass Friederike im Frühjahr am Anlegeplatz bei der Ellerntorbrücke auf der Suche nach ihrem Neffen gewesen war. Und Friederike selbst hatte ihr bei ihrem letzten Besuch in Altona erklärt, sie habe Clara nicht noch mehr durcheinanderbringen wollen. Sie müsse wahrhaftig schon genug durchmachen. Deshalb habe sie ihr zunächst nichts davon sagen wollen. Und überhaupt, gewiss habe ihre Nichte Cornelia nur fantasiert, als sie dachte, den großen Bruder gesehen zu haben.

Darin hatte Clara ihr sogar zugestimmt. Sie selbst bildete sich ja auch manchmal ein, Paul zu erblicken. Und niemals war er es wirklich.

Einzig die Geschichte mit den aufgemalten Rosen am Bug der Schuten hatte Clara nachdenklich gestimmt. Als sie jedoch erfuhr, dass es ein gewisser James Roberts war, der seine Boote derart verschönerte, verlor auch sie alle Hoffnung.

Paul Dallmann blieb verschwunden.

Ihre Schwester solle von all dem ohnehin nichts erfahren, erklärte Friederike noch. Für sie sei der Sohn gestorben. Punktum.

Dann war Martha mit der kleinen Mathilde auf dem Arm hinzugekommen, und Friederike hatte schnell von etwas anderem geredet.

»Bestimmt fehlst du ihr schon ganz schrecklich«, sagte Amelie. »Ich glaube, sie liebt dich wie eine eigene Tochter.«

Clara staunte über Amelies gute Beobachtungsgabe. Nun, da sie nicht mehr ums tägliche Überleben kämpfen musste, entwickelte sie sich zu einer klugen jungen Frau, die zwar die Vergangenheit nicht ungeschehen machen konnte, aber entschlossen war, sich eine bessere Zukunft zu erkämpfen. Auch ihre Augen hatten viel von dem alten müden Blick verloren. Sie schauten jetzt fröhlicher in die Welt. Beinahe zuversichtlich.

»Ich werde bald mal zu Friederike fahren«, versprach Clara. »Aber nicht heute.«

»Weil ich dabei bin.«

»Unsinn.«

»Es könnte sich ja jemand durch meine Anwesenheit belästigt fühlen.«

»Hör auf damit.«

»Ein Freudenmädchen kann noch so tugendhaft werden. Es bleibt doch immer …«

»Amelie!«

Clara hob die freie Hand, um die Freundin sanft zu schütteln, vergaß dabei aber, dass sie ihr Skizzenbuch unter dem Arm eingeklemmt trug. Es fiel zu Boden, und einige Zeichnungen rutschten heraus.

Jemand eilte herbei, um die losen Blätter aufzusammeln. »Ein Lilium bulbiferum«, sagte eine tiefe Männerstimme und betrachtete eingehend die Zeichnung einer Feuerlilie. »Durchaus gelungen.«

»Eher stümperhaft«, gab Clara errötend zurück, während sie weitere Blätter, die Amelie ihr reichte, rasch wieder in ihr Skizzenbuch steckte. »Ich bin ganz gewiss keine begnadete Künstlerin.«

»Sondern?«

Endlich sah sie auf.

Ihr stockte der Atem.

Paul.

Kurz schloss sie die Lider, hörte, wie der Mann besorgt fragte: »Geht es Ihnen nicht gut, wertes Fräulein?«

Es war nicht Pauls Stimme.

Sie schaute ihn wieder an, genauer diesmal. Ja, er war so groß wie Paul, und sein Haar war dunkel. Aber die Augen standen zu dicht beieinander, die Nase war länger, der Mund schmaler.

Wieder einmal hatte sie sich dem unsinnigen Traum hingegeben, in einem fremden Mann ihren Paul wiederzufinden. Diesmal jedoch, das sah sie auch auf den zweiten Blick, war die Ähnlichkeit stärker als je zuvor.

»Clara? Ist alles in Ordnung mit dir? Deine Hände sind ja eiskalt.«

»Mir geht es gut, danke«, erwiderte sie.

Ein Teil von ihr hoffte inständig, der Mann möge ohne einen Gruß weitergehen, ein anderer Teil wünschte, er würde bleiben.

Nun lüftete er seinen Zylinder und verbeugte sich leicht. »Darf ich mich vorstellen? Doktor Friedrich Jensen, geboren in Berlin, aber seit zwei Jahren in Hamburg ansässig.«

»Oh, ein Doktor«, freute sich Amelie.

»Dann können Sie ja meiner Freundin zur Seite stehen. Die fällt leicht mal in Ohnmacht.«

»Red keinen Unfug«, wies Clara sie zurecht.

Friedrich Jensen lächelte und sah dabei Paul noch ein

wenig ähnlicher. »Ich bedauere außerordentlich, aber ich bin leider nur ein Doktor der Botanik.«

»Wunderbar«, meinte Amelie schnell. »Meine Freundin hier redet von morgens bis abends nur noch über Grünzeug. Bestimmt haben Sie sich viel zu erzählen.«

Da Clara ihre große Liebe offenbar nicht wiederfinden konnte, war Amelie zu der Überzeugung gelangt, sie müsse ihrem Glück endlich auf die Sprünge helfen. Darin war sie sich mit Wilhelmine einig. Clara gehörte unter die Haube, nur dann würde sie ihren Paul vergessen und ein pflichtgetreues Leben als Gattin und Mutter führen. Für sich selbst zog Amelie eine solche Möglichkeit nicht in Betracht. Sie sei ja nicht dumm, hatte sie Clara einmal erklärt. Kein rechtschaffener Mann werde sich mit einer ehemaligen Dirne abgeben.

Clara hatte ihr widersprechen wollen, aber ihr war kein überzeugendes Argument eingefallen.

»Ich bin Amelie Kruse«, sagte ihre junge Freundin nun. »Und das ist Fräulein Clara Vogt.«

»Sehr angenehm.«

Clara reichte ihm ihre behandschuhte Hand, und er hauchte einen Kuss darauf.

Amelie entschied sich zu einem Knicks, der nicht besonders tief geriet, jedoch von Friedrich Jensen mit einer erneuten Verbeugung erwidert wurde.

Sodann wandte er sich an Clara. »Darf ich die Damen auf den Schrecken zu einer Erfrischung einladen? Es gibt ein sehr gepflegtes neues Teehaus gleich drüben beim Dammtor. Es wäre mir ein außerordentliches Vergnügen, Sie dorthin zu begleiten. Ich könnte gleich eine Droschke kommen lassen.«

Clara hob abwehrend die Hand. »Das ist sehr freundlich von Ihnen, aber wir müssen nun heim. Wir sind schon viel zu lange fort.«

»Sind wir gar nicht«, murmelte Amelie, wurde aber zu Claras Erleichterung von Friedrich Jensen überhört.

»Unser Kutscher erwartet uns am Haupteingang«, fügte sie rasch hinzu.

»Nun, dann gestatten Sie mir wenigstens, Sie bis dorthin zu begleiten.«

Dagegen konnte Clara nichts sagen, zumal die Gesetze der Schicklichkeit eingehalten wurden. Wäre sie allein gewesen, hätte sie sich nie und nimmer in Begleitung eines jungen Mannes sehen lassen dürfen.

Sie hakte sich wieder bei Amelie unter, während Friedrich Jensen in gebührendem Abstand neben ihr ging und sie auf die eine oder andere besonders schöne Pflanze aufmerksam machte. »Wenn Sie einmal wiederkommen, zeige ich Ihnen unser neues Gewächshaus mit den Orchideen. Sie haben uns viel Mühe gemacht, aber nun gedeihen sie ganz prächtig. Ich selbst habe sie im vergangenen Jahr von einem englischen Orchideenjäger erworben.«

Clara hatte schon davon gehört, dass Treibhäuser in der englischen Oberschicht ganz groß in Mode gekommen waren. Und der begüterte Adel schickte abenteuerlustige Forschungsreisende in die Welt hinaus – immer auf der Suche nach der seltensten Orchidee.

»Also arbeiten Sie hier?«, fragte Amelie neugierig.

Clara gab sich eher wortkarg. Sie hatte nicht vor, ihre Bekanntschaft mit dem Herrn zu vertiefen, obwohl er sie so sehr an Paul erinnerte. Vielleicht auch gerade deshalb.

»So ist es«, gab er bereitwillig Auskunft. »Ich bin Botaniker mit Leib und Seele.«

Der Weg bis zur Kutsche war lang, und Amelie, augenscheinlich weiter bemüht, diesen guten Fang für ihre Freundin zu sichern, erzählte von Claras Studien und ihrem Berufswunsch.

»Alle Achtung«, sagte Friedrich Jensen mit echter Bewunderung in der Stimme. »Sie sind eine wahre Pionierin, und ich bin umso glücklicher, Ihnen begegnet zu sein.«

Da erlag auch Clara seinem Charme und erzählte, sie werde die alten Arbeitsschritte ihrer Vorfahren ausprobieren, und nun habe ihre Mentorin ein Gewächshaus bauen lassen. Orangen- und später auch Zitronenbäume sollten darin gezogen werden, sie müsse nur noch herausfinden, wo sie welche erstehen könne.

Unwillkürlich zeigte Friedrich Jensen ein großes Lächeln, und in ihrem Herzen gab es einen Stich.

Paul.

So sehr Paul.

»Der Botanische Garten verkauft keine Pflanzen, aber ein Freund von mir besitzt eine Orangerie draußen in Alsterdorf. Wenn Sie es wünschen, werde ich in Ihrem Sinne mit ihm verhandeln.«

Dagegen fand Clara keinen Einwand, und sie bedankte sich.

So war Friedrich Jensen in ihr Leben getreten. Mit zwanzig Orangenbäumchen, die er in großen Pflanzenkübeln mit einem Fuhrwerk nach Neumühlen brachte.

Und er war geblieben. Als guter Freund, als Ratgeber, als Fachmann und äußerst gern gesehener Gast in der Villa Bardenstein.

Clara wusste, sogar Elisabeth hegte die Hoffnung, es möge sich eine Romanze entwickeln zwischen den beiden jungen Leuten. Auch sie kannte inzwischen die ganze Geschichte vom verschwundenen Paul, und auch sie hoffte wohl für ihren Schützling auf einen Neubeginn mit einem anderen Mann.

Clara mochte Friedrich. Sie schätzte ihn außerordentlich. Sie freute sich, wenn er zu Besuch kam, und liebte es, mit ihm über ihre Studien zu sprechen.

Die Brust wurde ihr eng, wenn sie ihn durch das Gewächshaus oder im abendlichen Dämmerlicht im Park auf sich zukommen sah. Ihre Lippen zitterten, so sehr sehnte sie sich nach einem Kuss.

Wenn er dann hingegen dicht vor ihr stand, so nah, dass sie den süßlichen Duft wahrnehmen konnte, der ihm von seinen geliebten Orchideen anhaftete, dann atmete Clara aus und sehnte sich nach einem anderen Geruch. Jenem nach Hafen und Schweiß, nach Männerarbeit und Kraft.

Paul hatte oft so gerochen. Nur in den letzten Wochen vor seinem Verschwinden war ein anderer Geruch stärker geworden. Damals hatte Clara nicht verstanden, was diese säuerliche Note bedeutete. Erst seit den Tagen im Ebräergang wusste sie: Es war Furcht.

In der Werkstatt wurden jetzt die Gläser mit Mirabellenschnaps geleert. Auch Clara nippte an der scharfen Flüssigkeit. Sie wärmte ihr Innerstes.

In dem großen Topf auf dem Herd begann der Rindertalg zu schmelzen, und ein ranziger Gestank breitete sich aus.

Für Clara war es in diesem Moment der schönste Duft der Welt.

Sie hatte ein Feuer entzündet.

Ganz allein.

Stolz reckte sie das Kinn. »Wenn ihr mich jetzt bitte alle entschuldigen mögt. Ich habe zu arbeiten.«

Sie übersah, dass Amelie ihren spitzen Ellenbogen in Wilhelmines weiche Seite bohrte, übersah Elisabeths Stirnrunzeln ebenso wie Friedrichs enttäuschten Blick.

Clara nahm einen langen Holzlöffel von einem Haken an der Wand und begann, den Rindertalg umzurühren.

Sie hörte nicht mehr, wie die anderen die Werkstatt verließen.

21

Ein kräftiger Wind aus Nordost hatte den Herbst ins Land gebracht und den Bäumen im Park der Villa Bardenstein ihr Laub gestohlen.

»Dir ist kalt, liebe Elisabeth.« Julius Wichern zog seinen Gehrock aus und legte ihn ihr mit sanfter Geste um die Schultern.

Er stand sehr nah bei ihr und folgte ihrem Blick auf die Elbe hinaus. Mit Torf hochbeladene Ewer segelten scharenweise elbaufwärts, damit die Einwohner Hamburgs im kommenden Winter ein wärmendes Feuer entzünden konnten. Mächtige Segler, darunter auch zwei Schiffe der Reederei Bardenstein, zogen in Richtung Nordsee, um den Ärmelkanal hinter sich zu bringen, bevor die schweren Stürme losbrachen und die Wellen haushoch auftürmten.

»Wir sollten wieder hineingehen«, sagte Julius.

Niemals, dachte Elisabeth. Ich will niemals irgendwo anders hingehen. Nur hier stehen bleiben, mit Julius so dicht bei mir und mit seinem warmen Gehrock um die Schultern.

»Ich friere nicht«, erwiderte sie mit rauer Stimme.

Es war ihre Idee gewesen, hinaus in den Park zu gehen. Nach einem langen Tag im Kontor der Reederei müsse sie sich die Beine vertreten, hatte sie behauptet. Vielleicht möge er sie ja begleiten.

In Wahrheit sehnte sie sich nur danach, einmal ein paar Minuten mit ihm allein zu sein. Obwohl Elisabeth sich nach wie vor eine Närrin schalt, weil ihr dummes Herz nicht einsehen mochte, dass Julius nur ein guter Freund war, so freute sie sich doch über seine häufigen Besuche. Und nicht jedes Mal ging es ihm um die Geschäfte, nicht immer bat er um einen Liegeplatz auf der Werft. Seit dem Frühjahr ersuchte er sie manchmal, ihn zu der einen oder anderen gesellschaftlichen Veranstaltung zu begleiten. Mal nahm er sie mit zu einem Ball im Hause eines Senators, mal folgten sie gemeinsam der Einladung einer einflussreichen Reederswitwe zu einem Hausmusikabend – wo Elisabeth zum ersten Mal seit langer Zeit wieder Freude am Klavierspiel fand.

Bei anderer Gelegenheit bat Julius sie, in seiner hochherrschaftlichen Villa an der Großen Alster als Gastgeberin für einen Empfang ausländischer Geschäftspartner zu fungieren. Elisabeth fühlte sich außerordentlich geehrt, und sie redete sich keine Sekunde lang ein, diese Rolle könnte ihr auf Dauer gefallen.

Die Närrin in ihr jedoch wunderte sich im Laufe des Sommers, als sich Julius' Einladungen nicht nur häuften, sondern auch kaum mehr etwas mit gesellschaftlichen Verpflichtungen zu tun hatten, bei denen er eine Begleiterin brauchte.

So nahm er sie mit zu einer Aufführung im Elysium-Theater am Spielbudenplatz in St. Pauli. Sie saßen dicht beieinander, und seine Nähe machte es Elisabeth unmöglich, dem Schauspiel zu folgen.

Im Juli überraschte Julius sie mit Karten für das Norddeutsche Musikfest. In der neuen hölzernen Festhalle am

Wall zwischen Stein- und Ferdinandstor lauschte Elisabeth hingerissen dem grandiosen Spiel des Pianisten Franz Liszt. Später wollte sie sich weismachen, Julius habe aus Zuneigung zu ihr die Karten erstanden, denn er selbst machte sich nicht viel aus Musik. Aber sie nahm an, er habe die Karten geschenkt bekommen, und die junge Brasilianerin, mit der sie ihn damals zu Silvester gesehen hatte, war womöglich nicht die passende Begleitung für ein solches Ereignis.

Wenn sie es recht bedachte, schien jene Dame ohnehin aus seinem Leben verschwunden zu sein. Was nichts zu bedeuten hatte, wie sie sich im Stillen immer wieder sagte. Julius Wichern war ein begehrter Junggeselle, und selbst die Debütantinnen der Saison zeigten ein gewisses Interesse an ihm. Gehörte er doch zu den alteingesessenen und wohlhabenden Familien Hamburgs. Die Tatsache, dass er im kommenden Jahr fünfzig wurde, schien die jungen Damen dabei nicht zu stören. Es galt, die eigene Zukunft zu sichern, und der Reeder Julius Wichern war eine wirklich gute Partie.

Er selbst schien sich aus den jungen Dingern nichts zu machen. Manchmal beobachtete Elisabeth, wie er abfällig die Augenbrauen hob, wenn eines der »Hühnchen«, wie er sie nannte, allzu heftig mit ihrem Fächer in seine Richtung wedelte. Dann fühlte sie sich ihm innig verbunden und vergaß nur zu gern gewisse brasilianische Eskapaden.

Ach, Träumereien!

Es war an der Zeit, Vernunft anzunehmen.

Elisabeth erinnerte sich an ihren Schwur, sich nie wieder im Leben der Lächerlichkeit preiszugeben.

Sie hatte geträumt. Einen Sommer lang.

Nun war es Herbst geworden.

Schon wollte sie Julius seinen Gehrock wiedergeben und ihn auffordern, zurück zur Villa zu gehen, als er das Wort ergriff.

»Ich bin froh, dass du mich mit nach draußen gebeten hast, liebe Elisabeth. Ich habe Neuigkeiten.«

Sie wandte ihren Blick vom großen Strom ab und sah ihn an.

»So?«

Julius schien einen Moment verwirrt. Er musste etwas in ihren Augen gelesen haben. Ein Gefühl, das sie nicht rasch genug hatte verschwinden lassen können.

»Du … siehst heute sehr hübsch aus.«

Nein, sie würde nicht rot werden, nur weil er ihr ein Kompliment gemacht hatte. Nein, sie würde nichts auf seine Worte geben. Mochte ja sein, dass sie sich verändert hatte; das Verdienst dafür gebührte ganz allein Clara. Mit ihr war Leben in die Villa Bardenstein eingekehrt, mit ihr gab es Gelächter und Gespräche.

Und auch gutes Essen. Elisabeth war bereits aufgefallen, dass sie ein wenig runder geworden war, und Clara hatte behauptet, sie wäre viel schöner als früher.

Als Elisabeth wissen wollte, wie sie das meinte, dachte sie angestrengt nach. »Weicher«, entschied sie dann. »Du siehst weicher aus. Und du duftest anders.«

»Ich nehme nach wie vor nur Kölnischwasser«, erwiderte Elisabeth verwirrt.

Da war Clara erst recht nachdenklich geworden.

Seitdem fragte sich Elisabeth manchmal, was in Claras Kopf vorgehen mochte.

»Wo bist du mit deinen Gedanken, liebe Elisabeth?«

Liebe Elisabeth. Nie sprach er sie anders an.

Sie hätte sich einbilden können …

Nein!

Genug!

»Ich habe über Clara nachgedacht«, erwiderte sie wahrheitsgemäß.

»Nun, das trifft sich gut. Meine Neuigkeiten betreffen deinen Schützling.«

»Lass uns ein paar Schritte gehen«, bat Elisabeth, die nun doch fröstelte. Ob es am kalten Wind lag, vermochte sie nicht zu sagen.

Julius lächelte sie dankbar an und bot ihr seinen Arm. Er selbst trug über den Beinkleidern nur ein seidenes Hemd und eine geblümte Weste. Dünn, wie er war, musste ihm die Kälte in alle Glieder fahren.

»Wir können auch ins Haus zurückkehren«, bot Elisabeth an. »Im Salon ist der große Kamin geheizt.«

»Klingt verlockend, aber zehn Minuten halte ich es schon noch aus. Es wäre – nun, es wäre sicher ratsam, wenn meine Neuigkeiten vorerst unter uns blieben. Und Dienstboten haben, wie wir beide wissen, ausgesprochen große Ohren.«

Er zwinkerte ihr zu und führte sie dann den Sandweg am Elbufer entlang. Das Schilf bog sich vor dem Wind, weiße Schaumkronen balancierten auf den Wellen.

Sein Stock schlug hier und da gegen einen Stein oder gegen eine Wurzel, und er bemühte sich, Elisabeth alle Hindernisse aus dem Weg zu räumen.

Sie hätte den Spaziergang genießen können, wäre sie nicht so gespannt auf das gewesen, was er zu erzählen hatte.

Ganz kurz quälte sie das schlechte Gewissen.

Ohne Claras Kenntnis hatte sie Julius gebeten, Erkundigungen einzuziehen. Je mehr sie selbst über Clara und die ungelösten Rätsel in deren Leben erfuhr, desto leichter würde es ihr fallen, späte Rache an Georg Vogt zu verüben. Elisabeth wusste nicht, wie diese Rache aussehen sollte. Manchmal fragte sie sich gar, ob die alte Kränkung überhaupt noch schwer genug wog, um einen wie auch immer gearteten Schlag gegen den Mann zu führen, der einst ihr Leben zerstört hatte.

Zudem war Clara ihr ans Herz gewachsen. Elisabeth bildete sich gern ein, sie sei die Tochter, die sie selbst nie bekommen hatte.

Vieles an Clara erinnerte sie an Wiebke. Ihre Fröhlichkeit, die sich dank des behüteten Lebens in der Villa Bardenstein manchmal Bahn brach und die Brunnenaugen zum Blitzen brachten, ihr unbändiger Lebenswille und natürlich die tiefe Liebe, die sie für einen Mann empfand, den sie seit nunmehr sieben Jahren nicht gesehen hatte.

Andere Seiten an Clara hingegen ließen Elisabeth manchmal an sich selbst denken. Zum Beispiel ihre Fähigkeit, eine geradezu übermenschliche Aufgabe in Angriff zu nehmen und niemals den Mut zu verlieren, auch nicht bei Rückschlägen. Derart bewährte sich Elisabeth, seit sie die Reederei Bardenstein übernommen hatte, derart ging auch Clara zu Werke, seit sie den Entschluss gefasst hatte, das Erbe ihrer Väter anzutreten.

Dann wieder sah Elisabeth in Clara schlicht die Freundin, die ihr fehlte, seit Wiebke einst so viel Unheil angerichtet hatte. Ihr war nicht bewusst gewesen, wie sehr sie eine andere Frau vermisste, mit der sie lachen, tratschen und ernsthaft reden konnte, auch wenn diese andere Frau viel jünger war als sie selbst.

So war Elisabeth hin- und hergerissen, und manchmal dachte sie schon, alles andere sei unwichtig. Hauptsache, Clara blieb bei ihr und bereicherte ihr Leben, so wie sie es seit ihrem ersten Tag in der Villa tat. Elisabeth bemerkte den besänftigenden Einfluss, den die junge Frau auf sie ausübte, und schon mehr als einmal hatte sie sich gefragt, ob Wiebke sie über den eigenen Tod hinaus um Vergebung bat, indem sie der Tochter den Zettel mit ihrem Namen hinterlassen hatte.

Rasch tat sie dann solche Gedanken als Unsinn ab, aber wer wusste es schon: Ein kleines Körnchen Wahrheit steckte vielleicht doch darin. Womöglich hatte sich Wiebke gar gewünscht, ihre Tochter möge in der Freundin aus Kindertagen eine neue Mutter finden.

Nur zu gern gab sich Elisabeth Überlegungen dieser Art hin. Bereits vor Monaten hatte sie sich eingestanden, dass sie Clara nicht wieder verlieren wollte, selbst wenn diese sich, wie in letzter Zeit, kaum noch außerhalb ihrer Werkstatt blicken ließ.

Dort beschäftigte sie sich mit den Duftessenzen, die nun endlich aus Paris eingetroffen waren. Sie ließ niemanden mehr herein, studierte bis spät in die Nacht in ihrem Zimmer die Rezepturen des Vaters und tat immer geheimnisvoller.

Elisabeth sollte es recht sein. Und wer wusste es schon: Möglicherweise erschuf Clara ja einen Duft, der sich sogar in Hamburg verkaufen ließ. Nicht, dass es Elisabeth darauf angekommen wäre, die vielen hundert Courantmark wieder einzunehmen, die sie in Claras Ausbildung und in die Werkstatt gesteckt hatte. Sie war eine reiche Frau und konnte sich eine solche Ausgabe ohne weiteres leisten.

Jedoch interessierte es sie zu erfahren, ob Clara tatsächlich die Begabung zur Parfumeurin besaß oder ob sie lediglich die feine Nase vom Vater geerbt hatte, an einer großen Kreation jedoch scheiterte.

Um nichts in der Welt wollte Elisabeth den Moment der Wahrheit verpassen. Wann immer dieser kommen möge. Sollte hingegen in der Zwischenzeit der sagenhafte Paul wieder auftauchen, so waren die vielen Mühen möglicherweise vergebens gewesen. Wie jede andere verliebte junge Frau würde Clara alles vergessen und nur eine baldige Hochzeit im Sinn haben. Dessen war sich Elisabeth gewiss.

Nun, sie würde sich zunächst anhören, was Julius berichtete, beschloss sie. Danach konnte sie immer noch entscheiden, ob sie Clara die Informationen weitergeben sollte.

Sie war froh, dass sie Julius ins Vertrauen gezogen hatte. Sogleich war er bereit gewesen, für sie Erkundigungen einzuziehen. »Ich stehe tief in deiner Schuld, liebe Elisabeth, und helfe dir nur zu gern. Ich kenne auch den richtigen Mann für diese Aufgabe. Er hat sich in England ausbilden lassen und nennt sich nun Detektiv.«

Elisabeth hatte noch nie von einem solchen Beruf gehört, ließ sich aber davon überzeugen, dass der Mann ein hervorragender privater Ermittler sei.

Sie waren bereits ein Stück den Uferweg entlanggegangen, als Julius nun wieder das Wort ergriff. »Genaugenommen sind es zwei Neuigkeiten.«

»Zwei?«, fragte Elisabeth erstaunt zurück.

»So ist es. Beide betreffen Clara.«

Mit einem Nicken gab sie ihm zu verstehen fortzufahren.

»Wie du weißt, ist meine ›Südstern‹ vergangene Woche mit einer Ladung Weinfässer aus dem Mittelmeer zurückgekehrt.«

Wieder nickte Elisabeth. »Dieser Rotwein aus der Provence, den ich bei dir gekostet habe, ist erstklassig.«

»Nun, ich habe den Kapitän gebeten, sich in Marseille nach einer Familie Leclerc aus Grasse umzuhören. Es war natürlich höchst unwahrscheinlich, dass er etwas herausfinden würde, aber er hat Glück gehabt. Er wurde von einem Mann zum nächsten verwiesen und traf schließlich auf einen Kriegsveteranen, der gemeinsam mit den Brüdern Leclerc gedient hatte.«

Gespannt blieb Elisabeth stehen. Schon im vergangenen Frühjahr hatte sie auf Claras Wunsch an die Familie ihres Vaters geschrieben. Eine Antwort war nie gekommen.

Julius schaute sie bedauernd an. »Unglücklicherweise lebt niemand mehr von der Familie. Jean-Pierres Bruder Olivier ist bei der Schlacht von Waterloo ums Leben gekommen, die Eltern starben bald darauf. Nach dem Tod ihrer beiden Söhne, so wurde meinem Kapitän erzählt, welkten sie dahin und wurden schließlich vom Mistral fortgeweht. Die florierende Parfumwerkstatt Leclerc in Grasse ist von Nachbarn übernommen worden.«

»Verstehe.« Elisabeth senkte den Kopf. Ob die stolzen Feldherren dieser Welt wohl je einen Gedanken daran verschwendeten, wie viel Leid sie über die Menschen brachten?

Wohl nicht.

Julius legte zwei Finger unter ihr Kinn und hob es an. »Es tut mir sehr leid, dass ich keine bessere Nachricht überbringen konnte.«

Mit keinem noch so schnellen Wimpernschlag ließ sich Elisabeth das Feuerwerk anmerken, das diese leichte Berührung in ihr auslöste. »Ich werde es Clara sagen müssen. Sie hat ein Recht darauf zu erfahren, was aus ihrer Familie geworden ist.«

»Ja«, erwiderte Julius nur, ließ ihr Kinn los und bot ihr erneut seinen Arm. Er schwieg und ahnte wohl, sie war mit ihren Gedanken noch bei dem Verlust, den Clara schon als kleines Kind erlitten hatte, ohne je etwas davon zu ahnen.

Erst als sie eine Gruppe von Weiden erreicht hatten, bei denen der Weg endete, sprach er weiter.

»Die zweite Neuigkeit wird Clara freuen, hoffe ich. Der Detektiv, der für mich in Hamburg Erkundigungen eingezogen hat, ist fündig geworden.«

»Tatsächlich?«

Julius lächelte, und sein rötlicher Backenbart erreichte fast die Ohren. »Es ist eine ganz unglaubliche Geschichte, liebe Elisabeth.«

Während sie nun langsam den Weg zurückgingen, erfuhr sie alles über einen gewissen James Roberts, der einst Paul Dallmann geheißen hatte.

Etwas Schlimmes müsse damals zwischen dem jungen Paul Dallmann und Georg Vogt vorgefallen sein, erzählte Julius. Näheres habe sein Mann jedoch nicht herausfinden können. Nur Gerüchte über krumme Geschäfte zwischen den beiden.

Vogt selbst sei ohnehin nicht zu sprechen. Es hieß, er

lebe in der Dachkammer seines einstigen Hauses, das nun einem gewissen Gustav Müller gehöre. Der sei ebenfalls Kaufmann und mache sich seit ungefähr einem Jahr einen Namen in Handelskreisen, obwohl gemunkelt wurde, er habe einigen Dreck am Stecken. Aber die Pfeffersäcke vergäßen schnell, wenn es darum ging, einen guten Abschluss zu tätigen.

Sieh an, dachte Elisabeth überrascht. Georg ist also am Ende seiner einst so vielversprechenden Laufbahn angelangt. Sie wartete auf ein Gefühl der Genugtuung.

Es blieb aus. Zu ihrer Verblüffung stellte Elisabeth fest, dass ihr sein Schicksal kaum noch etwas bedeutete. Dennoch hörte sie weiterhin aufmerksam zu.

Er sei nur noch im Haus geduldet, fuhr Julius fort, weil der neue Besitzer hoffe, die verlorene Tochter werde eines Tages wieder auftauchen und beim Vater Schutz suchen. Dieser Gustav Müller sei nämlich fest entschlossen, Clara Vogt zu heiraten und damit seinen guten Ruf in Handelskreisen zu festigen.

»Aber niemand weiß etwas über ihren Verbleib«, erklärte Julius. »Auf dem Hopfenmarkt sind die Leute davon überzeugt, sie sei gestorben. So eine hilflose Deern könne sich gar nicht allein durchschlagen, heißt es.« Er schaute Elisabeth fragend an. »Du hast mir zwar erzählt, Clara sei im Streit von zu Hause fortgelaufen. Aber wäre es nach mehr als anderthalb Jahren nicht an der Zeit, dass sie zumindest eine Nachricht schickt?«

»Das muss sie ganz allein entscheiden«, entgegnete Elisabeth. »Ich werde ihr berichten, wie es um ihren Vater steht, und auch von den Heiratsplänen jenes Mannes erzähle ich ihr. Ich glaube kaum, dass sie bereit sein wird, auch nur ein Lebenszeichen von sich zu geben. Von diesen Menschen geht nur Böses aus.«

Julius wiegte nachdenklich den Kopf hin und her. Er selbst hatte sein Leben lang kein größeres Unglück erfahren müssen, und es fiel ihm sichtlich schwer, sich in die Ängste einer jungen Frau wie Clara einzufühlen. Doch er schien Elisabeths Urteil zu vertrauen und sagte nichts mehr dazu. Dafür war sie ihm dankbar.

Stattdessen schilderte er nun ausführlich die erstaunliche Karriere Paul Dallmanns, der sich James Roberts nannte. Sein Detektiv habe am Hafen und an den Fleeten Unmengen von Schillingen in die Hände von Leuten wandern lassen, die ihm Auskunft geben konnten. Manche Informationen seien nutzlos gewesen, andere umso wertvoller. Einen gewissen Paul Dallmann schien niemand zu kennen, auch nicht am Anlegeplatz an der Ellerntorbrücke, wo er doch angeblich von einem Kind gesehen worden war – dies hatte Elisabeth von Clara erfahren und Julius weitererzählt.

Stattdessen wetzten sich Schauerleute wie Matrosen die Mäuler über einen ganz anderen Mann, einen gewissen James Roberts. Der passe auch auf die Beschreibung, die der Detektiv von Paul Dallmann gab, und der sei sowieso manchmal »'n büschen durch'n Wind«. Da müsse der Düwel seine Hände im Spiel haben. Zwar gehörte dem inzwischen eine ganze Flotte von Schuten und Ewern, und er sei fleißig und zuverlässig. Man wolle ja nichts Schlechtes sagen. Aber diese Art, wie er manchmal in die Ferne starrte, die sei schon unheimlich. Auf seine Boote habe er eine Rose gemalt, und wenn er manchmal zu tief ins Rumfass schaute, dann schwärmte er von seiner kleinen Rose, einer gewissen Clara. Gut, das sei alles nicht so schlimm, aber da gebe es eben noch mehr. So'n Klookschieter wie der, der immer alles besser wusste, und dann hörte er plötzlich nicht hin, wenn ihn jemand beim Namen rief? Und ein paarmal habe er im Suff schon von seinem guten Freund James Roberts gesprochen, der in Brasilien begraben liege.

Also, wenn das mit rechten Dingen zuging, dann würde die Elbe im nächsten Winter zufrieren. »Dor kanns ob speen«, sagten die befragten Männer im Chor und spuckten zur Untermauerung ihrer Meinung im hohen Bogen ins Fleet.

Der Detektiv hatte nur zwei und zwei zusammenzählen müssen. Paul Dallmann lebte und arbeitete unter falschem Namen in Hamburg.

»Offensichtlich«, erklärte nun Julius, »hat er seine guten Gründe dafür. Wie ich eben schon sagte, vermutet der Detektiv, Georg Vogt könne etwas damit zu tun haben. Die genauen Zusammenhänge waren nicht herauszufinden. Er will aber weiter nachforschen.«

Sie hatten inzwischen den Uferweg verlassen und folgten einem Pfad, der sie durch den Park zurück zur Villa brachte.

Elisabeth hörte ein leises Zähneklappern, schaute zu Julius und schmunzelte.

»Lass uns schnell zurückkehren«, sagte sie. »Nun ist dir wirklich kalt geworden.«

Er nickte, erwiderte aber nichts, so angestrengt biss er die Zähne aufeinander.

Erst später, als sie im Salon heißen, süßen Kaffee tranken, fragte er: »Wirst du Clara davon erzählen?«

Der Diener war hinausgegangen, dennoch sprach Julius leise.

Elisabeth lehnte sich auf ihrem geliebten Sofa zurück. Julius saß neben ihr, und sie glaubte, regelrecht zu spüren, wie die Wärme in seine Haut zurückkehrte.

»Ich weiß es noch nicht«, gestand sie. »Von ihrer französischen Familie werde ich ihr berichten, und ich muss sie auch über die Absichten dieses Gustav Müller in Kenntnis setzen. Aber soll ich wirklich von Paul sprechen? Wird es sie nicht aus der Bahn werfen, wenn sie erfährt, dass er wieder in Hamburg ist? Sie ist gerade so – zufrieden mit ihrem Leben hier.«

Hinter ihren Worten steckte ebenso viel Sorge um Clara wie Eigennutz, doch Julius schien nichts davon zu bemerken.

Kurz legte er ihr eine Hand auf den Arm. »Ich bin sicher, du wirst die richtige Entscheidung treffen, liebe Elisabeth. Doch nun muss ich dich leider verlassen.«

Er stand auf. »Wenn es am Sonntag schön ist, könnten wir eine Kutschfahrt auf den Süllberg in Blankenese unternehmen. Was meinst du? Es soll dort eine hübsche Wirtschaft geben, und man hat einen herrlichen Ausblick auf die Elbe.«

»Sehr gern«, erwiderte sie freudig.

Als er fort war, spürte sie durch den Stoff ihres Ärmels noch immer die Berührung seiner Hand auf ihrer Haut.

Draußen vor den hohen Fenstern legte Amelie nachdenklich einen Zeigefinger an die Nase. Sie hatte nicht lauschen wollen. Das war nicht ihre Art. Aber als sie vorhin auf dem Rückweg vom Obstgarten zufällig vorbeigekommen war und gehört hatte, wie sich der Herr Julius und das Fräulein Elisabeth über Clara unterhielten, da waren ihre Beine wie von selbst stehen geblieben. Und ihre Ohren konnte ja auch nichts dafür, dass sie einfach mithörten. Die beiden hatten leise gesprochen, aber Amelie verstand dennoch jedes Wort.

Jetzt hielt sie vor Schreck den Atem an. Was sie da gerade erfahren hatte, das war ... war ... war ... ungeheuerlich!

Sie lief los, um die Villa herum, wollte durch die Hintertür direkt in die Werkstatt zu Clara, ihr sofort alles sagen und ... Amelie prallte gegen einen Mann und fiel um. Die Birnen, die sie auf Geheiß Wilhelmines gepflückt und in ihrer hochgebundenen Schürze verstaut hatte, kullerten über den Rasen.

»Kannst du nicht aufpassen, du dummes Ding!«, fuhr Daniel sie an.

Amelie, die immer noch nicht wieder Luft geholt hatte, blieb liegen.

»He! Lebst du noch?«

Er beugte sich zu ihr herab und schüttelte sie. »Wirst du wohl schnaufen?«

Mit einem Ruck zog er sie hoch. Ihr Kopf landete an seiner Brust. Das fühlte sich gut an, befand Amelie und blieb noch ein bisschen ohnmächtig. Im Laufe dieses einen Jahres war aus dem halbfertigen Mann ein ganzer Kerl geworden, und seine starken Arme gaben ihr Geborgenheit. Zu ihrer Überraschung schien es auch Daniel nicht eilig zu haben, sie wieder von sich zu stoßen.

Erst die Stimme der Mamsell ließ die beiden auseinanderfahren.

»Wenn die Turteltäubchen fertig sind, brauche ich die Birnen. Und du, Daniel, beeil dich. Am Einspänner des Herrn Wichern ist eine Radspeiche gebrochen. Du sollst sein Pferd ausspannen und in den Stall bringen. Danach fährst du Herrn Wichern mit der Kutsche nach Hause.«

»Und was wird mit seinem Pferd?«, erkundigte sich Daniel.

Amelie kicherte. Ihrer Meinung nach war das keine sonderlich intelligente Frage.

»Das bleibt bei uns im Stall, bis der Einspänner repariert ist, du Esel«, gab Wilhelmine zurück. »Unsere kleine Amelie hat dich wohl um den Verstand gebracht.«

Daniels Miene verfinsterte sich, und er ließ Amelie stehen, wo sie war.

22

Eine steile Falte stand zwischen Claras Augenbrauen. Hochkonzentriert nahm sie einen Flakon nach dem anderen aus dem hölzernen Köfferchen, das sich wie eine auf der Seite liegende Ziehharmonika öffnen ließ.

Die Flakons waren aus braunem Glas gefertigt und enthielten kostbarste Duftessenzen.

Elisabeth hatte ihr nicht verraten wollen, wie viel sie für das Köfferchen aus Paris bezahlt hatte, aber Clara vermutete, die Summe entsprach in etwa der Jahresrechnung von Elisabeths Schneiderin.

Dies war der größte Schatz, der Clara jemals anvertraut worden war, und sie behandelte ihn mit höchstem Respekt und größter Vorsicht.

Nur wenige ölige Tropfen hatte sie bisher verbraucht, um nach den Rezepturen des Jean-Pierre Leclerc ihre ersten Versuche als Parfumeurin zu unternehmen. Ein wenig Lavendelessenz, etwas Rosmarin und Zypresse und Pinie, im geheimen Verhältnis zueinander gemischt und mit Weingeist versetzt – heraus kam ein herber, aromatischer Duft, der Claras Meinung nach eher zu einem Mann passte als zu einer Frau. Sie stellte sich vor, ihr Vater hätte so gerochen. Manchmal schnupperte sie an dem Parfumfläschchen und fühlte sich ihm über alle Zeiten hinweg so nah, als stünde er hinter ihr und schaue ihr wohlwollend über die Schulter.

Ein anderer Duft, den er schlicht »Maman« genannt hatte, bereitete ihr mehr Schwierigkeiten. Dreimal musste sie von vorn beginnen, bevor sie die Essenzen von Maiglöckchen, Mimose und Jasmin in einem Verhältnis zueinander vermengt hatte, dass der schwere, süßliche Duft einen Hauch von Leichtigkeit bekam. Dabei wandelte Clara zum ersten Mal die aufgezeichnete Formel des Vaters um einige wenige Tropfen ab und war mit dem Ergebnis nachher umso zufriedener.

Genau so musste es sein. Wer lediglich die Formeln nachmischte, blieb für immer ein Handwerker, wer selbst den Mut aufbrachte, einen Duft zu komponieren, wurde Parfumeur.

»Ich sehe dich schon mit dem Dirigentenstab in der Hand vor einem Orchester rumfuchteln«, sagte Amelie einmal, nachdem Clara ihr einen langen begeisterten Vortrag über ihre Fortschritte gehalten hatte. »Und dieses Zeug da würde ich mir im Leben nicht hinter die Ohren kippen. Das riecht nach alter Frau, finde ich.«

Womit sie nicht unrecht hatte, befand Clara und verbannte das Parfumfläschchen vorerst in dem abschließbaren Schrank, der auch das Köfferchen mit den Essenzen enthielt.

Nun, heute wollte Clara einen ganz neuen Duft erschaffen. Den ersten, bei dem sie sich nicht am Notizheft des Vaters orientieren würde. Sie hatte vor, ihre eigene Formel zu schreiben, und sie war entschlossen, sich keine Ruhe zu gönnen, bis sie den Duft gefunden hatte, der ihr vorschwebte. Nicht zu süßlich, doch auch nicht zu herb.

Mit einem entschiedenen Unterton, aber nicht zu streng. Weicher. Ein Duft, der ein Versprechen in sich barg, der noch lange in Erinnerung blieb, der seinen Weg in die Herzen der Menschen fand.

Rasch presste Clara die Lippen aufeinander, so, als hätte sie ihre Gedanken laut ausgesprochen und müsste nun befürchten, jemand habe ihr zugehört. Manches konnte sie anderen Leuten über ihr Tun hier in der Werkstatt erzählen, manches behielt sie besser für sich, wenn sie nicht ausgelacht werden wollte.

Ein Duft, der seinen Weg in die Herzen der Menschen fand.

Lieber Gott!

Gut, dass sie wirklich niemand hören konnte!

Die Falte auf ihrer Stirn vertiefte sich. Andererseits war es genau das, was sie dachte, seit sie den Entschluss gefasst hatte, nach der langen Zeit des Lernens und des Ausprobierens ein Parfum zu entwickeln.

Sogar einen Namen gab es schon dafür. »La Fleur« sollte es heißen, die Blume, und sie würde das Parfum Elisabeth widmen. Vielleicht gelang es ihr auf diese Weise, ihre Dankbarkeit zu zeigen.

Ja, blumig sollte der Duft werden, und mit ihm würde endlich die schöne Frau in Elisabeth erblühen, die manchmal schon, in einem unbeobachteten Moment, zum Vorschein kam.

Himmel!

Wenn bloß niemand in der Nähe war, der Gedanken lesen konnte!

Erneut presste Clara die Lippen zusammen. Musste sie gleich einen neuen Menschen erschaffen? Genügte es nicht, einen Duft zu erfinden? Ein Teil von ihr jedoch glaubte fest daran, sie könne Elisabeths verborgene Schönheit zum Blühen bringen. Es musste ja niemand davon erfahren! Am wenigsten Elisabeth selbst.

Nun galt es nur noch, sich ans Werk zu machen.

Sorgfältig richtete Clara die ausgewählten Flakons auf dem Arbeitstisch aus, bis sie wie Zinnsoldaten in gerader Reihe dastanden. Hier noch ein paar Millimeter zur Seite, dort ein Stückchen nach vorn. Claras Finger wanderten unruhig hin und her. Fehlte nicht noch etwas? Die bauchige Mischflasche stand bereit, daneben lag der gläserne Trichter. Clara rückte die Pipette, den Rührstab und das Messglas zurecht. Rückte hin und rückte her, ging um den Tisch herum – links herum und rechts herum.

Draußen pfiff der Herbstwind durchs Laub, aber hier in der Werkstatt prasselte ein munteres Feuer im Herd und verbreitete eine wohlige Wärme. Inzwischen war es für Clara selbstverständlich geworden, die Streichhölzer zu benutzen, und es schien ihr, als habe sie kaum noch etwas mit der verschüchterten jungen Frau gemeinsam, die im Winter des vergangenen Jahres aus ihrem Elternhaus geflüchtet war.

Einzig die alte Schuld lastete noch immer schwer auf ihr. Zu wissen, sie hätte Hinrich vor dem Brand im Haus retten müssen, selbst wenn sie sich nicht genau an das Unglück erinnerte, war an manchen dunklen Tagen mehr, als sie ertragen konnte.

An solchen Tagen dachte sie auch an Georg Vogt und hörte ihn böse Rede führen über die schlechte Tochter, die seinen geliebten Sohn auf dem Gewissen hatte. So rasch sie es vermochte, verdrängte sie ihn dann wieder aus ihren

Gedanken. Nicht einmal Vater nannte sie ihn mehr im Stillen. Wenn sie ihn nie mehr wiedersehen musste, so wollte sie froh sein.

Jean-Pierre Leclerc hingegen war der Vater, den sie liebte, obwohl sie ihm nie begegnet war.

Lange hatte sie die Hoffnung gehegt, irgendwann wenigstens ihren Onkel oder die Großeltern kennenzulernen. Diese Hoffnung war gestorben, als Elisabeth ihr vor wenigen Tagen die schlimmen Neuigkeiten aus Frankreich berichtet hatte.

Clara war für eine Weile in tiefe, stille Trauer um jene fremden verwandten Menschen gesunken.

»Und die Parfumwerkstatt der Leclercs in Grasse gibt es nicht mehr?«, hatte sie dann gefragt.

»Nein. Offenbar haben Nachbarn alles übernommen. Ich bedauere es sehr, dass ich keine besseren Nachrichten für dich habe.«

Rasch war ein Entschluss in Clara gereift. »Nun, dann werde ich diesen Namen weiterführen. Bald schon wird es wieder Düfte aus dem Hause Leclerc geben. Die Parfumdynastie meiner Vorväter soll nicht aussterben. Ich will ihnen Ehre machen.« Demütig hatte sie den Kopf gesenkt. »Mit Gottes Hilfe.«

»So ist es recht.«

Auch von Georg Vogt war die Rede gewesen und von einem gewissen Gustav Müller, der nun Eigentümer des Hauses in der Deichstraße war und nach Clara suchen ließ, weil er gedachte, sie zu heiraten.

Gustav Müller? Wer sollte das sein? Einer jener zwielichtigen Geschäftsleute?

»Wie käme ich dazu!«, hatte Clara empört ausgerufen,

um dann, wieder ruhiger, nachzuforschen: »Woher weißt du das alles?«

Herr Wichern habe auf ihren Wunsch hin ein paar Erkundigungen eingezogen, war die ausweichende Antwort gewesen. Nur zu Claras Bestem natürlich. Immerhin wisse sie nun, dass es weiterhin ratsam war, sich von der Deichstraße fernzuhalten. Elisabeth hatte ihr dabei nicht in die Augen geschaut.

»Und mehr hat Herr Wichern nicht herausgefunden?« Claras Gedanken waren wie von selbst zu Paul geflogen.

»Nein.«

Knapp.

Endgültig.

Sie hatte nicht gewagt weiterzufragen.

Seitdem verließ Clara ihre Werkstatt nur noch, um etwas zu essen und um ein paar Stunden zu schlafen. Selbst für Amelie, die seit Tagen in der Küche herumlungerte, hatte sie kaum einen Blick übrig.

Gerade als sie den Flakon mit der Rosenessenz aus dem Köfferchen nahm und neben die anderen auf den Tisch stellte, öffnete sich mit einem lauten Knarzen die Tür zur Werkstatt.

Clara seufzte auf. Sie hatte offenbar vergessen, den Schlüssel im Schloss zu drehen, als sie vorhin nach einer kurzen Pause zurückgekehrt war.

Jetzt drangen Kochdünste herein und griffen ihren Geruchssinn an.

Es war ein Fehler gewesen, die Werkstatt direkt neben der Küche einzurichten, aber das war Clara erst in den letzten Wochen bewusst geworden. Abgesehen von den Gerüchen störten sie oft auch die Geräusche in ihrer Konzentration. Das Lachen der Küchenmädchen, das Schimpfen der Mamsell, das Scheppern der Töpfe und manchmal sogar das Blubbern einer Suppe auf dem Herd.

So bald wie möglich wollte Clara mit Elisabeth über eine neue Werkstatt reden. Ihr schwebte ein Häuschen mitten im Park vor, fern von Störungen und vor allem fern von aufdringlichen Gerüchen.

Noch zögerte sie, ihre Bitte vorzutragen. Zu viel hatte Elisabeth schon für sie getan. Es war an der Zeit, etwas zurückzugeben.

Der Geruch nach gebratener Leber und Zwiebeln wurde stärker.

»Tür zu!«, rief sie.

»Ich mach ja schon.«

Amelie.

Clara unterdrückte einen zweiten Seufzer. Sosehr sie die Deern in ihr Herz geschlossen hatte, dies war kein guter Moment.

»Ich habe jetzt keine Zeit für dich. Bitte komm später wieder.«

»Später ist hier wieder alles verriegelt. Ich muss dich sprechen. Ich versuch's schon seit Tagen, aber du bist ja nur noch damit beschäftigt, Wohlgerüche zu – äh – komponieren.«

Der dritte Seufzer ließ sich nicht aufhalten.

»Brauchst gar nicht so rumzustöhnen«, sagte Amelie. »Ich weiß genau, dass ich dir lästig bin. Überhaupt allen in der Villa. Was soll ich hier eigentlich noch? Das arme Freudenmädchen aus dem Gängeviertel, auf das alle nur herabsehen! Am besten, ich verschwinde wieder und erlöse euch von meinem Anblick.«

»Schluss damit!«, fuhr Clara auf. »Wir haben oft genug darüber geredet. Wir alle haben dich sehr gern, Amelie, und du hilfst, wo du kannst. Deine Näharbeiten sind wunderbar, sagt Wilhelmine. Und Elisabeth schätzt dich ebenfalls, das weißt du.«

»Nicht mehr lange«, murmelte Amelie.

»Wie bitte?«

»Oh – nichts.«

Clara hob mahnend einen Zeigefinger. »Sei nicht undankbar. Elisabeth hat vom ersten Tag an keine Vorbehalte gegen dich gehabt. Ich habe ihr damals erklärt, was dir widerfahren ist, und sie hat dich mit offenen Armen aufgenommen. Daran solltest du immer denken. Und es ist noch nicht lange her, da sagte sie zu mir, du hättest dich gut in den Haushalt eingefügt.«

»Hm.«

»Du glaubst mir nicht?«

»Doch. Aber ich ... Na ja, ich möchte irgendwann auch wieder etwas anderes tun. Etwas Nützliches.«

»Was denn zum Beispiel?«

Amelies helle Augen blitzten auf. »Ich kann die anderen nicht vergessen. Die Mädchen im Gängeviertel. Wusstest du, dass ein paar von ihnen sogar noch jünger sind als ich? Manchmal frage ich mich, ob sie überhaupt noch leben. Wenn, dann leiden sie sicher Hunger. Vielleicht können sie die Miete nicht mehr bezahlen und müssen irgendwo draußen schlafen. Jetzt, wo bald der Winter kommt. Ach, es macht mich ganz verrückt, daran zu denken. So viel Glück wie ich hatte bestimmt keine.«

»Verstehe«, erwiderte Clara und verspürte einen Anflug von Scham. Sie selbst hatte alles hinter sich gelassen und dachte nur noch an die Zukunft. Amelie hingegen vergaß nicht, woher sie kam, und sie sorgte sich um die Mädchen, die dort Tag für Tag um ihr Überleben kämpften.

»Was willst du tun?«

»Darüber denke ich noch nach«, erwiderte Amelie mit wichtiger Miene. »Mir wird schon etwas einfallen, und dann seid ihr mich auch los.«

»Aber niemand hier möchte dich missen.«

»Noch nicht.«

»Was redest du da? Hast du vielleicht vor, die Villa anzuzünden?« Clara musste lachen. »Oder willst du mit dem Kutscher durchbrennen?«

»Der hasst mich sowieso«, erwiderte Amelie düster. »Ich will bestimmt nichts Unrechtes tun, aber ich weiß, dass Elisabeth mich bald fortjagen wird.«

Nun verlor Clara endgültig die Geduld. Sie stemmte die Fäuste in die Hüften und blitzte die Freundin zornig an. »Amelie, was soll dieses Theater? Wenn du mir etwas zu sagen hast, dann tu es bitte jetzt, und lass mich dann weiterarbeiten. Wenn nicht, dann geh wieder, und schließ die Tür hinter dir.«

»Ich ... nichts. Es ist nichts. Ich wollte dir nur ...« Sie brach endgültig ab und schlüpfte rasch aus der Werkstatt.

Einen Moment lang sah Clara ihr verwirrt nach. Da war etwas gewesen, ein schnelles Funkeln in Amelies Augen, ein Zittern in ihren Mundwinkeln, das sie stutzig machte. Sie hatte ihr etwas sagen wollen. Etwas wirklich Wichtiges womöglich.

Dann aber hob Clara die Schultern. Vermutlich hatte sich Amelie wie so oft ein schönes Märchen ausgedacht.

Eines, in dem sie beide das große Glück fanden. Amelie selbst mit einem Prinzen, der rein zufällig die Züge des Kutschers Daniel Ahrens trug, Clara mit Friedrich Jensen, der in den vorbeiziehenden Wochen immer weniger Paul Dallmann glich und den Platz an ihrer Seite ersehnte.

Ein bitterer Geruch lag plötzlich in der Luft.

Clara fragte sich, was Wilhelmine wohl jetzt noch kochte, bis ihr auffiel, dass er von ihr selbst ausging.

Sterbende Hoffnung roch bitter.

Es dauerte lange, bis sie den Zwischenfall vergaß, bis ihre Sinne wieder frei waren für das, was sie vorhatte.

Der Sturm draußen legte sich bereits zur Nachtruhe, aus der Küche drang kein Laut mehr. Auch kein störender Essensdunst.

Clara stand vor dem Arbeitstisch und schaute auf die Flakons.

Ihre Zinnsoldaten.

Bereit für den ersten großen Kampf.

Clara wartete. Neben ihr lagen Feder und Papier. Sie dachte an Elisabeth, an ihre herbe Art, an die enttäuschte junge Frau von einst. Auch an ihre zaghafte Wandlung dachte sie, an Julius Wichern, an das Leben, das vor diesen beiden Menschen liegen mochte.

Einer ihrer Gedanken, der sich sorgfältig, beinahe ängstlich hinter den anderen verbarg, galt auch dem Mädchen Clara und dem Jungen Paul. Ihrer Liebe, die im Gestern gefangen war, ihrem Kummer, der nicht endete.

Niemals.

Ihre linke Hand nahm den Flakon mit Rosenessenz, die rechte hielt die Pipette. Tropfen für Tropfen sammelte sich die ölige Substanz am Boden des Messglases. Clara notierte die Menge, bevor sie das Messglas durch den Trichter in die Mischflasche leerte. Es folgten die Essenzen von Jasmin, Nelke, Hyazinthe und Pelargonie.

Nach jeder neuen Zutat machte sich Clara Notizen, nahm den Rührstab und vermengte die Essenzen mit langsamen kreisenden Bewegungen. Etwas aromatischer Lavendel kam noch mit hinein, und die fruchtige Note von Orange. Schließlich gab sie Weingeist hinzu. Ein Prozent Essenzen, fünfzehn Prozent Weingeist. An dieser alten Regel war nichts zu verändern.

Aus der Schublade des Arbeitstisches holte Clara sodann ein mit reinem Wasser gewaschenes Taschentuch aus ungefärbter Baumwolle, träufelte mit einer zweiten Pipette ein wenig Parfum darauf und schwenkte es vor ihrem Gesicht hin und her, um den Duft aufzunehmen.

Nein, das war noch nicht das, was sie im Sinn hatte.

Clara begann von vorn. Diesmal vielleicht ein Hauch von Maiglöckchen dazu und – Veilchen.

Nein, das Ergebnis war zu süßlich.

Also auch ein wenig Zitrone.

Die Nacht verging, ein neuer Tag brach an.

Clara stöpselte ein Parfumfläschchen zu. Es war ein Flakon aus fein geschliffenem Kristallglas, der nun eine mattgelbe Flüssigkeit enthielt.

Tiefe Schatten lagen unter Claras Augen, und noch nie hatte sie sich so sehnlichst einen Windstoß voll frischer Luft gewünscht.

Ihre Sinne waren überreizt. Sie fühlte sich hellwach und war gleichzeitig zum Sterben müde.

Aber sie hatte ihn gefunden, den ersten eigenen Duft.

La Fleur.

23

Die Stimme der Senatorin Mertens hallte laut durch den Salon. »Unerhört!«, ereiferte sie sich. »Das ist ja unerhört!« Schwer atmend ließ sich die Matrone auf einem Sofa nieder und fächelte sich Luft zu.

Gleich platzt sie, dachte Paul mit einem Anflug von Bosheit. Im Geiste sah er bereits die dünnen Stäbe ihres Fischbeinkorsetts durch den Salon fliegen.

Er versteckte sein Grinsen hinter einem Glas mit Punsch.

»Diese ... diese Person wagt es, sich in aller Öffentlichkeit von einem Mann küssen zu lassen. In ihrem Alter! Auf den Mund! Ich habe es mit eigenen Augen gesehen. Gestern, beim Flanieren auf dem Jungfernstieg.«

Flanieren?, überlegte Paul. Er konnte sich beim besten Willen nicht vorstellen, dass die Frau Senatorin mehr als zwei Schritte zu Fuß ging.

»Die Kutsche hat jetzt vermutlich einen Achsenbruch«, flüsterte neben ihm Lore, die seinem Blick gefolgt war und seine Gedanken erraten hatte.

Paul nahm schnell einen Schluck von dem heißen, starken Getränk. Er hatte Glück. Der Punsch blieb ihm nicht im Hals stecken, und er musste auch nicht laut herauslachen.

Kaum auszudenken, welchen neuerlichen Skandal die

Frau Senatorin andernfalls demnächst zu berichten gehabt hätte. »Unerhört«, würde sie dann sagen. »Stellen Sie sich vor. Da lade ich diesen jungen Burschen, diesen halben Engländer ein, damit er mal ein wenig gesellschaftlichen Schliff bekommt, und was tut er? Spuckt den Punsch aus und lacht meinen Gästen ins Gesicht. Unerhört!«

»James, schön ruhig bleiben«, mahnte Lore.

Seine Schultern zuckten, aber es gelang ihm, einen neutralen Gesichtsausdruck beizubehalten.

Lore zwinkerte ihm zu. Es war ihre Idee gewesen, sich um eine Einladung bei Senator Mertens zu bemühen. »Alles, was Rang und Namen hat, wird an jenem Samstag zum Souper gebeten. Und es wird Zeit, mein Lieber, dass du lernst, dich in den höheren Kreisen zu bewegen.«

Paul hatte ihr recht geben müssen. Seit er Besitzer einer Flotte von gut zwanzig Ewern und Schuten war, seit seine Geschäfte ganz außerordentlich florierten, konnte er nicht mehr das Dasein eines Einsiedlers führen. Es galt, neue Kontakte zu knüpfen und sich einen guten Ruf in der Hautevolee zu erwerben. Niemand erkannte in ihm den Jungen aus dem Kellerloch, und eine Begegnung mit Georg Vogt musste er kaum mehr fürchten. Einer seiner Schutenführer lebte in der Deichstraße, und er hatte ihm von dem einst einflussreichen Kaufmann erzählt, der nun ein Fremder im eigenen Haus war.

»Is' nich' mehr ganz richtig im Kopp«, hatte der Schutenführer gesagt und sich an die Stirn getippt.

Paul hoffte, von diesem Mann ging keine Gefahr mehr für ihn aus.

Doch Clara blieb verschwunden. Niemand wusste etwas Genaues, sosehr er auch forschte. Er redete sich ein, es sei besser so. Ohnehin könnte er ihr niemals unter die Augen treten.

So lebte er ein neues Leben.

Lore Stelling war genau die richtige Begleiterin für ihn. Als Tochter eines bekannten Architekten und Baudirektors war sie vornehm erzogen worden. Sie besaß Witz, Liebreiz und einen guten Geschmack. Ihr herzförmiges Gesicht, ihre blonden Locken und ihre zarte Statur erinnerten an eine Puppe, ihr süßes Lächeln täuschte die meisten Beobachter über ihren ausgeprägten Scharfsinn hinweg. Dass sie sich ausgerechnet mit diesem Emporkömmling abgab, verstand nur der weibliche Teil der Gesellschaft. James Roberts war ein unglaublich attraktiver Mann, er hatte so etwas – »Animalisches«, flüsterten die Damen hinter ihren Fächern. Und er schien ein dunkles Geheimnis mit sich herumzutragen. Ach, faszinierend, faszinierend.

Paul, dem es inzwischen nur noch selten passierte, seinen angenommenen Namen zu überhören, war Lore für ihre Mühen dankbar. Sogar zu einem Schneider hatte sie ihn gebracht und ihm mehrere Fräcke, Gehröcke und helle Beinkleider anpassen lassen. Dazu ein halbes Dutzend Seidenhemden, schimmernde Westen, weiche Halstücher, einige Krawatten, drei Zylinder, zwei Spazierstöcke, eine Taschenuhr …

Paul hatte an sich halten müssen, um nicht laut zu protestieren.

»Ich weiß, ich weiß«, hatte Lore schmunzelnd gesagt. »Für den Gegenwert könntest du noch eine Schute kaufen. Aber es muss sein, mein Lieber.«

Ja, Lore war ein Schatz. Er würde ihr immer dankbar

dafür sein, dass sie ihn unter ihre Fittiche genommen hatte. Und sie war erfrischend unkompliziert. Trug stets ein Lächeln auf den Lippen, machte sich mit ihm gemeinsam über die Eitelkeit und Tratschsucht der Damenwelt lustig, schützte ihn allein durch ihre Anwesenheit vor allzu aufdringlichen Frauen und wurde ihm niemals lästig.

Sie wusste, wann es Zeit war, ihn allein zu lassen, und sie forderte keinerlei Gegenleistung für ihre Freundlichkeit. Schien es zufrieden zu sein, ihn hin und wieder zu begleiten, erwartete kein Lächeln, keinen Kuss.

Zumindest redete sich Paul ihre Freundschaft erfolgreich auf diese Weise ein. Und wenn er doch einmal einen Blick von ihr auffing, in dem das Wissen um eine aussichtslose Liebe stand, dann schaute er schnell weg.

Hätte er ein Herz zu verschenken gehabt, so hätte er es mit Freuden Lore gegeben.

Doch er besaß kein Herz mehr. Nichts, was für einen anderen Menschen von Wert gewesen wäre. Alles, was er sein Eigen nannte, war ein falscher Name, ein gutgehendes Geschäft und die Erinnerung an einen Traum vom Glück, der vor langer Zeit zerronnen war.

Lore zwickte ihn in den Arm. »Und was soll jetzt diese Leichenbittermiene? Contenance, mein Lieber, Contenance. Man schaut schon.«

Paul zwang seine Mundwinkel in die Höhe und trank noch einen großen Schluck Punsch.

Flink nahm Lore ihm das Glas ab. »Und immer schön nüchtern bleiben, wenn man von allen Seiten scharf beobachtet wird.«

Manchmal konnte sie eine Nervensäge sein.

Paul bedauerte es auf einmal, an diesem Abend mitgegangen zu sein. Es war kein guter Tag gewesen. Ein Tag voller Erinnerungen. Gleich am Morgen hatte ihm ein Blumenmädchen unbedingt einen Strauß Rosen verkaufen wollen. Er hatte die welkenden Blumen genommen und ins nächste Fleet geworfen.

Sosehr er sich in den folgenden Stunden auch bemühte, nicht zurückzuschauen, so häufig hatte er Clara vor Augen gehabt, süß und duftend, wie sie damals gewesen war. Inzwischen wusste er, es war ein Fehler gewesen, seine Boote mit einer Rose zu verzieren. So blieb die schmerzliche Erinnerung stets bei ihm. Doch brachte er es nicht über sich, den Schmuck zu entfernen. Zudem galt die Rose inzwischen als sein Markenzeichen, und erst vor kurzem hatte sein Prokurist vorgeschlagen, eine gezeichnete Blüte in den Briefkopf drucken zu lassen.

Nein, er wäre lieber daheim geblieben. Stattdessen hatte er sich von Lore mit der Kutsche ihres Vaters abholen lassen. Die Fahrt ging durch den Herrengraben über die Große Bleichen und den Neuen Jungfernstieg bis zur Esplanade, jener eindrucksvollen Allee, die vor einem Dutzend Jahren auf dem Gelände des einstigen Stadtwalls entstanden war. Paul war bisher noch nie hier gewesen. Als Junge hatten ihn seine Raubzüge nur bis zum Jungfernstieg geführt. Von dort aus war der Fluchtweg in die verwinkelten Gassen der Altstadt noch kurz genug gewesen.

Nun bestaunte er die klassizistischen Paläste auf beiden Seiten. Der breite Mittelstreifen war mit unzähligen, jetzt im November kahlen Linden bepflanzt, und vornehme Herrschaften bevölkerten zu Fuß oder in Ein- und Zweispännern die Prachtstraße.

»Mach den Mund wieder zu«, spöttelte Lore. »Hier

wird auch bloß mit Wasser gekocht, und eines Tages wirst du dir ebenfalls so einen Palast kaufen.«

Paul war nicht sicher, ob das wirklich sein Wunsch war. Es war ein gutes Gefühl, geschäftlich so gut vorangekommen zu sein, aber die Leere in seinem Inneren, die ihn um so manche Nachtruhe brachte, ließ sich nicht mit Mark und Schilling füllen. Diese Erfahrung hatte er inzwischen gemacht, und es gab Zeiten, da sehnte er sich danach, wieder nur ein einfacher Schutenführer zu sein, der hart von früh bis spät schuften musste und dafür mit bleischwerem Schlaf belohnt wurde.

»Wo bist du nun schon wieder mit deinen Gedanken?«

Paul schrak zusammen.

»Ganz bei dir, liebste Lore.«

»Schamloser Lügner.«

Er konnte ihr nichts vormachen, sie kannte ihn zu gut.

»Immer in der Vergangenheit unterwegs, der unglückliche Mister Roberts. Dabei liegt die Zukunft so vielversprechend vor ihm.«

Bevor er darauf etwas erwidern konnte, zog sie ihn am Frackärmel. »Komm mit, ich will den neuesten Klatsch hören.«

Paul ließ sich, halb angewidert, halb fasziniert näher zum Sofa ziehen, auf dem die Senatorin sich zunächst an einem Glas Champagner gestärkt hatte, bevor sie weitersprach. Den Gästen gab dies Gelegenheit, einen großen Halbkreis um sie zu bilden. Feinster Batist rieb sich an Musselin und Atlas. Reifröcke kämpften um den besten Platz, Ballonärmel, mit Rosshaar in voluminöse Form gebracht, drohten, sich ineinander zu verhaken, wenn ihre Trägerinnen nicht aufpassten.

Fräcke, schimmernde Westen und weiße Krawatten hielten sich angesichts dieser Übermacht weiblicher Stoffe im Hintergrund.

Nun, da sie die volle Aufmerksamkeit der Gesellschaft genoss, holte die Senatorin tief Luft.

Erneut fürchtete Paul um ihr Korsett, das diesen wogenden Massen der Empörung unmöglich gewachsen sein konnte. So war er einen Moment abgelenkt, bis ein Name fiel, der sein Interesse weckte.

»So ist es«, sagte die Senatorin gerade. »Es war Fräulein Elisabeth Bardenstein. Ich habe sie mit meinen eigenen Augen gesehen.«

Paul staunte. Elisabeth Bardenstein sollte sich unsittlich verhalten haben? Es fiel ihm schwer, das zu glauben. Bisher hatte er nur Gutes über sie gehört. Seine Geschäftspartner hatten berichtet, sie habe die Reederei und die Werft Bardenstein von ihrem verstorbenen Vater übernommen und allen Unkenrufen zum Trotz erfolgreich weitergeführt.

Paul interessierte sich aus einem einfachen Grund für Elisabeth Bardenstein: Er plante, noch in diesem Jahr sein erstes Segelschiff zu kaufen, und ihm war zu Ohren gekommen, dass die Reederei einen Dreimaster abzugeben hatte. Ob die Flotte aus wirtschaftlichen Gründen schrumpfen sollte oder ob es stimmte, dass die Reederin vorhatte, ihren ersten Raddampfer zu erwerben, war ihm einerlei. Für ihn zählte nur die Möglichkeit, in den Besitz seines ersten größeren Schiffes zu gelangen.

Er hatte beabsichtigt, schon in der folgenden Woche die Verhandlungen aufzunehmen. Nun fragte er sich plötzlich, ob er es mit einer seriösen Reederin zu tun haben würde oder mit einer lasterhaften Frau, die in aller Öffentlichkeit herumpoussierte.

Nun, in einer Hafenstadt wie Hamburg gab es noch genug andere Möglichkeiten, an ein Segelschiff zu kommen.

Eine Reihe von Fragen prasselten auf Senatorin Mertens ein, und sie sonnte sich geradezu in ihrer Wichtigkeit.

»Bestimmt übertreibt sie«, flüsterte Lore. »Das tut sie ja immer. Es war sicher nur ein keusches Küsschen auf die Wange.«

Die Fragen und Kommentare wurden eifriger und lauter.

»Wer war es?«

»Ach, nun spannen Sie uns doch nicht so auf die Folter, Gnädigste.«

»Elisabeth Bardenstein ist ja nicht mehr die Jüngste.«

»Ganz recht! Wer mag sich schon mit einer verwelkten Blume schmücken?«

Paul, der an seine kleine Rose denken musste, erschrak. Noch nie war ihm in den Sinn gekommen, er könnte Clara womöglich erst in vielen Jahren wiedersehen, wenn sie beide schon die Grenze zum Alter überschritten hatten. Mit fünfzig oder gar sechzig Jahren.

Welch grausame Vorstellung!

Lore verpasste ihm einen Stoß mit dem Ellenbogen. »Verwelkte Blume? Die Herrschaften sollten mal besser hinschauen, wenn sie Elisabeth das nächste Mal sehen. Sie war nämlich erst letzte Woche bei uns zu Gast, und ich fand, sie sah einfach hinreißend aus. Wie ein neuer Mensch. Geradezu jung und lieblich.«

Froh, das schreckliche Bild in seinem Kopf zu löschen,

grinste Paul. »Lieblich? Wer von uns beiden hat da wohl zu viel von dem Punsch gekostet?«

»Ich kann es nicht besser ausdrücken«, gab Lore zurück. »Elisabeth ist lange nicht mehr zum Abendessen bei uns gewesen. Ich glaube, zuletzt noch gemeinsam mit dem Kapitän. Damals sah sie wirklich verwelkt aus. Aber nun ist sie wie neu erblüht.«

Paul war es leid, Bemerkungen über verwelkende und blühende Blumen zu hören. Gerade überlegte er, wie er sich verabschieden konnte, ohne die Regeln der Höflichkeit zu brechen, als Lore hinzufügte: »Wenn ich es recht bedenke, dann empfand ich nicht nur ihre Erscheinung als verändert. Sicher, sie kleidet sich eleganter, sie lächelt häufiger, und sie strahlt. Irgendwie von innen heraus. Aber – jetzt weiß ich es wieder. Es ist ihr Duft.«

»Ihr Duft?«, fragte Paul. Seine Sinne kehrten zurück in die Vergangenheit.

»Ja. Als meine Mutter sie fragte, gestand Elisabeth, sie benutze ein neues Parfum. Nicht mehr Kölnischwasser. Mutter war ganz wild darauf, ebenfalls dieses Parfum zu kaufen, und ich muss gestehen, ich auch. Es riecht einfach himmlisch, und ich habe mir gesagt, wenn es an einer – ähm – alten Jungfer schon so göttlich duftet, wie muss es dann erst an mir wirken?«

»Himmlisch, göttlich«, spöttelte Paul bewusst boshaft. Es half ihm, die Fassung zu wahren. »Das klingt, als wäre dieser sagenhaft Duft direkt vom Himmel auf die Dame herabgetropft.«

»Lach du nur. Wenn du ihn einmal riechst, wirst du ihn nicht mehr vergessen!«

Ihre Worte trafen ihn wie ein Schlag. Der eine Duft,

den er nie vergessen konnte. Es gab ihn. Paul war kein Feingeist, aber wann immer er die Augen schloss und sich konzentrierte, hatte er wieder diese einzigartige Mischung in der Nase. Kernseife und Kamille, dazu die Blüte, die in ihrem dunklen Haar steckte, und manchmal ein Hauch von Zimt an ihren langen, schlanken Fingern.

Und dann der Kuss, der süßer duftete als aller Honig dieser Welt.

Ein weiterer Stoß mit dem Ellenbogen traf ihn. »Hast du gehört? Angeblich soll Elisabeth mit Julius Wichern auf dem Jungfernstieg wilde Küsse getauscht haben.«

»Wer ist das?«, fragte Paul und bemühte sich um einen neutralen Gesichtsausdruck.

»Auch ein Reeder. Und ein langjähriger Freund der Familie Bardenstein. Also, ich hätte nie gedacht, dass aus den beiden doch noch einmal ein Paar wird.« Lore winkte einen Diener herbei. »Bringen Sie uns zwei Glas Champagner.« Und, an Paul gewandt: »Wir wollen auf das neue Glück trinken.«

Nicht auf unseres, schien ihr Blick zu sagen, aber Paul schaute nicht hin.

»Sollten wir nicht nüchtern bleiben?«, fragte er.

Lore hob die Schultern. Es kommt nicht mehr darauf an, sollte diese Geste wohl bedeuten.

24

Sie tranken die perlende Flüssigkeit, während sich die Gesellschaft rund um das Sofa auflöste und sich in Grüppchen zusammenfand. Man hatte alles erfahren, was die Frau Senatorin zu erzählen hatte.

Elisabeth Bardenstein und Julius Wichern. Nun, das war für manche der hier im Salon Versammelten keine wirkliche Überraschung. Die einen oder anderen drückten noch ihr Bedauern aus. Hatte man sich doch, für sich selbst oder das hübsche Töchterlein, Hoffnung auf eine Heirat mit dem Reeder gemacht. Nun, es würde sich schon noch ein anderer Junggeselle finden.

Ob der Zwischenfall mit dem Kuss wirklich zum Skandal taugte, wurde mit leisen Stimmen in Frage gestellt. Womöglich hatte die Senatorin nicht genau hingeschaut. Mochte ja sein, dass der Herr Wichern dem Fräulein Bardenstein nur etwas zugeflüstert hatte. Oder sie waren intensiv ins Gespräch vertieft gewesen. Oder, was die meisten für wahrscheinlich hielten, der Herr Wichern hatte noch einmal an dem wundervollen Duft schnuppern wollen, den Elisabeth neuerdings trug, und sich dafür zu ihrem Hals hinabgebeugt.

Überhaupt dieser Duft! Sagenhaft! Warum gab es den nicht zu kaufen? Wieso wurde so ein Geheimnis daraus gemacht? Man müsste doch mal herausfinden, wo der herkam. Alle, die in den letzten Wochen in Elisabeth Bardensteins Nähe gekommen waren, hatten ihn wahrgenommen, diesen betörenden Hauch von Jugend und Schönheit, von Frische und Verführung.

Selbst der eine oder andere ehrenwerte Gemahl hatte plötzlich vergessen, dass er sich mit den anderen Herren zurückziehen wollte, um sich eine dickbauchige Zigarre oder eine holländische Tonpfeife zu genehmigen, und dazu einen guten Branntwein und wichtige Männergespräche, nachdem man die Damen endlich sich selbst überlassen konnte.

Nein! Sie waren geblieben, erst letzte Woche, auf dem Empfang in der neuen Börse, in dem riesigen Saal, in dem seit kurzem die täglichen Geschäfte abgewickelt wurden. Da waren sie herumscharwenzelt um die Jungfer Elisabeth Bardenstein wie liebeskranke Gockel, ganz so, als sei sie die frisch verjüngte *schöne Marianne* höchstpersönlich, die vor nunmehr zwanzig Jahren ganzen Heerscharen von Männern in ihrem Gasthaus in Langenfelde die Köpfe verdreht hatte.

Oh ja, die Damen hier im Stadtpalais von Senator Mertens waren sich einig: Wenn dieses geheimnisvolle Parfum eine solche Wirkung erzielte, dann mussten sie unbedingt in seinen Besitz gelangen. Koste es, was es wolle. Schließlich war es schon Jahre her, dass die Augen des Gatten aufgeleuchtet hatten beim Anblick seiner Angetrauten, die sich stundenlang mit ihrem Putz angestrengt und sich so fest wie nur irgend möglich hatte schnüren lassen.

Die Gemüter erhitzten sich zunehmend. Die Damen planten einen Besuch in Neumühlen, die Herren hatten sich, diesmal nicht abgelenkt von verführerischen Düften, nach nebenan ins Rauchzimmer begeben.

Senatorin Mertens saß, plötzlich einsam geworden, auf dem Sofa.

Paul hatte all das mit abfälligem Blick beobachtet. Er sehnte sich nach der Härte und Aufrichtigkeit der Männer in einer Hafenkneipe, sehnte sich nach seinem verlorenen Freund James Roberts, sehnte sich ...

»Lass uns gehen«, sagte er zu Lore.

Sie schaute ihn prüfend an.

»Langweilst du dich? Ich finde es hier recht amüsant.«

»Es widert mich an«, gab er zurück.

Lore schwieg betroffen.

»Bitte verzeih«, sagte er schnell. »Du kannst nichts dafür. Ich finde all die Leute hier nur so furchtbar oberflächlich. Haben die wirklich nichts Wichtigeres zu tun, als sich über andere das Maul zu zerreißen?«

»Doch«, sagte Lore und lächelte schon wieder. »Sie suchen nach dem Wunderduft. Ich denke, sie wollen alle von ihrem schrecklichen, bequemen Schicksal erlöst werden.«

»Lächerlich«, erwiderte Paul mit einem Schnauben. Er mochte nicht mehr an Düfte denken, nicht an Blumen, nicht an Clara. Er hatte die einzige Frau verlassen, die er je geliebt hatte.

Für ihn gab es keine Erlösung.

Er musste hier raus.

Kaum saßen sie in der Kutsche, beruhigte er sich wieder. Dies war einer dieser Tage gewesen, an dem er Gespenster sah. Solche Tage gab es einfach. Kein Grund, sich verrückt zu machen. Nun ging es auf Mitternacht zu.

Morgen würde er nicht zurückschauen. Er würde den Sonntag mit Lore verbringen, um sich für sein unfreundliches Benehmen zu entschuldigen. Wenn es nicht zu kalt war, würde er sie zu einer Alsterpartie einladen.

Während die Kutsche über das Kopfsteinpflaster ruckelte, betrachtete er ihr Profil, das sich wie ein Schattenriss von der spärlichen Straßenbeleuchtung abhob.

Nie hatte er sich stärker gewünscht, sie lieben zu können, als in diesem Augenblick.

Allein, er empfand nichts.

Erst nach einer Weile fiel ihm auf, dass Lore, ganz entgegen ihrer Gewohnheit, seit Beginn der Fahrt schwieg.

Sie fuhren schon durch den Herrengraben, als sie endlich wieder sprach.

»Ich weiß mehr als die anderen Damen.«

»Wovon redest du?«

»Von dem geheimnisvollen Parfum.«

Er war nicht vorbei, dieser Gespenstertag.

»So.«

Paul wollte nichts wissen. Dieses eine Mal war er dankbar für den Gestank aus dem Fleet, der in die Kutsche drang und den Duft nach Honig vertrieb.

»Vater hat mir gestern etwas außerordentlich Interessantes berichtet. Ich habe mich vorhin gehütet, die Neuigkeit schon weiterzuerzählen.«

Paul entdeckte einen schmalen Spalt im Schattenriss. Er sah aus wie ein spitzbübisches Grinsen.

»Also, hör gut zu. Vater ist auch mit Julius Wichern bekannt. Erst vor kurzem hat er dessen Villa an der Alster ausgebaut. Und der Herr Wichern hat ihn letzte Woche gefragt, ob er nicht auch ein kleines Haus entwerfen könnte. Sicherlich sei das unter seiner Würde, aber es müsse ein besonderes Häuschen werden. Eine Parfumwerkstatt im Park der Villa Bardenstein.«

Die Glocke des Michels schlug Mitternacht.

»Und stell dir vor«, flüsterte Lore, als könnte ihr irgendjemand sonst über das Klappern der Pferdehufe und das Rattern der Kutschenpferde hinweg zuhören. »Herr Wichern hat dann von einem Gast in der Villa Bardenstein erzählt. Weil Vater sich ein wenig zierte, hat er wohl gedacht, er müsse ihn nur neugierig machen, dann werde er den Auftrag schon annehmen. Dieser Gast soll eine junge Frau sein, eine Freundin von Elisabeth Bardenstein. Sie lebt dort schon seit einiger Zeit, und sie ist diejenige, die diesen Duft geschaffen hat. Elisabeth Bardenstein hat ihn nicht etwa aus Paris oder London kommen lassen. Ist das nicht unglaublich? Eine junge Frau ist die Parfumeurin! Vielleicht gerade so alt wie ich. Sie stammt sogar aus Hamburg. Und sie hat etwas so Wunderschönes wie dieses Parfum erfunden. Was sagst du dazu, James?«

»Das ist – interessant.«

»Nicht wahr? Und ich denke gar nicht daran, den anderen Damen mein Geheimnis zu verraten. Erst will ich selbst nach Neumühlen fahren. Gleich morgen früh. Und dann werde ich diese Clara Vogt bitten, mir einen Flakon von ihrem Parfum zu überlassen. Oh ja, alle Herren werden mir den Hof machen.« Sie kicherte und lehnte sich dann leicht an ihn. »Du wirst mir auch nicht länger widerstehen können, mein lieber James.«

Er schwieg.

Die Kutsche hielt.

Sie waren vor seinem Haus angekommen.

»James, was ist mit dir? Habe ich etwas Falsches gesagt?«

Paul saß da.

Wie erstarrt.

Der Kutscher stieg vom Bock und öffnete den Wagenschlag. Von einer Straßenlaterne drang schwaches Licht herein. Zwei Nachtwächter schlenderten vorbei.

»James, du siehst aus, als wärst du dem Leibhaftigen begegnet!«

Er stieg aus.

»Gute Nacht«, sagte er. Diese zwei Worte kosteten ihn eine schier übermenschliche Anstrengung.

»James!«

Er drehte sich nicht um, ging los, rannte fast, an seinem Haus vorbei, die Straße hinunter.

Er lief und lief und konnte ihn doch nicht abschütteln, den einen Namen, den Lore ausgesprochen hatte: Clara Vogt.

Friederike Fechner war mit ihrer Geduld am Ende. Keinen Tag länger wollte sie bei ihrer Schwester bleiben! Sie hatte genug davon, wie eine mittellose Verwandte behandelt zu werden, genug davon, von früh bis spät für die Familie Voss zu schuften, ohne genügend Dankbarkeit zu erfahren.

Zwar ahnte sie, dass Martha auch deshalb wieder besonders unausstehlich war, weil sie tatsächlich noch einmal schwanger geworden war. Doch mochte sie keine Rücksicht mehr auf den Zustand und die Launen ihrer Schwester nehmen, zumal es dieser viel besserging als bei der letzten Schwangerschaft.

Friederike schätzte ihren Schwager und liebte ihre Nichten, besonders Cornelia und die kleine Mathilde, doch ihr war klargeworden, sie hatte schon zu viel Zeit in diesem Haus verbracht. Sie musste ein eigenes, neues Leben beginnen.

Martha würde erleichtert sein, wenn sie fortging. Zwar hatte sie sich inzwischen ihre dumme Eifersucht auf ihren Hermann ein wenig abgewöhnt, aber trotz allem, was ihre ältere Schwester für sie tat, mochte sie deren Anblick kaum noch ertragen.

Friederike war nicht dumm. Sie wusste, sie erinnerte Martha jeden Tag aufs Neue an die unglücklichen Zeiten in der Deichstraße. Während die eigenen Töchter sich weiterentwickelt hatten und kaum noch an früher dachten, konnte Friederike einfach nicht aufhören, von damals zu sprechen. Und damit rief sie Martha auch stets den verlorenen Sohn ins Gedächtnis.

Paul war für Martha wie eine Wunde, die sich so nicht schließen konnte. Dessen war sich Friederike bewusst.

Dass Clara wieder aufgetaucht war, störte Martha offenbar am meisten. Die feine Dame solle sich hier bloß nicht mehr blicken lassen, hatte Martha oft genug geschimpft. Schon gar nicht in Begleitung dieser Dirne. Die verderbe ja die Moral ihrer Töchter!

Friederike jedoch hatte nicht mehr die Absicht, sich ihren Umgang mit Clara verbieten zu lassen. Und endlich hatte sie nun auch eine Möglichkeit, der Herrschaft ihrer Schwester zu entkommen.

Vor zwei Tagen war eine Nachricht von Clara eingetroffen. Ob sie bereit wäre, nach Neumühlen zu ziehen und ihr bei der Produktion eines Parfums zu helfen.

Friederike konnte sich darunter herzlich wenig vorstellen, aber sie schrieb auf der Stelle zurück: Ich komme!

Selbst wenn sie nicht viel verdienen würde und sich die Kammer mit einem Dienstmädchen teilen sollte – ihr war alles recht. Hauptsache, sie musste sich nicht mehr wie eine Sklavin fühlen.

An diesem Sonntagmorgen im November nun setzte sie die Familie Voss von ihrem Entschluss in Kenntnis. Alle drängten sich in der Küche, wo Friederike zum letzten Mal ein Essen zubereitet hatte. Danach hatte sie ihre Schürze abgenommen und Cornelia gebeten, die Familie zusammenzurufen. Sie habe noch vor dem Kirchgang etwas Wichtiges zu sagen.

»Fühlst du dich bei uns nicht mehr wohl, verehrte Schwägerin?«, erkundigte sich Hermann Voss, der von den Vorgängen im Haushalt und dem Zwist der Schwestern nichts ahnte.

»Doch, ihr wart alle sehr freundlich zu mir, und ich werde nie vergessen, dass ihr mich aufgenommen habt, als ich in Not war. Aber ich werde in Neumühlen gebraucht. Und ihr benötigt bald mehr Platz.«

Er nickte. Das leuchtete ihm ein.

Martha vergaß, dass sie die Schwester schon lange loswerden wollte. »Aber ohne dich schaffe ich die viele Arbeit im Haushalt nicht. Und bald wird mein Sohn auf der Welt sein. Wer soll mich dann unterstützen?«

Friederike unterdrückte eine heftige Erwiderung. Erneut war Martha fest davon überzeugt, einen Sohn zu bekommen. Sogar einen Namen hatte sie bereits ausgewählt: Fritz sollte er heißen. Fritz Voss, nach Hermanns

Vater. Trotz ihrer bald vierundvierzig Jahre trug Martha leicht an dieser Schwangerschaft.

»Mein kleiner Fritz will mir keinen Kummer machen«, pflegte sie zu sagen.

Nun also holte Friederike tief Luft und antwortete ruhig: »Deine Töchter werden dir zur Seite stehen.«

Die großen Mädchen nickten. Schon seit langem übernahmen sie mehr und mehr Verantwortung.

Einzig Cornelia war den Tränen nahe.

Friederike sah die stumme Bitte in den feuchten Augen: Wer wird mir helfen, nach meinem großen Bruder zu suchen, wenn du fortgehst?

Seit ihrem gemeinsamen Ausflug zur Ellerntorbrücke wachte Martha äußerst streng über ihre Zweitjüngste. Genaues hatte sie nie erfahren, aber sie ahnte wohl, dass Cornelia und Friederike an jenem Frühlingstag im letzten Jahr etwas getan hatten, wovon sie nichts wissen sollte. Dabei hatte Friederike darauf bestanden, dass sie, um keinen Verdacht zu erregen, von Claras Kutscher an der Palmaille abgesetzt wurden. Aber ihr war dann keine glaubhafte Erklärung eingefallen, warum bald darauf Clara Vogt zu Besuch gekommen war.

So ließ Martha Cornelia nicht mehr unbeaufsichtigt aus dem Haus gehen, und selbst die geliebten Ausflüge mit Hermann Voss waren seitdem verboten.

Friederike gab ihrer Nichte stumm zu verstehen, dass sie niemals aufgeben werde. Dennoch war das Kind untröstlich.

Der Abschied war schwerer, als sie erwartet hatte.

Endlich traf die Kutsche aus Neumühlen ein, und der junge Mann, den sie schon kannte, nahm ihr die Stofftasche mit den wenigen Kleidungsstücken ab, die sie seit ihrer Flucht aus Hamburg angeschafft hatte.

»Auf Wiedersehen«, sagte Friederike zu der Familie, die sie zur Tür begleitet hatte. »Ich werde euch bald einmal besuchen.«

Alle winkten, und auch zwei der älteren Mädchen wischten sich verstohlen über die Augen. Sie ahnten wohl, wie viel Arbeit auf sie zukam, nun, da die fleißige Tante das Haus verließ.

Friederike lehnte sich in die Polster zurück. Noch lange sah sie Cornelias untröstliches Gesicht vor sich.

25

In den ersten Dezembertagen fiel der Winter mit seinem frostigen Atem über das Land her. Auf der Elbe trieb junges Eis, das sich mit jeder Ebbe und Flut senkte und hob. Es knirschte laut an den Rändern und schnitt wie dickes Glas in die Schiffsrümpfe, die nicht zusätzlich mit starken Brettern benagelt worden waren.

»Machst du dir Sorgen?«, fragte Clara.

Elisabeth schüttelte den Kopf. »Nein. Drei meiner Schiffe liegen sicher auf der Werft. Die anderen sind auf dem Weg nach Südamerika und Batavia. Vor dem Frühjahr kehren sie nicht zurück.«

Die beiden Frauen standen dick eingemummelt im winterlich kahlen Park der Villa Bardenstein und beobachteten noch einen Moment lang das tückische Spiel der Eisschollen, bevor sie sich wieder ihrem eigentlichen Vorhaben widmeten.

»Dort ist ein ausgezeichneter Platz«, sagte Elisabeth und wies zu einer ebenen Stelle zwischen einigen uralten Eichen. »Im Winter vor den Stürmen geschützt und im Sommer vor zu viel Sonne. Hier lassen wir deine neue Werkstatt bauen. Der Herr Architekt Stelling kommt nachher mit den Plänen vorbei. Ich denke, er hat alles zu deiner Zufriedenheit ausgearbeitet.«

»Wunderbar«, murmelte Clara. Ihr hätte auch der

Platz neben dem Pavillon gefallen, aber der war nur schlecht vor der Witterung geschützt.

Wieder einmal war sie Elisabeth unendlich dankbar. Aber wie schon so oft fühlte sie sich auch bevormundet und, ja, überrumpelt. Die ältere Freundin nahm stets alles in die Hand und überließ nichts dem Zufall. Manchmal fühlte sich Clara in ihrer Gegenwart wie ein Kind, das nur dazu da war, mit Duftessenzen zu spielen.

Ach, Unsinn, dachte sie sofort. Elisabeth war hilfsbereit und freundlich, das war alles. Und wenn Clara manchmal den Eindruck hatte, die Freundin verberge etwas vor ihr, dann war es eben nur – Einbildung.

Tief atmete sie die schneidend kalte Luft ein. Sie musste endlich damit aufhören, an Elisabeth zu zweifeln. Sollte sich Amelie ruhig weiter in dunklen Andeutungen ergehen, Clara wusste, dass sie der Reederin alles zu verdanken hatte. Ihr neues Leben als Parfumeurin und ihren großen Erfolg, der vor wenigen Wochen so unerwartet über sie hereingebrochen war.

Sie verzog das Gesicht, als sie daran dachte, was Amelie wohl dazu sagen würde. Vermutlich so etwas wie: »Oh, die heilige Elisabeth! Gewiss hat sie dir auch die Hand geführt, als du La Fleur erschaffen hast.«

Clara verstand nicht, warum Amelie neuerdings so schlecht auf Elisabeth zu sprechen war. Sie ahnte nur, es würde über kurz oder lang zum großen Knall kommen.

»Was ist? Woran denkst du?«

»Oh – an nichts Besonderes. Du hast recht. Es ist wirklich der beste Platz für meine Werkstatt.«

Elisabeth hatte sofort zugestimmt, als Clara von der Notwendigkeit einer neuen Werkstatt gesprochen hatte.

Sodann ließ sie über Julius einen guten Architekten engagieren, der sich schließlich bereit erklärte, die Planung zu übernehmen. Offenbar auch auf Drängen seiner Tochter.

»Erwartest du nachher auch Lore Stelling?«

»Gott bewahre! Die bringt es fertig, dir schon wieder einen Flakon La Fleur abzuschwatzen, und dabei kommst du kaum nach mit der Produktion.«

»Das stimmt«, musste Clara zugeben. Im Grunde aber mochte sie Lore. Seit die quirlige Architektentochter an einem nasskalten Novembermorgen zum ersten Mal in Neumühlen aufgekreuzt war und sich in der Küche der Villa Bardenstein aufgebaut hatte, bis Clara endlich aus der Werkstatt kam, war sie ihr schon fast zur Freundin geworden. Keine, die sie bevormundete wie Elisabeth, keine, die einen unerklärlichen Groll gegen ihre Gastgeberin hegte wie Amelie.

Nur eine junge, unbeschwerte Frau im gleichen Alter, die von Claras Arbeit hingerissen war und ihr eine große Zukunft prophezeite.

Ja, hätte Clara nicht nach wie vor ihre gesamte Zeit mit Duftessenzen und Gerätschaften verbracht, so wäre sie gern Lores Freundin geworden. Gelang es Lore, hin und wieder zehn Minuten von Claras Zeit zu stehlen, dann erzählte sie geistreich aus der Welt der Hamburger Pfeffersäcke, und sie schwärmte von einem Mann, den sie mit Claras Duft bald zu verführen gedachte.

James Roberts.

Als sie ihn das erste Mal erwähnt hatte, war Clara zusammengezuckt.

James Roberts? Das war doch der Mann, der Rosen auf

seine Schuten malte, der Mann, von dem Friederike und Amelie ihr erzählt hatten.

»Kennst du ihn etwa?«, hatte Lore gefragt.

»Nein. Ich habe nur einmal von ihm gehört.«

Danach hatte Lore den Mann nie wieder erwähnt. Es schien Clara, als wache sie eifersüchtig über ihre Freundschaft mit ihm. Dabei hatte Clara gewiss nicht im Sinn, irgendjemandem den Mann auszuspannen.

In ihrer kargen Freizeit schlief sie oder arbeitete an den Plänen für die neue Werkstatt. Im Übrigen stellte sie ihren Duft La Fleur in immer größeren Mengen her und schaffte es trotzdem kaum, die immense Nachfrage zu befriedigen. Friederike, Amelie und zwei geschickte Mädchen aus dem Ort halfen ihr inzwischen bei der Produktion, dennoch war die Warteliste der Damen, die alle ein Flakon mit La Fleur ergattern wollten, noch unglaublich lang.

Nur wenige Stunden nach Lore Stellings erstem Besuch waren vier Hamburger Bürgerinnen aus einer Kutsche gestiegen und hatten nach dem Duft gefragt, der den Blaustrumpf Elisabeth Bardenstein in eine blühende und begehrenswerte Schönheit verwandelt hatte.

Amelie war in brüllendes Gelächter ausgebrochen, Clara hatte die Damen verwirrt angestarrt, Elisabeth war tiefrot geworden. Aber es war den Besucherinnen vollkommen ernst mit ihrem Wunsch gewesen, und wie schon Lore Stelling hatten sie glücklich fünf Courantmark für einen Flakon bezahlt und waren wieder abgereist. Den Preis hatte die geschäftstüchtige Elisabeth in Windeseile festgesetzt. Er schreckte keine der Damen ab.

»Das ist unverschämt viel Geld«, hatte Clara die Freundin später getadelt.

»Unsinn. Diese Damen hätten auch das Erbe ihrer Töchter hergegeben. Jemand muss mich mit Julius am Jungfernstieg gesehen haben, und auf dem Empfang in der neuen Börse habe ich verraten, dass ich ein Parfum geschenkt bekommen habe, das es sonst nirgendwo gibt. Weder in Paris noch in London. So entstehen Märchen, meine Liebe. Der Klatsch hat sich schnell herumgesprochen und wurde dabei in den Salons der Stadt offenbar kräftig ausgeschmückt.«

Clara, noch immer verwundert, hatte schließlich genickt. Sollte La Fleur ein Verkaufserfolg werden, wollte sie froh darüber sein. Bot sich ihr so vielleicht die Möglichkeit, auf eigenen Füßen zu stehen.

Ihre Befürchtung, eine der Besucherinnen hätte sie als die Tochter von Georg Vogt erkennen können, erwies sich als unbegründet. Entweder kannten die Damen ihre Familie ohnehin nicht, oder Clara hatte sich in den nun bald zwei Jahren seit ihrer Flucht derart verändert, dass niemand sie mehr mit der verstörten, schüchternen Kaufmannstochter aus der Deichstraße in Verbindung brachte.

Als der Strom der Besucherinnen in den folgenden Wochen nicht abriss, benannte sie sich jedoch zur Sicherheit in Clara Leclerc um und hoffte, der Name Vogt möge bald in Vergessenheit geraten.

Zum Glück waren noch vor dem Winter zwei Sendungen mit Duftessenzen aus Paris eingetroffen. Clara war zuversichtlich, sämtliche Wünsche erfüllen zu können. Und möglicherweise ließ das große Interesse ja bald nach.

»Das glaube ich kaum«, sagte Elisabeth.

Clara war nicht aufgefallen, dass sie laut gedacht hatte. Nun hakte sie sich bei Elisabeth ein, um auf dem vereisten Sandweg zurück zur Villa zu gehen. Eiskristalle knirschten unter ihren Schuhsohlen, und sie setzte vorsichtig einen Schritt vor den anderen.

»Aber es können nicht sämtliche Damen aus Hamburg plötzlich diesen einen Duft haben wollen.«

»Offensichtlich doch. Und einige scheinen sogar einen Vorrat zu horten, der noch für ihre Enkelinnen und Urenkelinnen reichen wird.« Damit spielte Elisabeth auf Lore Stelling an, die bei jeder Gelegenheit einen weiteren Flakon erwarb, obwohl der eigentlich für eine andere Dame reserviert war.

Clara brachte es niemals fertig, nein zu sagen.

»Es ist ohnehin alles deine Schuld«, neckte Clara die Freundin. »Weil du mit La Fleur Julius' Herz im Sturm erobert hast, wird dem Duft nun diese wundersame Wirkung zugeschrieben.«

Elisabeth lächelte. »Vergiss nicht, dass du ihn geschaffen hast. Ohne ihn wäre ich niemals so geworden, wie ich jetzt bin.«

Daran hegte Clara so ihre Zweifel. Schon bevor sie Elisabeth ihr besonderes Geschenk gemacht hatte, war diese wie verwandelt gewesen. Und was Julius Wichern betraf – da machte sich Clara ebenfalls ihre eigenen Gedanken. Sie glaubte nämlich, dass Julius in seinem Herzen schon immer ein Gefühl für Elisabeth bewahrt hatte. Nur hatte er gezögert, sich zu offenbaren, bis Elisabeth mit der Zeit weicher und liebreizender geworden war. Insofern war Clara davon überzeugt, ihr Duft habe Elisabeth lediglich dabei geholfen, sich noch mehr als Frau zu fühlen.

Falls die Hamburger Damen nun glaubten, die mysteriöse Wandlung der Elisabeth Bardenstein sei allein La Fleur zuzuschreiben, so mochte Clara dies nicht so ganz ernst nehmen.

Dennoch bereitete ihr die Entwicklung der Dinge einige Sorge.

»Wenn ich mit den Hoffnungen anderer Menschen Geschäfte mache, bin ich nicht besser als Georg Vogt«, sagte sie auf einmal.

Elisabeth blieb stehen. Ihr Atem bildete kleine weiße Wölkchen.

»Wovon redest du? Du hast hart gearbeitet, um diesen Duft zu erschaffen. Du machst doch keine krummen Geschäfte, und du hast dir jede Mark verdient.«

Clara war nicht überzeugt. »Trotzdem erziele ich Gewinne auf Kosten falscher Erwartungen. Ich möchte nicht, dass der Name Leclerc mit einer Art von – Rosstäuscherei in Verbindung gebracht wird.«

Elisabeth starrte sie an. »Falsche Hoffnungen? Rosstäuscherei?«

Sie gab einen merkwürdigen Laut von sich. Es klang wie ein Gurgeln, dann wie ein Glucksen.

Clara wunderte sich, bis sie begriff, dass Elisabeth lachte. Aus vollem Hals. Noch nie hatte sie die ältere Freundin so ausgelassen erlebt. Mal ein Lächeln, ein kleines gemeinsames Lachen waren schon vorgekommen. Aber niemals hatte sich Elisabeth zu einem solchen Heiterkeitsausbruch hinreißen lassen. Sie hielt sich den Bauch, schüttelte sich und musste sich die Tränen aus den Augen wischen.

»Falsche Hoffnungen!«, stieß sie erneut aus. »Rosstäuscherei! Ach, Clara!«

Ein neuerlicher Lachanfall packte sie, und Clara musste sie stützen, damit sie nicht fiel.

Es dauerte lange, bis Elisabeth sich ein wenig beruhigt hatte. Mittlerweile war Clara durchgefroren und sehnte sich nach der heimeligen Wärme in ihrer Werkstatt.

Elisabeth stieß nun ein Seufzen aus, während die letzten Lachtränen auf ihr Cape fielen und dort zu Eis gefroren. »Du weißt wirklich nicht, was vor sich geht, nicht wahr?«

»Wovon redest du?«

»Ich sehe schon, du bist immer nur in deiner Werkstatt eingesperrt und ahnst nicht, was draußen in der Welt geschieht.«

»Was geschieht denn?« Clara schaute auf die erstarrten Tränentropfen. Sie fürchtete, Elisabeth würde wieder nur lachen, wenn sie ihr in die Augen sah, und dann mussten sie vermutlich beide hier erfrieren.

»Ich rede davon, dass La Fleur tatsächlich Wunder bewirkt!«

»Wie bitte?«

»Mein Gott! Wach auf, Deern! Glaubst du, die Damen würden hier seit Wochen Schlange stehen, wenn der Duft keine Wirkung erzielte?«

»Ich dachte …«

»Dummerchen! Du weißt, Julius und ich werden oft eingeladen, und wir sehen es mit eigenen Augen. Die Herren sind wie ausgewechselt.«

Diesmal hob Clara nur fragend die Brauen.

»Die Gattinnen von Kaufleuten, Börsianern, Reedern und Senatoren erzählen alle dasselbe«, fuhr Elisabeth fort. »Seit sie La Fleur benutzen, bleiben die Herren gern in ihrer

Nähe. Sie können es kaum abwarten, abends heimzukommen, und haben es überhaupt nicht eilig, das Haus wieder zu verlassen. Und auf Gesellschaften bleiben sie stets nur zu gern in der Nähe der duftenden Ehefrauen. Glaub mir, ich habe noch nie so viele Damen auf einmal glücklich gesehen. Und das verdanken sie allein deinem Duft.«

Zum Glück war Elisabeth jetzt wieder ernst geworden. Was Clara jedoch beunruhigte, war, dass Elisabeth offenbar fest an die Wirkung von La Fleur glaubte.

Dabei war sie doch sonst eine kluge Frau, die sich nicht so leicht blenden ließ. Ob ihre Liebe zu Julius sie wohl blind gemacht hatte? La Fleur war eine gelungene Komposition, ein vortreffliches Parfum, und Clara war stolz darauf, es erschaffen zu haben. Aber es war eben nur ein Parfum, kein Wundermittel gegen unerfüllte Liebessehnsucht wie bei Lore oder langweilig gewordene Ehen, von denen Elisabeth zu berichten wusste.

Das war doch Unsinn!

Oder?

Claras eigener Verstand ließ auf einmal einen winzigen Zweifel zu.

Womöglich …

Nein!

Wenn zutraf, was Elisabeth erzählte, dann waren die Hamburger Damen allesamt verrückt geworden und die Herren gleich mit dazu.

Clara wollte Parfumeurin sein, sie wollte reich werden, um … Nun, so genau wusste sie das noch nicht. Auf keinen Fall jedoch wollte sie sich irgendwann vorwerfen lassen müssen, sie habe ihr Geschäft auf Lug und Trug aufgebaut. La Fleur sollte nicht in Verruf geraten, weil die

Wirkung nachließ oder weil die Damen den inneren Glanz verloren, der jetzt noch von ihrer neuen Hoffnung gespeist wurde.

Also musste sie sich etwas überlegen. Clara runzelte die Stirn. Ihr Blick war immer noch auf Elisabeths Cape gerichtet.

Es musste etwas sein, eine besondere Zutat vielleicht, das jede Frau allein dem Parfum beifügen sollte. Etwas – ja – etwas Persönliches. Nur dann, so wollte Clara in Zukunft bekanntgeben, nur dann könne La Fleur seinen Zauber für alle Zeiten entfalten.

Clara schmunzelte. Amelie wäre stolz auf mich, überlegte sie und vergaß, dass ihre Freundschaft mit Amelie so schwierig geworden war, seit diese nur noch mit finsterer Miene umherlief. Bald, nahm sie sich vor, bald rede ich einmal in Ruhe mit ihr.

Rasch kehrte sie zu ihren eigentlichen Überlegungen zurück, während Elisabeth noch immer vom Jahrmarkt der Eitelkeiten und vom Liebestaumel der Pfeffersäcke berichtete, den Claras Duft hervorgerufen hatte.

Einer der vereisten Tränentropfen löste sich und fiel zu Boden. Clara glaubte, ein Klirren zu hören, nicht lauter als das Flüstern eines Geliebten in weiter Ferne.

Und auf einmal war der Einfall da.

Jede Frau sollte dem Duft eine Träne beimischen.

Nein, zu einfach.

Eine halbe Träne.

Ja.

Das war die Lösung. Niemand konnte eine Träne entzweiteilen. Die Damen würden zugeben müssen, dass dies unmöglich war, und so konnte La Fleur mit der Zeit hoffentlich ein besonders beliebter Duft, aber eben nur ein Duft werden.

Kein Zaubermittel.

Zumal – Clara überlegte angestrengt, dann wusste sie es: Zumal sie ebenfalls bekanntgeben würde, die Wirkung könne sich ins Gegenteil verkehren, falls man sich bei dem Maß vertue. Dann war es möglich, dass die Damen hässlicher statt hübscher würden.

Erneut schmunzelte sie.

»Hörst du mir überhaupt zu?«

Clara sah auf. »Gewiss.«

»Gut, dann können wir ja hineingehen, und ich lasse Friedrich eine Nachricht schicken. Er wird sich freuen.«

»Friedrich Jensen?«

»Kennst du noch einen anderen Friedrich? Du wirst sehen, Clara, wenn du nun öfter auf eine Gesellschaft gehen wirst, gemeinsam mit mir und Julius und dem lieben Friedrich, dann wirst du dich nicht nur gut amüsieren, sondern du kannst dich auch mit eigenen Augen davon überzeugen, dass ich die Wahrheit sage. Morgen Abend gibt es einen Ball im ›Hotel de Russie‹ am Jungfernstieg. Dort werden wir alle gemeinsam hingehen. Und nun komm. Ich friere mich zu Tode, und der Herr Architekt ist bestimmt schon eingetroffen.«

Clara ließ sich mitziehen.

Friedrich.

Seit Wochen redete sie sich mit zu viel Arbeit heraus, wenn er sie um eine Verabredung bat. Sie wusste, er war enttäuscht, und manchmal plagte sie ihr Gewissen.

Nun fühlte sie sich von Elisabeth wieder einmal überrumpelt.

Andererseits – möglicherweise würde es ihr wirklich guttun, mal ein bisschen herauszukommen. Und bei der Gelegenheit konnte sie gleich selbst die Kunde von der neuen Zutat verbreiten.

Auf einmal freute sich Clara auf den Ball. Erst jetzt wurde ihr bewusst, wie einsam sie in den vergangenen Wochen und Monaten gewesen war, als sie nur die Parfumherstellung im Kopf gehabt hatte.

Ja, sie freute sich sogar auf Friedrich.

26

Amelie nahm einen Glasstöpsel in die Hand und setzte ihn auf den nächsten Flakon. »Wenn noch mehr Bestellungen eingehen, schaffen wir es nicht mehr vor Weihnachten«, sagte sie. »Du und dein verrückter Einfall mit der halben Träne! Jetzt stehen die Hamburgerinnen vom Millerntor bis hierher nach Neumühlen Schlange.«

Sie lächelte dazu, aber es lag keine Fröhlichkeit in ihrem Lächeln. »Ich habe genau gehört, wie du heute früh mit Elisabeth darüber geredet hast. Auf einmal behaupten sämtliche Damen, sie hätten es geschafft, eine Träne zu teilen. Und jede glaubt der anderen. Hach! Und alle sind noch schöner geworden!«

»Der Glaube versetzt Berge«, erwiderte Clara. »Meine Absicht war eine andere, und davon habe ich dir auch erzählt. La Fleur sollte als besonders schönes Parfum Erfolg haben. Nicht als Schönheitselixier oder als Glücksmittelchen. Mit der Anweisung, eine Träne zu teilen, hoffte ich, dem Wunderglauben Einhalt zu gebieten. Nun ist das genaue Gegenteil eingetreten. Die Damen geben offenbar nicht so leicht auf. Natürlich ist es unmöglich, eine Träne in exakt zwei Hälften zu trennen, doch genau das wird jetzt in den Salons erzählt.«

»Ja, was die sich alle einbilden! Und echte Sorgen hat

keine von denen. Genauso wenig wie du. Aber Geld scheffeln, das kannst du gut.«

Clara runzelte die Stirn. Mit jedem Tag, der verstrich, wurde Amelie gereizter.

»Wird dir die Arbeit zu viel?«, fragte sie ruhig.

»Du meinst, weil ich und die anderen neuerdings noch mehr schuften müssen, seit du dich dem reinen Vergnügen hingibst und deinen neuen Reichtum zur Schau stellst?«

Clara schluckte eine heftige Erwiderung hinunter. Von Reichtum konnte keine Rede sein. Gewiss, die Einnahmen aus der Parfumherstellung übertrafen ihre Erwartungen, und sie hatte bereits eine stolze Summe auf die Bank bringen können. Aber sie war nicht vermögend, zumal sie einen großen Teil des Geldes wieder investierte. In neue Duftessenzen, und, ja, auch in das eine oder andere Abendkleid aus glitzernder Seide oder feinstem Moiré. Schließlich musste sie nun, da sie sich in Hamburgs feiner Gesellschaft bewegte, entsprechend gekleidet sein. Ihre Besuche in der Stadt sicherten ihr neue Aufträge, demzufolge hielt sie sich keineswegs für verschwendungssüchtig.

Umso härter trafen sie Amelies Anschuldigungen. Zumal sie sich von niemand mehr etwas schenken ließ und froh war, selbst für sich aufkommen zu können.

Elisabeth hatte die Kosten für eine neue Garderobe übernehmen wollen, doch Clara hatte abgelehnt. Auch die neue Werkstatt wollte sie selbst finanzieren. Sie war nun eine erfolgreiche Geschäftsfrau, und als solche hatte sie Investitionen zu tätigen.

Dass diese Werkstatt nicht wie geplant im Park der Villa Bardenstein eingerichtet werden würde, blieb vorerst ihr Geheimnis.

»Clara, hör nicht auf das Gör«, mischte sich nun Friederike ein. »Die hat bloß Liebeskummer und gönnt dir dein Glück mit Friedrich nicht.«

Die beiden Dienstmädchen, die im hinteren Teil der Werkstatt einige Mischflaschen auswuschen, kicherten vor sich hin.

Clara legte die Pipette zur Seite, mit der sie gerade ein wenig Rosenessenz aufgenommen hatte, und starrte von Amelie zu Friederike.

»Mein Glück mit Friedrich? Was soll das denn heißen? Wir sind in den vergangenen zwei Wochen lediglich ein paarmal miteinander ausgegangen. Und es waren – nun ja – geschäftliche Anlässe.«

»Ball, Theater und Schlittschuhlaufen auf der Alster«, murmelte Amelie. »Klingt wirklich nach einem anstrengenden Geschäftsleben.«

Friederike hob drohend den Trichter hoch, den sie eigentlich für Clara halten sollte. Sie wirkte entschlossen, ihn Amelie kräftig über den Kopf zu ziehen, falls diese nicht still war.

Clara schaute wieder Amelie an, und es schien ihr, als sähe sie die junge Freundin zum ersten Mal seit langer Zeit. All die jugendliche Fröhlichkeit, die Amelie in der Villa Bardenstein entwickelt hatte, war wie weggewischt. Die Augen wirkten glanzlos wie damals im Gängeviertel.

Clara schauderte.

Der alte Blick war zurückgekehrt.

Sie griff nach Amelies Hand.

»Komm.«

»Wohin?«

Friederike ließ den Trichter sinken. »Wir müssen die nächste Portion Duft mischen«, sagte sie mit wichtiger Miene.

»Das hat auch mal eine halbe Stunde Zeit«, erwiderte Clara. Sie wandte sich an die Dienstmädchen. »Geht mal nach nebenan in die Küche, und schaut, ob Mamsell Wilhelmine nicht ein paar Zimtplätzchen für euch hat.«

Das ließen sich die beiden nicht zweimal sagen. Kichernd liefen sie hinaus.

Friederike jedoch blieb, wo sie war. Clara wusste, ihre frühere Mamsell neidete Wilhelmine die Stellung. Sie war nun Gehilfin einer erfolgreichen Parfumeurin – gut und schön. Aber eine Mamsell war sie eben nicht mehr, und sie verspürte daher wenig Lust, mit Wilhelmine Freundschaft zu schließen.

Amelie legte nur zögernd ihre Hand in Claras. »Was soll das? Wo willst du mit mir hingehen? Wenn du mich rauswerfen willst, brauchst du es nur zu sagen. Dann bin ich gleich weg, und alle freuen sich.«

»Halt einfach den Mund, und komm mit.«

Sie liefen über die schmale Hintertreppe nach oben. Wie zwei Kinder, die einen Streich ausheckten.

Aus dem Salon klangen die Stimmen von Elisabeth und Julius, dort konnten sie nicht hin. Also weiter, diesmal über die breite Freitreppe in den ersten Stock, wo Clara ihr Zimmer hatte. Sie öffnete die Tür und schloss sie wieder, nachdem sie Amelie hineingezogen hatte.

»Bitte, nimm Platz«, sagte sie und wies auf eine gepolsterte Bank am Fenster. Hier saß sie gern in ihren selten gewordenen Momenten der Muße und schaute in den Park hinaus.

Amelie ließ sich auf die äußerste Kante nieder, bereit, jederzeit aufzuspringen.

Clara setzte sich neben sie. »So, und jetzt verrätst du mir, was du auf dem Herzen hast. Seit Wochen bist du schon so bedrückt. Und du redest immer davon, dass dich hier niemand haben will. Was ist los? Ist es wirklich Liebeskummer, wie Friederike behauptet? Dann lass dir sagen, dass der Kutscher ein Dummkopf ist, wenn er nicht erkennt, was für eine wundervolle junge Frau du bist.«

Amelie schlug die Augen nieder.

»Daniel ist ein Esel, aber er hat nichts damit zu tun.«

»Wer dann? Du bist nicht mehr du selbst.«

»Hätte nicht gedacht, dass du es merkst, so viel, wie du jetzt immer arbeitest.«

Clara wollte wieder ihre Hand nehmen, aber etwas hielt sie zurück. »Ich bin vielleicht beschäftigt, aber nicht blind«, sagte sie leise.

»Es tut mir leid. Ich bin so undankbar.« Amelie ließ ihr Kinn auf die Brust sinken.

»Bist du nicht. Du hilfst mir wirklich sehr in der Werkstatt. Ohne dich käme ich gar nicht zurecht.«

»Aber jede könnte diese Arbeit tun. Ich – ich will etwas anderes.«

»So? Was denn?«

Amelie hob den Kopf und holte tief Luft. »Ich bin ein paarmal im Ehebrechergang gewesen. Die Mädchen dort und in den anderen Gängen haben es sehr schwer. Ich möchte ihnen so gern helfen.«

Clara erinnerte sich daran, dass Amelie schon einmal von ihrer Sorge um diese armen Geschöpfe gesprochen hatte. Sogleich hatte sie wieder den Gestank nach Unflat,

Schweiß und verdorbenem Essen in der Nase. Vor ihren Augen sah sie ausgezehrte Mütter, Kinder, deren Bäuche von zu viel wässriger Mehlsuppe aufgebläht waren, und Mädchen, junge Mädchen wie Amelie, für die es nur eine Möglichkeit gab, einem elendigen Tod zu entkommen. Unten am Hafen, in liebloser Umarmung der Seeleute, die ihnen ein paar Pfennige für die nächste Mahlzeit einbrachte, und oft auch eine todbringende Krankheit.

Clara verschränkte die Finger ineinander. Wie leicht hätte sie selbst ein solches Schicksal ereilen können. Hätte sie nicht den Zettel ihrer Mutter gehabt, wäre Elisabeth nicht gewesen ...

»Du nicht«, murmelte Amelie. Vielleicht hatte sie ihre Gedanken gelesen, vielleicht hatte sie auch nur selbst zurückgeblickt und war zu einem ähnlichen Schluss gekommen. »Dir hätte so etwas nicht passieren können.«

»Da bin ich mir keinesfalls sicher.«

Amelie stieß ein kleines melodiöses Lachen aus, in dem nur ganz leise ein bitterer Ton mitschwang. »Du hättest heimgehen können.«

Clara wollte schon protestieren, aber sie begriff plötzlich, dass Amelie recht hatte. Trotz allem, was geschehen war, hätte sie damals in die Deichstraße zurückkehren können. Mochte Georg Vogt grausam zu ihr gewesen sein, mochte die Armut wie eine schwarze Wolke über dem Kaufmannshaus gehangen haben – irgendeinen Ausweg hätte Clara schon gefunden.

Heute, so wusste sie, wäre dies unmöglich. Georg Vogt war nicht mehr Herr im eigenen Haus, und der neue Eigentümer gedachte, sie zur Frau zu nehmen, sobald sie dort wieder auftauchte.

Oh nein, es gab keinen Weg zurück.

Nur noch einen Weg nach vorn, und sie beschritt ihn mit großer Begeisterung.

Diese Mädchen im Gängeviertel jedoch, die jungen Dirnen – sie besaßen keine Hoffnung. Vermutlich hatten sie niemanden mehr, der noch an sie dachte, niemanden, der ihnen helfen wollte.

Niemanden außer Amelie.

Eine Weile saß Clara schweigend und nachdenklich da. Ihr kam ein Einfall, der so kühn war, dass ihr Puls sich beschleunigte.

Endlich fragte sie: »Um wie viele Mädchen geht es eigentlich?«

»Was?«

»Du hast mich schon verstanden. Wie viele sind es? Die, die du selbst kennst? Zehn? Zwanzig? Fünfzig?«

»Warum willst du das wissen?«

»Bitte beantworte erst einmal meine Frage.«

»Na gut.« Amelie nahm die Finger beider Hände zur Hilfe, verzählte sich, begann noch einmal von vorn.

»Acht«, sagte sie schließlich. »Und vielleicht noch ein paar, die mir jetzt nicht einfallen.«

»In Ordnung.«

Amelie sprang auf und baute sich vor ihr auf. »Du sagst mir jetzt auf der Stelle, was das Ganze soll, oder ich ...«

»Was denn?«, gab Clara lachend zurück. Sie freute sich, weil die alte Müdigkeit schlagartig aus Amelies Augen gewichen war. »Willst du mir damit drohen, die Villa zu verlassen? Nun, ich fürchte, ich muss dich wirklich bitten zu gehen.«

»Clara!«

Sie erhob sich ebenfalls und schloss die überraschte Amelie in die Arme. »Wir holen die Mädchen da raus.«

Amelie machte sich von ihr los und riss die Augen auf. »Was? Wie?«

»Es ist ganz einfach. Mir ist ein großes Haus in der Altstadt angeboten worden. Nicht zum Kauf, das würde meine Möglichkeiten übersteigen. Aber zu einem günstigen Mietpreis.«

»Von wem?« Amelie schien nicht mehr in der Lage zu sein, mehr als ein, zwei Worte auf einmal zu sagen.

»Von einer sehr wohlhabenden Witwe namens Ingeborg Schreiber.«

Als ich mich vor zwei Tagen mal wieder dem reinen Vergnügen hingegeben habe, wollte sie hinzufügen, unterließ es aber.

»Ingeborg Schreiber hat dank La Fleur einen Verehrer gefunden. Zumindest ist sie davon überzeugt, dass mein Parfum ihr dazu verholfen hat. Und sie ist der Meinung, ich sollte nach Hamburg umsiedeln. Das wäre wichtig für das Geschäft. Früher oder später würden es die Damen leid sein, nach Neumühlen zu kommen. Ich bräuchte also mindestens einen Laden. Warum nicht gleich ein Haus?«

»Aber Elisabeth ...«

»Die weiß noch nichts davon.«

»Die neue Werkstatt ...«

»Wird vermutlich nicht mehr gebaut werden. Ingeborg Schreiber hat mir versichert, das Haus verfüge über ein wunderbar ruhiges oberes Stockwerk. Dort soll auch die Luft sehr frisch sein. Ein guter Ort für meine neue Werkstatt. Es liegt übrigens an der Alten Wallstraße mit schönem Blick auf die Kleine Alster.«

»Aber Elisabeth …«

»Wird akzeptieren müssen, dass ich eigene Wege gehe.« Clara lächelte. »Ich denke, sie wird bald darüber hinwegkommen. Sie hat ja Julius. Nur verrate ihr bitte noch nichts. Ich möchte selbst mit ihr sprechen.«

Amelie schien etwas erwidern zu wollen, doch sie presste die Lippen aufeinander und versank in Gedanken.

Nach einer Weile fragte sie vorsichtig: »Und ich soll dir in der neuen Werkstatt in Hamburg helfen? Zusammen mit Friederike?«

»Nein. Du sollst …«

»Aber …«

»Nun lass mich doch mal ausreden. Wir werden in den unteren Stockwerken ein Mädchenheim einrichten. Du wirst eine der Betreuerinnen, vermutlich brauchen wir noch mehr. Friederike wird Mamsell. Dann ist sie endlich wieder am richtigen Platz. Für die Werkstatt werde ich weitere Hilfskräfte einstellen und – oh mein Gott!«

Clara bekam auf einmal Angst vor ihrer eigenen Courage. Wie viel Verantwortung lud sie da auf ihre Schultern? Was würde sie tun, wenn La Fleur sich nicht mehr so gut verkaufte? Wenn die neuen Düfte, die sie noch erschaffen wollte, keine Abnehmer fanden? Was würde dann aus den Menschen werden, denen sie nun ein Heim und neue Hoffnung bieten wollte?

Wenn sie scheiterte, dann gingen alle mit ihr unter.

Wie gern hätte Clara die Worte zurückgenommen! Sie war keine tüchtige und kluge Reederin wie Elisabeth. Nur eine junge Frau mit einem zerbrochenen Herzen. Eine Kaufmannstochter mit ein bisschen Begabung. Eine Hamburgerin, die hier und da in den vergangenen Wochen bereits von Leuten erkannt worden war. Die Hautevolee schien ihr wohlgesinnt und akzeptierte, dass sie sich den Künstlernamen Clara Leclerc gegeben hatte. Niemand sprach über Georg Vogt, niemand lastete seiner Tochter an, dass er den einen oder anderen Hamburger Bürger in der Vergangenheit übervorteilt hatte.

Aber ach, wie rasch konnte sich das Blatt wenden. Wie bald im Leben konnten Armut und Unglück auf Reichtum und Glück folgen.

Amelie fasste sie an den Schultern und schüttelte sie. »Bitte, Clara, sag mir, dass dies kein Scherz ist.«

Doch, wollte sie erwidern. Natürlich ist es nur ein Scherz. Ich habe nicht den Mut dazu. Hier bei Elisabeth bin ich in Sicherheit. Ich kann Geld sparen, ich kann mit Friedrich ausgehen und lernen, ihn zu lieben. Ich kann in Ruhe an neuen Düften arbeiten und muss mich nicht sorgen. Um nichts und niemanden.

Natürlich denke ich nicht daran, in Hamburg ein Haus zu mieten. Nur einen strammen Fußmarsch von der Deichstraße entfernt, wo Georg Vogt angeblich dem Irrsinn näher ist als dem klaren Verstand. Wo ein gewisser Gustav Müller nur darauf lauert, dass ich scheitere, damit er mich zur Heirat zwingen kann.

Aber nein!, dachte sie im nächsten Moment. Von dort drohte keine Gefahr. Eher noch würde sie den lieben Friedrich heiraten und mit ihm ein genügsames und zufriedenes Leben führen.

Bevor sich ihre Gedanken erneut in den Zukunftsaussichten für eine gescheiterte Parfumeurin verloren, streifte sie langsam, aber entschlossen Amelies Hände ab.

»Hör mir gut zu. Ich scherze nicht. Wir werden dieses

Haus mieten, und wir werden den Mädchen ein Dach über dem Kopf geben. Und genug zu essen. Wer sich geschickt anstellt, kann mir in der Werkstatt helfen, und wir könnten einige auch ausbilden, so dass sie eines Tages einem anständigen Beruf nachgehen können.«

Es war das Strahlen in Amelies Augen, das ihr den Mut gab fortzufahren.

»So muss ich meinen neuen Reichtum wenigstens nicht mehr zur Schau stellen.«

»Ach, Clara.«

»Ist schon gut. Ich bin dir dankbar. Du hast mich daran erinnert, dass es vielen Menschen so viel schlechter geht, als es mir je ergangen ist. Und es gibt ja schon Heime für arme Kinder. Erst vor kurzem habe ich in der Zeitung etwas über das Rauhe Haus in Horn gelesen, wo die Waisen der Stadt ein neues Zuhause finden. Aber niemand kümmert sich um Mädchen wie ...«

»Wie mich«, unterbrach sie Amelie. »Sag es ruhig, es macht mir nichts aus. Dirnen verdienen keine Wohltätigkeit.«

Clara grinste plötzlich. »Wir werden das Gegenteil beweisen. Aus unseren Mädchen werden fleißige und tugendhafte junge Frauen werden.«

»Jawohl!«, rief Amelie aus. »Und eines Tages spazieren sie über den Jungfernstieg, und niemand sieht ihnen mehr an, woher sie kommen.« Sie hielt inne und legte nachdenklich den Zeigefinger an die Nase. »Aber was wird diese ehrbare Witwe dazu sagen, wenn du in ihrem Haus ein Heim für Freudenmädchen errichtest?«

»Ich schätze, sie wird auf der Stelle tot umfallen«, erwiderte Clara.

Amelie sah aus, als wollte sie laut losprusten, aber sie blieb ernst. Zu sehr lag ihr das Schicksal ihrer einstigen Schicksalsgefährtinnen am Herzen.

»Ingeborg Schreiber ist eine nette Frau in mittleren Jahren«, fuhr Clara fort. »Keine Tugendwächterin. Sie hat mir verraten, dass ihre Jugend zur Franzosenzeit recht – nun ja – recht bewegt war.«

»Hört, hört.«

»Und wenn ich ihr alles erkläre und ihr zudem verspreche, dass die Mädchen sich bei uns anständig benehmen werden, dann wird sie mir das Haus hoffentlich trotzdem vermieten.«

»Und du könntest ihr La Fleur schenken. Einen ganzen Eimer voll.«

»Lieber einen besonders großen Flakon.«

»Na gut. Aber was ist mit Friederike? Sie wird bestimmt nicht für einen Haufen Dirnen kochen wollen.«

»Nun ist mal Schluss, Amelie. Wenn du schon von Beginn an nur Schwierigkeiten siehst, dann brauchen wir mit unserem Vorhaben gar nicht erst anzufangen. Friederike wird schon mitmachen.«

»Verzeih mir.«

Clara lächelte. »Ich schlage vor, wir fahren gleich morgen in die Stadt und sehen uns das Haus an. Dann überlegen wir, ob Möbel angeschafft werden müssen. Bisher haben zwei Familien mit vielen Kindern darin gewohnt. Sie sind im Sommer nach Amerika ausgewandert, und seitdem hat Ingeborg Schreiber das Haus noch nicht wieder vermietet.«

»Wann kann ich es den Mädchen sagen?«, fragte Amelie aufgeregt.

»Sobald alles vorbereitet ist. Mit etwas Glück noch vor Jahresende.«

Amelie fiel ihr um den Hals. »Das ist so wunderbar, Clara. So ganz und gar wunderbar. Ein richtiges Weihnachtsmärchen. Wir werden ein gutes Werk tun und in ganz Hamburg für unsere Wohltätigkeit berühmt werden. Der doofe Daniel Ahrens wird mich bewundern und lieben, und du … und du …«

Schlagartig ließ sie Clara los, trat einen Schritt zurück und senkte den Kopf.

Da war er wieder, dieser bedrückte Gesichtsausdruck, der seit Wochen alle Fröhlichkeit in ihr erstickte.

»Amelie, was ist mit dir? Ich dachte, mein Einfall würde dich glücklich machen.«

»Tut er ja, tut er ja«, erwiderte sie tonlos.

»Aber?«

»Ich muss dir etwas sagen. Schon lange.«

Clara erinnerte sich an jenen Herbsttag in der Werkstatt, als Amelie sich in dunklen Andeutungen ergangen war. Schon damals war sie mit dem Gefühl zurückgeblieben, es hätte wichtig sein können, was Amelie zu sagen hatte. Jedoch hatte sie an nichts anderes als an ihr erstes eigenes Parfum denken können. Und bald darauf war so viel Neues in ihrem Leben geschehen, dass sie Amelies Launen keine Bedeutung mehr zumaß.

Ohne Vorwarnung zog sich etwas in ihr schmerzhaft zusammen. Noch bevor Amelie weitersprach, ahnte sie, was nun kam. Plötzlich schwach, sank sie auf die Bank.

»Du hast mir ein Geschenk gemacht, Clara, ein wundervolles Geschenk. Ich werde den Mädchen helfen können. Endlich werde ich etwas Nützliches tun. Nun will ich dir auch etwas schenken. Obwohl – vielleicht ist es für dich nichts mehr wert. Mir scheint, du und Friedrich … also, ihr versteht euch recht gut.«

»Amelie, bitte. Sprich.«

»Es geht um Paul.«

Paul.

So fern den Augen, so nah dem Herzen.

Noch immer.

»Ich … habe gehört, wie Elisabeth mit Julius über ihn geredet hat.«

Clara schnappte nach Luft. »Elisabeth? Was weiß Elisabeth von Paul?«

»Auf jeden Fall mehr als du. Und Julius auch.«

»Ich verstehe nicht. Wovon redest du?«

Amelie setzte sich neben sie. »Bleib ganz ruhig, Clara. Es ist eine gute Nachricht, und ich weiß überhaupt nicht, warum Elisabeth es dir bisher nicht erzählt hat. Ich wollte es ja selbst schon oft tun, aber du warst immer so beschäftigt, und wahrscheinlich fehlte mir auch der Mut. Ich hatte ja gelauscht. Aber Elisabeth hätte es nicht vor dir geheim halten dürfen. Ist meine Meinung. Vielleicht wollte sie dich ja ganz für sich behalten. Oder sie hatte Angst, du würdest dich zu sehr aufregen, und deshalb …«

»Amelie!«, sagte Clara scharf. »Wo ist Paul?«

Ihr Herz hämmerte in der Brust, und plötzlich fiel ihr das Atmen schwer.

Amelies Antwort kam langsam und mit äußerster Vorsicht. »Paul lebt in Hamburg. Er hat seinen Namen geändert. Er heißt jetzt James Roberts.«

Das Zimmer löste sich vor ihren Augen auf, und bevor ihr die Sinne schwanden, sah Clara Impressionen vor sich, in denen Fantasie und Wirklichkeit gemischt waren: ein Mann, der hinter einen Stapel von Stoffballen sprang, eine Schute mit einer aufgemalten Rose am Bug, ein Kind, das seinen großen Bruder erkannte.

Lore Stelling in den Armen von James Roberts.

In den Armen von Paul Dallmann.

27

Unten im Salon der Villa Bardenstein löste sich Elisabeth nur mit Mühe aus Julius' Umarmung. Ihre Lippen brannten, ihr Haar knisterte, und ihre Fingerspitzen standen in Flammen.

Julius stieß heftig den Atem aus. »Ich hasse dein Korsett, und ich hasse deine Tugend.«

Ich ebenfalls, hätte sie am liebsten erwidert. Komm wieder her zu mir, und küss mich noch einmal.

Stattdessen trat sie zurück, weg vom Kamin, an dem sie in zärtlicher Umarmung gestanden hatten, und hoffte, die kältere Luft am Fenster würde auch ihr Gemüt abkühlen.

»Es ist der Duft«, sagte Julius hinter ihr. »Der macht mich verrückt. Er macht alle Männer verrückt.«

Sie spürte, wie er sich näherte, und schon stieg die Hitze erneut in ihr hoch. Rasch wandte sie sich um und hielt ihn mit einem Blick zurück. »Willst du damit sagen, ohne La Fleur hättest du mir nie den Hof gemacht?«

Julius verschränkte die Hände im Rücken. Offenbar traute er ihnen nicht. »Sagen wir mal so: Ich hätte es nicht gewagt.«

Elisabeth hob die Brauen. »Also war ich hässlich und garstig?«

»Aber nein, Liebste. Für mich warst du immer eine

schöne Frau. Jedoch hast du deine Schönheit versteckt. Zudem warst du keineswegs garstig, nur sehr distanziert. Und so ungeheuer tüchtig. Manchmal dachte ich, du bist tüchtiger und erfolgreicher als ich. Das hat mir – nun – ein wenig Angst gemacht. Dann hast du ganz langsam begonnen, dich zu verändern, und seit du den Duft benutzt, bist du geradezu unwiderstehlich.«

»Bleib, wo du bist«, sagte sie streng. Ihre Augen glühten.

»Verrate mir eins, Liebste. Diese Geschichte mit der halben Träne. Das ist doch nur ein Kuriosum, oder? Mir scheint, du bist noch begehrenswerter geworden. Obwohl es eigentlich unmöglich ist.«

Auch Elisabeth verschränkte nun die Arme hinter dem Rücken und wich weiter zurück, bis das kalte Glas der Terrassentür gegen ihre Handgelenkte drückte.

Ach, die halbe Träne. Was Clara sich da nur ausgedacht hatte! War davon überzeugt gewesen, damit dem Wunderglauben an La Fleur Einhalt gebieten zu können. Wie dumm von ihr!

Elisabeth lächelte in sich hinein. Clara war keine junge Deern mehr. Bald feierte sie ihren vierundzwanzigsten Geburtstag. Aber von weiblicher Eitelkeit und Gewitztheit, von Heuchelei und Maskerade verstand sie herzlich wenig. Ganz davon abgesehen, dass Clara, sofern sie nicht endlich Friedrich Jensen erhörte, auf dem besten Weg war, eine alte Jungfer zu werden.

Selbstverständlich war es Elisabeth nicht gelungen, eine Träne zu teilen und dem Parfum zuzufügen. Ohne Zweifel war es keiner Hamburger Dame besser ergangen. Aber natürlich würde das niemals eine von ihnen zugeben. Denn sie waren doch allesamt noch hübscher geworden, oder etwa nicht?

Elisabeth brauchte nur in Julius' Augen zu schauen, und schon sah sie sich selbst als makellose Schönheit. Ihre Haut war glatter und rosiger als früher, die Wangen gaben ihrem Gesicht eine weiche Rundung, die große Nase wirkte weniger dominierend und passte nun zu ihr.

Ihr klarer Verstand, der sich manchmal über ihre Torheit lustig machen wollte, wurde von ihr zum Schweigen gebracht.

»Es ist tatsächlich nur eine dumme Geschichte, wie sie in den Salons erzählt wird«, sagte sie zu Julius. »Den Damen ist langweilig in ihren schönen Häusern, wo ihnen jede Arbeit abgenommen wird. Da denken sie sich halt gern Märchen aus.«

»Wie dem auch sei.« Julius bannte sie mit seinem Blick. »Ich möchte dich noch einmal in meinen Armen halten, bevor ich gehen muss.«

»Nein«, erwiderte sie, obwohl es ihr schwerfiel. »Es könnte jemand hereinkommen. Der Diener oder eines der Stubenmädchen. Du weißt, ich muss ihnen ein Vorbild in Tugend und Anstand sein.«

Julius löste seine Hände vom Rücken und strich sich über den Backenbart. »Das verstehe ich wohl, aber immerhin sind wir hier nicht auf dem Jungfernstieg. Wir brauchen nur die Tür abzuschließen und müssen nicht für einen neuen Skandal sorgen.«

Die Verlockung war unendlich groß, und Elisabeth musste sich zwingen, den Kopf zu schütteln.

»Nun«, sagte Julius langsam. »Dann muss ich wohl warten, bis wir verheiratet sind.«

Die Dezemberkälte drang plötzlich durch das Fensterglas in ihren Körper. Im nächsten Augenblick wurde sie von einer großen Hitzewelle geschüttelt.

»Ver ... heiratet?«, stieß sie hervor.

Mit zwei Schritten war Julius bei ihr und griff nach ihren Händen. »Liebste Elisabeth. Bitte vergib einem alten Narren.«

»Ich ...« Sie verspürte einen heftigen Schwindel und schaffte es nur mit äußerster Willenskraft, sich auf den Beinen zu halten. Ihre Hände in seinen waren feucht, und einen unsinnigen Moment lang fürchtete sie, Julius könnte es sich anders überlegen, wenn er merkte, dass sie schwitzte.

»Es ist unverzeihlich, dich so zu erschrecken.« Seine Stimme war rau. »Mein Antrag sollte in aller Form gemacht werden. Ich hatte an Weihnachten gedacht und ...«

Elisabeth legte ihm einen Finger auf die Lippen.

»Ja.«

»Ja? Du willst meine Frau werden?«

Auf seinem Gesicht lag ein Strahlen.

»Ja«, wiederholte Elisabeth ruhig. »Ja, mein Liebster, das will ich.«

Als Julius sie nun in die Arme nahm, dachte sie ganz kurz an den Kapitän. Er wäre froh über ihre Entscheidung gewesen.

Im Stillen richtete sie das Wort an ihn: Nun, Vater, werde ich tatsächlich den Mann heiraten, den du für mich vorgesehen hast. Aber aus Liebe.

Dann vergaß sie den Kapitän, vergaß die Welt um sich herum und erwiderte Julius' sehnsuchtsvolle Küsse.

Sie fuhren erst auseinander, als der Diener bereits mitten im Salon stand und sich laut räusperte.

»Ich habe mehrfach geklopft, Fräulein Elisabeth«, sagt er mit einer tiefen Verbeugung.

»Was gibt es?«, fragte sie, tiefrot vor Scham, während Julius neben ihr seinen Backenbart bearbeitete.

»Fräulein Clara fühlt sich nicht wohl. Die Mamsell bittet Sie, nach ihr zu sehen. Vielleicht muss der Doktor geholt werden.«

Elisabeth runzelte die Stirn. »Clara? Was ist geschehen?«

»Niemand weiß etwas. Außer Fräulein Amelie, aber sie schweigt.«

»Das wird ja immer mysteriöser. Nun gut, ich werde nach ihr sehen und dann entscheiden, ob wir den Doktor kommen lassen.«

Sie wandte sich Julius zu. »Du musst mich leider entschuldigen.«

»Das verstehe ich«, erwiderte er ebenso steif, zwinkerte ihr aber zu. »Dann bis morgen.«

»Morgen?«

»Ich habe Karten für ein Klavierkonzert.«

»Oh – wie schön.«

Sie wünschte, der Diener würde sich in Luft auflösen. Sie wünschte, Clara hätte einen anderen Zeitpunkt gewählt, um sich schlecht zu fühlen.

»Gut, also bis morgen.«

Als Elisabeth wenige Minuten später das Zimmer betrat, erschrak sie.

Clara saß, von einigen Kissen gestützt, im Bett. Ihre Haut war leichenblass, die Arme lagen wie leblos neben ihrem schmalen Körper. Ihre Augen aber funkelten – vor Zorn. Und dieser Zorn richtete sich auf Elisabeth.

In der Kaufmannsdiele an der Deichstraße ging ein Mann mit langen Schritten auf und ab.

»Verdammt!«, rief er aus. »Verdammt! Verdammt! Verdammt!«

Georg Vogt drängte sich in eine Nische, folgte ihm mit den Augen und wollte sich die Ohren zuhalten, scheute aber jede schnelle Bewegung.

Es war klüger, unsichtbar zu sein.

Er wusste nicht, was Gustav Müller diesmal so aufgebracht hatte. Er ahnte nur, es hatte etwas mit Clara zu tun. Sonst hätte Müller ihn nicht rufen lassen. Er hatte keine weitere Verwendung mehr für seinen ehemaligen Geschäftspartner.

Georg Vogt führte seit geraumer Zeit ein Schattendasein auf dem Dachboden des Hauses. So lang war diese Zeit schon, dass er sie nicht mehr messen konnte. Nur selten wagte er sich nach unten oder gar auf die Straße, niemals kam er die Treppen hinunter, wenn Müller daheim war. Zu groß war seine Furcht vor dem Mann geworden, obwohl dieser ihn nie mehr direkt bedroht hatte, wie an jenem Tag, an dem Clara fortgelaufen war.

Und wenn Georg Vogt dann hin und wieder durch die Deichstraße schlich, vielleicht bis runter zum Hafen oder hoch bis zum Hopfenmarkt, dann wurde er kaum noch von den Menschen erkannt, die ihn früher respektvoll gegrüßt hatten. Niemand zog mehr seinen Zylinder oder seine Mütze vor dem schmal gewordenen Mann, niemand nickte ihm zu. Er schien geschrumpft, und sein speckig glänzender Gehrock schlotterte weit an seinem Körper. Sein dünnes Haar war lang gewachsen und hing in fettigen Strähnen herab, und da er sich seit Monaten nicht mehr rasiert hatte, wucherte ein wilder Bart wie graues Unkraut in seinem Gesicht.

Nur ein Mann war da manchmal, der mit ihm sprach, aber er kannte ihn nicht, und später wusste er nicht mehr, worüber sie geredet hatten.

Hier in der Diele erinnerte er sich nur mit großem Unbehagen daran, wie erst letzte Woche zwei alte Marktweiber mit dem Finger auf ihn gezeigt hatten.

»Der stinkt ja schlimmer als mien Heiner, wenn'er die fauligen Fische inn'es Fleet schmeißt«, sagte die eine mit gerümpfter Nase. »Und bei 'nem Bartschraper war der ok ewig nich' mehr.«

»Hat's nich' besser verdient«, erwiderte die andere, die in einem großen Topf rührte, aus dem es verführerisch duftete. »Braucht gar nich' so scheel to kieken. 'nen Grog kriegt der von mir nich'. Dat hat er nu' davon, dat er die süße Clara weggejagt hat. Die hat der auf'm Gewissen, dat sag ich dir.«

Vogt war schnell davongegangen und hatte sich geschworen, von nun an im Haus zu bleiben. Bald würde Clara kommen und ihn retten. Er musste nur durchhalten. Und Wiebke würde auch dabei sein, so schön wie einst, als sie ihm seine neugeborene Tochter gezeigt und gesagt hatte: »Hier hast du dein Franzosenbalg.«

Er rieb sich heftig über die Augen. Da war so ein Nebel, der ihm die Sicht nahm. Dann begann er, an seinem Bart zu zupfen.

Hinrich sollte auch kommen. Nur nicht dabei lichterloh brennen. Obwohl so ein Feuerchen bei der Winterkälte auch ganz schön sein konnte.

Einzelne graue Barthaare fielen auf den kalten Dielenboden.

Aber der Junge sollte nicht so laut schreien.

»Hilfe! Hilfe!«

»Hör auf, dir den Bart auszureißen. Das ist ja widerwärtig.«

Vogt fuhr zusammen. Wer war dieser Kerl? Und wieso erlaubte er sich, ihn zu duzen?

Auf einmal hob sich der Nebel.

Vogt sah Gustav Müller vor sich und erkannte in ihm den Mann, der ihm alles genommen hatte, und der noch mehr forderte. Die Hand seiner Tochter.

»Warum haben Sie mich rufen lassen?«, fragte er mit aller Würde, die ihm noch zur Verfügung stand.

Müller hob die Brauen. »Oh, ich sehe, Sie sind wieder unter uns, werter Herr Kaufmann«

Immerhin, er zollte ihm nun Respekt, wenn Vogt auch der spöttische Unterton nicht gefiel.

»Es geht um Ihre Tochter.«

»Clara?«

»Natürlich, welche sonst? Haben Sie etwa noch mehr? Das würde sogar einiges erleichtern.«

»Nur Clara«, erwiderte Vogt langsam. »Und einen Sohn. Der ist verbrannt.«

»Verschonen Sie mich mit den alten Geschichten.«

Vogt presste die Lippen aufeinander und fuhr sich mit

der Zunge über die wenigen Zähne, die ihm noch verblieben waren.

Müller stand breitbeinig und mit vor der Brust verschränkten Armen vor ihm. »Es gibt Neuigkeiten über Clara, und die gefallen mir ganz und gar nicht.«

Vogt schwieg.

»Erzählen Sie mir nicht, Sie wüssten nichts davon. Meine ganzen schönen Pläne sind zunichtegemacht worden. Nun muss ich mir eine andere Braut suchen, und das wird verdammt schwierig. Die Pfeffersäcke haben immer noch was gegen mich. Die trauen mir nicht über den Weg. Da kann ich alt und grau werden, bis mir einer sein kostbares Töchterlein zum Weib gibt.«

So viele Worte! Sie drangen in seinen Kopf und hallten dort lauter als die Glocken vom Nicolaiturm. Er schlug sich gegen die Stirn, und auf einmal gesellten sich die Worte des Marktweibes zu den anderen.

»Ich habe Clara auf dem Gewissen«, murmelte er. »Sie ist … tot.«

»Tot? Ha! Da sind Sie aber falsch informiert, werter Herr Kaufmann. Da hat Ihnen jemand einen kräftigen Bären aufgebunden.«

Vogt hatte einmal einen Bären gesehen. Vor vielen, vielen Jahren. Er war noch ein kleiner Junge gewesen, und sein Vater hatte ihn mit in den Zirkus genommen. Riesig war der Bär gewesen. Ein braunes, haariges und stinkendes Ungeheuer mit zottigem Fell und Pranken, so groß wie Vaters beide Hände zusammen.

Er zitterte jetzt am ganzen mageren Körper, aber Gustav Müller hörte nicht auf zu reden. Von Clara sprach er, die berühmt war.

Berühmt wie der Bär damals? Ganz Hamburg hatte ihn sehen wollen.

Wurde Clara nun auch in einem Käfig ausgestellt? Mit dicken Gitterstäben davor und schimmeligem Stroh auf dem Boden?

Der Nebel lag dicht und fest über ihm und dämpfte die Glockenschläge.

Nur einmal verstand er noch ganz genau, was Müller sagte: »So leicht kommt sie mir nicht davon. Ich werde etwas unternehmen. Und ich weiß auch schon, was.«

Dann blieb Vogt allein, bis jemand erschien, ein Diener vielleicht, der das schlotternde Menschenbündel wieder nach oben schleppte.

Spät in der Nacht wachte er von einem beißenden Gestank auf. Seine Bettstatt war kalt und nass. Vogt hatte geträumt. Von Clara, die mit einem Bären kämpfte. Und bevor er wieder wegdämmerte, schwor er sich: Ich werde meine Tochter retten.

Elisabeth tat, als würde sie den Zorn in Claras Augen nicht bemerken. Ihr Magen krampfte sich bei dem Anblick zusammen, doch sie gab sich erleichtert, da bereits die Farbe in das schmale Gesicht zurückkehrte.

»Ich sehe, du bist schon wieder fast wohlauf. Oder soll ich den Doktor kommen lassen?«

»Nicht nötig«, erwiderte Clara tonlos.

Neben ihrem Bett stand Amelie und knetete nervös ein dickes Kopfkissen. Einige Gänsefedern lösten sich bei dieser groben Behandlung aus dem Bezug und segelten durch die Luft.

Mit einer knappen Geste wurde Amelie von Clara hinausgeschickt. Grußlos drückte sie sich an Elisabeth vorbei.

Der krampfartige Schmerz in ihrem Innern nahm zu. Sie würde Clara verlieren. Hier und heute. Dessen war sich Elisabeth auf einmal vollkommen sicher. Die junge Frau, Wiebkes Tochter, die ihr so sehr zur Freundin geworden war, musste irgendwie erfahren haben, was Elisabeth ihr verschwieg. Von irgendjemandem, vielleicht auf einem Ball. Möglicherweise war Paul Dallmanns Geheimnis gar kein so großes Geheimnis mehr.

Doch sie wollte nicht darüber sprechen. Nicht am schönsten Tag ihres Lebens.

»Wir werden heiraten!«, platzte sie heraus und hörte selbst, dass sie wie ein zappelige Jungfrau klang, die kaum dem Mädchenalter entwachsen war. »Julius und ich. Er hat mich gefragt. Gerade eben.«

Claras dunkle Augen flackerten kurz.

»Herzlichen Glückwunsch«, sagte sie leise, um dann gleich eine knappe Frage zu stellen.

»Warum?«

»Clara ...«

»Sag es mir!« Sie richtete sich auf und schlug die Bettdecke zurück. Am Körper trug sie nur ein weißes Unterkleid. Das Korsett war, vermutlich von Amelie, gelöst und beiseitegelegt worden.

Sie wirkte unendlich zerbrechlich, aber als Clara nun aufstand und sich ein Umschlagtuch um die Schultern wickelte, erkannte Elisabeth, wie sehr sie sich getäuscht hatte.

Clara war stark, Clara brauchte ihren Schutz nicht

mehr. Ja, sie würde fortgehen und nicht zurückschauen. Und sie würde Elisabeth niemals vergeben.

»Zwei Monate«, sagte Clara drohend. »Zwei Monate weißt du schon, dass Paul am Leben ist. Dass es ihm gutgeht, dass er sich eine neue Existenz aufgebaut hat. Er ...« Ihre Stimme bebte, dann wurde sie wieder fest. »Er lebt in Hamburg. Schon seit Jahren! Und du hast es mir nicht gesagt!« Sie schrie jetzt. »Wie konntest du mir das antun?«

»Ich ... nun, ich dachte, es wäre zu deinem Besten. Zumindest vorerst. Du warst so begeistert von deiner Arbeit. Ich dachte, die Neuigkeit könnte dich belasten und ...« Sie brach ab. Nichts als lahme Ausreden, sie wusste es ja selbst.

Clara kam auf sie zu. »Hättest du es mir verraten? Irgendwann einmal? Wenn ich es nicht von anderen erfahren hätte?«

»Selbstverständlich. Ich habe nur auf den richtigen Zeitpunkt gewartet.«

Bloß eine weitere Lüge. Die Wahrheit war, sie wollte Clara mit niemandem teilen. Schon gar nicht mit der angeblichen großen Liebe ihres Lebens.

Friedrich Jensen, ja, den hätte sie akzeptieren können. Der junge Botaniker beanspruchte Claras Gefühle nicht über die Maßen.

Aber der sagenhafte Paul Dallmann. Nein! Ausgeschlossen! Der sollte eine Erinnerung bleiben.

Clara gehörte ihr. Wiebkes Tochter war nun ihre Tochter. Es war die späte Wiedergutmachung der Freundin aus Kindertagen.

Und Georg Vogt hatte alles verloren. Auch die Tochter. Recht geschah ihm.

Die Gedanken rasten, und erst als Elisabeth fest die Zähne zusammenbiss, kamen sie zur Ruhe.

Närrin, sagte sie sich. Du bist bloß eine alte, rachsüchtige Närrin.

Wie hatte sie vergessen können, dass ihr schon lange nichts mehr an einer Rache lag?

Warum war sie so dumm gewesen zu glauben, alles könnte bleiben wie bisher, wenn sie nur schwieg?

Wie hatte sie es wagen können, über Claras Leben bestimmen zu wollen?

»Wie konntest du es wagen«, sagte Clara in diesem Moment, als wäre sie die Stimme ihrer eigenen Gedanken.

»Ich ...«

»Denkst du, ich bin dein Eigentum, nur weil du mir geholfen hast?«

Sie stand jetzt direkt vor ihr und funkelte sie an.

»Ich habe einen Fehler begangen. Bitte verzeih mir.«

»Sag mir alles, was du weißt«, forderte Clara sie auf.

Und Elisabeth erzählte. Inzwischen hatte der Detektiv alle Hintergründe aufdecken können. Es war ihm gelungen, ein paarmal persönlich mit Georg Vogt zu reden. Der Kaufmann zeige sich zuweilen in der Deichstraße und sei an manchen Tagen ganz klar im Kopf, an anderen hingegen nicht ansprechbar. Mit viel Geduld war es dem Detektiv gelungen, aus wirren Reden und klaren Aussagen die Wahrheit herauszufinden.

Als Elisabeth geendet hatte, wich Clara einen Schritt zurück. Sie schien für einen Moment zu vergessen, wie zornig sie auf ihre Mentorin war. »Georg Vogt hat Paul erpresst?«, fragte sie ungläubig nach. »Weil Paul stehlen musste, um seine Familie vor dem Hungertod zu bewahren?«

»So ist es«, sagte Elisabeth und schöpfte Hoffnung. Vielleicht ließ sich Clara überzeugen, dass sie tatsächlich nur zu ihrem Besten gehandelt hatte, und alles blieb, wie es war.

»Und er hat ihn gezwungen, mehr und mehr zu stehlen?«

Elisabeth nickte.

»Andernfalls hätte er ihn nicht nur bei der Polizei angezeigt, sondern auch mir davon berichtet?«

»Ja. Und es scheint, als hätte Paul es nicht ertragen können, in deinen Augen als gemeiner Dieb dazustehen. Georg Vogt hat mehrfach erzählt, wie stolz er auf diesen Einfall war. Nur dass der Junge dann plötzlich verschwand, das hat ihn sehr, sehr wütend gemacht. Im nächsten Moment erinnerte er sich dann schon nicht mehr, warum er so wütend war.«

Elisabeth holte Luft und fuhr fort: »Julius und auch der Detektiv sind davon überzeugt, dass von Georg Vogt keine Gefahr mehr ausgeht. Niemand interessiert sich mehr für Taschendiebstähle, die bald acht Jahre zurückliegen, zumal keiner der damals Bestohlenen jemals Anzeige erstattet hat. Die meisten Herren haben vermutlich gar nicht bemerkt, dass ihnen Geld fehlte, anderen war es möglicherweise peinlich, mit so etwas zur Polizei zu gehen. Der Detektiv hat inzwischen auch James Roberts aufgesucht und ihm von seinen Nachforschungen berichtet. Ein Gönner, der ihm, James, wohlgesinnt sei, habe ihn damit beauftragt und ...«

Clara hob die Hand. »Moment mal. Soll das heißen,

Paul muss nicht mehr befürchten, für seine Taten zur Rechenschaft gezogen zu werden?«

»Richtig.«

»Und trotzdem behält er den fremden Namen bei? Und trotzdem sucht er nicht nach mir?« Ein Abgrund aus Schmerz öffnete sich in ihren Augen.

Brunnenaugen, dachte Elisabeth und wünschte, sie könnte Clara den Schmerz abnehmen.

»Warum?« fragte Clara wie schon vorhin. Nur diesmal galt die Frage nicht Elisabeth, diesmal lag kein Zorn darin. »Warum will er mich nicht mehr sehen?«

»Vielleicht hat er Angst, von dir für seine Taten verurteilt zu werden.«

»Nein, das glaube ich nicht. Wenn er mich noch liebte, würde er nicht ruhen, bis wir wieder vereint wären.«

»Clara ...« Sie wollte sie in den Arm nehmen.

»Fass mich nicht an. Bitte geh.«

Elisabeth verließ das Zimmer.

Eine Stunde später hörte sie, dass Clara den Kutscher bat, den Einspänner zu holen, und sie wusste, sie würde nicht mehr zurückkehren.

28

Die Stimme des Engels klang glockenhell durch ihren Traum. »Ich hab dich lieb, Clärchen, ganz doll lieb. Viel lieber als Zuckerkringel.«

»Du bist so dumm«, murmelte sie halblaut. »Man kann Menschen nicht lieber haben als Süßigkeiten.«

»Ich kann das!«, rief der Engel empört. »Such mich doch, such mich doch!«

»Komm zurück!«

»Such mich doch! Du findest mich nicht! Ätschibätsch!«

»Wo bist du? Wo bist du? Wo bist du?«

Die Stimme wurde schrill. »Es ist heiß, so heiß! Ich will kein Engel mehr sein. Bitte mach, dass ich kein Engel mehr bin! Clärchen, Schwesterlein, hol mich, hol mich!«

Mit einem Schrei fuhr Clara hoch. Noch hielt der Traum sie gefangen, und da war etwas – etwas, das sie unbedingt wissen musste, aber je mehr Clara sich bemühte, diesen Gedanken, dieses Gefühl zu fassen, desto schneller verschwand es wieder.

Seufzend rieb sie sich über die Stirn. Seit sie wieder in der Altstadt lebte, träumte sie oft von Hinrich. Manchmal wachte sie mit tränennassem Gesicht auf, weil sie ihn genau vor sich gesehen hatte – ein bisschen pummelig, mit blonden Löckchen und zwei süßen Grübchen in den

Wangen. Dann wurde sie von heftiger Trauer überwältigt, zu der sich sogleich das Gefühl nie endender Schuld gesellte.

Von draußen drang noch kein Tageslicht ins Zimmer. Trotzdem wusste Clara, sie würde nicht wieder einschlafen können. Die Kohlepfanne war über Nacht ausgegangen, und für einen kurzen Moment wünschte sie sich zurück in die Villa Bardenstein, wo jedes Zimmer über einen eigenen Kamin verfügte. Mit dem neuen Jahr war klirrender Frost über die Stadt hergefallen, und jeden Tag aufs Neue kämpften Clara und ihre Helferinnen darum, das große Haus an der Alten Wallstraße einigermaßen warm zu bekommen. Es war ein Kampf, den sie meistens verloren, und dann drängten sich die Bewohnerinnen, wann immer sie eine freie Minute hatten, bei Friederike in der Küche, bis die Mamsell den Holzlöffel schwang und alle fortjagte. Nur Clara und Amelie durften bleiben, solange sie wollten, aber beide hatten nur selten Zeit, sich einen Moment an den Herd zu stellen, um die Kälte aus den Gliedern zu scheuchen.

Fröstelnd stand Clara auf, steckte die Füße in ein paar Pantoffeln und schlüpfte in einen alten wollenen Gehrock, den sie bei der Entrümpelung des Hauses in einer Truhe gefunden hatte. Er musste einem der Auswanderer gehört haben, war mehrfach geflickt worden und verfügte nur noch über einen halben Kragen, doch er hielt die beißende Kälte von ihr fern. Mit dem bodenlangen Nachthemd darunter und dem offenen Haar sah sie aus wie ein Nachtgespenst, das wusste sie, auch ohne einen Blick in den gesprungenen Spiegel zu werfen, der neben der Tür hing. Manchmal trug Clara den Gehrock auch, wenn sie bereits vollständig angekleidet war. Kein Umschlagtuch und kein Cape wärmten so gut wie dieses Kleidungsstück für Männer.

Erst gestern hatte Amelie sie daran hindern müssen, in dieser Aufmachung auf die Straße zu gehen.

»Was sollen die Leute denken!«

»Die Leute zerreißen sich seit Wochen die Mäuler über unsere Mädchen«, hatte Clara erwidert. »Da wird es niemanden interessieren, wie ich mich kleide.«

Amelie war jedoch unerbittlich geblieben und hatte so lange die Eingangstür blockiert, bis Clara den Gehrock wieder ausgezogen hatte.

Clara lächelte bei der Erinnerung, während ihr böser Traum zurück in die Nacht sank. Wie sehr sich Amelie doch verändert hatte! Da war nichts Kindliches mehr an ihr. In der Villa Bardenstein war sie oft noch schüchtern und niedergeschlagen gewesen. Nichts davon war mehr zu spüren. Amelie hatte ihren Platz gefunden. Seit der Eröffnung des Mädchenheims verwandelte sie sich mehr und mehr zu einer gestrengen Hausmutter. Selbst die beiden älteren Lehrerinnen, die Clara eingestellt hatte, hörten schon auf ihr Kommando.

Nur manchmal noch kam die Amelie von früher zum Vorschein. Wenn abends alle gemeinsam im großen Wohnzimmer über einer Handarbeit saßen, dann konnte sie die schönsten Märchen erzählen, oder sie sang den anderen etwas vor.

Mit zwei Schritten war Clara am Fenster, blies warme Atemluft auf die Eisblumen und schaute hinaus. Die Kleine Alster lag starr in der noch vorherrschenden Dunkelheit, und auf der Straße drehte ein einsamer Nachtwächter seine letzte Runde, während ein erster Brotjunge sein Tagwerk begann.

Fröstelnd wandte sie sich ab und ging zur Kommode. Das Wasser in der Waschschüssel darin war wieder einmal gefroren. Nun, dann würde sie sich in der Küche bei Friederike waschen.

Gerade wollte sie sich auf den Weg machen, als die Tür zu ihrem Zimmer aufgestoßen wurde.

Amelie trat ein. In der Hand trug sie einen dampfenden Becher. Köstlicher Kaffeeduft stieg Clara in die Nase.

»Ein Wunder«, sagte sie.

»Irrtum. Ein lauter Schrei, der mich geweckt hat.«

Clara nahm den Becher und wich Amelies forschendem Blick aus.

»Alice kommt gleich und bringt einen Topf mit heißem Wasser.«

Alice war das jüngste Mädchen aus dem Gängeviertel. Keine vierzehn Jahre alt, noch fast ein Kind. Friederike hatte sie gleich am ersten Tag unter ihre Fittiche genommen, und wie die anderen Heimbewohnerinnen auch, erholte sich Alice langsam von den Strapazen ihres früheren Lebens.

»Fabelhaft«, sagte Clara. »Danke.« Sie nahm einen Schluck und spürte sogleich, wie die belebende Wärme in ihr Innerstes drang.

»Sollst ja schön frisch und sauber sein für deinen großen Tag.«

»Hm.«

»Und ein Stück französische Seife bringt sie auch mit.«

Clara trank schweigend.

»Hinrich oder Paul?«

Clara erschrak. »Wie bitte?«

»Hast du von dem Lütten geträumt oder von deinem Liebsten?«

»Paul Dallmann ist nicht mein Liebster!«

»Ist schon gut. Beruhige dich, Clara. Alles ist gut.«

»Ich …«

Tränen tropften in den Kaffeebecher. Clara wischte sich mit dem Ärmel über die Augen. Sie musste sich endlich abgewöhnen, jedes Mal zu weinen, nur weil Paul erwähnt wurde. Sie gab sich auch alle Mühe, aber die Tränen taten einfach, was sie wollten. Rannen über ihre Wangen, wenn sie daran dachte, dass er wieder in derselben Stadt wohnte wie sie, seit Jahren schon, und sie vergessen hatte, während ihr eigenes Herz ohne ihn noch immer kalt und leer war.

Clara musste schlucken. Der Tag war kaum angebrochen, und sie weinte bereits zum zweiten Mal. So konnte es nicht weitergehen mit ihr!

Es klopfte an die Tür, und gleich darauf trat Alice mit dem Topf voll heißem Wasser ein. Sie stellte ihn ab, knickste und verschwand wieder.

»Komm«, sagte Amelie, »ich gehe dir zur Hand. Und dann helfe ich dir beim Ankleiden.«

»Es wird niemand kommen«, murmelte Clara. »All die Arbeit, das viele Geld … für nichts.«

»Unsinn. Sie werden dir den Laden einrennen und leer kaufen.«

»Du wirst sehen, ich behalte recht. Man hat mir nicht verziehen, dass ich die Mädchen hergeholt habe. Am Ende des heutigen Tages werde ich ruiniert sein.«

Während sie ihren Kaffee austrank, dachte Clara

daran, wie schwer der Neubeginn gewesen war. Als sie nach dem Streit mit Elisabeth noch am selben Abend bei Ingeborg Schreiber vorgesprochen hatte, war diese hocherfreut gewesen. Das Haus an der Alten Wallstraße stehe ihr zur Verfügung, hatte sie versprochen, und bis es eingerichtet sei, müsse Clara ihr die Ehre erweisen und ihr Gast sein. Es sollten nicht nur ein Parfumladen und Privaträume entstehen? Sondern auch ein Heim für junge Freudenmädchen? Nun, warum nicht? Jemand müsse sich ja wohl um die armen Deerns kümmern.

Ingeborg Schreiber besaß ein großes Herz, und sie wurde auch nicht von unersättlicher Neugierde geplagt. Anders die übrigen Damen der Hamburger Gesellschaft. Zunächst war Claras Trennung von Elisabeth Bardenstein in aller Munde, und als dann Anfang Januar die ersten Mädchen in ihr neues Heim einzogen, ängstlich und voller Misstrauen gegenüber dieser plötzlichen Wohltat, da wollten Tratsch und Empörung gar kein Ende mehr nehmen.

»Du irrst dich«, sagte Amelie und half Clara aus dem Gehrock. »Die Gemüter haben sich längst beruhigt. Unsere Mädchen verhalten sich schließlich vorbildlich.«

Clara wollte ihr gern glauben. Allein, ihre Zweifel waren stärker. In den vergangenen zwei Wochen hatte sie beinahe Tag und Nacht gearbeitet, um genügend Parfum herzustellen. Fünf neue Helferinnen hatte sie inzwischen. Nun reihten sich die Flakons dicht an dicht in ihrem Parfumladen, den sie schlicht »Leclerc« getauft hatte. Heute war Eröffnungstag, und die Angst vor einem Scheitern ließ sie stärker frösteln als die Januarkälte.

»Wenn es nicht gutgeht«, sagte sie düster zu Amelie,

»dann verlieren wir alles. Wir werden kein Zuhause mehr haben, und die Mädchen landen wieder auf der Straße.«

Amelie tauchte einen Lappen in das heiße Wasser und wischte damit über Claras Gesicht. »Es wird gutgehen. Wir verkaufen heute unseren gesamten Vorrat an La Fleur. Ich höre schon die Kutschen aus Bremen und Lübeck nach Hamburg rollen. Und eines gar nicht mehr so fernen Tages kommen dann auch die feinsten Preußen aus Berlin mit der neuen Eisenbahn!«

Beinahe, aber nur beinahe hätte Clara gelächelt. Amelie schaffte es immer wieder, ihr Mut zu machen.

»Und in einem Jahr haben wir so viel Geld, dass wir in eine Villa an der Großen Alster umziehen. Mit einem Kamin in jedem Zimmer und einem großen Park, in dem die Mädchen in der schönen Jahreszeit herumspazieren können.«

»Ach, Amelie. Wenn es nur so wäre.«

»Dann holen wir auch die beiden alten Marktweiber zu uns, die du so liebgewonnen hast.«

Clara nickte. Nie hatte sie vergessen, wie gütig und hilfsbereit die Fischersfrau Else und die Grogverkäuferin Nella im Augenblick ihrer großen Not zu ihr gewesen waren. Sie hatte die beiden Frauen bereits kurz nach ihrem Einzug ins Haus kommen lassen und mit Geschenken überhäuft.

Beide waren überglücklich gewesen, Clara wohlauf wiederzusehen. Sie hatten sich erst geziert, die gutgefüllten Börsen, die warmen Umschlagtücher und die festen Schuhe anzunehmen, die Clara ihnen aufdrängte. Aber schließlich waren sie dankbar abgezogen und hatten versprochen, für Clara zu beten.

»Ja«, stimmte sie jetzt zu. »Das ist ein guter Einfall. Elses Mann Heiner wird langsam zu alt für den Fischfang, und die beiden Frauen könnten sich ein bisschen im Haushalt nützlich machen.«

Amelie grinste. »Du hast wirklich ein gutes Herz, Clara.« Schon träumte sie weiter. »Die Hautevolee von Hamburg wird sich bei uns die Ehre geben, und unsere Mädchen finden Verehrer aus gutem Hause. Du wirst eines Tages Ehrenbürgerin der Stadt Hamburg. Elisabeth Bardenstein wird staunen. Und sich hoffentlich mächtig ärgern.«

Clara nahm ihr den Lappen ab und wusch sich nun selbst.

»Rede nicht schlecht über Elisabeth. Vergiss nicht, sie hat uns beide gerettet.«

Amelie stieß ein Schnauben aus. »Dich vielleicht. Mich aber hast *du* gerettet, und ich wurde unter ihrem Dach nur geduldet. Außerdem ist sie eine falsche Schlange.«

»Amelie!«

»Stimmt doch. Sie hat dich belogen.«

Clara vergaß die Kälte im Raum, vergaß, dass sie sich anziehen musste.

Ja, Elisabeth hatte sie belogen, und alle Zweifel, die sie der älteren Frau gegenüber gehegt hatte, waren dadurch bestätigt worden.

Mehr als ein Monat war seit ihrer schrecklichen Auseinandersetzung vergangen. Weihnachten und der Jahreswechsel waren darüber verstrichen. Wann immer Clara an Elisabeth dachte, verspürte sie erneut die tiefe Enttäuschung und den Zorn.

Die Frau, die ein so wichtiger Mensch in ihrem Leben

geworden war, die Frau, für die sie ihren ersten eigenen Duft geschaffen hatte, diese Frau hatte sie aufs Schmählichste hintergangen.

Manchmal war sie so furchtbar wütend, dass sie am liebsten jemanden geschlagen hätte. Elisabeth. Oder Paul. Oder Friedrich, der so geduldig war und nie sein sonniges Gemüt verlor. Oder irgendeine Person, die ihr gerade unter die Augen trat. Dann fragte sich Clara, ob es ihr je vergönnt sein würde, zur Ruhe zu kommen. Ob sich in ihrem Leben die Tage wohl jemals prall gefüllt mit Glück und Zufriedenheit aneinanderreihen würden.

»Möchtest du jetzt am Fußboden festfrieren oder dich anziehen?«, erkundigte sich Amelie.

»Anziehen«, murmelte Clara. Und während Amelie ihr in die weißen Strümpfe und die Batistwäsche, in das Unterkleid und ins Korsett, in den Reifrock, in ein blassgelbes Musselinkleid und schließlich in ein Paar flache Schuhe half, schwor sich Clara, die Vergangenheit endlich hinter sich zu lassen und nur noch nach vorn zu schauen. Sie war eine Parfumeurin auf dem Weg zum ganz großen Erfolg. Und sie war in der Lage, jungen Mädchen, die es im Leben schlecht getroffen hatten, zu helfen.

Das allein zählte.

29

Paul ließ sich von Lore nur widerwillig mitziehen. »Was zum Teufel soll ich bei der Eröffnung eines Parfumladens?«, fragte er grob. »Das ist bloß was für Frauen.«

Lore bedachte ihn mit einem unsicheren Lächeln. »Seit wann so garstig, mein Lieber?«

»Bitte verzeih mir.«

Er blieb mitten auf der Straße stehen und überhörte die Flüche eines Karrenziehers, der ihm nur knapp ausweichen konnte. In der Alten Wallstraße herrschte an diesem Januarmorgen dichter Verkehr. Mit der Kutsche war gleich nach der Graskellerbrücke kein Durchkommen mehr gewesen. So waren sie ausgestiegen und zu Fuß weitergegangen.

Es schien Paul, als strebte alle Welt dem einen Haus zu, in dem Clara Vogt – oder Clara Leclerc, wie ihr Künstlername lautete – ihr Geschäft der Öffentlichkeit vorstellte.

Schon merkwürdig, dachte er, dass wir uns beide einen anderen Namen gegeben haben. Es ist, als würden wir immer noch ähnlich denken. So wie damals, als wir jung und voller Glauben in die Zukunft waren.

»Man könnte meinen, du hegst einen Groll gegen Clara«, sagte Lore. »Dabei kennst du sie doch gar nicht.

Jedes Mal, wenn ich dir von ihr erzähle, bekommst du diese steile Falte. Genau hier.«

Sie reckte sich und strich ihm mit ihrer behandschuhten Hand sanft über die Stirn.

»Du bist mir immer wieder ein Rätsel, lieber Paul.«

»Bitte verzeih.«

Es kam ihm so vor, als müsse er sich bald jeden Tag bei Lore entschuldigen. Und an manchen Tagen mehr als einmal. Entweder war er zu unhöflich, oder er versetzte sie bei einer Verabredung in letzter Minute. Mal unterhielt er sich bei einem Essen oder auf einem Ball ausgiebig mit anderen jungen Damen, während Lore verlassen bei den Matronen saß; mal folgte er einer Einladung, ohne sie mitzunehmen.

Paul hasste sich selbst für dieses Verhalten, und er wusste, Lore hatte etwas Besseres verdient. Sie war ihm eine treue und kluge Freundin. Ein nachsichtiges Lächeln und ein Schulterzucken waren ihre Reaktion gewesen, als er sein Geheimnis aufgedeckt hatte. Namen hatte er dabei nicht genannt. Lore hätte sofort die Verbindung zu Clara gezogen, und das erschien ihm wenig ratsam.

Davon abgesehen jedoch legte er ein volles Geständnis ab.

Nach dem überraschenden Besuch eines Mannes, der sich als Detektiv bezeichnete, war Paul klargeworden, dass er nicht länger ein Doppelleben führen musste. Georg Vogt war dem Wahnsinn näher als der Wirklichkeit, und Clara, so sollte Paul schmerzhaft erfahren, Clara führte nun ihr eigenes Leben und dachte nicht mehr an ihn. Sie war eine in ganz Hamburg bekannte Parfumeurin geworden und galt als so gut wie verlobt mit einem gewissen Friedrich Jensen, einem hochgebildeten Botaniker aus bester Familie.

Lore hatte ihm davon erzählt und hinzugefügt: »Stell dir vor: Dieser Jensen sieht ein bisschen aus wie du. Finde ich jedenfalls. Schon ulkig, nicht? Irgendwann mal muss ich euch drei miteinander bekannt machen.«

Diesen Tag fürchtete er mehr, als er sagen konnte. Bisher hatte Lore es damit zum Glück nicht eilig gehabt. Wenn er es richtig verstand, so sah Lore ihre neue Freundin Clara jetzt auch seltener, weil diese vollauf mit der Herstellung ihres berühmten Duftes sowie mit der Einrichtung des Parfumladens und eines Mädchenheimes beschäftigt war. Nun, er war ausgesprochen erleichtert darüber. Und was diese heutige Eröffnung betraf, so hoffte er einfach, sich unauffällig im Hintergrund halten zu können. Sofern eintrat, was Lore prophezeite, würde mindestens die halbe hanseatische Damenwelt in den Laden drängen. Da konnte er gewiss als einer unter vielen Herren in der wartenden Menge draußen untergehen.

Manchmal fragte er sich, ob Clara von ihm wusste. Womöglich war dieser Detektiv auch bei ihr vorstellig geworden und hatte ihr, gegen bare Münze, von ihm berichtet. Sodann fragte er sich, ob sie ihn, falls sie hin und wieder doch noch an ihn dachte, nun aus tiefstem Herzen verabscheute. Ihn, den ehemaligen Dieb.

Er hätte es verdient gehabt!

Lore hingegen hatte mit Gleichmut reagiert. »Ein bisschen geheimnisvoll warst du ja von Anfang an. Ich finde, Paul Dallmann passt viel besser zu dir als James Roberts. Und was du vor vielen Jahren als Hamburger Jung mal angestellt hast, geht sowieso keinen was an. Niemand interessiert sich mehr für diese alten Geschichten. Lass mich nur machen. Bis zum Jahreswechsel kräht kein Hahn mehr nach James Roberts und seinem Geheimnis.«

Und so war es gekommen. Lore hatte ihm geraten, seinen Namen offiziell wieder zu ändern, und hatte gleichzeitig in den Salons die Kunde verbreitet, Paul habe aus tiefer Verbundenheit mit seinem verstorbenen englischen Freund unter dessen Namen seine Geschäfte getätigt.

Das glaubte ihr natürlich kein Mensch, und es wurde heftig über ihn getratscht, aber schon auf dem großen Silvesterball im Hotel »Zur alten Stadt London« am Jungfernstieg gab es spannendere Themen. An fast allen Tischen ging es um den großen Krach zwischen Elisabeth Bardenstein und ihrem Schützling Clara Vogt, oder nein, Clara Leclerc. War das eigentlich eine neue Mode, dass die Leute sich selbst neue Namen gaben? Nun, wie auch immer, da musste etwas wirklich Schlimmes vorgefallen sein, man hörte ja so einiges, aber nicht genug, oh je, leider nicht genug. Es hieß nur, und das wisse man ganz sicher, diese Clara gönne Elisabeth nicht ihr Glück mit Julius Wichern. Ob sie es selbst auf den Hagestolz abgesehen hatte? Wer wusste das schon? Und was sollte dann aus dem armen Friedrich Jensen werden? So ein freundlicher junger Mann! Nun, da wäre ja noch die eigene unverheiratete Tochter. Man müsse mal eine Gelegenheit finden, die zwei zusammenzubringen. Ein Botaniker in der Familie – das klang doch gut. Und ach, jetzt wohnte die Clara an der Alten Wallstraße, im Haus der Witwe Schreiber, die neuerdings Hochzeitspläne schmiedete. Genau wie Elisabeth Bardenstein, übrigens. Oh ja, bald würde Hamburg in einen echten Hochzeitstaumel fallen.

Nun hatte man den Faden verloren, kehrte dann jedoch zu Clara zurück. Und haben Sie gehört? Die hat in dem Haus Dirnen aufgenommen. Ja, genau, junge Freudenmädchen, die noch zu Weihnachten im Hafen unterwegs waren.

Unerhört!

Das ist ein Skandal!

Man müsste etwas dagegen unternehmen!

Aber eine Parfumwerkstatt richte sie auch ein, und das wird höchste Zeit, denn die Vorräte zu Hause gingen zur Neige. Da wolle man es sich lieber nicht mit ihr verderben. Und ein Laden solle im Erdgeschoss eröffnet werden. So eine, wie heißt das in Paris? Eine Parfumerie. Nun, für Hamburg reiche Parfumladen. Und dort solle es den Wunderduft La Fleur dann zu kaufen geben, vielleicht, so viel man wollte. Und das mit der halben Träne, ach, darüber brauche man nicht zu reden. Das schaffe doch inzwischen jede der Damen.

Oder nicht? Sie etwa nicht? Also, ich schon. Ist eine Kleinigkeit. Und mein Gatte, der Senator Mertens, der weicht mir nicht mehr von der Seite.

Außer dem Parfum soll es auch andere feine Sachen bei Clara Leclerc zu kaufen geben. Pomaden für die Herren, Cremes für die Damen, ach, und überhaupt das eine oder andere Schönheitsmittelchen. Da müssen wir unbedingt hin, sobald der Laden eröffnet wird. Das müssen wir sehen. Aber die Dirnen! Der Skandal! Wir können doch nicht ein – Freudenhaus aufsuchen.

Unsinn, die Mädchen gehen jetzt tugendhaften Tätigkeiten nach.

Nun, darüber müssen wir noch einmal sprechen, aber

hört, die Glocken läuten. Das Jahr 1842 ist angebrochen. Lasst uns auf ein glückliches neues Jahr anstoßen! Mögen wir alle gesund bleiben, und möge unsere Heimatstadt weiterhin blühen und gedeihen! Mögen Unglück, Krankheit und Tod uns verschonen!

Paul Dallmanns Geschichte interessierte da schon niemanden mehr.

Nur einmal bekam er Besuch von der Polizei. Da er jedoch anhand eines Schriftstücks beweisen konnte, dass James Roberts in Brasilien am Fieber gestorben und keineswegs von ihm umgebracht worden war, ließ man die Sache auf sich beruhen.

»Paul«, sagte Lore in seine Gedanken hinein. »Mir ist kalt. Lass uns weitergehen.«

Er nickte und vermied es gerade noch rechtzeitig, sich zum dritten Mal zu entschuldigen.

Je weiter sie der Alten Wallstraße in Richtung Binnenalster folgten, desto unwohler fühlte sich Paul.

Vor dem Haus hatte sich bereits eine große Menschentraube gebildet, und Lore verzog enttäuscht das Gesicht. »Weil du so getrödelt hast, sind wir zu spät dran. Alles wird ausverkauft sein, bis wir in den Laden kommen. Und dabei ist mein letzter Flakon beinahe leer.«

Paul setzte ein bedauerndes Lächeln auf. Er hatte es bisher nicht über das Herz gebracht, Lore zu sagen, dass ihm dieser Duft, La Fleur, nicht besonders gut gefiel. Er reizte seine Sinne und ließ Bilder von Clara vor seinen Augen auftauchen. Ihm wäre es lieber gewesen, Lore wäre zu ihrem Kölnischwasser zurückgekehrt. Unglücklicherweise glaubte sie fest an die Wirkung des Duftes, und seit sie behauptete, sie mische ihrem Flakon eine halbe Träne bei, schaute sie ihn manchmal mit einem lauernden Blick an, als erwarte sie, er werde jeden Moment über sie herfallen.

Ihm war bewusst, dass er bald mit Lore reden musste. Es war unverantwortlich von ihm, ihre Hoffnung zu nähren.

Bald, versprach er im Stillen. Sehr bald.

Erst als sie nahe an das hohe Fachwerkhaus herangekommen waren, erkannte Paul, dass es sich bei der Menschenmenge nicht um erwartungsfrohe Kunden handelte.

Es waren Schaulustige.

Und alle Blicke waren auf das Haus gerichtet, über dessen Eingang ein schlichtes Holzschild hing. »Parfumladen Leclerc« stand darauf. Die Leute tuschelten aufgeregt miteinander und wiesen immer wieder zum Eingang, aus dem einige Damen mit bleichen Gesichtern nach draußen drängten.

Besorgt fragte sich Paul, was dort los sein mochte. Ein Überfall? Ein Handgemenge?

Dann hörte er einen lauten Schrei, und als er sich umwandte und sah, wer da auf ihn zugelaufen kam, war ihm, als fielen die Jahre von ihm ab.

30

Während Paul und Lore an der Graskellerbrücke aus der Kutsche gestiegen waren, hatte Clara sich prüfend im Parfumladen umgeschaut. An den Wänden rechts und links vom Eingang reckten sich neu gezimmerte Holzregale in die Höhe. Sie waren gut gefüllt mit Flakons, Tiegeln und Dosen. An der Stirnseite befand sich der Verkaufstresen mit einer Kupferwaage und zwei großen Glasbehältern. In dem einen häuften sich bunte Bonbons für die ungeduldigen Kinder der Kundinnen, im anderen befanden sich kleine Duftsäckchen mit getrockneten Kräutern, die künftig in den Wäschekommoden der Hamburgerinnen für Wohlgeruch sorgen sollten.

Auch ein paar Stühle und kleine Tische waren im Laden verteilt, damit die Damen sich von den Strapazen eines Einkaufs erholen konnten. Auf den Tischchen standen schmale Vasen mit je einer Orchideenblüte darin – sie waren ein Geschenk Friedrichs und verströmten einen Hauch von Exotik.

Clara seufzte. An diesem wichtigen Tag fehlte ihr der Freund. Doch Friedrich war unabkömmlich. Er überwachte dringende Reparaturarbeiten an den Gewächshäusern im Botanischen Garten. Der starke Frost hatte einige der Glasscheiben zerspringen lassen, und die empfindlichen Pflanzen drohten, Schaden zu nehmen.

»Jetzt lächle mal«, forderte Amelie sie auf. »Es ist alles an seinem Platz. Wir sind bereit.«

Gehorsam verzog Clara die Lippen, woraufhin Amelie mit den Augen rollte.

»Lass man. Du siehst aus wie ein Silvesterkarpfen, der nach Luft schnappt.«

Clara war nicht zum Scherzen aufgelegt. Angespannt wartete sie auf das Glockengeläut von Sankt Petri.

»Bitte schau einmal auf die Wanduhr im Wohnzimmer«, bat sie Amelie. »Es müsste längst neun Uhr sein.«

»Nicht schon wieder«, kam es seufzend zurück. »Wenn ich alle paar Minuten wie ein aufgescheuchtes Huhn durch das Haus laufe, mache ich nur alle noch verrückter, als sie sowieso schon sind.«

»Und wenn du weiter so redest, bekomme ich Hunger«, erwiderte Clara, die nun doch schmunzeln musste.

»Kein Wunder, du hast ja nur den Kaffee getrunken. Jetzt bleib schön ruhig, und ich leiste dir Gesellschaft. Im Wohnzimmer hocken die Mädchen, und die sind auch schon aufgeregt genug, ohne dass ich da alle naslang reinstürme. Die Glocken werden gleich läuten, und dann schließen wir auf. Draußen stehen schon eine Menge Leute, die nur darauf warten. Du wirst sehen, die Eröffnung wird ein großer Erfolg, und wir werden vor der Mittagsstunde ausverkauft sein.«

»So Gott will«, murmelte Clara.

Dann war es auf einmal so weit, und Clara hatte das Gefühl, überhaupt nicht vorbereitet zu sein.

Sie ging zur Tür, drehte den großen Schlüssel im Schloss, öffnete und sah in Amelies Augen vermutlich wieder wie ein Karpfen aus.

Innerhalb von Sekunden drängten sich die Damen im Laden – so dicht, dass es kaum ein Durchkommen gab. Clara stand hinter dem Tresen, Amelie wuselte zwischen den Kundinnen hindurch und entpuppte sich als die geborene Verkäuferin. Sie schmeichelte hier, handelte dort, und sie schwatzte den Matronen ebenso wie den jungen Frauen Cremes und Lotionen auf, obwohl alle doch nur nach dem Wunderduft verlangten.

Clara ließ die junge Alice rufen, die ihr beim Einpacken der Waren helfen sollte, während sie selbst mit fliegenden Fingern kassierte.

Wäre sie zum Nachdenken gekommen, so hätte sie über sich selbst gelacht. All ihre Sorgen waren unbegründet gewesen. Trotz des Skandals um ihr Mädchenheim riss ihr die Damenwelt nach wie vor das Parfum La Fleur aus den Händen. Und auch die übrigen Produkte wurden gekauft. Selbst die Pomadentöpfchen für den Gatten zu Hause gingen über den Tresen.

Amelie würde recht behalten. Obwohl zwei Mädchen jetzt eine Kiste mit weiteren Flakons aus der Werkstatt heranschleppten, würden sie noch vor dem Mittag ausverkauft sein.

Auf einmal entstand Unruhe an der Tür.

»Keine Aufregung, meine Damen!«, rief Clara laut. Sie konnte hinter dem Meer aus großen Hauben nicht erkennen, was vor sich ging, nahm jedoch an, dass weitere Kundinnen in den ohnehin schon überfüllten Laden drängten und es daher zu einem gewissen Stau der Reifröcke kam.

»Nur die Ruhe! Sie sind gleich an der Reihe! Wir haben genug Parfum für alle!«

Ein wenig staunte sie darüber, dass die Damen, die

sich eben noch ungeduldig am Tresen gedrängt hatten, plötzlich so folgsam Platz machten. Ja, sie hatten es sogar eilig fortzukommen!

Endlich erhielt Clara freie Sicht. Ihr Herz setzte einen Schlag aus, als sie sah, dass zwei Polizisten auf sie zugingen und sich vor dem Tresen aufbauten. In ihren dunkelblauen Fräcken und Beinkleidern, mit den schwarzen Zweispitzen auf den Köpfen und der städtischen Kokarde daran, sahen sie ehrfurchtsgebietend und beinahe bedrohlich aus.

Hinter den beiden Uniformierten entdeckte Clara einen Mann, der ihr vage bekannt vorkam. Und daneben stand, daneben stand … Sie rieb sich über die Augen.

Oh mein Gott! Georg Vogt!

So wenig erinnerte diese Jammergestalt an den einst despotischen und starken Vater, dass sie ihn kaum erkannt hätte.

Und doch, er war es.

Ihre Finger, die eben noch so flink Geldstücke gezählt hatten, begannen zu zittern. Schon flog sie am ganzen Körper, und sie war wieder das kleine Kind, das in Furcht vor dem Vater lebte, das heranwachsende Mädchen, das seinen Hass spürte, die junge Frau, die es nicht mehr ertrug, mit ihm unter einem Dach zu leben.

Bis Amelie sich zu ihr durchdrängelte und ihre Augen auf sie heftete.

Da erinnerte sich Clara an die zwei Jahre, die vergangen waren, und an den langen Weg, den sie seitdem zurückgelegt hatte.

Ihr Kinn hob sich, das Zittern verschwand.

»Guten Tag, meine Herren. Was kann ich für Sie tun?«

Ihre Stimme war fest.

Gut.

Sie schaute die Polizisten an und gönnte den anderen beiden Männern keinen Blick.

Der ältere Polizist räusperte sich. Ihm war sichtlich unwohl zumute, aber er war sich auch seiner Bedeutung bewusst. »Nun, verehrtes Fräulein Vogt, wir müssen Ihnen mitteilen, dass Ihr Geschäft geschlossen wird.«

Clara spürte, wie alles Blut aus ihrem Gesicht wich. Amelie neben ihr stieß einen erschrockenen Ruf aus.

»Was soll das bedeuten?«, erkundigte sich Clara. »Ich habe erst vor zwei Stunden eröffnet, und mit meinen Papieren ist alles in Ordnung.«

»Es werden schwere Anschuldigungen gegen Sie erhoben«, gab der Ordnungshüter zurück.

»Anschuldigungen? Welcher Art?«

Nun sah sie doch zu Georg Vogt und dem anderen Mann. Aus kalten grauen Augen erwiderte dieser ihren Blick.

Clara erstarrte.

Auf einmal wusste sie, wer das war: Gustav Müller. Sie hatte ihn früher ein paarmal kurz gesehen. Auch am Tage ihrer Flucht.

Der ältere Polizist räusperte sich umständlich. »Dieser Herr hier ...«, er deutete auf Gustav Müller, »hat Anzeige erstattet. Er behauptet, er habe einer Dame ein Flakon das Duftes La Fleur geschenkt, und diese habe nach Benutzung des Parfums einen schweren Hautausschlag erlitten.«

»Hautausschlag?«, gab Clara verblüfft zurück, während die Angst mit scharfen Klauen nach ihr griff. »Wie kann das sein?«

Jetzt ahnte sie, was der Mann vorhatte: Er wollte sie geschäftlich ruinieren, damit sie am Ende doch noch zu ihm gekrochen kam. Oder er wollte sich einfach nur rächen, weil sie seine Zukunftspläne durchkreuzt hatte.

»Sieht ganz furchtbar aus«, mischte sich Gustav Müller ein. »Schätze, diesem Duftwässerchen ist ein Gift beigemischt. Könnte Quecksilber sein, so wie die arme Violetta leidet. Dabei wollte ich ihr eine Freude machen.« Er setzte eine betroffene Miene auf.

»Pah!«, stieß Amelie aus. »Das ist doch alles ein riesiger Unsinn. Claras wundervoller Duft wird schon seit dem Herbst von vielen Hamburger Damen benutzt. Und keine von ihnen hat bisher auch nur über einen Pickel geklagt. Sie können sie alle fragen! Ich behaupte mal, diesen Ausschlag hat Ihre Violetta vielleicht wirklich vom Quecksilber. Aber mit dem Zeug hat sie sich bestimmt selbst eingerieben. Soll ja bei bestimmten Krankheiten helfen. Sie wissen schon, wovon ich rede.«

»Wenn ich die Meinung einer Dirne hören will, dann frage ich danach«, knurrte Gustav Müller.

»Sie mieser Kerl! Sie ...«

»Ruhe jetzt! Alle beide!«, donnerte der Polizist. »Wir sind hier nicht in einer Hafenkneipe!«

Sein Kollege zuckte unmerklich zusammen, nahm aber sogleich wieder Haltung an.

Claras Gedanken waren derweil vorwärtsgerast, und ihr war klar, dass sie vor dem Ruin stand. Von dem Geld, das sie an diesem Morgen eingenommen hatte, konnte sie die Februarmiete bezahlen und die wichtigsten Rechnungen begleichen. Dann hätten sie und ihre Schützlinge vielleicht noch für zwei Wochen genug zum Leben.

Oder weniger.

Sie hörte im Geiste Friederike über die unverschämt hohen Preise auf dem Markt stöhnen.

»Wir müssen diesen Anschuldigungen nachgehen«, sagte der Polizist nun zu Clara, »und solange der Verdacht besteht, dass Ihre Produkte Ihren Kundinnen einen gesundheitlichen Schaden zufügen, müssen wir den Verkauf unterbinden. Insbesondere der Duft mit Namen La Fleur gilt ab sofort als verbotene Ware.«

»Bravo!«, rief Gustav Müller. »Diese Frau hier ist eine Gefahr für die Allgemeinheit. Und ich habe auch einen Zeugen. Der werte Herr Kaufmann hier ...«

Aber Georg Vogt war nicht mehr da.

Clara suchte überrascht den Laden ab, der sich während des Disputs geleert hatte.

Nirgends eine Spur von ihm.

Sie fragte sich, was davon zu halten war. Wollte der Vater sie etwa beschützen? Nein, undenkbar. Wahrscheinlicher war es, dass sein offenbar fortschreitender Irrsinn ihn dazu verleitet hatte, einfach wieder zu verschwinden.

»Komm zurück, du Feigling!«, rief Gustav Müller aus und lief hinaus.

»Wie dem auch sei«, sagte der Polizist. »Wir müssen Sie auffordern, Ihren Laden vorerst zu schließen.«

Clara holte Luft, um zu protestieren, als von draußen ein lauter Schrei hereindrang.

Sie kannte die Stimme.

Das Herz blieb ihr stehen.

31

Friederike Fechner hatte gerade einen Deckel auf den großen Topf mit Rübensuppe gelegt, als die junge Alice in die Küche gestürmt war.

»Da sind böse Männer im Laden!«, rief sie aufgeregt.

Friederike lächelte geduldig. »Was du dir wieder zusammenreimst.« Alice erinnerte sie ein wenig an ihre Nichte Cornelia, und sie war ihr Liebling unter den Mädchen. Trotzdem musste sie ihr nicht alles durchgehen lassen.

»Aber es stimmt! Die wollen Fräulein Clara ins Gefängnis werfen!«

»Alice! Es ist genug!«

Das Mädchen sah jedoch so verängstigt aus, dass Friederike beschloss nachzuschauen. Sie blickte an sich herunter. Ihre Schürze hatte schon bessere Tage erlebt, und auch das Kleid war mehrfach geflickt. Der Parfumladen war zwar mit dem übrigen Haus verbunden, sie wollte jedoch die Küche durch die Hintertür verlassen, außen herumgehen und nur durch ein Fenster hineinschauen. Sie hatte ja nicht vor, die Damenwelt mit ihrem Aussehen zu beleidigen. Und um sich ihr neues Kleid anzuziehen, war keine Zeit.

Das Kleid hatte Clara ihr geschenkt. »Damit du schön aussiehst, wenn du deinen Neffen besuchst.«

Die Deern sprach niemals Pauls Namen aus, und ihr

Blick wurde tief vor Trauer, wenn sie ihn überhaupt erwähnen musste. Wie an dem Tag kurz vor Weihnachten, als sie Friederike die große Neuigkeit erzählt hatte. Und seitdem immer wieder, wenn Friederike ihrerseits auf Paul zu sprechen kam und Clara um einen freien Tag bat, damit sie ihn endlich aufsuchen konnte.

»Bald«, versprach Clara dann. »Bald wirst du deinen Neffen wiedersehen. Aber du siehst doch, wie hungrig die Mädchen sind. Wir müssen …«

»Schon gut«, erwiderte Friederike dann und wartete weiter ungeduldig ab, während sie von frühmorgens bis spätabends in der Küche des neuen Heimes schuftete, es nur in aller Eile bis zum Markt schaffte und im Übrigen nicht aus dem Haus kam.

Als sie nun nach einem Umschlagtuch griff, schüttelte sie den Kopf über die Torheit der Jugend. Da wusste Clara nun, dass Paul in Hamburg lebte. Da wusste Paul doch bestimmt auch von Clara. Und trotzdem gelang es ihnen nicht zusammenzukommen.

Nun, Clara hatte ihr für morgen ihren ersten freien Tag versprochen. Und dann wollte Friederike endlich Paul besuchen und ihm gehörig den Kopf waschen. Sie hatte inzwischen erfahren, dass er am Herrengraben wohnte. Und dann würde sie schon dafür sorgen, dass die beiden jungen Leute einander wieder gut wurden.

Ach, und was Martha erst sagen würde! Nach Altona hatte Friederike bisher erst recht nicht fahren können, und ein Brief kam nicht in Frage. Unmöglich konnte sie ihrer hochschwangeren Schwester auf diese Weise mitteilen, dass der totgeglaubte Sohn wieder aufgetaucht war, dass er gar schon seit Jahren wieder in Hamburg lebte.

Friederike verspürte eine gewisse Genugtuung. Am Ende würde Martha sich noch bei ihr entschuldigen müssen, weil sie recht behalten hatte.

Aber stärker als die Genugtuung war die unendliche Freude in ihr. Auch Martha würde glücklich sein, den Sohn wieder in die Arme zu schließen. Und wenn sie erfuhr, warum er sich hinter einem anderen Namen versteckt und sich nie bei seiner Familie gemeldet hatte, so würde sie gewiss Verständnis dafür haben.

Cornelia – ach, Cornelia war bald das glücklichste kleine Mädchen von ganz Altona! Sie bekam ihren großen Bruder zurück, und die Erwachsenen würden sich bei ihr entschuldigen müssen, weil sie sich doch nicht getäuscht hatte, als sie Paul zu sehen glaubte.

Derart in Gedanken versunken, verließ Friederike das Haus und bahnte sich einen Weg durch die Menschenmenge vor dem Parfumladen.

Und dann sah sie ihn.

Und schrie auf.

»Paul, was ist mit dir?«

Lores Stimme erreichte ihn wie aus weiter Ferne.

Er sah die Frau, die sich nur wenige Schritte von ihm entfernt durch die Schaulustigen drängelte.

Just in derselben Sekunde entdeckte auch sie ihn und stieß einen Freudenschrei aus.

»Das ... ist meine Tante«, sagte er.

Schon lag Friederike in seinen Armen und küsste ihn überschwänglich ab.

Es dauerte lange, bis sie die schmatzenden Küsse einstellte und ihn breit anstrahlte. »Ich ... ich habe erst kurz vor Weihnachten erfahren, dass du wieder in Hamburg lebst«, sagte sie beinahe entschuldigend. »Und ich konnte dich noch nicht aufsuchen. Ach, mein lieber, lieber Paul. Du siehst so gut aus. Wie ein feiner Herr.«

Er hielt sie fest, und ein großes Glücksgefühl durchströmte ihn.

Friederike war älter geworden, ihr Haar war mit silbernen Fäden durchzogen. Aber sie roch noch immer nach Holzrauch und Kohleintopf, und sie gehörte zu seiner Familie. Wieder einmal wurde ihm bewusst, wie sehr er die Seinen vermisst hatte.

»Wie geht es Mutter?«, fragte er. »Und meinen Schwestern? Ich habe gehört, sie leben jetzt in Altona, und Mutter hat wieder geheiratet.«

»Allen geht es gut. Sie haben einen tüchtigen Ehemann und Vater gefunden. Und ...«, Friederikes Augen leuchteten auf, »und du hast noch ein Geschwisterchen bekommen. Mathilde heißt die Kleine. Im Mai wird sie zwei Jahre alt. Und bald wird sich noch ein Kind dazugesellen. Deine Mutter glaubt fest, es wird ein Junge. Fritz soll er heißen. Fritz Voss.«

Paul schwirrte der Kopf. So viele Erinnerungen, so viele Neuigkeiten stürzten auf ihn ein.

Er hielt Friederike ganz fest.

Dann hob er den Kopf.

In der Tür zum Parfumladen stand Clara und sah sich um. Die Menge der Schaulustigen hatte sich inzwischen gelichtet.

Ihre Blicke trafen sich.

Irgendjemand sagte etwas, er hörte nur ein Rauschen.

Er atmete ein und er atmete aus, und die Liebe zu Clara strömte in sein Innerstes.

Tiefe Sorge stand in ihrem Gesicht, und doch fragte er sich verwundert, warum sie noch viel liebreizender war, als er sie in Erinnerung hatte. Erst nach einigen weiteren Atemzügen begriff er, was geschehen war: Seine kleine Rose war aufgeblüht. Aus dem hübschen jungen Mädchen von einst war eine wunderschöne Frau geworden. Ihr Körper wies sanfte Rundungen auf, ihre Wangen hingegen waren weniger voll als damals. Die großen braunen Augen, die einst voller Vertrauen zu ihm aufgeblickt hatten, schauten nun scharf und lebensklug in die Welt, und der weiche Mund, den er nur einmal hatte küssen dürfen, schien ihn einzuladen, es noch einmal zu tun.

Bevor er entscheiden konnte, was er tun sollte, drehte Clara sich um und verschwand im Laden. Gleich darauf traten zwei Polizisten heraus und postierten sich mit vor der Brust verschränkten Armen vor der Tür.

»Der Parfumladen Leclerc bleibt vorerst geschlossen«, verkündete der Ältere von beiden.

»Was geht da vor?«, fragte Paul seine Tante.

»Ich weiß es nicht, aber als ich aus dem Haus kam, habe ich zwei Männer weglaufen sehen, die ich sehr wohl kenne.«

»Mir schien kurz, als hätte ich Georg Vogt entdeckt«, gab Paul zurück. »Möglicherweise habe ich mich getäuscht. Es war wohl doch nur ein Bettler, der ihm ähnlich sah.«

»Du hast dich nicht getäuscht. Vogt hat sich in den letzten Jahren nicht unbedingt zum Besseren verändert.«

»Verstehe.«

Paul runzelte die Stirn und dachte eine Weile nach.

»Ich beschreibe dir den Weg zu mir nach Hause«, sagte er schließlich zu Friederike. »Du kannst mich jederzeit besuchen, und dann erzählst du mir, was geschehen ist. Wenn ich irgendetwas tun kann ...«

»Oh, das kannst du«, unterbrach sie ihn. »Du kannst zum Beispiel jetzt sofort mit mir ins Haus kommen, Clara begrüßen und ihr erklären, dass du sie liebst. Ich werde zwar langsam alt, aber ich bin nicht blind, mien Jung. Und in deinen Augen stand eben alle Liebe dieser Welt. Dann bittest du Clara um Verzeihung, weil du damals verschwunden bist, und fortan lebt ihr glücklich bis an euer Lebensende. Geheiratet wird natürlich auch, und ich erwarte mindestens ein halbes Dutzend neue Nichten und Neffen.«

Paul erstarrte und schob seine Tante ein Stück von sich weg. »Seit wann glaubst du an Märchen?«

»Ach, sagen wir mal, ich kenne da eine gute Geschichtenerzählerin. Aber das tut jetzt nichts zur Sache. Nun gut, wenn du dich nicht traust, dann solltest du jetzt gehen. Ich weiß bereits, wo du wohnst, und sobald ich kann, komme ich zu dir. Dann fahren wir gemeinsam nach Altona, damit du deine Familie wiedersiehst.«

»Clara ...«

Friederike hob eine Hand. »Clara ist eine starke Frau. Sie wird auch mit diesem Problem fertigwerden.«

Paul verstand. Da er die Begegnung mit Clara scheute, war er in Friederikes Achtung gerade ziemlich tief gesunken.

»Wer ist eigentlich die hübsche junge Dame, die eben noch an deiner Seite war?«

Überrascht sah Paul sich um.

Lore war fort.

»Nur eine Freundin«, murmelte er, während sein Blick zum Parfumladen zurückkehrte. Hinter einem der Fenster glaubte er, Claras schmale Gestalt auszumachen. Er wünschte, er wäre mutiger. Er wünschte, er könnte es ertragen, ihr gegenüberzutreten und die Enttäuschung in ihren Augen auszuhalten.

Allein – er war es nicht.

Er wusste, er würde nicht die richtigen Worte finden. Dann dachte er an das, was Lore erzählt hatte. Es gab einen anderen Mann in Claras Leben. Paul senkte den Kopf. Clara sollte glücklich werden.

Ohne ihn.

So schnell, wie es für eine junge Dame gerade noch schicklich war, strebte Lore Stelling auf den Jungfernstieg zu. Ihre Haube hatte sie weit ins Gesicht gezogen, den Kopf hielt sie gesenkt. Niemand sollte sehen, dass sie weinte.

Paul Dallmann und Clara Vogt.

Lore konnte es nicht fassen. Und doch, sie hatte es mit eigenen Augen gesehen. Dieser Blick zwischen den beiden, das plötzliche Leuchten in ihren Gesichtern, bevor andere Gefühle die Oberhand gewannen. Bei Clara hatte Lore auch Zorn entdeckt, bei Paul war es Unsicherheit.

Aber die Schwingungen der Liebe waren geblieben.

Endlich begriff Lore, warum sie Paul niemals für sich gewonnen hatte. Er liebte eine andere.

Clara.

Wie lange schon?

Gab es da eine Verbindung zu seinem früheren Leben? Gar zu seinen Missetaten?

Gut möglich.

Es wäre interessant, da einmal nachzuforschen.

Oder nicht?

Lore blieb stehen und hob den Kopf. Die Tränen waren getrocknet. Wollte sie wirklich wissen, wie alles zusammenhing? Wollte sie allen Ernstes auch nur eine weitere Minute ihres Lebens mit Paul Dallmann verschwenden?

Ja, sie liebte ihn. Ja, er hatte sie verletzt. Aber wenn sie ganz ehrlich war, so musste sie zugeben, dass er ihr niemals falsche Versprechungen gemacht hatte.

Und Zeichen, dass ihre Gefühle von ihm nicht erwidert wurden, hatte es viele gegeben. Dutzende.

Lore holte tief Luft.

Sie dachte an diese Mamsell, die ihm vorhin um den Hals gefallen war. Seine Tante. Er hatte ihr davon erzählt, wie diese Frau ihm einst Essen zugesteckt hatte.

Es war etwas anderes, fand Lore, ob man eine Kindheit in tiefster Armut nur erzählt bekam, oder mit eigenen Augen ein Mitglied von Pauls Familie erblickte. Ein geflicktes Kleid, rissige Hände und geschwollene Beine von einem Leben harter Arbeit.

Lore stellte sich diese Tante bei einem Abendessen im Hause ihrer Eltern vor.

Nein, unmöglich. Diese Frau gehörte in eine Küche.

Sie überquerte den Jungfernstieg und ging auf eine wartende Droschke zu. Als der Kutscher ihr diensteifrig den Wagenschlag öffnete, wusste Lore Stelling, dass sie mit dem Kapitel Paul Dallmann abschließen musste.

Für eine kurze Weile stand Clara noch hinter dem Fenster ihres Ladens und schaute hinaus.

Friederike hatte also vor Freude aufgeschrien.

Clara war schon in Sorge gewesen, die Mamsell sei Georg Vogt in die Arme gelaufen.

Paul.

Für einen Moment hatte er ausgesehen wie Friedrich. Aber als sie genauer hinsah, bemerkte Clara, dass die Ähnlichkeit zwischen den beiden Männern gar nicht so groß war, wie sie immer geglaubt hatte. Zwar waren sie von gleicher Statur, und ihr beider Haar war schwarz, jedoch hatte Clara stärker als jemals zuvor bemerkt, dass Friedrichs Augen dichter beieinanderstanden, sein Mund schmaler war und seine Nase länger. Aber das war es nicht allein. Friedrich war ein Wissenschaftler, stets korrekt gekleidet und mit weichen Händen. Paul war ein Mann. Einer, der harte Arbeit nicht scheute, einer, der sich hatte durchkämpfen müssen. Ganz genau wie sie selbst.

Paul.

Sie liebte ihn. Sie war wütend auf ihn. Sie liebte ihn.

Nun stand sie am Fenster.

Und wartete.

Paul würde zu ihr kommen.

Ja, sie empfand Zorn neben all der Liebe. Aber sie konnten miteinander reden. Alles ließ sich klären, wenn nur die richtigen Worte gesagt wurden.

Paul drehte sich um und ging fort.

Clara biss fest die Zähne aufeinander und drängte die Tränen zurück.

Dann schaute sie sich im Laden um. Die Regale waren zum großen Teil leer, aber auf dem Fußboden war eine Kiste abgestellt worden, noch fast voll mit Parfumflakons. Tag und Nacht hatte sie gearbeitet, um genügend Vorrat an La Fleur herzustellen.

Vergebens.

Ihr Parfum durfte nicht mehr verkauft werden.

Zumindest vorerst.

Clara glaubte fest daran, dass die Anschuldigungen des Gustav Müller sich als unhaltbar herausstellen würden.

Nur wann? Die Behörden arbeiteten langsam. Und bis das Verbot aufgehoben wurde, war sie womöglich längst ruiniert.

Aller Mut wollte Clara verlassen. So lange hatte sie gekämpft. Nun war sie müde. So lange hatte sie auf Paul gewartet. Nun war es vorbei.

Ihr Blick streifte den Tresen. Dort hielten Amelie und Alice einander umklammert. Beiden stand die Furcht ins Gesicht geschrieben.

Clara straffte sich. Dies war nicht der Moment, sich um ihr Liebesleid zu kümmern.

Sie hatte jetzt andere Sorgen, und sie trug Verantwortung. Sie würde weitermachen.

Irgendwie.

32

In den ersten Apriltagen drehte der Wind. Er kam nun aus Südwest statt aus Nordost, und mit einem Gruß aus wärmeren Gefilden verwies er den Winter endgültig in seine Schranken. Überall in den Häusern der Altstadt machten sich Hausfrauen und Dienstboten an den großen Frühlingsputz. Böden wurden geschrubbt, Fenster blitzblank gewischt, und die Möbel in den geliebten Wohnzimmern bekamen eine frische Politur aus Bienenwachs verpasst.

Auch im Mädchenheim an der Alten Wallstraße gingen die Bewohnerinnen fleißig an die Arbeit.

Stolz beobachtete Clara, wie Amelie zwei ihrer Schützlinge in die hohe Kunst des Staubwischens einführte.

»Ist mir gleichgültig, dass ihr im Gängeviertel für so was keine Zeit hattet«, sagte sie mit ihrer klaren Stimme.

»Na ja«, erwiderte eines der Mädchen, »ehrlich gesagt, wir hatten gar keine Möbel zum Abstauben.«

Es folgte ein doppeltes Kichern, aber Amelie blieb ernst.

»Nun, dann wird es höchste Zeit, dass ihr lernt, wie es geht. Also, mit diesem Lappen hier fangt ihr ganz oben auf dem Schrank an. Du, Bertha, hältst den Stuhl, und du, Wilma, steigst darauf, damit du oben wischen kannst.«

»Warum können wir nicht unten anfangen?«, fragten beide im Chor.

Amelie hob streng den Zeigefinger. »Seht ihr, wie dumm ihr seid? Wie wollt ihr je eine vernünftige Arbeit finden, wenn ihr nichts Ordentliches lernt? Wenn ihr unten anfangt und danach erst oben wischt, dann fällt der Staub von dort wieder runter auf den sauberen Teil. Verstanden?«

Die beiden Mädchen nickten und folgten nun brav den Anweisungen ihrer Hausmutter.

Schmunzelnd wandte sich Clara ab.

Amelie ging mehr und mehr in ihrer neuen Rolle auf. Kaum achtzehn Jahre alt, war sie eine Respektsperson im Haus geworden, und selbst Clara ertappte sich manchmal dabei, wie sie ihren Rat einholte, bevor sie eine Entscheidung traf.

Seit sie an der Alten Wallstraße lebten, pflegte Amelie Umgang mit vielen Menschen, und sie wusste stets, in welchem Haushalt eine Küchenhilfe, eine Näherin oder eine Zofe gesucht wurde. Und mit der ihr eigenen Hartnäckigkeit schaffte sie es tatsächlich, das eine oder andere Mädchen in Stellung zu geben. Sogleich fuhr sie dann in eines der Gängeviertel oder direkt zum Hafen und rettete eine weitere junge Dirne von der Straße.

Auch in der schweren Zeit im Januar war Amelie für Clara die größte Stütze gewesen. Nachdem sie ihren ersten Schreck überwunden hatte, war sie tagelang durch die Straßen der Altstadt gelaufen und hatte dann die Mädchen zum Arbeiten hinausgeschickt.

Diese hatten zunächst protestiert. Sie sollten den Bäuerinnen aus den Vierlanden helfen, die Körbe mit Winteräpfeln zum Markt zu schleppen? Hinter dem Kohlekarren herlaufen und heruntergefallene Brocken aufsammeln?

Den Bäckersleuten mitten in der Nacht Mehl, Salz und Wasser anreichen? Und all die Schufterei für ein paar Äpfel, etwas Kohle und ein altbackenes Brot?

Amelie sagte nur einen Satz: »Wer sich weigert, liegt noch heute wieder unter einem stinkenden Matrosen.«

Von Stund an gab es keine Proteste mehr.

Einige der Mädchen verdienten sogar ein paar Pfennige mit Heimarbeit, und Friederike streckte die Kohlsuppen, bis sie fast nur noch aus Wasser bestanden. Aber alle bekamen etwas Warmes in den Bauch.

Ingeborg Schreiber stundete Clara die Miete für Februar, und sie konnten noch ein bisschen länger im Haus bleiben.

Die polizeiliche Ermittlung zog sich hin, und schließlich waren es die Hamburger Damen, die für das Ende des Verfahrens sorgten. Mit Senatorin Mertens an ihrer Spitze sprachen sie bei der Polizei vor und bürgten für Clara Vogt. Von dem Duft La Fleur ginge keinerlei Gefahr aus, sondern höchstens eine Wunderwirkung. Aber davon verstünden die Herren vermutlich nichts.

Sodann holte jede Dame ein Flakon hervor und beträufelte sich mit La Fleur.

Nun? Sehen Sie einen Ausschlag?

Die jüngeren Damen beugten sich sehr weit vor, und den Männern auf der Wache traten beinahe die Augen aus dem Kopf. Andere fragten, wie es angehen könne, dass die Ordnungshüter einem Emporkömmling wie Gustav Müller mehr glaubten als den Vertreterinnen der besseren Gesellschaft.

Ach, und übrigens werde im Senat demnächst über die Gehälter der Polizisten debattiert. Doch, man könne schon auf den Gatten einwirken, für eine Erhöhung zu stimmen. Aber man müsse auch davon überzeugt sein, dass die Polizei ihre Arbeit richtig mache.

Die Anzeige des Gustav Müller wurde noch im Beisein der Damen zerrissen, und schon am nächsten Tag erschienen dieselben zwei Polizisten, die im Januar für die Schließung des Parfumladens gesorgt hatten, und verkündeten Clara, sie dürfe wieder öffnen. Der Duft La Fleur sei nicht länger verboten.

Vor Erleichterung umarmte Clara die beiden Ordnungshüter, die daraufhin reichlich beschämt von dannen zogen.

Amelie riet ihr, nun ihrerseits Gustav Müller anzuzeigen. Wegen Verleumdung. Der Kerl habe es nicht anders verdient, meinte sie. Aber in diesem Fall hörte Clara nicht auf die junge Freundin.

Als sie erfuhr, ihr Widersacher gelte in Hamburger Kaufmannskreisen nun als geächtete Person und niemand wolle mehr mit ihm Geschäfte machen, schien ihr dies Strafe genug zu sein.

Seitdem waren zwei Monate vergangen, und langsam erholte sich der Laden von seiner erzwungenen Schließung. Die Damen um Senatorin Mertens waren rasch zurückgekehrt, und nach und nach fanden auch neue Kundinnen den Weg in die Alte Wallstraße.

Dennoch stapelten sich die Rechnungen auf Claras Sekretär. Sie war jedoch zuversichtlich. Es ging wieder aufwärts. Schon dachte sie daran, aus ihrer Parfumwerkstatt eine richtige kleine Fabrik zu machen. Am besten irgendwo außerhalb. Sie hatte da von einem Grundstück an der Großen Alster gehört, das sie noch einigermaßen günstig erwerben konnte. Und eines Tages käme dann die Villa hinzu, von der Amelie für sie alle träumte.

Nun, erst einmal abwarten, überlegte Clara. Sobald alle Rechnungen bezahlt waren, würde sie wieder Geld zur Bank bringen, bis sie genug beisammenhatte, um neue Pläne in Angriff zu nehmen.

Clara wollte nun im Parfumladen nach dem Rechten sehen, aber sie kam nicht weit.

Im Flur baute sich Friederike vor ihr auf.

»Ich muss mit dir reden.«

»Hat das nicht Zeit? Ich wollte gerade nachschauen, ob die Verkäuferinnen Hilfe brauchen.«

Sie hatte erst vor einer Woche zwei ehrbare Witwen eingestellt, die zuvor für einen Seifenfabrikanten gearbeitet hatten. Die Frauen waren tüchtig, aber Clara fiel es noch schwer, die Leitung des Ladens abzugeben – obwohl sie wusste, dass sie sich ganz auf die Herstellung ihres bewährten Parfums und die Kreation neuer Düfte konzentrieren sollte.

»Brauchen sie nicht.«

»Woher willst du das wissen?«

Friederike lächelte. »Ich habe ihnen gerade ein Glas Limonade gebracht. Sie lassen dir ausrichten, dass am Vormittag schon sechzehn Parfumflakons und sieben Cremetöpfchen verkauft worden sind. Bis zum Abend werden es gewiss noch mehr.«

»Wunderbar, dann gehe ich schnell zu ihnen und …«

»Nein!«, fuhr ihr Friederike ins Wort. »Du kommst mit mir.«

Kurz fragte sich Clara, was die Mamsell sich eigentlich herausnahm. Aber in der schweren Zeit waren die Grenzen zwischen Herrschaft und Dienstboten verwischt, und, ach, Friederike war ihr doch immer viel mehr gewesen als eine Mamsell.

Also ließ sie sich mitziehen.

Friederike führte sie nach oben in ein Schlafzimmer der Mädchen. »Hier stört uns jetzt keiner.«

Clara ahnte, was auf sie zukam, und sie setzte sich auf die äußerste Kante eines schmalen Bettes, bereit, jederzeit aufzuspringen.

Die Mamsell legte die Hände in den Schoß und sah Clara prüfend an. »Du bist dünn geworden.«

»Wir hatten alle nicht viel zu essen.«

»Es gibt aber längst wieder genug, und ich habe genau gesehen, dass du heute Mittag in deinen Kartoffelpuffern bloß herumgepikst hast.«

»Mir geht so viel im Kopf herum, da …«

»Du musst mir nichts vormachen, Clara. Ich kenne dich dein Leben lang. Du hast oft schwere Zeiten erlebt, aber du hast immer gegessen. Schon als Kind hattest du Mitleid mit den armen Leuten, und du wusstest, dass Nahrung ein Geschenk Gottes ist. Nie hast du einen Teller halbvoll zurückgehen lassen.«

Clara senkte den Blick. Bevor sie sich eine Erklärung zurechtlegen konnte, fragte Friederike: »Ist es wegen der Träume?«

Unwillkürlich sah sie auf. »Woher weißt du davon?«

»Amelie hat mir erzählt, dass du oft im Morgengrauen mit einem Schrei aufwachst.«

»Ich …«

»Du träumst von Hinrich, nicht wahr?«, fragte Friederike leise.

»Ja.«

»Lass ihn ruhen, Clara. Sonst findest auch du niemals Frieden.«

»Das möchte ich ja. Aber ich weiß nicht, wie.«

Sie sah, dass Friederike die Stirn runzelte.

»Ich kann mich einfach nicht erinnern«, sagte Clara. Sie hielt zögernd inne. Schließlich sprach sie doch aus, was sie fühlte: »Manchmal denke ich, mir sollte endlich wieder einfallen, was damals genau geschehen ist. Dann müsste der Lütte nachts nicht mehr zu mir kommen.«

Nachdenklich neigte Friederike den Kopf zur Seite. »Alles ging so schnell. Ich weiß noch, wie jemand rief, der Dachstuhl brenne. Und dann kam schon der Sturzregen, und ich musste mit meinen Küchenmädchen das Wasser aus dem Keller schippen. Was mit euch Kindern geschehen war, habe ich erst viel später erfahren.«

Clara nickte. Wenn sie nur endlich begreifen würde, warum sie ihren kleinen Bruder hatte sterben lassen! Wenn sie nur wissen würde, warum sie plötzlich im Regen vor dem Haus gestanden und nach Pferdestall gerochen hatte!

»Ich kann dir da nicht helfen, Clara. Aber ich weiß, wie ich dich auf andere Gedanken bringe.«

Bitte nicht!, flehte Clara im Stillen. Sie hatte befürchtet, dass Friederike davon anfangen könnte.

»Heute Abend findet ein Maskenball im Hotel ›Zur alten Stadt London‹ statt, und du wirst hingehen.«

»Nein.«

»Doch. Ich habe die Einladung gesehen, die diese Senatorin geschickt hat. Und der Herr Jensen möchte dich begleiten.«

»Ich habe ihm bereits abgesagt.«

»Nun, dann wirst du wieder zusagen. Du brauchst einen Begleiter. Allein zu gehen wäre nicht schicklich.«

»Aber ich will nicht. Und Friedrich …«

Die Mamsell würde kaum verstehen, was sie fühlte. Sie war sich ja selbst nicht im Klaren. Friedrich, der gute Freund, der sie manchmal an den anderen Mann erinnerte. Friedrich, der ihr in der schweren Zeit zur Seite gestanden hatte. Friedrich, dem sie so viel verdankte. Friedrich mit seinen freundlichen Augen und dem liebenswerten Lächeln.

Clara legte eine Hand über die linke Brust, so als könne ihr der eigene Herzschlag eine Antwort geben.

»Nein«, sagte sie nur.

»Paul wird da sein.«

Sie sprang auf. »Hör sofort auf damit, Friederike! Du … du willst mich unbedingt mit deinem Neffen verkuppeln, aber du begreifst einfach nicht, dass er mich nicht liebt. Nicht mehr. Er hat sich ein neues Leben aufgebaut, genau wie ich. Und ich will ihn auch nicht wiedersehen. Er … er ist mir ganz gleichgültig geworden.«

»Gewiss. Deshalb weinst du ja auch jedes Mal, wenn von ihm die Rede ist.«

Wütend wischte sich Clara die Tränen vom Gesicht.

»Deern, beruhige dich. Paul liebt dich. Das weiß ich ganz sicher.«

»Ach ja?«

Kraftlos sank sie auf das Bett zurück und unterdrückte den schwachen Hoffnungsschimmer, der sich in ihr ausbreiten wollte. »Er hat mich zweimal verlassen, Friederike. Damals, als er flüchten musste, da war ich verzweifelt. Aber ich habe gespürt, dass er mich liebte und dass ihm das Herz brach, weil er gehen musste. Doch nun …«

»Nun hat er sich wie ein Feigling benommen, das stimmt«, vollendete Friederike an ihrer Stelle den Satz. »Bei der Eröffnung deines Ladens hätte er zu dir kommen müssen.«

Clara schwieg.

»Und er hätte dir alles erklären müssen, ganz gleich, ob du seine Geschichte schon kanntest oder nicht. Oh ja, er hätte dir zu Füßen fallen müssen. Aber er hat es nicht getan. Er ist davongelaufen.«

»Ja.«

»Trotzdem liebt er dich, und er ist unglücklich. Glaub mir, Clara, ich kenne ihn, seit er ein kleiner Junge war. Wir treffen uns jetzt oft, und ein paarmal ist er mit mir nach Altona gefahren. Dort hat er seine Familie wiedergesehen, seine kleine Schwester Mathilde kennengelernt und Fritz, den Jüngsten, bewundert. Dies hätte einen Mann, der den Seinen so lange ferngeblieben war, glücklich machen müssen. Aber sogar wenn sein Liebling Cornelia wie eine Klette an ihm hängt, bringt er kaum mal ein Lächeln zustande.«

Das kleine Licht der Hoffnung wurde heller.

»Ich glaube«, fuhr Friederike fort, »ich habe jetzt auch begriffen, warum er sich von dir fernhält. Paul ist ein großer, starker Mann geworden, der Erfolg hat und von den Leuten respektiert wird. Aber in ihm drin steckt auch noch immer der Jüngling, der sich für seine Taten schämt und sich vor Georg Vogt fürchtet.«

Clara fand, das war eine ziemlich kluge Rede für eine

einfache Mamsell, aber Friederike war eben eine lebenserfahrene Frau.

»Und er denkt, du musst ihn verabscheuen für das, was er damals getan hat.«

»Weil er in großer Not reiche Leute um ein paar Schillinge ärmer gemacht hat, damit seine Geschwister nicht mehr hungern mussten? Warum sollte ich?«

»Nun, das fragst du ihn am besten selbst. Heute Abend auf dem Maskenball.«

Clara verschränkte die Finger ineinander. War es möglich? Hatte Friederike recht? Liebte Paul sie in Wahrheit noch immer und blieb ihr nur aus Scham fern?

Erneut stand sie auf. Ruhiger diesmal und entschlossen.

»Ich muss ein Bad nehmen.«

Friederike strahlte sie an. »Wird vorbereitet.«

»Schick bitte eines der Mädchen zu mir, damit es mir beim Auskleiden hilft.«

»Gewiss.«

Zwei Stunden später war Clara bereit. Sie trug ein ausladendes Kleid aus nachtblauer Seide, das in drei üppigen Volants über dem Reifrock zu Boden fiel, darüber einen bunten indischen Schal mit langen Fransen. Ihr Haar war zu einem festen Knoten gefasst, und an den Schläfen lagen die Locken in Reih und Glied.

Das Mädchen war wieder hinausgegangen. Clara war allein. Sie lauschte dem Glockengeläut von Sankt Petri. Erst halb acht. Friedrich würde sie nicht vor acht Uhr abholen.

Ihr Blick fiel auf den halbleeren Parfumflakon. Natürlich benutzte sie auch selbst ihren Duft La Fleur. Noch nie war ihr jedoch in den Sinn gekommen, sich an der Teilung einer Träne zu versuchen – hatte sie diese Geschichte ja nur erfunden, um dem Duft die angedichtete Wunderwirkung zu nehmen.

Clara lächelte. Die Geschichte hatte einen ganz anderen Ausgang genommen als erwartet, und sie fragte sich plötzlich, ob es einer der Damen womöglich gelungen war, eine Träne zu teilen.

Aber wie?

Ihr Blick wanderte zum Sekretär in der Zimmerecke, an dem sie ihre geschäftliche Korrespondenz erledigte.

Gleichzeitig schalt sie sich selbst eine Närrin. Glaubte sie wirklich, sie könnte Paul zurückgewinnen? Indem sie ihr eigenes Märchen wahr werden ließ?

Noch immer schaute sie auf den Sekretär. Der Gedanke an Paul ließ sie erneut weinen. Dieses eine Mal war sie froh darüber. Mit drei Schritten durchquerte sie das Zimmer. Wie von selbst griff ihre Hand nach einem losen Blatt Löschpapier. Rasch hielt Clara es an ihre Wange. Eine Träne tropfte darauf und breitete sich zu einem erbsengroßen Fleck aus.

Mit einer feinen Schere trennte Clara zunächst ein kleines Stück Papier rund um den Flecken ab und zerschnitt ihn dann in der Mitte. Einer der beiden Papierschnipsel wanderte in den Parfumflakon, während Clara ein paarmal angespannt zur Tür schaute, ob auch ja niemand hereinkam und sie bei ihrem närrischen Tun beobachtete.

Schon war von dem winzigen Schnipsel nichts mehr zu sehen.

Clara atmete auf. Sogleich musste sie über sich selbst lachen.

»Du scheinst dich ja zu freuen«, sagte Amelie von der Tür her.

Unwillkürlich fuhr Clara zusammen. »Seit wann stehst du da?«

»Warum? Hast du einen geheimen Zauber veranstaltet?«

»Unsinn.«

Amelie grinste. Dann musterte sie Clara ausgiebig. »Schön siehst du aus. Aber ich dachte, zu einem Maskenball verkleidet man sich?«

»Nun, das ist nicht zwingend vorgeschrieben. Aber ich werde diese hier tragen.«

Sie griff nach einer venezianischen Maske, die ihr Senatorin Mertens zusammen mit der Einladung geschickt hatte. Die weiße Maske war mit goldenen Blüten verziert und wurde mit zwei Bändern hinter den Ohren befestigt. Clara hielt sie sich vors Gesicht.

»Sehr geheimnisvoll«, sagte Amelie. »Aber nun komm. Friedrich ist da.«

»Gut. Ich brauche nur noch etwas Parfum.« Sie bemühte sich um eine gleichgültige Miene, als sie sich mit La Fleur betupfte, aber das Licht der Hoffnung strahlte nun von innen aus ihr heraus.

Auch Amelie bemerkte es. »Ich wünsche dir ganz viel Glück«, sagte sie zärtlich.

Als Clara gegangen war, blieb Amelie noch eine Weile im Zimmer zurück. Sie bemerkte das Löschpapier auf dem Sekretär, und das fehlende Stückchen. Einen Reim konnte sie sich nicht darauf machen, aber sie hoffte für Clara, dass sie an diesem Abend endlich die Liebe wiederfinden möge.

Wenigstens eine von uns, überlegte sie. Ihre Gedanken flogen nach Neumühlen, zu dem jungen Kutscher, der sie im letzten Herbst einmal im Arm gehalten hatte.

Nein, das stimmte so nicht. Amelie wollte sich keine Märchen mehr ausdenken. Sie war in Daniel hineingelaufen, und er hatte sie festgehalten. Allerdings ziemlich lange. Und ...

Schluss!

In der schweren Zeit im Winter, da war er einmal vorgefahren. Seine Dienstherrin ließe fragen, wie sie helfen könne, hatte er der Mamsell erklärt und sich dabei alle Mühe gegeben, Amelie nicht anzuschauen. Aber dann war sein Blick doch auf sie gefallen, und sie hatte genau gefühlt, wie überrascht er war. Sicher, sie hatten nicht viel zu essen, und ihr Kleid war grau vom vielen Waschen. Aber sie war in den wenigen Monaten erwachsen geworden, und Daniel bemerkte wohl, dass er eine hübsche junge Frau vor sich hatte. Zum ersten Mal sah er in ihr nicht nur das Freudenmädchen aus dem Gängeviertel.

Gerade wollte sie ihm mit fester Stimme eine ganze Reihe lebenswichtiger Dinge aufzählen, als Clara hinzukam und ihn wieder fortschickte.

»Richten Sie Fräulein Bardenstein aus, dass wir sehr gut allein zurechtkommen.«

Amelie hätte Clara schütteln mögen. Ihr verflixter Stolz würde sie noch alle ins Armenhaus bringen! Aber sie sagte nichts.

Daniel, der seinen Blick von ihr gelöst hatte, setzte wieder seine gewohnt abweisende Miene auf.

»Wie Sie wünschen«, sagte er zu Clara und nahm Amelie gar nicht mehr wahr. »Ich werde Frau Wichern sagen, dass Sie keine Hilfe benötigen.«

So erfuhren sie ganz nebenbei, dass Elisabeth Bardenstein und Julius Wichern geheiratet hatten.

Während Amelie sich für die beiden freute, blieb Clara ungerührt.

»Auf Wiedersehen«, sagte sie nur noch zu dem jungen Kutscher.

Amelie wartete darauf, dass er sich ihr noch einmal zuwenden möge. Dass er irgendetwas sagte, ihr ein Zeichen gab. Ein winziges Lächeln nur, um ihr zu zeigen, er mochte sie, und es könnte mit ganz viel Glück ein Morgen für sie beide geben.

Nichts.

Er machte auf dem Stiefelabsatz kehrt, verließ das Haus, stieg auf den Kutschbock und schnalzte mit der Zunge.

In diesem Moment war etwas in Amelie gestorben.

Seitdem arbeitete sie jeden Tag daran, Daniel Ahrens aus ihrem Gedächtnis zu löschen. Ihre vielfältigen Aufgaben halfen ihr dabei.

Amelie straffte sich. Es wurde Zeit für die Nähstunde. Mochte sein, dass sie den Mädchen heute keine Geschichte erzählen würde. Aber sie konnte ihnen etwas vorsingen. Zum Glück gab es ja auch Lieder, die nicht vom Herzeleid handelten.

Sie verließ Claras Zimmer, den Rücken gerade, die Schultern gespannt, das Kinn hoch.

33

Im prächtig geschmückten Festsaal des Hotels »Zur alten Stadt London« gab sich die Hamburger Hautevolee ein fröhliches Stelldichein.

An Friedrichs Arm trat Clara gemessenen Schrittes ein.

»Oh!«, rief sie bewundernd aus, als sie die große Schar der Gäste erblickte. »So viele elegante Damen!«

»Nicht eine ist so schön wie du«, gab Friedrich galant zurück. »Ganz gleich, ob mit oder ohne Maske.«

Clara stellte fest, dass viele der Gäste unmaskiert geblieben waren. Auch Friedrich hatte darauf verzichtet. Sie überlegte, ob sie ihre eigene Maske ablegen sollte, entschied aber, sie zu behalten. Ihr gefiel der Gedanke, nicht gleich von jedem erkannt zu werden, und auf gewisse Weise fühlte sie sich beschützt.

Senatorin Mertens trat auf sie zu. »Wie schön, dass Sie doch noch kommen konnten, liebes Fräulein Vogt. Herr Jensen hatte mir schon Nachricht zukommen lassen, dass Sie fehlen würden. Umso mehr freue ich mich, Sie hier zu sehen.«

»Guten Abend«, erwiderte Clara höflich. Sodann fragte sie neugierig: »Wie haben Sie mich so schnell erkannt?«

Die Senatorin, die nur eine silberne Halbmaske trug, lächelte. »Das war nicht schwer. Sie sind die einzige dunkelhaarige und zierliche Dame, mit der sich Herr Jensen in der Öffentlichkeit zeigt. Und Sie tragen die Maske, die ich Ihnen geschickt habe.«

»Oh.«

Friedrich nahm sanft Claras Hand von seinem Arm. »Wenn die Damen gestatten, hole ich uns ein Glas Champagner.«

Er verschwand in der Menge, und gleich darauf wurde Senatorin Mertens weggerufen.

Plötzlich war Clara allein.

Ein Orchester begann zu spielen, und die ersten Paare drehten sich zu den Klängen eines Wiener Walzers.

»Clara«, sagte hinter ihr eine Stimme.

Sie wirbelte herum.

Vor ihr stand Elisabeth.

»Du bist doch Clara. Oder geht Herr Jensen jetzt mit einer Doppelgängerin auf einen Ball?«

Julius Wichern war bei ihr und blickte Clara freundlich an.

Fieberhaft überlegte sie, was sie sagen sollte – oder wie sie am schnellsten verschwinden konnte.

Zorn auf Elisabeth stieg wieder in ihr hoch, doch er loderte nicht mehr so heiß wie noch im Herbst. Schon im Februar, als Elisabeth über Daniel Ahrens ihre Hilfe angeboten hatte, war Clara im Nachhinein eher wütend auf sich selbst gewesen. Da litten sie alle im Heim große Not, aber sie war zu stolz und zu nachtragend, um sich helfen zu lassen. Sie hatte den stummen Vorwurf in Amelies Blick gelesen und sich zutiefst geschämt.

Nun betrachtete sie ihre einstige Freundin und Mentorin. Elisabeth sah glücklich aus. Spät in ihrem Leben hatte sie einen Ehemann gefunden, und nun wirkte sie um Jahre verjüngt. Nur tief in ihren Augen saß ein Schatten, und Clara vermutete, ihr Zerwürfnis war der Grund dafür.

»Herzlichen Glückwunsch zur Vermählung«, hörte sie sich selbst sagen.

Elisabeth lächelte unsicher. »Danke schön. Wir haben im Februar in kleinem Kreis geheiratet.«

Früher hätte Clara zu diesem kleinen Kreis gehört. Als sie Elisabeth nun betrachtete, wurde ihr bewusst, wie sehr die Freundin ihr fehlte.

Gut, da war auch noch die Wut in ihr, weil Elisabeth ihr die wichtige Neuigkeit von Pauls Heimkehr verschwiegen hatte. Doch nun fragte sich Clara zum ersten Mal, ob sie nicht zu hart zu ihr gewesen war.

Welcher Mensch war schon frei von Verfehlung?

Und war es nicht ihre Christenpflicht zu vergeben?

Ihr Herz schlug schneller. Wenn sie bereit war, Paul zu verzeihen, sollte sie dann nicht auch Nachsicht mit Elisabeth üben?

Hinter der Maske wurden ihre Züge weich, und sie suchte schon nach den richtigen Worten.

Elisabeth, der diese Veränderung verborgen blieb, ließ die Schultern hängen.

Eine ganze Weile war verstrichen, und Clara hatte nur geschwiegen.

»Nun, ich wünsche dir viel Vergnügen heute Abend. Gehen wir, Julius?«

Das Paar wandte sich ab, und Clara war versucht, Elisabeth zurückzurufen.

Dann ließ sie es bleiben. Es würde eine andere Gelegenheit geben, sich mit ihr zu versöhnen.

Clara war guten Mutes. Diese Freundschaft, die ihr bis zum Herbst so viel bedeutet hatte, war nicht für immer verloren.

Ob sie Elisabeth doch nachgehen sollte?

Zögernd machte Clara ein paar Schritte in die Richtung, in die das Paar verschwunden war. Dann beobachtete sie, wie die beiden sich unter die Tanzenden mischten. Sie würde auf einen günstigeren Moment warten.

Ihr Blickfeld hinter der Maske war eingeschränkt, dennoch nahm sie ganz in ihrer Nähe eine Gestalt wahr, die ihr so vertraut war wie das eigene Spiegelbild.

Der breite Rücken, das dunkle Haar, die starken Arme, die sich nur widerwillig von den Ärmeln des Fracks bändigen ließen.

Ihre Augen schwammen in Tränen.

Paul Dallmann zog die Taschenuhr aus seiner Weste und warf einen schnellen Blick darauf. Noch so früh. Der Ball hatte kaum richtig begonnen. Er musste noch mindestens eine Stunde ausharren, um den Anstand zu wahren. Senatorin Mertens würde es ihm nie verzeihen, wenn er sich jetzt schon verdrückte. Und sie würde ihm noch ein halbes Dutzend Debütantinnen vorstellen, damit er, einer der begehrtesten Junggesellen der Stadt, endlich in den Hafen der Ehe einlaufe.

»Dass Sie die liebe Lore so tief enttäuscht haben, ist unverzeihlich, mein Bester«, hatte sie zu ihm während eines Abendessens im Stadtpalais an der Esplanade gesagt. »Aber ihr jungen Leute von heute glaubt offenbar an die romantische Liebe. Nun, dann werde ich mich darum kümmern. Auf dem Maskenball im April, den ich gemeinsam mit ein paar anderen Damen organisiere, werden wir schon die Richtige für Sie finden.«

Paul hatte ergeben genickt, obwohl er viel lieber davongestürmt wäre. Was ging die Matrone sein Liebesleben an?

Aber da war der Senator, der womöglich ein gutes Wort für ihn einlegte, wenn er die kleine Werft eines verstorbenen Reeders erwerben wollte. Zudem standen die Verhandlungen mit Elisabeth Bardenstein kurz vor dem Abschluss. Der Dreimaster, mit dem Paul zum Reeder aufsteigen wollte, würde bald ihm gehören. Da gebot es sich, auch auf dem gesellschaftlichen Parkett eine gute Figur zu machen.

Gut, schwor er sich selbst. Noch eine Stunde und keine Sekunde länger.

Um ihn herum waren die Menschen bester Stimmung. Man plauderte, lachte und ließ die Gläser klingen. Paul stand allein. Noch hatte die Senatorin ihren Angriff nicht gestartet.

Von überall her wehte ihn der eine Duft an. Jede einzelne Dame in diesem Saal schien sich mit La Fleur betupft zu haben, nur wenige benutzten ein anderes Parfum.

Ihm war es unangenehm. Schon an Lore hatte es ihn gestört. Die Luft wurde stickig, und es schien, als ob jede andere Frau nach seiner Clara duftete.

Seine Clara.

Paul knirschte so laut mit den Zähnen, dass ein alter Herr neben ihm überrascht aufsah.

»Hast wohl hart an was zu knabbern, mien Jung«, sagte er mit einem Schmunzeln und ging weiter.

Seine Clara.

Nie mehr.

Sie würde ihm nicht verzeihen, dass er sie zum zweiten Mal im Stich gelassen hatte.

Friederike hatte da klare Worte gefunden: »Du bist ein Esel, Paul!«

Ihm war keine Erwiderung eingefallen.

Wie hätte er auch Friederike die widerstreitenden Gefühle in seinem Innern beschreiben sollen, wenn er sie doch selbst kaum verstand? Diese große Sehnsucht nach Clara und zugleich die Furcht, dass ein Mann wie er sie nicht glücklich machen konnte?

Ein Feigling, ein Dieb. Mehr war er doch nicht. Mochte er in den letzten Jahren erfolgreich geworden sein, mochte er feinen Zwirn tragen und von den Menschen geschätzt werden. In ihm steckte noch immer der Junge, der davonlief, wenn es hart auf hart kam.

Wie sollte Clara ihm je vertrauen können? Wie darauf bauen, dass er für sie da wäre, wenn sie ihn brauchte?

Nein, von alledem sagte er nichts zu Friederike und ertrug es lieber, dass sie ihn mit Verachtung strafte. Einzig ihr kluger Blick ließ ihn manchmal vermuten, sie verstünde viel mehr, als er ihr zutraute.

Wieder zog ein Duft in seine Nase, gleich und doch anders als die anderen.

Lieblicher.

Sehr langsam wandte Paul sich um.

Er sah ein Mädchen mit einer weißen Maske.

Er sah Clara.

Nur an ihr, dachte Paul, nur an ihr wirkt dieser berühmte Duft wahrhaft Wunder.

Sie schaute ihn an.

Alles in ihm drängte zu ihr, während er zunächst einen, dann einen zweiten Schritt zurückging.

Claras Tränen versiegten. Sein Blick umfing sie wie eine sanfte Liebkosung.

Dort in seinen Augen verlor sie ihre Zweifel. Denn dort fand sie alle Liebe dieser Erde.

Nur warum entfernte er sich von ihr? Oder spielten ihre Augen ihr einen Streich? Sie nahm die Maske ab.

Als Clara wieder zu ihm hinschaute, standen auf einmal mehrere Leute zwischen ihnen. Pauls Gesicht war weiter entfernt, sein Blick aber hielt sie noch fest.

Ob ihn wenigstens ihr Duft erreichte? Ob La Fleur mit der halben Träne ihn zu ihr zurückbrachte? Fast schien es ihr, er käme wieder näher.

Wirklich? Ihre Füße bewegten sich vorwärts, ihr Herz rief nach ihm, ihre Lippen murmelten: »Bitte bleib.«

Jemand stieß sie an, sie wartete keine Entschuldigung ab. Flüchtete er vor ihr?

Schon wieder?

Oder wurden sie beide nur von den vielen Gästen auseinandergedrängt? Es schien kaum noch Platz zu geben. Clara war eingezwängt zwischen lachenden Menschen. Die Musik klang plötzlich viel lauter in ihren Ohren.

Es war, als tanzten sie einen ganz eigenen, wilden Tanz. Vor und zurück, schneller und schneller.

Tränen flossen über ihr Gesicht, und ein Schwindel erfasste Clara. Vielleicht hatte sie vergessen zu atmen.

Aber Paul hielt sie fest. Mit seinen Augen.

Erst als ihre Blicke einander verloren, sackte Clara zu Boden.

Ein scharfer Geruch drang in ihre Nase und brachte sie wieder zu sich.

Clara hob den Kopf.

»Schön langsam«, sagte Elisabeth und reichte Senatorin Mertens das Riechfläschchen zurück. »Das war eine ziemlich ausgeprägte Ohnmacht. Nicht, dass du gleich wieder umfällst. Bleib noch ein bisschen liegen.«

Clara stellte fest, dass sie auf einem Bett lag.

»Frau Mertens hat sich ein Gästezimmer geben lassen, als du nicht gleich wieder zu dir gekommen bist«, erklärte Elisabeth.

»Danke«, erwiderte sie schwach und holte tief Luft. Jemand hatte ihr Kleid aufgeknöpft und ihr Korsett gelockert.

Die Senatorin stöpselte ihr Riechfläschchen zu. »Dass die Deerns von heute sich auch immer so eng schnüren müssen! Zu meiner Zeit trugen wir hübsche Gewänder, die nur lose zugebunden wurden. Ach, das war eine Freude! Heutzutage muss sich sogar eine arme alte Frau wie ich in ein Korsett zwängen. Aber ich will Ihnen einen Rat geben, liebes Fräulein Vogt. So dünn, wie Sie sind, haben Sie das gar nicht nötig. Sogar ich schummele ein bisschen und lasse meine Zofe nicht gar so fest zupacken.« Sie lächelte verschmitzt. »Nun, ich sehe, es geht Ihnen wieder besser. Dann werde ich mal wieder nach den Gästen sehen.«

Als die Senatorin fort war, ließ Clara ihren Kopf zurück in die Kissen fallen.

Schweigen entstand zwischen den beiden Frauen, die einmal Freundinnen gewesen waren.

Schließlich ergriff Elisabeth das Wort. »Es tut mir alles so leid, Clara. Ich habe erst in langen Gesprächen mit Julius verstanden, wie eigennützig ich gehandelt habe. Ich wollte dich nicht verlieren, und ich glaube, ein Teil von mir sann immer noch auf Rache. Ich ...«

Clara legte ihr eine Hand auf den Arm. »Wir wollen das alles vergessen.«

Sie sah, wie Elisabeth um ihre Fassung kämpfte.

»Du hast mir gefehlt.«

»Ich weiß«, erwiderte Clara. »Und ich hätte nicht so dumm sein dürfen, deine Hilfe abzulehnen, als wir bittere Not gelitten haben.«

»Und ich hätte mir gewünscht, du wärst meine Trauzeugin geworden.«

»Wir werden es wiedergutmachen«, sagte Clara. »Wir beide gemeinsam.«

Elisabeth beugte sich herab und gab ihr einen Kuss auf die Stirn. »So soll es sein.«

Erneut entstand Schweigen, aber diesmal lag keine Spannung darin.

Endlich fragte Clara: »Wer hat mich hergebracht?«

»Es war Paul Dallmann.«

»Oh.«

Sie wünschte brennend, sie könnte sich daran erinnern. Er hatte sie in seinen Armen gehalten und an seine Brust gedrückt. Wäre sie bei sich gewesen, hätte sie seinem Herzschlag lauschen können.

»Wo ist er? Wartet er draußen?«

Elisabeths bedauernder Blick war ihr Antwort genug.

Clara schloss die Augen. Wieder einmal hatte Paul sie verlassen. Doch etwas war diesmal anders gewesen. Diesmal hatte sie die Liebe in seinen Augen gesehen.

Nur daran wollte sie denken. Ganz fest. Und nicht die Hoffnung verlieren.

Sie schaute auf, als es klopfte.

Friedrich steckte seinen Kopf durch die Tür. »Darf ich hereinkommen?«

»Nur einen Moment«, sagte Elisabeth. »Clara möchte sich erst etwas herrichten.«

Die Tür wurde geschlossen.

Clara richtete sich auf. »Danke.«

Elisabeth hatte ihr etwas Zeit verschafft, damit sie sich wieder fassen konnte.

»Friedrich ist ein guter Mensch.«

»Ja, das ist er.«

»Aber du liebst ihn nicht.«

»Nein.« Der Moment mit Paul hatte ihr endgültig Klarheit gegeben.

»Dann solltest du ehrlich zu ihm sein.«

»Das werde ich.«

34

Der Monat Mai hielt das Versprechen, das der April gegeben hatte, und schickte warme Frühlingsstrahlen über die Stadt. Seit Wochen schon hielt das schöne trockene Wetter an, und der laue Wind blies beständig aus Südwest.

In den Bürgerhäusern wurden eifrig Vorbereitungen für das liebste Vergnügen der Städter nach einem langen Winter getroffen. Die Mamsellen standen von früh bis spät am Herd, bereiteten Zungenpastete, Krabbenhäppchen, Zuckergurken und Hamburger Kaffeebrot vor, während die Hausherren im Weinkeller einen guten Tropfen wählten und sorgsam verpackten.

Am 5. Mai, zu Christi Himmelfahrt, sollte es hinaus an die frische Luft gehen. Mit der Kutsche übers Land, oder mit der Jolle die Elbe hinunter. Schließlich ein schönes Fleckchen suchen, in der Heide, an einem schilfbewachsenen Uferstück oder gar auf einer Insel in der Nordsee. Sodann wollte man dem Mai ein Willkommenslied singen und sich an einem Picknick gütlich tun. Einen ganzen Tag lang den Gestank der Fleete und den dichten Rauch aus unzähligen Schornsteinen vergessen, vielleicht ein paar Fische fangen oder Kaninchen jagen und sich mit der Natur verbunden fühlen. Die Damen würden ihre vornehm blasse Haut mit Sonnenschirmen schützen, die Herren wollten mal nicht über das Geschäft reden und auch ein Schnäpschen mehr als sonst trinken.

Daheim musste derweil alles wie immer bleiben. Während die Herrschaft den Feiertag genoss, durften sich die Dienstboten höchstens eine kleine zusätzliche Pause gönnen, bevor sie ein reichhaltiges Abendbrot zubereiteten. Denn man wusste aus Erfahrung, dass gute Landluft ebenso wie eine steife Meeresbrise hungrig machte. Senatoren, Kommerzienräte und Börsianer würden mitsamt ihren Familien am späten Nachmittag oder erst am Abend heimkehren und klagen, das Picknick hätte nicht gereicht. Und nun müsse man dringend etwas Vernünftiges zu essen bekommen.

So war es in all den Jahren zuvor gewesen, so würde es auch in diesem Jahr wieder sein.

Paul Dallmann hatte gleich fünf Einladungen zu einer Landpartie oder einem Bootsausflug ausgeschlagen. Ihm stand nicht der Sinn nach geselligem Vergnügen, und der Gedanke, dass in jeder Kutsche und in jeder Jolle mindestens zwei Hamburger Deerns im heiratsfähigen Alter säßen, schreckte ihn zusätzlich ab.

Obwohl er sich in den vergangenen Wochen weitgehend von allen gesellschaftlichen Verpflichtungen zurückgezogen hatte, gaben die Matronen der Stadt nicht so leicht auf. Vor allem Senatorin Mertens kannte offensichtlich nichts Wichtigeres mehr, als diesen gutaussehenden jungen Mann, dessen Aufstieg nicht mehr aufzuhalten war, zu verheiraten.

Paul stieß ein unwilliges Brummen aus, als er nun am Baumwall in eine seiner Schuten sprang.

Er hatte sich mit zu viel Arbeit herausgeredet und erklärt, für den Nachmittag des 4. Mai werde ein Schiff mit einem Bauch voll bestem Wein aus Madeira erwartet. Seine Flotte von Schuten und Ewern werde den ganzen Tag und auch an Christi Himmelfahrt im Einsatz sein, um die Weinfässer über die Fleete an Gastwirtschaften, Hotels und Privathäuser zu verteilen.

»Aber dafür haben Sie doch Ihre Männer«, hatte die Senatorin erwidert, als sie ihn früh an diesem schönen Frühlingstag aufgesucht hatte. Nach einem Besuch im Parfumladen Leclerc war sie mit ihrer Equipage an Pauls Kontor vorgefahren. »Kommen Sie morgen lieber mit uns. Wir segeln bis hinaus nach Neuwerk, und an liebreizender Gesellschaft wird es nicht mangeln.«

»Unglücklicherweise ist einer meiner Schutenführer erkrankt«, hatte Paul sich herausgeredet. Das stimmte sogar. Er verschwieg der Senatorin jedoch, dass er für den Mann durchaus Ersatz hätte finden können. Wenn er denn gewollt hätte!

In Wahrheit hielt Paul es schon seit Wochen in seinem Kontor nicht mehr aus. Sonn- und Feiertage waren besonders schlimm, weil sie sich endlos in die Länge zogen. Jede zusätzliche Arbeit war ihm willkommen. Jeder Ausfall eines Schutenführers war für ihn ein wahrer Segen. Gab er ihm doch die Möglichkeit, selbst einen Peekhaken in die Hand zu nehmen.

Schwere körperliche Arbeit war genau das, was er brauchte. Nur wenn seine Muskeln schmerzten und der Schweiß ihm das grobe Hemd tränkte, nur dann schaffte er es für kurze Zeit, etwas Frieden zu finden. Kaum ließ die körperliche Erschöpfung nach, da fühlte er es wieder, das federleichte Gewicht Claras auf seinen Armen. Dann sah er wieder ihr schmales Antlitz so dicht vor seinen Augen, atmete ihren Duft ein und spürte, wie alles, was in ihm zerrissen war, mit einem Mal heilte.

Bis Elisabeth Bardenstein ihn anwies, Clara dort im Zimmer auf das Bett zu legen und wieder hinauszugehen. Bis er auf den Mann traf, der eine gewisse Ähnlichkeit mit ihm selbst hatte, der ein gütiges Gesicht besaß und sich voller Sorge und Liebe nach Clara erkundigte.

Da zerbrach Paul wieder in tausend Teile und ging fort, dem anderen das einzige Glück überlassend.

Der andere war kein Feigling. Lore hatte ihm von Friedrich Jensen erzählt, und er wusste, der Botaniker stammte aus bester Familie, und er war Clara ein treuer Freund, der geduldig darauf wartete, dass sie ihm eines Tages ihr Herz öffnete. Mit ihm an ihrer Seite stand ihr ein besseres Leben bevor.

Nichts und niemand konnte Paul mehr vom Gegenteil überzeugen, und selbst seine Tante Friederike hatte es mittlerweile aufgegeben, ihm ins Gewissen zu reden.

»Dir ist nicht zu helfen«, hatte sie zuletzt gesagt.

Und die Bälle, die Abendessen, die Ausflüge – es war klüger, sich fernzuhalten, selbst wenn ihm auf diese Weise das eine oder andere Geschäft entging. Der Gedanke jedoch, Clara bei einer solchen Gelegenheit in Gesellschaft von Friedrich Jensen anzutreffen, war mehr, als Paul ertragen konnte.

Ihm blieb die Arbeit, vom Morgengrauen bis zur Abenddämmerung, und manchmal auch in der Nacht, so dass die wenigen Ruhestunden in einen tiefen, traumlosen Schlaf der Erschöpfung mündeten.

An diesem Nachmittag nun, als überall in der Stadt

noch letzte Vorbereitungen für den morgigen Himmelfahrtstag getroffen wurden, hatte Paul zusammen mit seinem Matrosen Piet gerade das letzte Weinfass in seiner Schute gestapelt, als er vom Steg aus angesprochen wurde.

Er blickte auf und schaute in das Gesicht eines Menschen, das er nie wieder hatte sehen wollen.

Wie neblig es war! Hatte nicht eben noch eine warme Frühlingssonne auf sein nacktes Haupt geschienen? Nun war alles grau in grau. Nebel im Mai. Früher hatte es so was nicht gegeben. Wieso trug er keinen Zylinder? Es war kalt am Kopf.

Schuld, Schuld. Immer ging es um Schuld.

»Es ist deine Schuld«, hatte der Mann vorhin gesagt. »Ganz allein deine Schuld.«

Er hieß … er hieß … Müller. Genau. Gustav Müller. Und er wohnte in seinem Haus, weil … weil …

Der Nebel wurde dichter, als Georg Vogt durch die Gassen der Altstadt lief.

Wohin?

Geradeaus. Oder immer im Kreis herum.

Dann plötzlich lichtete sich das Grau, und er wusste wieder, was Müller noch gesagt hatte: »Du hast deine Tochter aus dem Haus gejagt, und danach ist alles schiefgelaufen.«

Seine Tochter.

Clara.

Georg Vogt erkannte Umrisse von hohen, schmalen Häusern.

Nur wusste er nicht, wo er war.

Müller hatte ihn rausgeworfen.

Vor Schreck blieb Vogt stehen.

Er hatte kein Zuhause mehr!

Jemand rempelte ihn an. »Zieh Leine! In unserer Straße gibt es kein Gesindel!«

Gesindel?

»Ich bin der Kaufmann Georg Vogt«, setzte er mit kratziger Stimme an, aber niemand hörte ihm zu.

Also weitergehen.

Müllers Stimme hallte wieder durch seinen Kopf.

»Jahre meines Lebens habe ich darauf verschwendet, ein angesehener Bürger dieser Stadt zu werden. Und jetzt werde ich behandelt wie ein Aussätziger!«

Vogt hatte sich geduckt vor dieser Wut und sich zurück auf den Dachboden gesehnt, obwohl es dort immer stärker nach Rauch roch. Dabei war da kein Feuer. Kein noch so winziges Flämmchen. Er schaute immer genau nach. Nur vor vielen Jahren hatte es dort oben mal gebrannt.

Als, als …

»Ich verschwinde von hier«, hatte Müller gesagt. »Das Haus wird verkauft! Für dich habe ich keine Verwendung mehr. Geh!«

Sein ausgestreckter Arm hatte zur Haustür gewiesen.

Vogt war noch mehr in sich zusammengesunken. Er sollte hinaus? Mitten unter die Leute, die mit dem Finger auf ihn zeigten und über ihn tuschelten?

Nein.

»Kann ich bitte wieder nach oben zurück?«, hatte er gebettelt.

»Raus!«

Klein, ganz klein hatte er sich gemacht.

Dann war er unter dem Arm gepackt und wie Abfall auf die Straße geworfen worden.

Die Sonne hatte auf ihn herabgebrannt, als er losgelaufen war.

Bis plötzlich alles grau wurde.

Aber jetzt hatte er den Nebel wieder vertrieben.

Erneut blieb Georg Vogt stehen, achtete diesmal jedoch darauf, niemandem im Weg zu sein. Nun erkannte er, wo er war, und nach einem Moment angestrengten Nachdenkens setzte er sich wieder in Bewegung.

Er hatte ein Ziel.

»Was wollen Sie?«, knurrte Paul und griff instinktiv nach dem Peekhaken. Es hatte schon Kämpfe mit diesen massiven, langen Stangen gegeben, und der Haken hatte sich in so manche Männerbrust gebohrt. Paul war nie klar gewesen, wie wütend er auf diesen Menschen war.

Der Mann machte zwei Schritte zurück und hob die Hände. »Ich möchte mit Ihnen sprechen.«

»Wozu? Zwischen uns gibt es nichts zu bereden.« Pauls Fingerknöchel traten weiß hervor, so fest umklammerte er die Stange. Gleichzeitig legte sich kalte Furcht schwer auf sein Herz.

»Es geht um Clara«, sagte der andere.

Paul ließ den Peekhaken fallen, sprang aus der Schute und packte den Mann am Kragen. »Was ist mit Clara? Ist ihr etwas geschehen? Wenn Sie ihr ein Leid zugefügt haben, so schwöre ich …«

Um ihn herum legten Schauermänner die Arbeit nieder

und freuten sich auf eine zünftige Prügelei. Auch Piet, der Matrose, sprang auf den Steg, bereit einzugreifen, falls sein Schutenführer in Schwierigkeiten geraten sollte.

»Nun beruhigen Sie sich erst mal.«

Mit einer Kraft, die Paul ihm nicht zugetraut hätte, befreite sich Friedrich Jensen aus seinem Griff. Sie waren in etwa gleich groß, doch Jensen besaß nicht annähernd so viel Muskelmasse wie Paul. Trotzdem nahm er jetzt eine drohende Haltung ein.

»Rühren Sie mich noch einmal an, und ich schiffe mich ein, ohne Ihnen auch nur ein weiteres Wort zu sagen!«

Es dauerte einen Moment, bis Paul begriff, was er da gehört hatte. Sodann wich aller Zorn aus ihm, und während rechts und links von ihnen die Arbeit mit einem bedauernden Schulterzucken wiederaufgenommen wurde, starrte Paul Friedrich Jensen fragend an.

»Sie schiffen sich ein?«, hakte er nach. »Sie verreisen?«

»So kann man es nennen. Es wird wohl eine ziemlich lange Reise.«

»Werden Sie deutlicher, Mann!«

Friedrich Jensen zeigte ein halbes Lächeln.

Unter anderen Umständen hätten wir Freunde werden können, dachte Paul plötzlich und erinnerte sich voller Wehmut an James Roberts, den einzigen wahren Freund, den er je gehabt hatte. Ja, stellte er im Stillen fest. In einer besseren Welt hätten wir wie drei Brüder sein können.

»Sie wissen vielleicht, dass ich Botaniker bin«, sagte Jensen.

Paul nickte nur.

»Nun, ein englischer Freund hat mir angeboten, ihn zu begleiten. Wir werden um die Welt reisen und neue

Orchideenarten suchen. In einer Stunde legt mein Schiff ab.«

»Was zum Teufel wollen Sie mit Orchideen?«

Jensens Lächeln wurde breiter, aber nicht fröhlich. »Der englische Adel zahlt hohe Summen für eine neue Art. Ich werde ein reicher Mann.«

»Soweit ich informiert bin, sind Sie auch jetzt nicht arm.«

»Dann lassen Sie es mich folgendermaßen ausdrücken: Ich habe Lust auf ein großes Abenteuer.«

Sein Lächeln, sein Blick, seine gerade Haltung – alles wirkte auf Paul gespielt.

»Warum verlassen Sie Clara?«, fragte er geradeheraus. »Das dürfen Sie ihr nicht antun. Sie hat es verdient, glücklich zu werden.«

»Ein wahres Wort«, entgegnete Jensen, der endlich seine Schauspielerei aufgab und nun todunglücklich aussah. »Clara soll glücklich werden. Aber nicht mit mir.«

Paul wünschte, er könnte sich irgendwo hinsetzen, so weich waren seine Beine auf einmal. Angestrengt drückte er die Knie durch.

»Ich liebe Clara aus tiefstem Herzen«, erklärte Jensen mit Inbrunst. »Doch diese Liebe wird nicht erwidert.«

»Woher wollen Sie das wissen?«

»Sie hat es mir gesagt. Wenige Tage nach dem Maskenball.«

»Verstehe.«

Paul war ein starker Mann. Er würde jetzt nicht umkippen wie ein Weibsbild.

»Kommen Sie«, sagte er. »Lassen Sie uns da drüben in der Kneipe einen Schluck trinken.«

Bloß hinsetzen, dachte er.

Schnell.

Jensen holte seine Taschenuhr hervor, klappte sie auf und runzelte die Stirn. »Nun gut«, sagte er nach einem kurzen Moment. »Etwas Zeit habe ich noch.«

Paul wies Piet an, in der vollbeladenen Schute auf ihn zu warten.

In der Kneipe ließen sie sich zwei Gläser mit bestem Jamaika-Rum bringen und stießen miteinander an. Nicht als Freunde, aber als Männer, die wussten, was im anderen vorging.

Der Rum gab Paul neue Kraft. »Der Maskenball ist fast einen Monat her.«

»Ja.«

»Seitdem sind Sie nicht mehr Claras Kavalier?«

»So ist es.«

»Und Sie teilen mir dies erst heute mit?«

Jensen riss die Augen auf. »Was soll das? Ist es etwa meine Pflicht, Ihnen Neuigkeiten zukommen zu lassen?«

»Nein. Sicher nicht.«

»Nun gut. Offen gestanden dachte ich ohnehin, Sie wüssten es bereits. In den Salons wurde viel darüber geredet.«

»Ich – nun, ich war zu beschäftigt, um auf Gesellschaften zu gehen.«

»Aha.«

»Aber warum sind Sie dann hier?«

Jensen gab dem Ober einen Wink. Zwei weitere Rumgläser wurden gebracht.

»Nennen Sie es Eingebung«, fuhr er dann fort. »Aber als ich mein Gepäck schon verladen hatte, bin ich noch einmal umgedreht. Ich möchte Sie bitten, gut auf Clara aufzupassen.«

»Warum? Droht ihr Gefahr?« Unwillkürlich schob Paul sein Rumglas weg.

»Nein, natürlich nicht«, erwiderte Jensen. »Aber ich möchte mit dem Gefühl abreisen, dass jemand ein Auge auf sie hat. Ich weiß nicht, was geschehen ist zwischen Ihnen beiden. Doch ich denke, wenn Clara überhaupt jemanden liebt, dann sind Sie es.«

Mit diesen Worten kippte Jensen seinen Rum hinunter, stand auf, nickte Paul noch einmal zu und verschwand.

Eine Weile blieb er reglos sitzen. Dann warf Paul ein paar Münzen auf den Tisch, verließ die Kneipe und kehrte zu seiner Schute zurück.

Tief in Gedanken versunken, stakte er in den folgenden Stunden durch Hamburgs Fleete und lieferte die Weinfässer aus. Schließlich schickte er Piet nach Hause. Sodann fuhr er allein das Alsterfleet hinauf und durch die Graskellerschleuse in die Kleine Alster.

Nicht weit von Claras Haus entfernt fand er eine Stelle, an der er die Schute festmachen konnte. Was genau er hier wollte, war Paul nicht ganz klar. Einfach nur in ihrer Nähe sein, überlegte er. Und verstehen, was Friedrich Jensen ihm gesagt hatte.

Hoffnung schöpfen.

Mut fassen.

Der Abend war kühl, aber er fand eine alte Decke am Bug der Schute.

Paul setzte sich hin und schaute hinüber zu den Fenstern, hinter denen nach und nach das Licht gelöscht wurde. Die harte Arbeit der letzten Wochen forderte ihren Tribut. Bald war Paul fest eingeschlafen.

Eine dunkle Nacht brach herein.

Aus seinem Versteck heraus beobachtete Georg Vogt angestrengt sein Haus.

Wie lange hockte er schon in diesem Keller? Er wusste es nicht mehr. Feucht war es hier drin. Feucht und kalt. Aber wenn er sich streckte, konnte er durch das schmale Fenster beobachten, was drüben vor sich ging. Deshalb blieb er, wo er war.

Sein Haus.

Niemand hatte das Recht, sein Haus zu verkaufen. Auch kein Gustav Müller.

Wer war das überhaupt?

Vogt schlug sich gegen die Oberarme, um sich zu wärmen.

Drüben war alles ruhig.

Da! Jetzt ging die Haustür auf. Gustav Müller trat heraus und schaute die Deichstraße hinauf und hinunter. Auf wen wartete er?

Zwei Brandwachen kamen vorbei und grüßten höflich.

Müller beachtete sie nicht.

Aber Georg Vogt sah den beiden Männern hinterher, bis sie um die nächste Ecke gebogen waren. Von irgendwoher kam plötzlich ein Gedanke: Niemand durfte über sein Haus verfügen!

Niemand durfte ihn hinauswerfen!

Alsbald senkte sich wieder dichter Nebel über ihn, und

die Gedanken in seinem Kopf tanzten wild durcheinander.

Hinrich verbrannte.

Clara duftete so schön nach Parfum.

Sie roch wie ein Pferd.

Clara war jetzt reich.

Sie hatte alles verloren.

Clara liebte ihn.

Sie hasste ihn.

Clara wohnte in der Alten Wallstraße.

Er wusste den Weg.

35

Da kamen sie. Zwei Pritschenwagen mit schweren Kaltblütern davor. Georg Vogt rieb sich die Augen. Er musste einen Moment im Stehen geschlafen haben. Aller Nebel hatte sich verzogen. Das kannte er schon. Nach einer Ruhepause war er wieder ganz der Alte.

Männer trugen zwei schwere Kisten aus seinem Haus. Was mochte da drin sein?

Vogt dachte darüber nach, dass seine Ware stets aus dem rückwärtigen Speicher in Schuten gehievt und dann über das Fleet abtransportiert worden war. Und auf umgekehrtem Weg war der Speicher wieder gefüllt worden. Offenbar war Müllers Ziel am leichtesten über den Landweg zu erreichen.

»Langsam, Männer«, zischte Müller jetzt seinen Helfern zu. Da die Nacht abgesehen vom Schnauben der Pferde still war, konnte Vogt ihn genau verstehen.

»Nur nichts fallen lassen. Wir haben noch etwas Zeit. Die Wachen am Ferdinandstor warten um Mitternacht auf uns. Die freuen sich auf ein besonders dickes Sperrgeld. Und in zwei Tagen will ich in Lübeck sein.«

»Da bist du dann der feine Herr«, knurrte einer der Kistenträger missmutig. »Und hast deine alten Kumpel schnell vergessen.«

»Ihr werdet reichlich entlohnt«, gab Müller zurück.

»Und wenn ihr Glück habt, wird der neue Hausherr Verwendung für euch finden. Kommt, lasst uns fertig werden. Und dann gibt es einen guten Portwein für alle. Hein und Claas, ihr werdet bei den Wagen bleiben und gut aufpassen. Euch bringen wir eine Flasche aus dem Weinkeller mit.«

Ein unterdrücktes Murren war die Antwort, aber die Männer taten weiter ihre Arbeit. Nach den beiden Kisten wurden nun auch Möbelstücke aus dem Haus geschafft.

Vogt schlug die Hände vor den Mund, um nicht laut aufzuschreien. Da, sein Sekretär! Ein Erbstück seines Vaters. Und dort, die alte Wanduhr! Eines nach dem anderen wurden die wertvollen Möbel auf den zweiten Pritschenwagen gehievt.

Eine dritte, etwas kleinere Kiste wurde noch von einem einzelnen Mann herausgebracht, während sich die anderen Helfer mit dem Klavier abmühten, auf dem einst Clara geübt hatte.

Eines der mächtigen Pferde warf den Kopf hoch, der einzelne Mann erschrak und ließ die Kiste fallen.

Vogt kniff die Augen zusammen, um besser zu sehen. Und da lagen sie: leuchtende Silberbarren, mindestens fünf Stück. Welchen immensen Reichtum hatte Gustav Müller in diesen Jahren angehäuft?

Und warum musste er selbst in Lumpen gehen?

Warum half niemand einem rechtschaffenen Kaufmann, dem großes Unrecht widerfahren war?

Nein, er war nicht verrückt. Georg Vogt war noch nie klarer im Kopf gewesen als just in diesem Moment.

Er verließ den Keller, schlich über die Deichstraße und schlüpfte durch die Waschküche ins Haus. Dann, in der

Küche angelangt, blieb er vor dem Herd stehen, in dem noch ein schwaches Feuer glimmte.

Aus der offenen Tür zum Weinkeller klangen die lauten Stimmen von Müller und seinen Kumpanen bis in die Küche herauf. Vogt hörte sie lachen, und flammender Zorn ergriff ihn.

Die Glocken der Nicolaikirche kündigten Mitternacht an, und mit jedem Schlag drang neue Verwirrung in seinen Kopf.

Je länger Georg Vogt auf die glühenden Kohlestücke schaute, desto weniger wusste er, was er hier zu tun hatte. Aber wenn er fertig war, dann wollte er zu Clara gehen und sie daran erinnern, dass sie seinen süßen kleinen Sohn auf dem Gewissen hatte.

»Guten Morgen.« Mit einem Becher Kaffee in der Hand betrat Amelie früh um sechs Claras Zimmer.

»Nanu«, sagte Clara überrascht. Sie war bereits fertig angekleidet und wollte gerade hinunter zum Frühstück gehen. »Womit habe ich das verdient?«

Amelie lächelte. »Mit einer Neuigkeit, die nicht gleich jedes Mädchen im Esszimmer erfahren muss.«

»So? Ich hoffe, es ist eine gute Neuigkeit.«

»Das hängt ganz von dir ab.«

Ein Ruck ging durch ihr Innerstes. Zur kurz, um richtig wahrgenommen zu werden. Sie nahm Amelie den Kaffeebecher ab, trank aber nicht.

»Nun sag schon. Ich habe nicht viel Zeit. Heute ...«

»Heute ist Feiertag«, unterbrach sie Amelie. »Der

Laden ist geschlossen, und die Parfumwerkstatt auch. Nachher unternehmen wir einen schönen Spaziergang über den Jungfernstieg. Du hast also alle Zeit der Welt, Clara.«

»Wofür?«

Amelie zog sie zum Fenster, öffnete es und wies nach draußen.

»Schau mal.«

Zögernd blickte Clara hinaus. Die Stadt schien noch zu schlafen. Kaum jemand war unterwegs. Auf der Kleinen Alster dümpelten ein paar Schuten lustlos vor sich hin.

»Ich sehe nichts Besonderes, aber es riecht nach Feuer.«

Die alte Angst wollte in ihr hochkriechen, und Clara schluckte schwer.

Amelie zuckte mit den Schultern. »Irgendwo im Nicolaiviertel soll ein Speicher brennen. Unsere tüchtigen Spritzenmannschaften haben das Feuer bestimmt schon gelöscht.«

Clara beruhigte sich wieder. Sie wusste, dass Hamburgs Löschanstalten als vorbildlich galten. In den vergangenen Jahren waren in der engbebauten Altstadt zahlreiche Brände schnell gelöscht worden.

Zwar empfand sie den Brandgeruch als besonders stark, schrieb dies aber ihrer feinen Nase zu.

Irgendwo läuteten Glocken.

Feuerglocken?

Nein, gewiss wurden die Gläubigen zum Gottesdienst gerufen.

So früh?

»Jetzt schau doch mal genau hin. Da drüben, die einzelne Schute. Siehst du?«

»Ja. Und?«

»Da liegt ... Oh, verflixt. Er ist weg.«

»Amelie. Kannst du dich bitte deutlicher ausdrücken?« Clara schloss das Fenster. Der Brandgeruch machte ihr mehr zu schaffen, als sie zugeben mochte.

»In der Schute hat Paul Dallmann gelegen. Noch vor zehn Minuten, als ich Schmutzwasser ausgeleert habe.«

Diesmal war der Ruck so heftig, dass Clara rasch den Kaffeebecher abstellte.

»Du musst dich irren.«

»Ich irre mich nicht«, erwiderte Amelie fest. »Ich hätte den Inhalt des Eimers fast auf ihn drauf gekippt.«

»Was ... was hat er dort getan?«

»Das hättest du ihn eigentlich selbst fragen sollen. Aber nun ist er weg.«

Ungläubig schüttelte Clara den Kopf. Amelie war schon immer gut im Erfinden von Geschichten gewesen, doch so etwas traute sie ihr nicht zu.

»Du bist dir ganz sicher?«

»So sicher, wie ich weiß, dass Friedrich Jensen gestern in Richtung England gesegelt ist«, sagte Amelie. »Das muss ein Zeichen sein.«

Clara senkte den Kopf. Noch immer quälte sie das schlechte Gewissen. Aber sie hatte ehrlich zu Friedrich sein müssen. Wenigstens einige klare Worte war sie ihm schuldig gewesen, und so hatte sie ihm schon zwei Tage nach dem Maskenball erklärt, sie könne niemals seine Frau werden.

»Sieht so aus, als müsste ich mich nach einem neuen Lebensziel umsehen«, hatte er mit einem traurigen Lächeln erwidert.

Zwei Wochen darauf erfuhr Clara von Elisabeth, dass Friedrich eine Weltreise plante. Er war nicht einmal mehr gekommen, um sich zu verabschieden.

Es klopfte an der Tür, und Alice trat ein. »Jemand möchte Sie sprechen, Fräulein Clara.«

Amelie schaute sie an. Na siehst du, schien ihre Miene zu sagen.

»Ich komme«, sagte Clara.

Was immer Paul ihr mitzuteilen hatte, sie würde ihm ruhig zuhören – und nicht zeigen, bloß nicht zeigen, wie traurig sie war.

An der Haustür prallte sie vor der Gestalt zurück, die dort stand.

»Herr im Himmel!«, rief sie erschrocken aus. Hinter ihr kamen die Mädchen angelaufen. Friederike drängte sich neben Clara.

»Ist das wohl die feine Art, seinen geliebten Herrn Vater zu begrüßen?«, erkundigte sich Georg Vogt. Seine gepflegte Ausdrucksweise stand in scharfem Widerspruch zu seiner abgerissenen Erscheinung.

Plötzlich wurde sein Blick stumpf. »Und warum hast du Hinrich getötet? Schämst du dich nicht? Du bist eine böse Tochter! Eine ganz böse Tochter!«

Clara wich zurück.

»Du meine Güte«, murmelte Friederike. »Mädchen, kommt. Helft mir, diesen armen Irren in die Küche zu bringen. Lasst uns an diesem Himmelfahrtstag einer verirrten Seele eine Wohltat erweisen.«

Nur für Claras Ohren bestimmt, fügte sie hinzu: »Es muss ja nicht die gesamte Nachbarschaft mitbekommen, was der herausposaunt.«

Wenig zimperlich packten ein paar Mädchen Georg Vogt unter den Achseln und schleiften ihn mit.

Clara blieb stehen, wo sie war, unfähig, sich zu rühren. »Ich will ihn nicht in meinem Haus«, murmelte sie.

Amelie, die bei ihr geblieben war, nickte. »Das verstehe ich schon. Aber denk daran, dass er dir auch geholfen hat. Weißt du noch? Als dieser Gustav Müller dich angezeigt hat und ihn als Zeugen nannte, da ist er weggelaufen. Dieser Mann ist gewiss nicht mehr bei Sinnen, aber er besitzt noch einen Rest Anstand.«

»Glaubst du?«

»Ganz sicher.«

»Nun, dann soll er bleiben, bis er sich erholt hat.«

»In Ordnung. Und du, Clara, gehst jetzt wieder auf dein Zimmer und ruhst dich aus. Du hast in den letzten Wochen nachts mehr gearbeitet als geschlafen. Den Spaziergang können wir auch am Sonntag machen. So gut und frisch ist die Luft heute ohnehin nicht mehr.«

Durch die offene Haustür war erneut ein Schwall Brandgeruch ins Haus gelangt.

Clara ließ sich von Amelie an der Hand nehmen und die Treppen hinaufführen. In ihrem Zimmer legte sie sich angekleidet aufs Bett und schloss die Augen.

Bevor sie noch über die seltsamen Vorgänge nachdenken konnte, war sie tief und fest eingeschlafen.

Schon vor dem Morgengrauen war Paul auf seiner unbequemen Bettstatt erwacht. Jemand schüttete ganz in seiner Nähe zwei Eimer mit Schmutzwasser aus. Er schaute zu Claras Haus. Einzig in der Küche brannte bereits Licht.

Nun, da die Erschöpfung von ihm abgelassen hatte, fragte er sich, was zum Teufel er hier zu suchen hatte. Wollte er etwa mit Clara sprechen? Und was würde er ihr sagen? Verzeih, dass ich dich so oft verlassen habe, aber nun können wir glücklich werden? Ich verspreche auch, dass ich dich nie mehr enttäuschen werde?

Was für ein Esel er doch war!

Keine vernünftige Frau würde auch nur einen Pfifferling auf ihn geben. Und Clara war eine außerordentlich vernünftige Frau.

Paul rappelte sich auf und sprang auf den Steg.

Der Geruch nach Feuer drang ihm in die Nase, und er schaute sich sorgfältig um. Dort, im Südosten, entdeckte er hinter dem Dach der Neuen Börse ein rötliches Licht vor dem noch dunklen Morgenhimmel.

Irgendwo brannte es.

Paul beschloss nachzusehen, was da los war. Die Schute ließ er, wo sie war. Zu Fuß war er schneller. Er nahm sich aber noch die Zeit, sie mit einer dicken Eisenkette zu sichern. Eine unbewachte Schute war leichte Beute für Diebe.

Je weiter Paul in das Nicolaiviertel eindrang, desto größer und bedrohlicher wurde das Feuer. Löschmannschaften rannten an ihm vorbei in Richtung Brandherd, panisch wiehernde Pferde vor den Spritzenwagen wurden nur mit harten Peitschenhieben daran gehindert, in die entgegengesetzte Richtung zu flüchten.

Feuerglocken läuteten Sturm, die Luft wurde heiß und stickig. Unzählige Menschen mit wenigem Hab und Gut auf den Schultern liefen nach Norden und Westen, während ebenso furchtlose wie habgierige Männer in die verlassenen Häuser eindrangen, an sich rafften, was nicht niet- und nagelfest war, und sich fremden Wein in die ausgedörrten Kehlen schütteten.

Als er den Rödingsmarkt erreichte, sah Paul, dass dort mehrere Häuser in Flammen standen. Die Glut strahlte ihn an, morsches Fachwerk knackte, bevor es ergeben zusammenkrachte, spitze Giebel neigten sich ihm bedrohlich zu. In der Steintwiete fingen just in diesem Moment einige Speicher Feuer.

»Weg hier!«, rief ihm ein weißbekittelter Spritzenmann zu. »Da drüben lagern Schellack, Arrak und Gummi. Das Zeug brennt wie Zunder. Verschwinden Sie!«

Paul brauchte keine zweite Aufforderung. Er war kein Feuerwehrmann, doch er sah mit einem Blick, wie schnell das Feuer sich ausbreitete.

Er machte kehrt. Sein einziger Gedanke galt Clara, seiner Tante und den Mädchen. Mochte der Brand schon bald besiegt sein, mochten die Menschen, die fern des Nicolaiviertels lebten, sorgenfrei den Himmelfahrtstag feiern – Paul war ein Mann, der von ganz unten kam. Er hatte gelernt, Gefahren ernst zu nehmen, wenn er überleben wollte. Und sein Instinkt sagte ihm nun, dass er rasch handeln musste.

»Kiek dir die Bangbüx an!«, rief ihm ein zweiter Weißkittel hinterher.

Paul hörte gar nicht hin.

Er horchte nur auf, als der erste Mann, der ihn eben weggeschickt hatte, seinen Kollegen anschrie: »Halt die Klappe, und hilf mir mit dem Schlauch!« Etwas ruhiger fügte er hinzu: »Es wird sowieso bald gesprengt, und dann können wir auch nach Hause.«

Kurz zögerte Paul. Falls tatsächlich Häuserzeilen gezielt in die Luft gejagt wurden, dann konnte das Feuer eingedämmt werden, und dann machte er sich am Ende noch lächerlich, wenn er Clara und ihre Mädchen in Aufregung versetzte. Und Friederike würde ihn gnadenlos aufziehen.

Während er noch einen Moment wie gebannt in den Feuerschein starrte, sah er die junge Clara vor sich, wie sie vor jeder noch so kleinen Flamme zurückschreckte.

Paul musste nicht länger überlegen.

Er machte kehrt und lief los.

Mühsam musste er sich seinen Weg zwischen Hausrat hindurch suchen, der in der sinnlosen Hoffnung, ihn vor dem Raub der Flammen zu schützen, auf die Straße geschleppt worden war. Weitere Löschmannschaften kamen ihm entgegen und drängten ihn zu Seite. Aus einem Keller stolperten Betrunkene und rempelten ihn an.

»He!«, rief Paul.

Höhnisches Gelächter war die einzige Antwort, die er bekam. Gerade als er sein Gleichgewicht wiedergefunden hatte, hörte er ein Geräusch, das allen Krach übertönte. Es war direkt über ihm. Instinktiv wollte er sich mit einem Sprung zur Seite retten. Zu spät. Ein Dachgiebel krachte über ihm zusammen. Paul verspürte einen scharfen Schmerz am Kopf. Er geriet ins Straucheln und ruderte wie wild mit den Armen, fand jedoch keinen Halt. Paul stürzte die Kellertreppe hinab und blieb reglos liegen.

36

Unruhig warf sich Clara im Bett hin und her.
»Clärchen! Clärchen! Wo bist du?«

Sie flog, flog durch die Luft.

Jemand rüttelte an ihrer Schulter. »Aufwachen!«

Clara fuhr hoch. Der Traum zerrann.

Vor ihr stand Amelie. »Wir müssen uns überlegen, was zu tun ist«, sagte sie.

»Wovon redest du? Wie spät ist es?«

»Fast sechs Uhr. Du hast den ganzen Feiertag verschlafen.«

Clara reckte sich, dann schaute sie zum Fenster.

»Sechs Uhr? Aber draußen ist es schon dunkel.«

Amelie sah sie fest an. »Das sind Rauchwolken.«

Mit einem Satz war Clara aus dem Bett. Nun nahm sie auch den Brandgeruch war, der durch alle Ritzen des alten Mauerwerks drang.

»Das Feuer hat sich ausgebreitet«, erklärte Amelie ruhig. »Der Turm der Nicolaikirche ist bereits eingestürzt. Es heißt immer noch, dass bald viele Häuser gesprengt werden sollen, damit nicht noch mehr abbrennt, aber anscheinend gibt der Rat der Stadt nicht die Erlaubnis dazu. Das erzählt man sich jedenfalls.«

Das Zittern begann in Claras Fingerspitzen, kroch die Arme hoch und den Nacken hinunter.

»Clärchen! Clärchen!«, rief die helle Stimme in ihrem Kopf. »Hilf mir!«

Eine heftige Ohrfeige traf sie.

»Tut mir leid, aber wir brauchen dich jetzt!« Amelie schüttelte ihre Hand aus. »Du musst keine Angst haben, Clara. Das Feuer ist weit weg. Trotzdem gehen wir jetzt zu Friederike in die Küche und schmieden einen Plan.«

Clara zitterte nicht mehr. Sie richtete rasch ihr Haar, glättete ihr Kleid und folgte Amelie nach unten. Im Esszimmer waren die Mädchen versammelt und schauten sie ängstlich an.

Clara brachte es fertig, ihnen ein beruhigendes Lächeln zu schenken.

In der Küche wartete Friederike.

Erst jetzt fiel Clara wieder ein, wer am Morgen an die Tür geklopft hatte.

»Wo ist …«, setzte sie an und brach ab, unfähig, den Namen auszusprechen.

»Unten im Keller und schläft«, sagte Friederike. »Wir haben ihn gewaschen und gefüttert. Sobald er wach ist, schicken wir ihn fort.«

»Danke.«

Friederike hob nur die Schultern.

Sodann setzten sich die drei Frauen um den Küchentisch und berieten sich. Friederike war dafür, zu bleiben und abzuwarten.

»Wenn wir das Haus und den Laden verlassen, kommen schnell die Plünderer.«

Amelie stimmte ihr darin zu, hatte jedoch gleichzeitig ihr Vertrauen in die Hamburger Löschmannschaften verloren. »Es ist ja auch schon Hilfe aus den Vorstädten und aus Altona gekommen. Aber es brennt immer noch.«

Clara brauchte nicht lange, um eine Entscheidung zu treffen. »Wir brechen in einer Stunde auf.«

»Und wohin sollen wir gehen?«, erkundigte sich Amelie.

»Erst mal zum Jungfernstieg. Dort mieten wir uns Droschken und fahren nach Neumühlen. Elisabeth wird uns gewiss Obdach gewähren, bis wir wieder zurückkehren können. Jedes Mädchen soll nur so viel mitnehmen, wie es tragen kann. Geh bitte, und sag es ihnen, Amelie.«

Sie selbst wollte die unersetzlichen Erbstücke ihres Vaters und ihr eigenes Heft mit Rezepturen einstecken. Friederike sagte, sie müsse ebenfalls in ihre Kammer, um ihr einziges gutes Kleid einzupacken.

Die drei Frauen trennten sich.

Als Clara zwanzig Minuten später die Küche betrat, saßen Amelie und Friederike bereits wieder am Küchentisch. Sie wirkten blass und hatten die Hände flach auf die rohe Tischplatte gelegt.

Clara trat einen Schritt vor.

»Wir haben jetzt keine Zeit, uns auszuruhen«, sagte sie mit leisem Tadel. »Sind die Mädchen bereit? Können wir gehen? Und habt ihr ... den Mann fortgeschickt?«

Auf einmal geschah alles gleichzeitig.

Hinter ihr wurde die Tür zugeschlagen.

Amelie stieß einen Schrei aus.

Clara erhielt einen Stoß und fiel zu Boden.

Als sie hochblickte, stand Georg Vogt über ihr. In seiner Hand hielt er eines von Friederikes großen Fleischmessern.

Sein Blick war irre, aus seinem Mund tropfte Speichel. »Niemand wirft mich aus meinem Haus!«, schrie er.

Ein hämmernder Schmerz hinter seinen Schläfen ließ Paul wieder zu sich kommen. Um ihn herum war alles dunkel. Mühsam begann er, sich aus dem Schuttberg zu befreien. Der Schmerz nahm zu, als er sich aufrichtete, doch er achtete nicht darauf. Erleichtert stellte er fest, dass er sich bei seinem Sturz nichts gebrochen hatte.

Paul wollte um Hilfe rufen, doch es kam nur ein heiseres Krächzen aus seinem Mund. Beim zweiten Mal gelang es ihm schon besser. Niemand antwortete. Er war in einem fremden Keller gefangen.

Blind tastete er nach dem Schutt und begann, Stein für Stein abzutragen. Er musste hier herauskommen.

Er musste zu Clara.

Das Feuer schien weitergewandert zu sein.

Bald verlor er jedes Zeitgefühl.

Als starker Durst ihn quälte, ging er vorsichtig den Keller ab, fand eine Weinflasche, die den Plünderern entgangen war, und trank einige wenige Schlucke. Zurück am Schutthaufen, grub er weiter. Irgendwann spürte er den Schmerz in seinem Kopf nicht mehr.

Es musste früh am Morgen sein, als er sich endlich befreit hatte. Am rauchgeschwärzten Himmel war erstes Tageslicht zu erahnen. Der Rödingsmarkt bot ein Bild des Schreckens. Alle Häuser waren heruntergebrannt, nur hier und dort glimmte es noch in den Ruinen. Es herrschte gespenstige Stille. Im Norden und Westen jedoch sah Paul hohe Feuerwände wie Brandungswellen davonrollen. Alles in ihm drängte danach loszurennen, mitten durchs Feuer hindurch.

Zu Clara.

Aber er zwang sich nachzudenken.

Schließlich wandte sich Paul nach Süden. Er musste den Brand umgehen. Wenn er Glück hatte, fand er am Binnenhafen ein Boot, mit dem er das Alsterfleet hinauffahren konnte.

Er hatte kein Glück. Er musste zu Fuß weiter.

Unendlich zäh und langsam waren die Stunden der Nacht vergangen. Gemeinsam mit Amelie und Friederike war Clara in der Küche gefangen gewesen. Kurz nachdem sie zu Boden gegangen war, hatte Vogt sie aufstehen lassen und sie mit einem Wink angewiesen, sich zu den anderen beiden Frauen zu setzen.

»Die Hände auf den Tisch!«

Da saßen sie dann, reglos, während vom Flur her die aufgeregten Stimmen der Mädchen hereindrangen.

Ungeachtet der Gefahr, in der sie selbst schwebte, hatte sich Clara Sorgen um ihre Schützlinge gemacht. Sie konnte Amelie und Friederike ansehen, dass es ihnen ebenso ging. Sie drei waren die einzigen Erwachsenen im Haus. Die beiden Lehrerinnen wohnten nicht bei ihnen, und die Verkäuferinnen waren am heutigen Feiertag nicht gekommen.

»Lauft!«, wollte sie den Mädchen zurufen. »Bringt euch in Sicherheit!« Doch sie wagte es nicht.

Aus den Augenwinkeln beobachtete sie in den folgenden Stunden immer wieder Georg Vogt. Er besaß keinerlei Ähnlichkeit mehr mit dem Mann, der ihr einst ein gestrenger Vater gewesen war. Ein Irrer schien sich des Menschen bemächtigt zu haben, den sie gekannt hatte. Er lief zwischen Tisch und Herd hin und her, stieß ab und zu einen Fluch aus und fuchtelte mit dem Messer herum.

Als Friederike einmal versuchte, etwas zu sagen, traf sie die scharfe Klinge am Oberarm, und etwas Blut sickerte durch den Ärmel.

Als Friederike spät in der Nacht einmal austreten musste, da setzte Vogt Clara das Messer an den Hals, bis die Mamsell, die sich mit einem Topf in der Speisekammer behelfen musste, zurückgekehrt war.

Und als Amelie sich im Morgengrauen nur etwas bequemer hinsetzen wollte, brüllte er so laut, dass Clara um das Leben der Freundin fürchtete. Schon hob er die Hand mit dem Messer, aber bevor er zustach, wurde er von Geräuschen abgelenkt, die von der Straße zu ihnen in die Küche drangen.

Menschen riefen durcheinander, Pferdehufe klapperten, Holzräder ratterten über das Pflaster. Dann war ein seltsames Tosen zu hören, wie bei einem Sturm, und die Luft in der Küche wurde von Minute zu Minute wärmer.

»Was ist da los?«, fragte Vogt und schien für einen Moment bei Vernunft zu sein.

»Es brennt«, flüsterte Friederike. »Die Leute flüchten.«

Vogt ließ von Amelie ab und wandte sich Friederike zu. »Was sagst du da? Es brennt?«

Das Messer in seiner Hand beschrieb einen Bogen durch die Luft.

Claras Blick flog zur Hintertür. Sie schätzte die Entfernung ab. Drei Schritte, mindestens. Oder vier. Zu weit, viel zu weit. Vogt mochte nur noch ein Schatten seiner selbst sein, aber er war schnell, und in seinem Wahn entwickelte er sicher Bärenkräfte.

Außerdem würde ihnen niemand zur Hilfe eilen. Die Mädchen waren hoffentlich hinausgelaufen, um sich zu retten. Wer sollte sich schon kümmern? Jeder war doch jetzt damit beschäftigt, sich selbst und die Seinen in Sicherheit zu bringen. Nun, da die Feuerwand näher und näher kam.

Schnell schaute sie wieder zu Vogt und Friederike. Erleichtert stellte sie fest, dass der Arm mit dem Messer schlaff herabhing.

Vogts Blick verschleierte sich.

»Es brennt«, murmelte er. »Hinrich. Mein süßer kleiner Hinrich. Was hast du hier oben zu suchen? Hier ist mein geheimes Reich. Na, dann komm, setz dich auf meine Knie. Siehst du? Dein Vater hat sich einen schön bequemen Stuhl bringen lassen, und hier kann er aus der Dachluke schauen. Niemand stört ihn, und er kann vergessen, dass er eine Frau geheiratet hat, die ihn verabscheut. Das verstehst du nicht, was, mein Kleiner? Komm, gib mir einen Kuss. So ist es brav.«

Wie erstarrt saß Clara da und lauschte, während eine lang verschollene Erinnerung zurückkehrte.

»Nein, mein Kleiner, du musst keine Angst haben. Das ist nur ein Gewitter. Warte, ich schließe die Luke, damit wir nicht nass werden. Bleib schön hier und …« Der Schrei, den Georg Vogt ausstieß, hatte nichts Menschliches mehr an sich.

Friederike und Amelie fuhren zusammen, Clara hörte ihn kaum.

Sie lauschte einer anderen Stimme. »Clärchen! Clärchen, hilf mir!«

Noch zwei Stufen bis zum Dachboden, noch eine. Außer Atem kam die kleine Clara oben an, und da sah sie ihn. Hinrich. Er stand in Flammen. Lichterloh.

Und Vater. Daneben stand Vater. Jetzt sprang er zurück, kam auf Clara zu, drückte sie zur Seite, flüchtete über die Treppe nach unten.

Clara war allein.

Mit Hinrich. Er brannte. Brannte und schrie. Sie konnte es nicht ertragen. Und dann sprang sie auf ihn zu, mitten ins Feuer hinein. Da krachte es. Über ihr stürzte der Himmel ein. Ein Stück vom Dach war auf einmal weg.

Ein Windstoß erfasste Clara. Sie fiel. Nach unten ging es. Tiefer und tiefer. Sie schrie laut und kniff die Augen fest zusammen. Alles wurde schwarz. Ihr Sturz wurde weich aufgefangen, und es dauerte eine Weile, bis sie bemerkte, dass sie im Misthaufen lag.

»Clara«, flüsterte Amelie neben ihr. »Clara, um Himmels willen. Was ist mit dir?«

Ihr Geist kehrte in die Küche zurück. Sie sah, dass Vogt von seinen eigenen Erinnerungen heimgesucht wurde und nicht auf sie achtete.

»Ich bin nicht schuld an Hinrichs Tod«, flüsterte sie zurück, während die schwere alte Last von ihren Schultern fiel. »Ich habe versucht, ihn zu retten, aber ein Teil des Daches ist eingestürzt, und ich bin wohl von einem Windstoß erfasst worden. Dann bin ich gefallen. Zum Glück war draußen ein Misthaufen. Deswegen also habe ich nach Pferd gerochen. Aber er«, sie deutete mit einem Nicken auf Vogt, »er war auch dort oben, und er hätte seinen Sohn retten können. Aber er ist geflüchtet.«

»So war das also«, murmelte Amelie. »Du wirst dich bloß nicht lange darüber freuen können. Wenn nicht schnell was passiert, werden wir alle hier sterben.«

»Sterben!«, schrie Vogt. »Sterben! Sterben! Ster...«

Die Hintertür flog krachend gegen die Wand. Eine Gestalt, über und über mit Ruß und Dreck bedeckt, sprang herein, stürzte auf Vogt zu und warf ihn zu Boden. Das Messer wurde ihm aus der Hand gerissen, und ein gezielter Fausthieb setzte Vogt außer Gefecht.

Friederike und Amelie waren beide aufgesprungen, durch die Küchentür strömten die Mädchen herein und riefen aufgeregt durcheinander.

Clara jedoch blieb sitzen und schaute ungläubig auf ihren Retter.

Er richtete sich auf und blickte sie an.

In seinen dunklen Augen sah sie die Liebe. Und sie fand sich selbst.

»Paul.« Überrascht bemerkte sie, dass keine Tränen kamen.

Sein Blick ließ sie nicht los, als er zu einer Erklärung ansetzte. »Ich bin gekommen, um euch hier rauszuholen. Draußen vor dem Haus hat mir eines eurer Mädchen erzählt, was los ist.«

»Er ... er ist vollkommen irre.«

»Er kann dir nichts mehr tun.«

»Könntet ihr euch bitte später unterhalten?«, mischte sich Amelie ein. »Ich möchte nicht bei lebendigem Leib geröstet werden, und die anderen auch nicht.«

Einige Mädchen schrien erschrocken auf.

Paul hielt Clara eine zerschundene Hand hin.

Voller Vertrauen legte sie ihre Hand in seine und ließ sich hochziehen. Wenn sie jetzt und hier sterben musste – sie war bei ihm.

»Kommt«, sagte Paul laut. »Noch hat das Feuer euer Haus nicht erreicht, aber es wird nicht mehr lange dauern. Alle folgen mir jetzt geordnet zu der Schute, die draußen festgemacht ist. Ich bringe euch in Sicherheit.«

Sofort beruhigten sich die Mädchen und setzten sich in Bewegung.

Paul ging mit Clara an der Hand vorneweg, und dann warteten sie an der Haustür, bis alle draußen waren.

Clara sah, dass die Feuerwand gefährlich nahe herangekommen war, aber sie würden es schaffen.

»Sieht so aus«, sagte Friederike neben ihr, »als wäre mein Neffe doch nicht der Feigling, für den er sich selbst hält.«

Clara konnte nur nicken. Paul hatte sie losgelassen, um den Mädchen beim Einsteigen in die Schute zu helfen. Die Trennung war kaum zu ertragen.

Nachdem auch Friederike und Amelie im Boot waren, folgte als Letzte Clara.

»Ich fürchte, in Richtung Binnenalster gibt es kein Durchkommen«, erklärte Paul ruhig. »Ich kann von hier aus sehen, wie sich die Boote an der Schleuse stauen. Wir fahren in die andere Richtung. Die Graskellerschleuse war noch frei, als ich vorhin daran vorbeigelaufen bin. Welche von den Damen kann rudern? Mit dem Peekhaken allein schaffe ich es nicht.«

Amelie und ein paar Mädchen hoben die Hände, und Paul setzte sie an die Ruder.

Langsam, sehr langsam nahm die Schute Fahrt auf. Clara starrte wie gebannt in das riesige Feuer, das näher und näher kam.

»Oh mein Gott«, flüsterte sie.

»Wir schaffen es!«, sagte Paul fest. »Weiter unten, am Alsterfleet, brennt es nicht.«

Da nahm Clara aus den Augenwinkeln eine Bewegung wahr, und bevor sie einen Warnruf ausstoßen konnte, sprang Georg Vogt aus vollem Lauf auf die Schute zu. Er musste in der Küche wieder zu sich gekommen sein und war blindlings aus dem Haus gerannt. In der bereits vollbesetzten Schute erkannte er seine einzige Fluchtmöglichkeit. Doch er hatte sich verschätzt. Sein Sprung war nicht weit genug, und er landete im Fleet.

Paul wirbelte mit dem Peekhaken herum. Für einen Moment fürchtete Clara, er wollte dem alten Feind den Todesstoß versetzen. Wie sollten sie beide jemals Frieden finden, wenn er sich des Mordes schuldig machte? Dann sah sie jedoch, dass Paul versuchte, den Ertrinkenden mit dem Haken zu packen, um ihn zu retten.

Vergebens. Georg Vogt schlug mit den Armen wie wild um sich und stieß böse Verwünschungen aus, die kaum zu verstehen waren. Er ging unter, kam wieder hoch, spuckte Wasser und rief plötzlich ganz deutlich Claras Namen. Erneut streckte Paul ihm den Haken hin, Vogt griff nicht danach. Wieder verschwand sein Kopf unter Wasser, und sosehr Clara auch auf die Stellte starrte, sie sah nur noch den Widerschein des Feuers auf dem Fleet.

Sie kamen gut durch die Schleuse, und eine halbe Stunde darauf erreichten sie den Binnenhafen. Dort machte Paul die Schute am Steinhöft fest, und alle versammelten sich an Land. Viele andere Menschen hatten sich hierhergeflüchtet und starrten gebannt auf die brennende Stadt. Noch immer blies der Wind von Süden und trieb das Feuer weiter nach Norden.

»Unser schönes Haus«, murmelte Amelie. »Alles dahin.«

»Wir werden neu anfangen«, versprach Clara. »Gemeinsam schaffen wir das.«

»Jawohl. Wir kaufen eine Villa an der Großen Alster, bauen dir eine Parfumfabrik und richten einen neuen Laden ein.«

Clara brachte ein kleines Lachen zustande. »Sobald wir es uns leisten können.«

»Hör mal, Amelie«, mischte sich Friederike ein. »Wir gehen jetzt mit den Mädchen dort hinten hin. Siehst du? Da steht die alte Nella und schenkt Grog aus. Weiß der Himmel, wie sie es bis hierher geschafft hat. Aber geschäftstüchtig war sie ja schon immer. Und die Else ist auch da. Komm, wir können eine Stärkung gebrauchen.«

»Aber ich wollte mit Clara …«

»Das hat Zeit.« Friederike zog Amelie mit sich fort.

Inmitten der vielen fremden Menschen waren Paul und Clara nun allein.

Eine Angst, größer als alle, die sie kannte, fiel über sie her.

Sie fand die Worte nicht, um ihn zu fragen, ob er diesmal bleiben würde.

Dann entdeckte sie die Wahrheit in seinen Augen.

»Eines musst du wissen«, sagte Paul leise, bevor er sie an sich zog. »Mein Herz hat dich nie verlassen.«

Epilog

Eine strahlende Sommersonne schien vom wolkenlosen Himmel herab und tauchte die Große Alster in ein Feuerwerk aus Farben.

Mit einem kleinen Seufzer setzte sich Clara auf eine Holzbank dicht am Ufer und lehnte den Kopf gegen den breiten Stamm einer Eiche. Sie schaute den Ruderbooten zu, die gemächlich über das ruhige Wasser glitten. Gesprächsfetzen und Gelächter drangen bis zu ihr und lullten sie ein.

Clara schloss die Augen.

Sie mochte vielleicht fünf Minuten geschlafen haben, als sie von Amelies Stimme aufgeschreckt wurde.

»Setz sofort deine Haube wieder auf. Oder willst du bald braun und runzelig werden wie ein altes Fischweib?«

»Das habe ich gehört!«, rief aus einigen Metern Entfernung Else herüber. »Dass du dich nicht schämst, du freche Deern!« Aber sie lachte dazu ein zahnloses Lachen.

Niemand konnte Amelie lange böse sein.

Gehorsam schob Clara ihre Haube wieder hoch, so dass ihr Gesicht im Schatten lag.

»Braves Mädchen«, sagte Amelie. »Und ruhe dich noch ein wenig aus. Du arbeitest sowieso zu viel.«

Gehorsam schloss Clara erneut die Augen, aber nun wollte kein Schlaf mehr kommen. So hob sie die Lider wieder und schaute hinüber zum anderen Ufer, wo die Silhouette der Hamburger Altstadt nach und nach neue Formen annahm.

So wie die verbrannten Viertel wieder aufgebaut wurden, so ging es auch mit Claras Leben aufwärts.

Voller Stolz wandte sie nun den Kopf und blickte auf das lange, flache Gebäude, in dem sich ihre Parfumfabrik befand. Daneben stand ein dreistöckiges Haus aus rotem Klinker. Es war nicht die hochherrschaftliche Villa, die Amelie sich einst für ihr Mädchenheim ausgemalt hatte, aber das Haus war groß und robust, und es bot Sicherheit.

Ja, Clara hatte viel geschafft in diesen vergangenen sechs Jahren. Einige Menschen hatten ihr geholfen. Elisabeth, Senatorin Mertens und viele andere Damen der Gesellschaft waren für sie eingetreten. So hatte Clara einen Kredit aufnehmen können, um erst ihre Fabrik und später das Haus zu bauen. Das Grundstück hier an der Großen Alster war vorerst nur gepachtet, aber mit etwas Glück würde sie es bald erwerben können.

Ihr Duft La Fleur verkaufte sich nach wie vor hervorragend, neue Parfums waren hinzugekommen, und mit Beginn dieses Sommers übte sich Clara auch an der Herstellung von Duftseifen.

Ja, sie konnte von Glück sagen, dass sich alles so gut entwickelt hatte, obwohl Amelie immer behauptete, mit Glück hätte ihr Erfolg herzlich wenig zu tun. »Ärmel hochkrempeln und an die Arbeit gehen« – das war ihr Motto.

Clara lächelte. Es war ein gutes Gefühl, so viele liebe Freunde zu haben.

Eben doch ein Glück.

Erneut kam Müdigkeit über sie, und diesmal schlief sie fest ein.

Im Traum war Clara wieder ein junges Mädchen, das sich heimlich mit Paul traf. Seine dunklen Augen versprachen ihr all die Liebe dieser Welt, und trotz ihrer Jugend und Unerfahrenheit wusste Clara tief in ihrem Herzen, dass sie niemals einen anderen als Paul lieben würde.

»Eines Tages«, sagte er in ihrem Traum, »werden wir heiraten und Kinder haben. Du wirst eine gute Hausfrau und Mutter sein, und ich werde ein reicher Geschäftsmann. Unsere ersten beiden Kinder sollen Cornelius und Wiebke heißen, nach meinem Vater und deiner Mutter, und …«

»Warte!« Lachend hob Clara die Hand. »Ich weiß noch gar nicht, ob ich dich überhaupt heiraten will.«

»Natürlich wirst du mich heiraten«, erklärte Paul ernsthaft. Und dann rief er plötzlich laut: »Cornelius, Wiebke! Kommt sofort zurück!«

Clara vernahm ein lautes Platschen, im nächsten Moment schabte der Boden eines Holzbootes über den Ufersand.

»Diese dummen Kinder! Jetzt haben sie nasse Füße, weil sie es nicht abwarten können, an Land zu gehen!«

Sie sah auf, und schon flogen ihr fünfjähriger Sohn und ihre vierjährige Tochter in ihre Arme. Clara bekam eine Menge schmatzender Küsse verpasst, während nasse Kinderschuhe ihr schönes Kleid verdarben.

»Runter von eurer Mutter! Sofort!« Die dröhnende Stimme des Vaters brachte die beiden endlich zur Räson. Sie ließen von Clara ab, schauten sie jedoch aus großen leuchtenden Augen an.

Auch Paul strahlte, blieb aber streng. »Ihr könnt nachher beim Abendbrot erzählen, was wir alles auf unserer Alsterpartie erlebt haben. Nun geht, und lasst euch von Amelie trockene Sachen geben.«

Als die Kinder sich nicht gleich rührten, schickte er noch ein strenges »Wird's bald!« hinterher. Dann erst stoben sie lachend davon.

Paul ließ sich neben Clara auf die Bank fallen. »Die Bälger zu bändigen ist anstrengender, als einen ganzen Tag lang mit einem Ewer durch die Fleete zu fahren.«

»Du Ärmster«, erwiderte Clara und lachte.

»Ja, mach dich nur lustig über mich.« Paul blinzelte sie an und legte dann seine Hand auf ihren Bauch. »Wer jeden Tag ein Rumfass mit sich herumschleppt, darf den armen Gatten ruhig veräppeln.«

»Rumfass?«, erwiderte Clara empört. »Wie kannst du es wagen!« Sie wollte noch mehr sagen, aber da verschloss Paul ihren Mund mit einem innigen Kuss.

Lange blieben sie dort auf der Holzbank sitzen, während der strahlende Tag in einen goldenen Abend überging. So selten waren ihre Momente der Zweisamkeit, dass sie diese Stunde ganz besonders genossen. Als es endlich Zeit wurde, zum Haus zurückzugehen, nahm Paul seine Clara kurzerhand auf die Arme.

»Ich und das Rumfass«, neckte sie ihn. »Wenn du das bloß schaffst.«

Dann legte sie ihre Hände schützend über den Bauch, und eine tiefe Freude erfüllte sie.

Nachwort

»Füer! Füer in de Diekstraat!«, riefen die Nachtwächter in der Nacht vom 4. auf den 5. Mai 1842, und bald schlugen die Feuerglocken an.

Das Feuer war in einem Speicher an der Deichstraße ausgebrochen und breitete sich schnell aus. Die alten, dicht an dicht stehenden Fachwerkhäuser und die leicht brennbaren Materialien in den Speichern gaben ihm reichlich Nahrung.

Begünstigt wurde die Katastrophe durch die vorherrschende Trockenheit sowie die anhaltenden Winde aus Süd und Südwest.

Zeitweise drohte das Feuer sogar auf das am anderen, östlichen Ufer des Nicolaifleets gelegene Gebiet, den Cremon, überzugreifen, doch konnten kleinere Brandherde hier schnell erstickt werden.

So weitete sich das Feuer nach Norden und Westen aus.

Die mehrfachen Anfragen des Spritzenmeisters, Häuserzeilen sprengen zu lassen, um eine noch größere Katastrophe abzuwenden, wurden vom Senat zunächst abgelehnt.

Erst als am Nachmittag des Himmelfahrtstages der Turm der Nicolaikirche brannte und schließlich einstürzte, wurde die Genehmigung erteilt, durch gezielte Sprengungen dem Feuer die Nahrung zu entziehen.

An einigen Stellen war man damit erfolgreich, doch die Feuerfront war inzwischen so groß geworden, dass sie sich nicht mehr aufhalten ließ. So wurde zum Beispiel am frühen Morgen des 6. Mai das Alte Rathaus an der Trostbrücke gesprengt, jedoch vergebens.

Zeitgleich breitete sich das Feuer im Nordwesten über den Rödingsmarkt, die Schliekerbrücke und den Neuen Wall weiter aus.

Immerhin blieb die Neustadt durch die gezielte Sprengung einer Häuserzeile am Graskeller vor dem Übergreifen des Feuers verschont. Auch am Jungfernstieg wurde gesprengt, während einige tapfere Männer, vom Feuer eingeschlossen, die erst im Jahr zuvor eröffnete Neue Börse retteten.

Am Abend des 6. Mai züngelten die ersten Flammen an der Petrikirche, und erst am Morgen des 7. Mai gaben die erschöpften Löschmannschaften auf. Der Turm stürzte wenig später ein.

An diesem 7. Mai wurde fast das ganze Viertel zwischen Binnenalster und Glockengießerwall zerstört.

Früh am Morgen des 8. Mai wurde das letzte brennende Haus gelöscht.

Insgesamt wurden 71 Straßenzüge mit 1750 Wohnungen vernichtet. 20 000 Menschen wurden obdachlos, es gab 51 Tote.

Hamburg verlor weitgehend sein mittelalterliches Erscheinungsbild.

Die genaue Brandursache wurde nie geklärt. Einen Georg Vogt als möglichen Brandstifter hat es nie gegeben. Der Mann ist eine rein erfundene Romanfigur und handelt in schriftstellerischer Fantasie.

Überliefert ist hingegen der umherziehende Pöbel, der die Weinkeller leer trank und die verlassenen Häuser plünderte.

So wie Georg Vogt als Brandstifter ist auch die Parfumeurin Clara eine reine Romanfigur. Eine historische Vorlage für sie gibt es nicht. Tatsächlich konzentrierte sich in der ersten Hälfte des 19. Jahrhunderts die Parfumherstellung auf Paris und London.

Einzige Ausnahme war das in Deutschland hergestellte Eau de Cologne, das Kölnischwasser.

In Hamburg hingegen machte sich ein schottischer Einwanderer ab 1821 einen Namen mit wohlduftenden Feinseifen: John Sharp Douglas erfand zunächst die Kokosnussöl-Soda-Seife und später die Chinesische Himmelsseife – und begründete damit ein Imperium.

Zum Schluss noch ein Wort zu den historischen Straßennamen und Ortsangaben: Nicht immer ist die Schreibweise im Roman historisch korrekt. Um der besseren Lesbarkeit willen habe ich zum Beispiel aus dem Millernthor ein Millerntor gemacht und aus einem Fleth ein Fleet. Der aufmerksame Leser möge mir dies verzeihen.

Literaturhinweis

Bauche, Ulrich: *Hamburg-Porträt 2/76, Selbsthilfe gegen Feuersnot.* Museum für Hamburgische Geschichte, 1976

Corbin, Alain: *Pesthauch und Blütenduft. Eine Geschichte des Geruchs.* Verlag Klaus Wagenbach, 2005

Frevert, Ute/Haupt, Heinz-Gerhard (Hg.): *Der Mensch des 19. Jahrhunderts.* Magnus Verlag, 2004

Grobecker, Paul: *Denkwürdigkeiten und Merkwürdigkeiten aus der Geschichte Hamburgs.* Ernst Kabel Verlag, 1991

Paulsen, Gundel (Hg.): *Kindheitserinnerungen aus Hamburg.* Husum Verlag, 1989

Reinhardt, Carl: *Der fünfte Mai. Roman aus dem alten Hamburg.* Broschek Verlag

Schütt, Ernst Christian: *Die Chronik Hamburgs.* Chronik Verlag, 1991

Tilgner, Daniel: *Kleines Lexikon Hamburger Begriffe.* Ellert & Richter Verlag, 2009

Weber, Emilie: *Jugenderinnerungen 1836 bis 1851.* Otto Weißners Verlag, 1904

Weber-Kellermann, Ingeborg: *Frauenleben im 19. Jahrhundert.* C.H. Beck Verlag, 1998

Wietzorek, Paul: *Das historische Hamburg.* Michael Imhof Verlag, 2008